# 马华文学的跨族群书写研究

## 1990—2019

贾颖妮　著

厦门大学出版社　国家一级出版社

XIAMEN UNIVERSITY PRESS　全国百佳图书出版单位

**图书在版编目（CIP）数据**

马华文学的跨族群书写研究 ：1990—2019 / 贾颖妮
著. -- 厦门 ：厦门大学出版社，2025．2. -- ISBN
978-7-5615-9586-2

Ⅰ．I338.065

中国国家版本馆 CIP 数据核字第 2024UE7381 号

---

责任编辑　曾妍妍
美术编辑　李夏凌
技术编辑　朱　楷

---

出版发行　厦门大孝出版社
社　　址　厦门市软件园二期望海路 39 号
邮政编码　361008
总　　机　0592-2181111　0592-2181406(传真)
营销中心　0592-2184458　0592-2181365
网　　址　http://www.xmupress.com
邮　　箱　xmup@xmupress.com
印　　刷　厦门集大印刷有限公司

---

开本　720 mm×1 020 mm　1/16
印张　13.75
字数　250 千字
版次　2025 年 2 月第 1 版
印次　2025 年 2 月第 1 次印刷
定价　69.00 元

厦门大学出版社
微信二维码

厦门大学出版社
微博二维码

# 国家社科基金后期资助项目
# 出版说明

后期资助项目是国家社科基金设立的一类重要项目，旨在鼓励广大社科研究者潜心治学，支持基础研究多出优秀成果。它是经过严格评审，从接近完成的科研成果中遴选立项的。为扩大后期资助项目的影响，更好地推动学术发展，促进成果转化，全国哲学社会科学工作办公室按照"统一设计、统一标识、统一版式、形成系列"的总体要求，组织出版国家社科基金后期资助项目成果。

全国哲学社会科学工作办公室

# 目　录

# 绪　论

马来西亚是一个多元族群、多元文化、多元宗教并存的国家。由于族群纷争和政治与宗教禁忌，文学书写不是单纯写什么和怎么写的问题，尤其是对多元族群题材的开掘，往往与族群政治有着千丝万缕的联系，这也成为马华文学非常特殊而艰难的书写领域。纵观百年马华文学，从提倡南洋色彩的殖民时代到进入全球化语境的今天，跨族群书写不断演绎与开拓，打上了不同历史阶段政治和文化语境的烙印，也见证了马来西亚华人族群观念的演变和本土意识的消长。

## 第一节　研究对象的确立

### 一、马来西亚族群关系的历史与现状

马来西亚从初等教育到政治派别，均以族群为界分开，文学作品也不例外。殖民统治的贻害、国家政策的偏差以及由此带来的族群纷争与资源争夺，是跨族群书写难以回避的问题。因此，在本书展开之前，先简要介绍马来西亚族群关系的历史与现状。

马来西亚由南中国海分隔为西马（吉隆坡所在的马来半岛）和东马（婆罗洲北半部，包括沙巴、砂拉越①）。即便摒弃地理位置的分隔，马来半岛和婆罗洲在政治、经济、宗教、文化上的不同发展轨迹仍然切割出两者之间的边界，历史上两地也从未形成过统一的国家。大航海时代之后，西方殖民势力登陆东南亚。马来半岛和婆罗洲未能幸免被殖民的命运，被动卷入全球的现代化进程。与此同时，大批中国和印度苦力被招募来此从事拓荒工作，与当地土著共处存。正是英国的殖民扩张将本来互不隶属的马来半岛和婆罗洲北部统一在"英属马来亚"之下。② 1957 年马来亚独立。1963 年，在英国斡旋和主导下，马来亚与新加坡及婆罗洲的沙巴、砂拉越组建马来西亚

---

①　亦称砂捞越、砂劳越，旧译作砂罗越、砂胜越，本书除了引文忠于原著的称呼，其他都称砂拉越。

②　范若兰、李婉珺、廖朝骥：《马来西亚史纲》，广州：世界图书出版广东有限公司，2018 年，第284 页。

联邦(简称大马),1965年新加坡退出,遂形成现在的国家格局。

英殖民统治的结果,不仅促成了马来西亚民族国家版图的形成,也因为大量引进中国和印度劳工而改变了此地的族群结构。19世纪初,马来半岛外来移民较少,马来人占绝对优势,大约占90%;到19世纪末,马来人占65%,华人占25%,印度人占5%;20世纪初外来移民大量涌入,到1911年,马来人所占比例下降到52.1%,华人增加到34.6%,印度人增加到10.1%。① 至1957年马来亚独立时,马来人占比近50%,华人占比37.2%,印度人占比11%。② 与其他大多数的多元族群国家相比,马来西亚所呈现的族群样态非常独特:一是拥有马来族、华族、印度族这三个差异很大的族群,主要族群在人口比例上相对均衡许多,尤其是马来人和华人,是人口比例相距不大,但文化、宗教差异很大的两个族群;二是东马和西马的族群结构不同,西马以三大族群为主,东马是二三十个族群混居的地区。

1.博弈与协商:西马族群关系

英国人入侵马来半岛后,为了弱化马来人的反殖情绪,顺利推行殖民统治,曾与马来各个土邦苏丹签订协定,承认马来人是当地的主人,承诺维护马来人在政治、经济和文化等各方面的特权。这一政策强化了马来人,尤其是上层精英和知识分子的主人意识。马来人认为,自己是马来州属上最初的统治族群,也是最初认定这片土地是自己家园的族群,理应享有比其他族群更多的特权,亦应拥有统治和主导权利。当移民群体的经济不断改善时,马来人感觉自己的权益被剥夺,把本族经济的落后归咎于其他移民尤其是华人。这种思想对当时及之后马来西亚族群关系的发展,产生了非常深远的影响。

英国人统治期间实行"分而治之"的殖民政策,马来人、华人和印度人是以不同的文化背景、宗教信仰、经济角色而清楚区分的群体。虽然种族间有零星摩擦,但大体上相安无事。直到二战爆发,日军入侵,马华两族分裂为对峙的阵营,两族矛盾才终于激化。日军占领马来半岛期间,视当地华人为敌人(因其支援中国抗日活动),大肆杀害华人,掠夺华人资产,关闭华人学校。在这期间,日军对马来人实施怀柔政策,收买马来苏丹,招收马来人进入各级行政机构和警察部队。结果,华人武装力量的抗日活动转化为与马来人警察的冲突,马华两族从互相隔离转为直接对抗。在日本战败但英国

① 范若兰、李婉珺、廖朝骥:《马来西亚史纲》,广州:世界图书出版广东有限公司,2018年,第138页。

② 数据计算依据林水檺、骆静山:《马来西亚华人史》,吉隆坡:马来西亚留台校友会联合总会,1984年,第453页。

人还未重返的权力真空期间,抗日武装力量出来惩治通敌的马来人,导致 1945—1946 年间两大族群间的连串仇杀。

战后重返马来亚的英国殖民者为了延续殖民统治,不断挑拨马华两族关系,使族群矛盾由战后初年的地方性仇杀提升到政治层面和文化层面的全面冲突与深刻矛盾。虽然为了独立建国的共同目标,马华印联盟在独立前夕进行了艰难的磋商,就非马来人公民权、马来人特权以及教育和文化等问题达成一定的协议,但种族之间的矛盾没有得到根本解决。尤其在马来亚成立初期,华裔反对党依然对马来人的政治支配权深感不满,又因马来人的反弹,造成族群两极化,多年嫌隙,最终导致 1969 年的"五一三"事件[①]。

事件发生后,政府修改宪法,通过《煽动法令》,禁止对宪法规定的国语、马来人特权、伊斯兰教等问题进行质询,从此马来人特殊地位神圣不可侵犯。随后,政府推出一系列政策来纠正种族"偏差"。经济上,推出为期 20 年的"新经济政策",扶持马来土著的经济发展,使华人经济面临不公平竞争;政治上,多党联盟的国民阵线取代原来的三党联盟,大大削弱华人政党的政治影响力;文化上,推出"国家文化政策",在文化和教育上推行马来人及伊斯兰教文化。进入 20 世纪 90 年代,随着国际国内形势的变化,马来西亚政治气候出现小开放,加上 90 年代前后马来西亚经济的持续高速发展,各族人民,包括马来人和华人都得到实惠,除了对 1995 年教育法令和当时提出的宏愿学校课题的争论,1999 年的诉求纷争外,马华两族关系相对平静。近年来随着伊斯兰教势力的抬头,马来政客不时利用宗教议题捞取政治资源,如伊斯兰党主席哈迪阿旺向国会提呈"修改《1965 年伊斯兰法庭法令》的动议(355 号法令)",要求扩大伊斯兰法院的刑事判罪权限,引起全国哗然,这一法案在 2016 年 5 月国会开会期间意外获得了政府放行,引发非穆斯林(尤其是华人)的强烈抗议,也使族群对峙情绪升级。

从上述历史回顾可看出,西马的族群冲突主要发生在华巫[②]两族之间,马来人特权、华文教育地位、宗教信仰等课题是华巫两族交锋的重点。两族矛盾与冲突可追溯至英殖民统治时期,亦成为建国后棘手的政治与社会课题。但除了 1969 年的"五一三"事件,华巫两族之间的矛盾冲突大多数是以和平的方式来表现,较少出现激烈的暴力冲突。另外,种族课题纷扰不断的

---

①　在 1969 年的大选中,马华公会惨败,联盟所得的议席也大减。反对党在获得了突破性的成绩后游行庆祝,巫统内部强硬派大为不满,发动民众在吉隆坡市区举行反示威,就在 5 月 13 日两派人马起冲突,这是马来西亚历史上的"五一三"事件。详见何国忠:《马来西亚华人:身份认同、文化与族群政治》,吉隆坡:华社研究中心,2006 年版,第 96 页。

②　马来族又称为巫族,马来人政党"马来民族统一机构"简称巫统。

马来西亚还曾被国际社会推崇为"族群和谐"的典范，2001 年还获得世界少数民族联盟颁发的"首届国际少数民族和谐奖"。[①] 这种矛盾的现象，显示马来西亚族群关系的复杂性与独特性。

2. 磨合与包容：东马族群关系

与西马以三大族群（马来人、华人、印度人）为主的族群结构不同，东马的沙巴和砂拉越是真正的多族群混居地区，各族群的人口比例相对平衡，没有占绝对优势的主导族群。沙巴有 30 多个族群，包括卡达山杜顺族、华族、马来族、巴夭族、毛律族、伊阿努族、比萨亚族、龙古斯族等；人口最多的是卡达山杜顺族，约占总人口的 30％，[②]人口较多的是华族、马来族、毛律族和巴夭族，数量较为均衡。砂拉越有 20 多个族群，包括伊班族（海达雅族）、华族、马来族、比达友族（陆达雅族）、加央族、肯雅族、本南族、加拉毕族、普南族、马南诺族等。据 2010 年统计数据，砂拉越人口最多的是伊班族，占 28.9％，其次是华族，占 23.4％，马来族排第三，占 23％。[③] 与马来半岛的马来人绝大多数信仰伊斯兰教不同，东马地区的原住民大多信仰基督教及天主教。东马虽然曾被英国人统治，但却没有参与马来半岛的独立与建国，只是于 1963 年参组马来西亚联邦，且由于隔着南中国海，东马远离国家政治中心，马来文化霸权的渗透有限。鉴于以上种种原因，东马的族群关系能更自然地磨合，更容易培养跨文化的包容力，族群冲突相对较少，在西马 1969 年爆发"五一三"事件时，东马没有出现类似冲突。

然而，东马 1963 年参组马来西亚联邦，至今已逾半个世纪。在这期间，"东马和西马经历过许多重大的历史事件对东、西马两地在政治合作、族群关系、语言教育、社会文化、经济发展和周边关系上，无论是在过去还是将来，都产生了实质性的影响作用"[④]。西马联邦政府逐渐加强了对东马的渗透和控制。近年来，沙巴拿笃武装入侵[⑤]、掳掠居民游客、非法移民和身份

---

① 《少数民族和谐奖——大马又获一荣誉》，《南洋商报》，2001 年 3 月 21 日。
② 资料引自沙巴州政府官网：https://sabah.gov.my/en/content/people-history，2024 年 7 月 20 日查询。
③ 林煜堂：《砂拉越华裔：移民·身份·人口》，砂拉越：砂拉越华族文化协会，2020 年，第 212 页。
④ 《当代评论》编辑委员会：《绪言》，《当代评论》2015 年第 1 期。
⑤ 2013 年 2 月 12 日至 4 月 10 日，苏禄武装分子分批潜入沙巴州的小镇拉赫拿笃，扬言要夺回"主权"。大本营在菲律宾南部的苏禄苏丹后裔一直声称拥有沙巴"主权"，并指沙巴只是苏禄苏丹"租借"给英国殖民者及后来的马来西亚。马方则说，根据协定，当年的苏禄苏丹已把沙巴 7 万 4000 平方千米的土地割让给英国殖民者，这些土地过后由马来西亚继承。马来西亚军警与他们谈判两周后毫无结果，于是展开扫荡行动，打死 73 名武装分子，马方则有 10 名军警殉职。其中 9 名入侵沙巴的"苏禄军"于 2017 年被判处死刑。这一事件可说是当年殖民统治的遗祸。详参《4 年前入侵沙巴 9"苏禄军"改判死刑》，《联合早报》2017 年 6 月 8 日，http://www.zaobao.com/realtime/world/story20170608-769548，2019 年 3 月 6 日查询。

证计划等等,皆引发了人们对沙巴海域安全、族群结构变化和政治利益分配的忧虑;而砂拉越各类大型计划与土地发展,也激起当地原住民的群起反抗。东马的政治主权意识逐渐抬头,最激进的莫过于"沙巴砂拉越退出马来西亚"运动。新政局之下,东马的政经文教会否也有新变化? 笔者 2017 年 8 月在砂拉越调研期间,适逢砂拉越华人社团联合总会召开第十七届(2016—2019)第一次会员代表大会。大会讨论及接纳的提案有以下 16 项。从这些提案可以看到东马变化的痕迹。

提案(1)吁请联邦政府从速承认华文独中文凭。

提案(2)吁请砂拉越政府制度化拨款予全砂华文独中。

提案(3)吁请教育部增加州内华小的维修拨款。

提案(4)吁请教育部应委派谙华语的书记前往华小任职。

提案(5)吁请及鼓励在职符合条件的教师,申请担任校长。

提案(6)呼吁政府加大力度发展砂拉越旅游业,并开拓更多直接往返古晋的国际航线,增加砂拉越内主要省城如民都鲁往返国内主要城市的航班或增辟直航航线及降低目前昂贵的机票顶价①,便利商旅,以带动砂拉越的经济发展。

提案(7)吁请政府简化申请聘请外劳手续及检讨冻结外劳的输入政策。

提案(8)呼吁砂拉越政府运用移民自主权的权利,减低或豁免外劳人头税,以提高砂拉越工商业界的竞争能力。

提案(9)吁请全体砂拉越人做为②砂拉越首长拿督巴丁宜丹斯里哈志阿德南沙登强力后盾,全力支持他向联邦政府争取提高砂拉越石油开采税。

提案(10)要求联邦政府加速兴建斯里阿曼中央医院。

提案(11)坚决反对任何落实伊斯兰刑事法的意图,并促请朝野国会议员在今年 10 月的国会会议,否决伊斯兰党主席哈迪阿旺所提呈的有关伊斯兰刑事法私人法案。

提案(12)呼吁所有政府发展工程必须进行公开投标。

提案(13)吁请多媒体与通讯部提升与定期维修公共电话,并在适当地点设置更多公用电话。

提案(14)吁请警方严厉取缔改造排气管的汽车和电单车。

---

① 疑为原文笔误,应该是"定价"。

② 疑为原文笔误,应该是"作为"。

提案(15)吁请砂拉越政府增加华社社区领袖,各省域华总应赋予推荐人选的权利。

提案(16)吁请政府建一具水准通往姆禄山国家公园的道路及开拓从美里直飞的国际航线。

16 项提案中有 5 项涉及华文教育,具体内容与西马的诉求相似。提案(11)专门针对 2016 年伊斯兰党主席哈迪阿旺要求修改 1965 年伊斯兰法院刑法权力范围,扩大伊斯兰法院刑事权限的私人法案。此法案在西马引发轩然大波,招致非穆斯林尤其是华人的强烈反对,至今余波未了。会议手册交代该提案的理由是马来西亚是一个奉行世俗民主的多元民族国家,如实施伊斯兰刑事法,将影响马来西亚多元种族与宗教的分歧和冲突。提案提出的具体办法是配合全国的华总及朝野政党一致的反对立场,阻止伊斯兰刑事法案的通过。[①] 无独有偶,沙巴人民团结党前主席、主管国民团结事务的前首相署部长佐瑟古律也说,沙巴和砂拉越 1963 年入组马来西亚是基于马国奉行世俗国体制,他警告巫统,联邦政府若执意通过该私人法案,势必刺激沙巴和砂拉越州以"自己的方式"表达不满,其中包括"分道扬镳"。[②]结合提案可看出,西马联邦政府的族群、文化和宗教政策已开始渗透到东马,引发当地华人和原住民的不满与反弹。

## 二、"跨族群书写"概念的界定

在学界,论者常用"异族书写""少数民族/弱势民族书写""跨族群书写"来指涉马华文学对多元族群题材的开掘。这几个概念既相互联系又具有差异。下文将对这几个术语进行辨析,并阐明本书采用"跨族群书写"的缘由以及在何种意义上使用这一术语。

### 1.异族书写

马华文学的"异族书写"指作家突破华人自我族群的局域,展开对生活在马来西亚国土上的其他族群的书写,主要包括对马来人、印度人、其他土著族群以及华异混血儿的书写。异族书写着眼于跨文化视野下华人与当地其他族群的文化互动与交流。如黄万华认为马华文学的异族书写既要表达华人对于被同化的焦虑和抵制,又要传达出和异族沟通的愿望,不断在两者

---

① 砂拉越华人社团联合总会第十七届(2016—2019)理事会第 3 次理事会议讨论及接纳提案,第 62 页。

② 《反对巫统"支持"伊刑法法案 国阵成员党领袖恫言辞官》,《联合早报》2016 年 5 月 29 日,http://www.zaobao.com/sea/politic/story20160529-622532,2019 年 3 月 15 日查询。

之间寻找平衡点。① 饶芃子认为海外华文文学中的异族形象是"经过华文作家的文化眼光，文化心理的选择，过滤，'内化'而成的，是作家从一定的文化立场出发，根据自己对异族的文化的感受和理解，创造出来的不同于本民族的'他者'形象，已不同于现实生活中的'他'、'她'，而是他们在华族文化中的'镜像'和'折射'，是两种文化'对话'中生成的，可视作一种文化对另一种文化的解读和诠释"。② 王列耀认为东南亚华文文学的"异族叙事"是指作为少数族裔的华人作家在"族群杂居"的语境中，对复杂微妙的"杂居经验"的表述，是通过文学与他者话语进行交流的方式，当然也是自我言说的策略。③ 岳玉杰在《马华文学何以成就百年》一文中指出，百年马华文学的"异族"书写包含了身份认同、人道关怀、公民价值、"他者"想象、文化焦虑、民族反思等多种话语，而这些话语都指向马华民族在马来亚土地上的现实境遇和最终命运。④

对于"异族"的界定，马来西亚学者吴益婷却有不同看法。她指出，在文学研究里，描写混血儿的文章时常被归类为"异族叙事"，但许多砂拉越华文作家并不把"混血儿"视为异族，对他们而言，"混血儿"是华裔，也是伊班人。⑤ 总体而言，异族书写侧重从自我—他者的认识论角度展开叙述。

2.少数民族/弱势民族书写

"少数民族书写"是马来西亚学者许文荣较常使用的概念，在《书写少数民族：马华文学的个案》一文中，他将"少数民族"界定为在人口比例上属于少数（一般占总人口的百分之十以下），在社会、文化政治、经济等方面处于较弱势的群体。⑥ 根据这一定义，马来人显然不属于考察的对象。

之后，许文荣修正了自己的观点，用"弱势民族"取代"少数民族"。他提到这一概念取自宋炳辉，并在论文中详细引述了宋炳辉的观点：宋炳辉认为"弱势"一词比其他概念更能凸显民族关系中的文化地位和情感、价值态度及其象征表现；弱势民族可以指全球化论述中的少数民族（minority）、斯皮瓦克所说的属下者（subaltern）、后殖民视野中的被殖民者（政治殖民或文化殖民）、政治意义上的被主导者、被边缘者、被歧视者、被压迫者、被放逐者、阶级分化中的下层阶级等；弱势民族的概念有两个重要特征，一是它的相对

---

① 黄万华：《跨文化意识中的"异"视野和"异"形态》，《天津师范大学学报》2007 年第 6 期。
② 饶芃子：《世界华文文学的新视野》，北京：中国社会科学出版社，2005 年，第 106 页。
③ 王列耀：《东南亚华文文学的"异族叙事"——以菲律宾、马来西亚、印度尼西亚和泰国为例》，《文学评论》2007 年第 6 期。
④ 岳玉杰：《马华文学何以成就百年》，《中国现代文学研究丛刊》2012 年第 10 期。
⑤ 吴益婷：《砂华文学里的族群关系》，《当代评论》2015 年第 1 期。
⑥ 许文荣：《书写少数民族：马华文学的个案》，《星洲日报·文艺春秋》2007 年 12 月 16 日。

性,再是它的流动性,因此对它的语义分析也必须放在具体的历史语境中。① 许文荣非常认同宋炳辉的观点,并在研究中将弱势族群细分为殖民时期的马来人、印度人和东马土著,后殖民时期的印度人、东马土著、来自印尼或菲律宾的(非法)外劳,甚至来自中国的少数民族等。许文荣特别指出,殖民时期马来人跟其他族群一样受英国人的压迫,可归入弱势族群,独立后,马来族在人口比例和政治权利上都是主导族群,虽然马华文学仍然有对马来人的书写,但这类书写已经不能纳入弱势民族书写的范畴,应该定位为普遍的异族书写。

3.跨族群书写

跨族群书写是马来西亚学者庄华兴比较认同的概念。他指出,有学者把大马华人视为"少数强者"(the strong minority),立论根据往往是以华人族群上层的经济实力为标识,这忽略了族群整体所遭受的压制和伤痛。而且将华人置于"少数"或"弱势"之外,从华人角度来谈其他更少数或更弱势的族群,难免潜隐着华人本位主义思维或是华人的文化优越感,因为"少数"或"弱势"都有一个共同的与之相对的中心或主流,这一书写与研究位置导致华人问题经常被遮蔽或扭曲。庄华兴提出,从人类学跨文化边界(cross-cultural boundaries)的角度看,以"跨族群书写"来统称更为适宜,理由有二:一是跨族群书写强调的是族群之间的交往与互动——无论是直接或间接、力量悬殊或相等,过程中免不了带有互动双方的某些意识形态与价值、观念,但排除了先入为主的本位主义思维,研究不仅着眼于族群接触的类型化,而且考虑了文本以外的国家压迫性因素;二是跨族群书写正可以彰显一个地区文学的民族文学起源本质,同时也揭示它如何因循人类文化演进法则,涉入其他族群的生活空间、心理与价值体系世界。②

庄华兴强调,跨族群书写恰好反映马来西亚的多元社会现实,也说明马华(民族)文学面对在价值理念、信仰习俗、生活处事上差异性或大或小的"他者",进而把"他者"列为思考的主体,作家由此开始面对前所未有的挑战,包括难以超脱的华人意识形态问题。更为重要的是,在马来西亚成为一个现代民族国家以后,跨族群书写的问题,如族群纷争与资源争夺等,往往与国家的意识形态和施政不公等有关,跨族群书写这个基点更能彰显隐含

---

① 许文荣:《马华文学的弱势民族书写:一个文学史的视野》,《中国比较文学》2011年第1期。
② 庄华兴:《梁放跨族群小说的国家与美学双主体追寻——读〈哭泣〉兼及其他(代序)》,载梁放:《我曾听到你在风中哭泣》,雪兰莪:貘出版社,2014年,第ix~x页。

其间的国家符号。①

　　本书集中探讨马华文学对多元种族题材的开掘,论述对象涉及主导族群马来人、少数族群印度人、当地原住民、印尼或菲律宾的外劳、华人与其他族群所生的混血儿等,范围比少数/弱势族群书写要广。本书不仅从自我—他者的认识论角度展开论述,而且考量殖民统治的遗祸、国家族群政策的偏差、全球化与本土化、中马国家关系等因素,因此,"跨族群书写"更切合本书论述的对象和思路。但本书对这一概念的使用与庄华兴亦有不同之处。庄华兴运用这一概念解读梁放小说《我曾听到你在风中哭泣》时认为,小说中的华人与伊班人的联姻故事模式摒弃了以往的汉人本位,在日常生活的互动中,族群边界已不复存在。但既然族群边界不复存在,又如何界定华人和伊班人呢? 方维规指出,提倡"跨"的理论家往往陷入一个悖论的陷阱,即所有与"跨"组合的新概念所要否定的东西,实际上也同时被激活了,比如"跨国"这一术语让人关注的东西,正是其倾向于否定的东西,即国家之持久的特征,"跨文化"也正是以"各种文化"的存在为依托。② 基于此,本书对"跨族群"的"跨"字理解为跨越、连接、穿刺、相互渗透、协力,因此"跨族群"并不否定族群之间的"差异",而是指不同族群的"交响"。这意味着华人摆脱自我中心论,能理解、接受、吸收甚至享受其他族群的文化差异。

　　马来西亚华人与其他族群杂居生活已久,族群之间的互动与交流使华人不仅意识到彼此的差异,也能感受到彼此的交错。马华文学作品越来越多地表现超族群边界的生活流动与相遇,不再是"自我"与"他者"的二元模式能够把握的,也不是许多杂糅理论、第三空间理论可以处理的。"跨族群"更能适当处理这一课题。

## 第二节　研究现状与问题的提出

　　马华文学是世界华文文学的重镇,历来是学界所重视的对象,特别是近30年来,研究队伍不断壮大,在地域分布上除了马来西亚本土,主要还有我国大陆和台湾地区,此外,美国、新加坡、日本、韩国也有不少学者从事马华文学研究。经过几代学者的努力,马华文学研究积累了丰富的成果,这些成果涉及或部分涉及本书探讨的"跨族群书写",构成了本书展开分析和研究的基础。总的来说,现有成果围绕以下几个维度展开。

---

　　① 　庄华兴:《梁放跨族群小说的国家与美学双主体追寻——读〈哭泣〉兼及其他〈代序〉》,载梁放:《我曾听到你在风中哭泣》,雪兰莪:貜出版社,2014 年,第 x 页。
　　② 　方维规:《"跨文化"述解》,《文艺研究》2015 年第 9 期。

## 一、跨族群、跨文化议题的理论探讨

20 世纪 90 年代以来,饶芃子在《关于海外华文文学研究的思考》①、《海外华文文学学科建设与方法论问题》②、《跨文化视野中的海外华文文学》③、《海外华文文学研究的新视点:海外华文文学的比较文学意义》④、《海外华文文学与比较文学》⑤、《拓展海外华文文学的诗学研究》⑥等一系列论文中提出从跨国别、跨地区、跨文化视野中考察海外华文文学,认为海外华文文学是一种世界性的文学现象,必须把跨文化的理论和方法投射于海外华文文学这个特殊的空间,在文化的层面上诠释海外华文文学所蕴含的内在丰富性,从而为比较文学和海外华文文学提供一个共同的文化与文学相结合的研究新视点。具体就异族形象的研究而言,这系列论文提出以比较文学和文化研究的视野开掘异族形象的文化学意义。

刘登翰、刘小新合著的论文《华人文化诗学:华文文学研究的范式转移》则提出"华人文化诗学"的概念,认为华文文学研究应以"华人性"为研究核心,以"形式诗学"与"意识形态批评"统合为基本研究方法,重视文学研究的政治维度和历史维度,在更加开放的社会科学视域中审视与诠释华人文学书写的族裔属性建构意义及其美学呈现形式。⑦

黄万华的《跨文化意识中的"异"视野和"异"形态》⑧指出,海外华人文学对于丰富中华文化传统的一个重要贡献是"异"视野的拓展和"异"美学形态的丰富,华人新生代作家和新移民作家的创作继承发展了"和而不同"的传统,在走出"异"歧视、"异"痴迷心理中关注多元种族题材的开掘和异族形象的塑造,在文化观照的互见"异"处表现出自觉的跨文化意识。在《视角越界:海外华人文学中的叙事身份》一文中,黄万华认为海外华人文学叙事身份的游移、变动,并非只是跟异质文化的对话造成的,它还联系着华人社会的现实、历史境况。对于身处多元种族国家的华人作家来说,既要避免触犯当局禁忌,又要以作家的良知探寻历史的真相,这种两难性造成了作品叙事

①　饶芃子:《关于海外华文文学研究的思考》,《暨南学报》1994 年第 2 期。

②　饶芃子:《海外华文文学学科建设与方法论问题》,《文艺理论研究》1998 年第 1 期。

③　饶芃子:《跨文化视野中的海外华文文学》,《汕头大学学报》2001 年第 1 期。

④　饶芃子:《海外华文文学研究的新视点:海外华文文学的比较文学意义》,《华文文学》2006 年第 5 期。

⑤　饶芃子:《海外华文文学与比较文学》,《暨南学报》2000 年第 1 期。

⑥　饶芃子:《拓展海外华文文学的诗学研究》,《文学评论》2003 年第 1 期。

⑦　刘登翰、刘小新:《华人文化诗学:华文文学研究的范式转移》,《东南学术》2004 年第 6 期。

⑧　黄万华:《跨文化意识中的"异"视野和"异"形态》,《天津师范大学学报》2007 年第 6 期。

身份的变动。①

王列耀的《东南亚华文文学的"异族叙事"——以菲律宾、马来西亚、印度尼西亚、泰国为例》提出"异族叙事"的概念,将其定义为"作为少数族裔的华文作家在族群杂居的语境中,对复杂、微妙的杂居经验的感受、想象与表述方式,和他们利用文学方式与各种异己话语进行交流的一种努力和追求,也是他们期望通过文学方式实现对作为少数族群之一的自我的一种言说策略"。② 杨匡汉的《海外华文文学中的跨界叙说》③则进一步将异族叙事纳入跨界诗学体系,与跨地域、跨文化、跨性别、跨文本等共同撑开海外华文文学的跨界叙说的诗学扇面。朱崇科的专著《本土性的纠葛——边缘放逐·"南洋"虚构·本土迷思》④和《考古文学"南洋":新马华文学与本土性》⑤将异族书写纳入本土性的维度加以考察。

中国学者的理论探讨主要从主—客体关系,考察跨族群书写中的自我画像和异国想象折射出海外华人整体上一种怎样的自我意识和他者意识;从"华—异族"的族际关系考察异质文化之间的冲突、对话、融摄、变化在文学想象空间的呈现;在进行美学分析时考虑华人所在国的政治文化因素。这些渐次拓展并成熟的理论和方法都给本书研究提供了很好的借鉴。

与中国学者的理路不同,美国汉学界的史书美、王德威、罗鹏(Carlos Rojas)则以华语语系文学理论观照马华文学,带有西方学者的意识形态色彩。史书美的论著《反离散:华语语系研究论》⑥提出了华语语系研究应关注位处民族国家地缘政治以及霸权生产边陲的华语语系文化,马华文学被视为反抗大陆中心的典型例证,马华文学作品中华人与当地土著的冲突被解读为"定居殖民"。王德威的《文学地理与国族想象:台湾的鲁迅,南洋的张爱玲》⑦、《"根"的政治,"势"的诗学——华语论述与中国文学》⑧、《华夷风起:马来西亚与华语语系文学》⑨等系列论文从"后移民""后夷民""后遗民"

① 黄万华:《视角越界:海外华人文学中的叙事身份》,《学习与探索》2003 年第 6 期。

② 王列耀:《东南亚华文文学的"异族叙事"——以菲律宾、马来西亚、印度尼西亚、泰国为例》,《文学评论》2007 年第 6 期。

③ 杨匡汉:《海外华文文学中的跨界叙说》,《文艺研究》2009 年第 2 期。

④ 朱崇科:《本土性的纠葛——边缘放逐·"南洋"虚构·本土迷思》,台北:唐山出版社,2004 年。

⑤ 朱崇科:《考古文学"南洋":新马华文学与本土性》,上海:上海三联书店,2008 年。

⑥ 史书美:《反离散:华语语系研究论》,台北:联经出版事业股份有限公司,2017 年。

⑦ 王德威:《文学地理与国族想象:台湾的鲁迅,南洋的张爱玲》,《扬子江评论》2013 年第 3 期。

⑧ 王德威:《"根"的政治,"势"的诗学——华语论述与中国文学》,《扬子江评论》2014 年第 1 期。

⑨ 王德威:《华夷风起:马来西亚与华语语系文学》,《世界华文文学论坛》2016 年第 1 期。

的视角谈马来西亚华人身份标记的游动不居,华夷身份的"易"地转换,情感结构上的驳杂——忠于故国与扎根本邦的糅合以及残留的化外之感。罗鹏的《导论:"文"的界限》①认为马华文学是中国文学与文化在南洋的隔离演化,产生了驳杂多样的文本,同时意味着身份认同和身份异化,但在具体阐释时,罗鹏往往强调马华文学身份异化的一面,以突出其早已不同于位居中心的中国文学。三位学者既把马华文学当作演绎华语语系文学理论的对象,又以"马来西亚作为方法",用以思考更大范围内的族群身份、国族主义等议题。他们的研究扩大了马华文学的可见度和影响力,但其"去中国化"的立场也值得学界警醒和深思。

## 二、族群政治、身份认同视角的作家作品论

在中国大陆,黄万华很早就关注到了马华文学对多元种族的开拓。他在20世纪90年代中后期的《论马来西亚华文文学的本土特色》②、《历史伤痕的独特呈现——世纪末的南洋反思小说》③等文章中留意到马华文学对本土性的追求体现在对多元种族社会的呈现。他的论著《新马百年华文小说史》④专辟一章,介绍马华文学对多元种族题材的开掘,颇具学术识见。朱崇科的《台湾经验与张贵兴的南洋再现》⑤、《台砂并置:原乡/异乡的技艺与迷思》⑥、《钟怡雯散文中的南洋书写及其限制》⑦等论文,从台湾经验角度检视张贵兴、李永平、钟怡雯跨族群书写中的奇异化展演和东方主义式想象,研究角度和学术视野有独到之处。

在台湾地区,颜元叔早在1976年发表的《评〈拉子妇〉》一文中就留意到李永平对族群问题的开拓,指出拉子妇是一个受难的"哑静"者⑧。之后,郑琇方的《以父之名?——论李永平〈拉子妇〉中的族群认同及其建构》⑨借由小说故事情节和人物形象分析探讨异质文化相遇的冲突与碰撞,以及华人在多元种族、多元文化的地理时空如何巩固、形塑自我的身份认同。简文志

① 罗鹏:《导论:"文"的界限》,《南方文坛》2017年第5期。
② 黄万华:《论马来西亚华文文学的本土特色》,《华侨大学学报》1995年第1期。
③ 黄万华:《历史伤痕的独特呈现——世纪末的南洋反思小说》,《华文文学》1998年第4期。
④ 黄万华:《新马百年华文小说史》,济南:山东文艺出版社,1999年。
⑤ 朱崇科:《台湾经验与张贵兴的南洋再现》,《中山大学学报》2012年第5期。
⑥ 朱崇科:《台砂并置:原乡/异乡的技艺与迷思》,《中山大学学报》2015年第4期。
⑦ 朱崇科:《钟怡雯散文中的南洋书写及其限制》,《台湾研究集刊》2016年第1期。
⑧ 颜元叔:《评〈拉子妇〉》,载李永平《拉子妇》,台北:华新出版有限公司,1976年,第167~169页。
⑨ 郑琇方:《以父之名?——论李永平〈拉子妇〉中的族群认同及其建构》,载杨松年、简文志编:《离心的辩证——世华小说评析》,台北:唐山出版社,2004年,第131~137页。

的《她性,无以名状?——论潘雨桐小说的"女性文本"》剖析了潘雨桐小说中华人男性与原住民女性之间的情欲纠缠,弱势民族女性的物化、"性化",以及女性身体展演的族群政治等问题。[①] 李瑞腾的《诗巫当代华文新诗——以草叶七辑为主要考察对象》[②]、《抓住历史转折的关键——黑岩小说集〈荒山月冷〉的一些考察》[③]、《以诗巫为中心——砂华小说家黑岩的近作考察》[④]、《进出森林:战斗? 抑或疼惜自然?——砂拉越华文作家的森林书写》[⑤]等论文,涉足很少有人关注的砂拉越华文文学,并发掘其原住民书写的独特价值。

马华旅台学者既有马来西亚的生活经历,又有身居台湾的抽离立场。他们的研究往往能结合马华文学自身的历史政治脉络来谈,并且关注书写者的"发声"位置。黄锦树的《新/后移民:漂泊经验、族群关系与闺阁美感——论潘雨桐的小说》[⑥]认为潘雨桐的漂泊经验有助于他关注大马少数族群的境遇,但囿于华人在大马的政治处境,其书写表现出"妾位"视角和哀伤而华丽的"闺阁"美学。在《华人与他人——论东马留台作家李永平与张贵兴小说里的族群关系》[⑦]一文中,黄锦树剖析了李永平、张贵兴在书写华人与原住民关系时所呈现的"华人意识",以及这种书写与"雨林"的美学标签和两位作家久居台湾之间的关联。高嘉谦的《谁的南洋? 谁的中国?——试论〈拉子妇〉的女性与书写位置》[⑧]以女性与政治之间的隐喻关系,分析了李永平小说集《拉子妇》中的中国女人与拉子女性的命运所表征的中国与南洋之间的角力。林开忠的《"异族"的再现?——从李永平的〈婆罗洲之子〉与〈拉子妇〉谈起》[⑨]结合

① 简文志:《她性,无以名状?——论潘雨桐小说的"女性文本"》,《中国现代文学季刊》第 9 期,2006 年 6 月。

② 李瑞腾:《诗巫当代华文新诗——以草叶七辑为主要考察对象》,载陈大为、钟怡雯、胡金伦主编:《赤道回声——马华文学读本Ⅱ》,台北:万卷楼图书股份有限公司,2004 年,第 252~261 页。

③ 李瑞腾:《抓住历史转折的关键——黑岩小说集〈荒山月冷〉的一些考察》,《文海》2000 年第 3 期。

④ 李瑞腾:《以诗巫为中心——砂华小说家黑岩的近作考察》,《诗华日报》2003 年 11 月 16 日。

⑤ 李瑞腾、李佩桦:《进出森林:战斗? 抑或疼惜自然?——砂拉越华文作家的森林书写》,载周宪、徐兴无编:《中国文学与文化的传统及变革》,南京:南京大学出版社,2008 年,第 297~318 页。

⑥ 黄锦树:《新/后移民:漂泊经验、族群关系与闺阁美感——论潘雨桐的小说》,载黄锦树:《马华文学与中国性》,台北:麦田出版,2012 年,第 171~200 页。

⑦ 黄锦树:《华人与他人——论东马留台作家李永平与张贵兴小说里的族群关系》,载黄贤强主编:《族群、历史与文化:跨域研究东南亚和东亚》,新加坡:新加坡国立大学中文系、八方文化创作室,2011 年,第 595~608 页。

⑧ 高嘉谦:《谁的南洋? 谁的中国?——试论〈拉子妇〉的女性与书写位置》,《中外文学》2000 年第 29 卷第 4 期。

⑨ 林开忠:《"异族"的再现?——从李永平的〈婆罗洲之子〉与〈拉子妇〉谈起》,《星洲日报·文艺春秋》,2003 年 7 月 13、20 日。

砂拉越历史重新评价李永平广为人知的两部小说,认为李永平身为砂华作家的一分子,可能跟其他"华人"作者一样,无法超越自身的文化限制,这种文化限制使作品对拉子止于人道主义同情,距离让拉子自己发声还很遥远。

在马来西亚本土,庄华兴的《梁放跨族群小说的国家与美学双主体追寻——读〈哭泣〉兼及其他(代序)》①以梁放小说为例证,结合殖民统治的历史贻害、国家族群政治的偏差来探讨马华文学的跨族群书写,颇具锋芒。吴益婷的《砂华文学里的族群关系》②通过比较东马和西马华文文学对族群关系书写的差异,分析国家体制的压迫性因素对族群关系的损害,认为东马因为远离国家政治中心,族群之间反而能自然磨合。庄薏洁的《族群的历史言说:马来、马英、马华文学的族群关系书写与新历史主义》③从"历史—文学"互为参照的视角,比较三种语文的族群关系书写模式之异同,阐释族群书写在各种意识形态之下的寓意。黄丽丽的《马华文学与马来文学的跨族对话:从国族寓言的角度探讨》④从国族寓言的角度,探讨马华文学与马来文学两个系统之间的跨文化对话。马来西亚本土学者具有"地方性知识",注重在社会历史网络中思考跨族群书写的多重面向,对如何沟通文学的外部研究与内部研究提供了方法论的示范。

## 三、书写主题、创作史爬梳的专题研究

随着作家作品研究的推进,研究者开始致力梳理马华文学跨族群书写的历史脉络,总结书写主题和写作类型。马淑贞的硕士学位论文《马华小说的异族想象变迁》⑤,从 80 多年马华小说文本中的"异族"想象变迁来分析马华作家的叙事策略变化以及由此折射的华人主体心态的历史嬗变,归纳出"魔化"—"同化"—"发现"三种想象异族的方法,以及与之对应的从华侨、华人到华裔的主体心态变迁。该论文是较早展开专题研究的成果,在文本搜集与整理上下了不少功夫,但将马华作家叙事策略的变化完全对应华人主体心态的三个阶段则稍显生硬,毕竟小说文本的丰富性和华人心态的复杂性决定其演变形态未必如此整齐划一。

---

① 庄华兴:《梁放跨族群小说的国家与美学双主体追寻——读〈哭泣〉兼及其他(代序)》,载梁放:《我曾听到你在风中哭泣》,雪兰莪:蟇出版社,2014 年,第 viii ～ xxx 页。
② 吴益婷:《砂华文学里的族群关系》,《当代评论》2015 年第 1 期。
③ 庄薏洁:《族群的历史言说:马来、马英、马华文学的族群关系书写与新历史主义》,《华文文学》2016 年第 4 期。
④ 黄丽丽:《马华文学与马来文学的跨族对话:从国族寓言的角度探讨》,《杭州师范大学学报》2015 年第 6 期。
⑤ 马淑贞:《马华小说的异族想象变迁》,硕士论文,暨南大学,2006 年。

马来西亚本土学者许文荣一直关注少数/弱势民族书写。他在《书写少数民族：马华文学的个案》①中，归纳了书写少数民族的三种方式，即"融入型"、"寓言型"及"展示型"；在《马华文学的弱势民族书写：一个文学史的视野》②中，以文学史的宏观视域，同时结合微观的具体文本阐释，从三个历史阶段即殖民时期、独立运动时期及后殖民时期去探讨不同时期的弱势民族书写之异同；在与庄薏洁合写的《多元文化语境下的边缘意识：马华文学少数民族书写的主题建构》③中，剖析了少数民族书写从 20 世纪 60 年代崛起至 21 世纪，主要聚焦在"族群关系"、"文明进程"与"魔幻写实"等三大主题。许文荣还指导学生对异族书写展开专题研究，如庄薏洁的硕士学位论文《论马华文学的少数民族书写》④，梳理了马华文学从 1929 年到 2010 年出现的以少数民族为书写对象的文本，归纳出作品的主题类型：文明进程的悲歌、魔幻现实主义中的生态危机与人性异化、族群关系中的冲突与融合，再通过文本分析挖掘有关小说共同的主题意识，阐明书写的动机或主体自身的思索。许文荣的研究主要探讨少数民族/弱势民族书写，独立后的主导族群马来人因不符合其概念设定而被忽略，因此，其研究未能考察跨族群书写的全貌。

## 四、问题的提出

通过简单梳理目前马来西亚、美国、中国大陆及台湾地区学术界跨族群书写研究的现状，可看出目前的研究以作家作品论为主，专题研究和理论建构有待加强。已有成果从族群政治、身份认同、书写主题、书写谱系等诸多层面提出了一些富有建设性的观点。这些成果为本书的研究奠定了坚实的基础，但也存在有待开拓之处。

1.研究对象不平衡。偏重对李永平、张贵兴、潘雨桐、梁放、钟怡雯、黄锦树、贺淑芳等作家的研究，对东马作家群的关注不够。文本来源主要是西马文学书籍，还有就是"两报一刊"，即《星洲日报》、《南洋商报》副刊和《蕉风》杂志，但在东马，砂拉越华族文化协会出版了大量东马作家作品以及相关的研究资料，却没被充分挖掘。

2.宏观与微观结合力度不够。侧重单个作家或单篇作品分析，较少抓

①　许文荣：《书写少数民族：马华文学的个案》，《星洲日报·文艺春秋》2007 年 12 月 16 日。
②　许文荣：《马华文学的弱势民族书写：一个文学史的视野》，《中国比较文学》2011 年第 1 期。
③　许文荣、庄薏洁：《多元文化语境下的边缘意识：马华文学少数民族书写的主题建构》，《民族文学研究》2012 年第 3 期。
④　庄薏洁：《论马华文学的少数民族书写》，硕士论文，拉曼大学，2011 年。

住历史转折的关键点,将重心移到捕捉历史转折的"此刻"在文学微观世界的投影上来,以及文学创作怎样回应和参与历史的变动。

3.东马和西马在族群结构和族群关系上有诸多差异,两地的跨族群书写在书写主题、美学策略、作家情感等方面也具有不同的面貌,现有研究对此较少加以细分。

基于此,本书选取的时间段是1990年至2019年,这是马来西亚走向发展与开放的转型期,也是马华文坛出现作家队伍代际更替和文学范式转型的激变期。本书主要探讨以下几个问题:马华社会的转型给跨族群书写带来哪些新的变化?书写主题和书写策略出现了哪些更新?西马和东马的跨族群书写有何联系与区别?

## 第三节　思路、方法与章节架构

### 一、研究思路与方法

1.从"地方性知识"出发

马华文学的跨族群书写涉及华人的文化心态、现实境遇、族群互动,与马来西亚的政治气候、族群政策,甚至中马关系和国际局势都有某种关联性。因此,要探讨跨族群书写,需将之放回文本生产的历史语境与社会文化脉络中。作为不在"文化现场"的研究者,如何真正有效地进入马华文学的文化场域,触摸其历史脉络是首先要应对的问题。美国文化人类学家克利福德·吉尔兹提出的"地方性知识"(local knowledge)在方法论上提供了可资借鉴之处。吉尔兹的"地方性知识"命题在方法论上有两大特点:一是强调"深描"(thick description),即以小见大,以此类推的观察和认知方式,二是主张以近乎"文化持有者的内部眼界"(the native's point of view)去观察文化。吉尔兹的方法论体现出和文学研究的某种程度的契合,可在具体操作层面加以运用。

吉尔兹强调"深描"时需要关注文化符号形成的具体情境(context),即特定的社会文化背景。他指出,"对文化分析而言,永远存在这样一种危险,在寻找深伏在底层的乌龟时,它会迷失表层的现实生活——使人们在方方面面受到制约的政治、经济和分层的现实——和这些表层的现实生活建立其上的生物和物质的必要因素。避免它的唯一对策,从而避免把文化分析变成一种社会学的唯美主义的唯一对策,就是要使文化分析的目标对准这样的现实和这样的必要因素"①。这意味着文本的形成总是与特定地方的历史、现实情境息息相关。

近乎"文化持有者的内部眼界"指研究者"既不应完全沉湎于文化持有者的心境和理解,把他的文化描写志中的巫术部分写得像一个真正的巫师写得那样②,又不能请一个对音色没有任何真切概念的聋子去鉴别音色似的,把一个文化描写志中的巫术部分写得像一个几何学家写的那样"③。也就是要做到入乎其内,出乎其外。吉尔兹自己的经验是"勉力搜求和析验当地的语言、想象、社会制度、人的行为等这类有象征意味的形式,从中去把握一个社会中人们如何在他们自己人之间表现自己,以及他们如何向外人表现自己"④。因此,在本研究中,一方面要努力获取各种社会历史文化材料,不断返回到文本生产的具体历史情境之中;另一方面不能完全沉湎于文化持有者的心境,而要努力以自己的方法加以阐释,以深化对文本和作家行为的理解。为此,可通过访谈、实地考察、问卷调查等方式了解马来西亚的现实生活与文化,使研究更多建立在第一手资料和"地方知识"的基础上。

2.打通文学的外部研究和内部研究

本书结合外部研究和内部研究,从国家意识形态、社会语境、创作主体的代际更替等维度来考察跨族群书写的变化;从文本的微观结构入手来体察宏观的社会历史变迁。通过知识考古和谱系学理论,把文本放入"生产现场",与相关的历史、政治等文化材料相互参照,坚持文本分析与社会学分析的辩证和统合。综合运用叙事学、形象学、文学社会学等研究方法,追求形式诗学研究和意识形态分析的对话与结合。

## 二、框架设计与安排

本书共设六个部分。绪论主要交代本书的选题依据、研究现状及有待开拓的空间、研究方法和思路。绪论包括三小节。第一节是研究对象的确立,介绍马来西亚族群关系的历史与现状,界定核心概念"跨族群书写"。第二节是分析研究现状,在此基础上提出本研究的切入点与着力点。第三节提出研究思路与方法,介绍本书的框架设计。

---

① 克利福德·格尔兹著,纳日碧力戈等译:《文化的解释》,上海:上海人民出版社,1999年,第34页。

② 疑为原文误,应如下文"写的那样"。

③ 克利福德·吉尔兹著,王海龙、张家瑄译:《地方性知识——阐释人类学论文集》,北京:中央编译出版社,2000年,第73～74页。

④ 克利福德·吉尔兹著,王海龙、张家瑄译:《地方性知识——阐释人类学论文集》,北京:中央编译出版社,2000年,第75页。

第一章是宏观整体性质的综论,剖析跨族群书写的文化/政治想象,回溯殖民时代至20世纪80年代跨族群书写的谱系。本章共分四节。第一节对跨族群书写的套词"番"进行语义学溯源,考察"番"所内含的文化秩序("华—夷"秩序)向南洋播迁,遭遇异质文化后发生的冲突、容摄、变化过程,以及马来西亚华人关于"异"的知识在这一过程中怎样实现"再生产"与变奏。第二节分析殖民时代(20世纪20—40年代)的跨族群书写,探讨此阶段捕捉异域风情,宣扬反殖反资的倾向。第三节分析独立前后(20世纪50—60年代)的跨族群书写,西马文坛提倡爱国主义文学原则,创作中不乏宣扬民族融合之作,但也透露出对马来霸权的隐忧;东马的跨族群书写同样宣扬民族情谊与民族独立,但少了不被承认的担忧,多了对族群磨合过程的书写。第四节分析后"五一三"时期(20世纪70—80年代)的跨族群书写,西马着力书写隔膜的族群他者马来人,强调华人的美好品质;东马着力书写同悲同喜的友族同胞,关心他们的现实困境和未来发展,对华人自身存在的诸多问题进行了深刻反省。

第二章具体剖析族际婚恋中的跨族群书写。20世纪90年代以来,跨族群婚恋书写表现出对华族本位的超越,不再强调华族的文化优越,而是对其他族群的文化有更多肯定与表现。主要体现在三方面:塑造兼具族群文化与现代文明的"他者",展现不同代际华人对他者文化态度的差异,书写华人开始调整华夷观念,此为第一节;凸显东马弱势族群妇女在买卖婚恋中的觉醒与反抗,发掘她们身上的主体性,探讨族群之间的买卖婚姻可能导致的暴力反扑,此为第二节;华异混血儿实现了身份的逆转,不再对华族文化顶礼膜拜,对其他族群的文化也有肯定与吸收,此为第三节。

第三章具体剖析历史溯源中的跨族群书写。东马本土作家凭借作为"婆罗洲子民"的真实体验和在地知识的优势,对婆罗洲的多元民族、多元文化、多元生态有深度开掘,并联系婆罗洲的社会历史人文网络以及参组大马之后的处境来加以考量,风格平实自然,形构了婆罗洲的在地知识。东马旅台作家以婆罗洲为原乡,通过重述华人拓荒史,再现华人落地深植婆罗洲过程中与当地原住民的恩怨情仇,以魔幻美学和话语狂欢书写雨林传奇。两种书写呈现不一样的情感结构与美学追求,形成两种截然不同的书写风格,但都表现出对雨林文明的价值重估。本章分三节。第一节探讨东马本土作家对伊班族作为"地之子"历史的重勘和显影,包括挖掘原住民的英雄史、苦难史,记录原住民文化衰落史。第二节探讨东马旅台作家如何"重述"华人拓荒史,展现祖辈垦荒事业中"血泪"与"压榨"同在的复杂面向,形成华人拓荒史的"东马抗辩记忆"。第三节分析东马本土作家和东马旅台作家对雨林文明的"再发现",重估"雨林"的现代价值并对其未来发展趋势进行思考。

第四章具体剖析回儒对话中的跨族群书写。20世纪90年代,马来政要为了加强马来人与华人之间的文化融合,提出"回儒对话"的文化政策,将探讨回儒接触中的"问题领域"列为对话的目标之一。国家政策的松绑与鼓励使马华文学得以触碰此前的文学禁区,书写回儒接触中的"问题领域"具有了官方的合法性。2000年左右,华人与马来人之间的宗教差异与碰撞进入文学视野,跨族群书写的题材由是有了新的开拓。本章分三节,分析马华文学回应"回儒对话",对"问题领域"的具体探索,包括表现禁忌僭越者的"罪"与"罚"、私人生活领域的碰撞与磨合、社会公共领域的规训与惩戒。

最后一部分是结语,主要总结本书主体部分的研究结论,并展望跨族群书写面对的新问题。思考随着"人类命运共同体"时代和数字时代的到来,跨族群书写面临的挑战和机遇。

# 第一章　跨族群书写的文化/政治想象

在马华文学中,"唐"和"番"是一组相对的概念,分别表示"中国的"和"外国的",常见的说法有"唐山""唐人""唐人街""唐人话(中国话)","过番(出国)""番客(华侨、华人)""番婆(外国女人)""番仔(外国人)""半菜番(混血儿)""番话(外语)""番文(外文)"等。"番"是马华文学中指称"他者"的套话。"番"所内含的"华夷"秩序,对跨族群书写产生了深刻影响,并随着华族的政治身份、文化认同、现实处境等的变迁不断调试,使马华文学的跨族群书写呈现出对族群"他者"的文化/政治想象。

## 第一节　"番":"异"知识的南洋再生产

### 一、"番"与"夷夏之辨"

"番"在《说文解字》中的释义是:"番,兽足谓之番。从采;田,象其掌。""番"至迟在宋代就用来称呼少数民族或外国。用一个与"兽足"相关的词来指称少数民族或外国人,内蕴着对他们的蔑视,体现了"夷夏之辨"的文化秩序。"夷夏之辨"与古代中国人的天下观密切相关。"他们想象:第一,自己所在的地方是世界的中心;第二,大地仿佛一个棋盘一样,或者像一个回字形,四边由中心向外不断延伸,第一圈是王所在的京城,第二圈是华夏或者诸夏,第三圈是夷狄。……第三,在这个天下中,地理空间越靠外缘,就越荒芜,住在那里的民族就越野蛮,文明的等级也越低,叫作南蛮、北狄、西戎、东夷。"[①]"番"与蛮、狄、戎、夷一样,是古代"中国"对"化外之地""非我族类"的概称。

按照传统天下观,南洋显然是处于华夏文明的"化外之地"。中国与南洋的关系,也限制在朝贡体制的框架中。据《汉书·地理志》记载,汉代已有译使前往东南亚。他们除了进行贸易,更主要的是宣示国威,使万国来朝。

---

① 葛兆光:《何为中国:疆域、民族、文化与历史》,香港:牛津大学出版社,2014年,第36~37页。

南海诸国在汉武帝时已皆来朝贡①。这种传统政策在此后的两千年中一直得以延续。

"南洋"一词,在明清时期已广泛使用。② 清初陈伦炯《海国闻见录》中的《南洋记》已有对南洋土著的记载:"番皆无来由族类,不识礼仪,裸体挟刀,下围幅幔。"③其后,清代旅行家谢清高的《海录》也有很多对南洋风土人情的记载,其中不乏对南洋土著的描述:"土番居埔头者,多以捕鱼为生。……其居山中者,或耕种,或樵采,穷困特甚。上无衣,下无裤,唯剥大树皮围其下体。亦无屋宇,穴居野处,或于树上盖小板屋居之。凡土番俱善标枪。标枪者,飞枪也,能杀人于数十步外。出入常以自随,乘便辄行劫杀人。""沙喇我国在麻六呷西北,……此国在红毛浅东北岸,疆域数百里,民颇稠密,性情凶犷。后山与丁咖啰、咭嚹丹相连。山中土番名狸子,裸体跣足,鸠形鹄面,自为一类。""柔佛国在旧柔佛对海,海中别一岛屿也。旧柔佛番徙居于此,周围数百里。由白石口南行约半日即到,土番为无来由种类,性情凶暴,以劫掠为生。"④在陈伦炯、谢清高笔下,南洋土番裸体穴居、野蛮残暴、不识礼仪,迥异于华夏中土的文明人,字里行间难掩轻蔑与惧怕心理。

至清末民初,许多中国沿海贫民被迫下南洋谋生,成为西方殖民者开发南洋的廉价劳动力。他们在南洋的政治、经济地位,当然与自汉代至明朝因贸易或宣威而侨居此地的华人,不可同日而语。而且,此时中国与南洋的关系,也不再是中原与边陲的朝贡关系,而是本土与异域,自我与他者的关系。但文化与历史惯性使然,加之异域陌生的人文环境与谋生的艰难处境给过番者带来巨大压力,华人的南洋观中仍旧存留不合时宜的华夷观念。这从清末民初广泛流传于南洋华人之中的"过番歌"中可看到这种文化心理。

刘登翰整理的长篇《过番歌》就有对异邦的景与人的描写:"实叻景致真正好,/也有牛车共马驼,/也有番仔对番婆,/也有火车相似雷;/番邦生成恰如鬼。""实叻景致真是好,/亦有番人共番婆;/身穿花衫戴白帽,/口吃槟榔甲荖蒿;/脚下穿裙无穿裤,/上街买卖赖赖梭。"⑤这两段歌谣描写了华人初

---

① 班固:《汉书》卷二八下《地理志》,北京:中华书局,1962年,第1671页。

② 有关"南洋"一词的起源及演变,可参看李金生:《一个南洋,各自界说:"南洋"概念的历史演变》,《亚洲文化》2006年第30期。

③ 余定邦、黄重言编:《中国古籍中有关新加坡马来西亚资料汇编》,北京:中华书局,2002年,第216页。

④ 余定邦、黄重言编:《中国古籍中有关新加坡马来西亚资料汇编》,北京:中华书局,2002年,第176、180、181页。

⑤ 刘登翰:《长篇说唱〈过番歌〉的文化冲突和劝世主题——〈过番歌〉研究之三》,《华侨大学学报》2014年第2期。

来实叻(即新加坡)时,对番仔番婆"身穿花衫戴白帽""脚下穿裙无穿裤"的着装,"口吃槟榔甲荖蒿"的习性感到很新奇,又夹杂着陌生环境带来的精神恐慌,很自然地把番人比作阴森恐怖的鬼。民俗学家钟敬文收集的一首"过番歌"描述了番仔的凶残:"星仔光光,/打开寮仔门;/风仔微微,/担上畚箕儿;/走到芭园去。/心肝卜卜跳,/目汁金金吊;/又惊番仔,/虎叫还好店,/番仔一来,/铁棍儿,/额顶照照;/嗨合番仔意,/生命无半厘!/卜,卜,卜,/拖到化尸室去,/猩红骨头,/一枝一枝。/儿在番邦碎尸,/母在唐山盼望儿!"①这首歌谣凸显了番仔的凶残:稍不合意,就用铁棍殴打华人,甚至夺人性命,还把尸首扔去化尸室喂蛇,被蛇吞噬的华人只剩一枝枝骨头。歌谣把番仔与老虎相比,认为番仔比老虎还凶残,强化了对番仔的惧怕、憎恶之情,隐然可见清代陈伦炯、谢清高笔下的南洋土番影子。这类描写异邦番仔的歌谣流传广泛,传播和强化了华人对南洋土著的轻蔑和惧怕之情,成为"异"知识的南洋再生产,沉淀在华人的潜意识中,可视为马华文学跨族群书写的"前传"。

在马华文学跨族群书写文本中,常用"番仔""吉宁仔""拉子""半唐半拉"来称呼马来人、印度人、原住民以及华人与原住民结合生下的混血儿。这些指称可视为"番"的变体,内含华夷之辨与高下之分,体现了华人以"开化"和"文明之人"自居,将族群"他者"看作"化外之人"和"异己"分子的文化心态。艾勒克·博埃默曾说:"我们②不得不经常提到'他性化'的过程,并将此视为殖民化过程中带有根本性的问题。……被殖民民族总是被表现为次等的:不那么像人,不那么开化,是小孩子,是原始人,是野人,是野兽,或者乌合之众。"③华人的文化偏见与此类似,常表现出对"差异"的蔑视和缺乏容忍,并把"差异"视为与族群自我具有等级差别的对象。

## 二、东马原住民

"拉子"是东马的闽南话,用来指称当地的达雅族/伊班族人,妇女就叫"拉子妇"。闽南人总喜欢称呼人或动物为"子",因此就凑成"拉子"这个词了,表示土人或没有文化的人,是一种带着轻视及歧视的符码。黄万华在解读《拉子妇》时也说:"在砂勝越,华人都唤土人叫'拉子',这种带轻蔑意味的

---

① 指钟敬文于1924年11月发表在《歌谣周刊》第70号的《歌谣杂谈(五之四)·南洋的歌谣,载钟敬文:《钟敬文民间文学论集》(下),上海:上海文艺出版社,1985年,第326页。

② 指殖民者。

③ 艾勒克·博埃默著,盛宁、韩敏中译:《殖民与后殖民文学》,沈阳:辽宁教育出版社,1998年,第90页。

称呼透出了华族社会的倨傲、偏见。"①林开忠亦曾明白指出:"拉子是被华人看扁的,原因是什么?除了文化上的优越感以外,拉子一般的生活条件也不如华人'富裕'可能也是其中重要的原因。"

曾华丁写于殖民时期的《拉子》(1929)是最早书写原住民的文本。小说开篇就说拉子是"北婆罗洲上一种尚未十分开化的野蛮民族",然后历数拉子的种种不开化之处:

> 拉子的生命由于周遭的物类的掩盖而使彼等至今尚保存着简陋的机智,直截的心情,大无畏的胆略,怪诞的幻想,愚不可及流露出的行为以至于伟大的,毫不迟疑的残忍心,畸形的惧怕心。
>
> 他们可以因为一桩无谓的不吉的噩梦而杀尽妻孥父母。他们可以因为世世认为不吉的马的啼叫而舞剑操刀。他们有时是任性的,有时是驯服的,有时类似凶煞,有时比于魔。总而言之,他们是绝对没有现代社会里的市侩那样习顽的智能与夫蓄意害人的枭雄的奸险;他们视人生若梦幻,同时却又以梦幻作为人生的一部分,或以梦幻为生命的主宰者。②

曾华丁是提倡"南洋文艺"并身体力行的南来作家,他有意识地书写生活在南洋这块土地上的其他族群,但由于书写技巧的粗疏,更因为在地知识(local knowledge)的不够,使这篇作品对拉子的描写流于表面。在作者笔下,拉子是迷信的、愚蠢的、野蛮的、残忍的,缺乏理性的,带有传统中国人打量异族的文化印记。

生于婆罗洲的李永平在20世纪六七十年代创作了几篇有关原住民的小说:《婆罗洲之子》《拉子妇》《围城的母亲》。作为土生土长的作家,李永平对婆罗洲的原住民有了更多的了解。在他的笔下,原住民成为华人家庭的一员,华人与原住民有较多的交流互动。尽管如此,小说并未深入去探究原住民的文化,了解原住民的喜怒哀乐。在李永平的小说里,这些异族大都面目模糊、没有名字、出身和来历语焉不详,是如颜元叔在《评〈拉子妇〉》中所说的"哑静"的角色,这正意味着他们的被动与消极地位。

《拉子妇》中,拉子女性与华人男性组建家庭,却遭到华人家庭的集体排斥贬抑。首先是见面之前家人对拉子妇的偏见。象征家庭权威的祖父听说

---

① 黄万华:《新马百年华文小说史》,济南:山东文艺出版社,1999年,第204页。
② 曾华丁:《拉子》,载方修编:《马华新文学大系(三)》,新加坡:星洲世界书局有限公司,1970年,第536页。原载《南洋的文艺》,1929年12月19日—24日。

三叔娶了一个拉子妇,还没见面就勃然大怒,认为三叔有辱家族门庭,准备将三叔逐出家门。六叔在家里散布谣言吓唬小孩,宣称拉子婶是要割人头的大耳拉子。接着是见面之后对拉子妇的歧视。尽管拉子婶长相和善,但我们一众小孩异口同声叫她拉子妇。当她婉拒"我"母亲叫人泡的婴儿奶粉,而在众目睽睽之下解衣为孩子哺乳,遭到四婶的冷嘲热讽。用餐时拉子妇不懂华人的用餐礼仪,大口大口吃饭,遭到二婶的鄙夷。而她在给爷爷敬茶时,由于不懂中国人的规矩没有下跪,爷爷当众打翻茶盘,把茶水泼在她脸上。三叔作为丈夫,并没有维护妻子,而是打心底里瞧不起拉子妇,认为拉子妇是天生贱种,娶她不过是权宜之计,不可能做一世夫妻,最后抛弃拉子妇另娶华人女子为妻。这篇小说表现了华人的种族和文化优越感以及对他者文化的贬斥,其中不乏对民族自大的反省。

如果说李永平对拉子女性的想象往往强调其"哑静"、被动的特质以及以此来隐喻她所属的族群面对华族的怯弱态度,那么他对拉子男性的想象就截然不同,往往通过书写猎人头的风俗来突出他们的暴力和残忍。事实上,华人民间对伊班族群还有更坏的别称:"半夜反",意思是"你被他们杀掉天还没有亮",这是指伊班人翻脸不认人的性格。[①] 在《拉子妇》中,就提到了那时广泛流传于华人民间的有关猎人头的传言。"那时华人社会中还传说大耳拉子猎人头的故事。我还听二婶说过,古晋市郊的那一道吊桥兴工时,桥墩下就埋了好多人头,听说是镇压水鬼的。"[②]到《围城的母亲》,李永平将这样的想象更形象地呈现出来:因干旱而闹饥荒的拉子多次去华人的店铺赊粮食,当店家因本钱不够不肯再赊账时,拉子们立马翻脸不认人,当天夜里就放火烧了店铺,砍死店家。林开忠提到,类似的传言和想象也发生在西马:"笔者在吉隆坡的家乡也曾经传闻这样的谣言。在砂捞越,由于许多非穆斯林原住民有猎人头的习俗,这样的谣传会更喧嚣尘上。笔者在《砂捞越公报》(Sarawak Gazette)中看到很多其他类似的个案。比如当稻米歉收、猎人头的传言、干旱、群体冲突,或有人煽动反殖民政府运动时,一些内陆的长屋,晚上时分就会受到不明人士丢掷石头或木块,使得英国官员不胜其扰。其他如在华人社群中,当选举或因某些课题而产生'种族间关系紧张'时,华人家庭就会开始储备米粮,害怕'五一三'重演等。这些焦虑、害怕

---

① 石问亭:《存而不在》,载沈庆旺:《蜕变的山林》,吉隆坡:大将出版社,2007 年,第 187 页。
② 李永平:《拉子妇》,载李忆莙主编:《马华文学大系·短篇小说(一)》,新山:彩虹出版有限公司,2001 年,第 132 页。

的社会、文化、历史与心理的集体潜意识,实值得我们好好地探讨的。"①猎
人头是拉子男性文化的象征,这样的象征本身在拉子社会里只是荣耀、勇猛
甚或领袖气质的表现,但呈现在华人的眼里,却是恐怖与暴力的化身。华人
对拉子的暴力想象,投射出华人在马来西亚唯恐生活得不到保障的忧患
意识。

　　李永平对拉子的书写仍然无法超越自身的文化限制,他同情拉子妇的
不幸遭遇,但距离让拉子妇自己"发声"还很遥远;另外,他对拉子男性的建
构与殖民者对拉子的"污名化"处理有相似之处,②距离真正理解与认同异
族文化也很远。郑琇方指出,《拉子妇》为了达到主体再现的目的,在与异族
接触的过程中,借由散播、强化他者与自我的"中华文化"或"中国意识"的
"高下之别",去追寻华族原乡的所在,进而认识自己、寻求"我"的边界、饱满
"我"的主体。③

　　李永平之后,拉子妇的可怜与卑贱,拉子男人的猎人头习俗成为跨族群
书写文本中反复渲染的对象,如梁放 20 世纪 80 年代创作的《龙吐珠》和《温
达》。即便到了新世纪,这种自大与偏见仍残留在老一辈华人的头脑里。如
《梦萦巴里奥》中父辈们对原住民的排斥:"深山里的'大耳拉'……传闻中都
是凶恶的种族,见了远远地躲开。"④《猴杯》中主人公余鹏稚的母亲(老一代
华人)对丽妹(达雅族养女)的刺青的评价:"这刺青……番人的玩意嘛
……","以后别刺了……番鬼不卫生,这刺青会染病……"⑤母亲以鄙夷的
口吻将土著的刺青文化贬斥为"玩意儿",将刺青视作不卫生的、不健康的东
西。就像詹姆逊所分析的那样:"他们……邪恶的乃因为他们是他者,是不
同的、奇怪的、不卫生的、不熟悉的人。"⑥

## 三、印度人

　　印度人在南洋各地被称作吉宁仔。据韩振华的考证,南印度东海岸的
Kalinga(羯陵伽)人移民东来,居留于东南亚各处,在今马来西亚、印度尼西
亚、柬埔寨,都可见羯陵伽人足迹,今印度尼西亚语 Keling,指来自南印度

---

　　① 林开忠:《"异族"的再现?——从李永平的〈婆罗洲之子〉与〈拉子妇〉谈起》,《星洲日报·
文艺春秋》,2003 年 7 月 20 日。
　　② 殖民者为了维护自身统治,将不驯服的原住民建构成"海盗"和"暴徒"。
　　③ 郑琇方:《以父之名?——论李永平〈拉子妇〉中的族群认同及其建构》,载杨松年、简文志
编:《离心的辩证——世华小说评析》,台北:唐山出版社 2004 年,第 135 页。
　　④ 石问亭:《梦萦巴里奥》,《星洲日报·文艺春秋》,2003 年 5 月 25 日。
　　⑤ 张贵兴:《猴杯》,台北:联合文学出版社有限公司,2000 年,第 37 页。
　　⑥ 詹姆逊著,王逢振等译:《政治无意识》,北京:中国社会科学出版社,1999 年,第 102 页。

的人；南洋的华侨称之曰吉宁人或"黑吉宁仔"。马来语也是这样。①"吉那"（吉宁仔的合音词）本指来自南印度的人，因为马来语中有一些不雅的谚语使用这一词语，导致人们不喜欢。

与华人相比，无论人口数量还是经济实力，印度人都居于劣势。早期马华作家审视印度人时，在姿态上有时显得相当粗糙而傲慢。

冷笑的《热闹人间》（1927）描绘了吉宁人的形象："说来也奇怪，他们——吉宁人——的生活，总是特殊的式样，身已黑，而穿白衣，尤好围着与他们肉色相反的白布，从他们的感觉，这样总算作美，所谓美是主观的，直觉的，这也是个例证。他们的生活真可怜，竟和牛马没有两样，而工作率又极小，整天辛劳，所做的寥寥无几，加以他们毫无积蓄，日中所得工值，尽消费于饮食中，尤以椰酒一门，是他们大宗的消费。酒醉后，长遑气相打骂。世界上最苦最贫而最乏团结力的民族，恐怕无过于他们。""一个围了彩裙，穿了淡黄线衣的怪物盘坐在门口的地上，锅底般的脸，挂着浑浊而呆板的眼，微弯的鼻头，横贯着一条金属的针作为装饰，下露着血盆似的口，若他微笑的时候，露出金鱼黄的牙齿，这就是吉宁人的妇女。从门口望进去，黑沉沉若地狱一般，还有许多老的少的，在那里坐着卧着。"②在冷笑的笔下，吉宁人是一群生活方式古怪，审美趣味低劣、工作效率奇低，喜欢酗酒闹事的乌合之众。文中还引用中国古语"木朽而后虫生之"来总结吉宁人的病症。

类似的描写出现在王探的《育南与但米》（1928）中。印度小孩但米的父亲给白人当雇员，收入甚微，又经常酗酒，因此被人瞧不起。小说中描写了但米父亲喝酒后的丑态："在他这一民族，喝酒是当地政府的禁例，但他却常常不能自制，偷偷地喝个颠颠倒倒回家来，啊都律地，叫喊连天。这时就常常吃了主人的耳光，或皮鞋踢。有时索性让他更加哀叫哭喊了一会。"③华人小孩育南的父亲等级观念很强，百般阻止育南和但米交朋友，评价但米："他身子像屎一般臭，土一般黑，又没有读书，和猪一样，和他在一起，简直一点利益也没有。……但米是可耻的卑贱的弱小的民族！"④

对于印度人的书写，马华作家总是强调他们黑色的肤色特征，并且把这种肤色特征与他们审美趣味的庸俗、品性的低劣、智商的低下联系起来，类

---

① 韩振华：《中国与东南亚关系史研究》，南宁：广西人民出版社，1992 年，第 71 页。

② 冷笑：《热闹人间》，载方修编：《马华新文学大系（三）》，新加坡：星洲世界书局有限公司，1972 年，第 196 页。原载《南洋商报》副刊《海丝》31～38 期，1927 年 10 月 16 日脱稿。

③ 王探：《育南与但米》，载方修编：《马华新文学大系（三）》，新加坡：星洲世界书局有限公司，1972 年，第 191 页。原载《荔》第 53 期，1928 年 3 月。

④ 王探：《育南与但米》，载方修编：《马华新文学大系（三）》，新加坡：星洲世界书局有限公司，1972 年，第 192 页。原载《荔》第 53 期，1928 年 3 月。

似于西洋人以"黄祸"来表达对中国人的厌恶与惧怕。在华人的审美视野中,黑色是哀悼的颜色,常与凄惨、悲伤、忧愁、死亡、恐怖相连。在冷笑笔下,吉宁人黑色的皮肤,让人联想到"地狱",给人带来不快。这种肤色上的特征又与品行上的低劣——喜欢酗酒、工作效率低下、不会积蓄、缺乏团结等——联系起来。这套话语形成了华人作家的心理积淀和文化偏见,印度人形象被简单化为一种消极类型,他们文化的优越性被忽视和消解了。

此类书写亦出现在马来西亚独立后的很多文本中。姚拓《捉鬼记》(1969)塑造了守门的印度人"山星佬"的形象。"山星佬""平时就有点阴阳怪气的,连话都懒得跟人说一句,除了守门,偷喝椰花酒外,就是睡觉"。作者借电影院经理的口讥讽他是"鬼"。商晚筠的《洗衣妇》(1978)里叙述者以一种戏谑的口吻描述印度洗衣妇:"顶多说她胖不起,……下辈子有得选择的时候,千万别再投入黑肚皮。"洗衣妇运气总是差人一截,婚姻中总是遇人不淑,第一任丈夫是个好吃懒做的印度胶工,第二任丈夫是个烂醉鬼,"醉起来连老婆都可以大方地陪给人睡",第三任丈夫是个贪图享乐、不负责任的男人,"凭着一张嘴巴搭上她,把个女儿捏成形了从此便跑天下,不告而别"。她像"祥林嫂"一样不断抱怨生活中的不幸,同时也通过她的不幸展现了印度男人的低劣品性。温祥英《角色》(1979)刻画了一个荒淫无耻、不负责任的印度青年形象。李有成《印度》(出版年月不详,大约1982年或者稍后)塑造了一个荒淫、有恋童癖的印度老男人的丑恶形象。从这些书写可看出华族对印度人肤色的排斥。这种由肤色而产生的偏见,体现了华族一种主观的、先入为主地将"他者"异化的心理。

这种肤色歧视在20世纪90年代以后的文本中也没有完全消失。曾丽连《茧里哭声回响》(1991)中的印度人卡尼沙经常虐待妻子、酗酒、不思进取。毅修《假期》(1996)中印度男人除了酗酒,就是殴打老婆出气。陈雨颜《走过》(1999)详细描写了丽茱米一家印度人的堕落:

> 丽茱米的爸爸开一间小小的理发店,妈妈长得矮矮胖胖,终日穿着陈旧素朴,露出皱巴巴的黑肚皮,得空时,就嚼槟榔;姐姐很早就到外地工作;两个哥哥既不上学也没工作,整天和妈妈在厨房叽里咕噜的谈天或吵架;丽茱米在国民小学读书,却无法以马来语和人交流。他们家喜欢偷拿邻居的鸡蛋、杨桃、饼干,防不胜防,邻居都知道是他们拿的,但也总吵过就算,拿掉的,也还不是什么贵重的东西。
>
> 一天辛苦下来,丽茱米的老爸也可以赚到两餐。但每天傍晚,他就步行到对面的小酒庄买椰花酒回来喝。到了晚上,从他们家总是传来争

吵声、与摔东西的声音,然后一连串的哭叫声。丽茉米的老爸在喝醉后,总拿妻儿出气。弄得这镇上唯一一家的印度人,令人一提起,就叹气。①

从这些作品可看到一系列书写印度人的套话:苦力、酗酒、黑肚皮、工作散漫、无助的印度女人、不负责任的印度男人。这些套话成了表征印度人外表丑陋、品行低劣的符号代码。毋庸置疑,这种处理手法容或有事实根据,但过于简单化。它假定了一个定型化的、与华人截然不同的种族,未能发掘异族文化的闪光之处。这种由肤色产生的文化偏见,反映出华人与印度人之间的隔膜。

到新世纪,黎紫书《出走》(2001)中的华裔少年菜狗还给印度同学拉祖起蔑称,命名背后是种族歧视意识的符号化。老师要发动同学筹钱给拉祖失去双腿的母亲买轮椅,菜狗的父亲破口大骂:"丢那妈吉宁男人哪个不酗酒女人哪个不自杀老子没钱捐轮椅有钱捐棺材,叫他有种自己到这里拿。"虽然小说对拉祖这一印度"他者"不乏敬意与同情,但"他者"仍被表述为"贫穷者""乞食者""应被施舍者"等。就像许文荣所说的,在异族"他者"与族群"自我"的"差异"的书写过程中,潜意识里仍然掉入殖民主义话语惯用的摩尼教寓言"想象秩序"的魔障里头②。

## 四、马来人

在西马用"番仔"(闽南话)来指称马来人,华人皈依伊斯兰教称为"入番",是带着轻蔑的能指。而广东话喜欢给异族冠上"鬼"的称号,如"马来鬼""印度鬼"等,符码背后是一种种族与文化优越的意识。马来西亚建国后,马来族成为主导民族,特别是1969年"五一三"事件后,国家大力扶持马来人的发展,马来人在各个领域的势力大增,因此,华人对马来人的书写较为谨慎与隐晦。尽管如此,我们还是能从字里行间见出当时华人看待马来人的态度。

夏霖小说《静静的彭亨河》(1946)描写日军入侵马来亚时期,禁江村的华人和马来人因宗教信仰和生活习俗的差异而引发矛盾冲突的故事。华人喜食山猪,并将屠杀山猪的血倒入彭亨河。马来人信奉伊斯兰教,认为华人此举亵渎了真主。两族矛盾一触即发。适逢日军进村大肆屠杀华人,当地华人怀疑是马来人给带的路,而马来人则怀疑是中国人密谋抗日才引来日军。虽然小说末尾以族群和解结束,但华人和马来人之间的隔膜和猜忌,尤

---

① 陈雨颜:《走过》,《星洲日报·文艺春秋》,1999年2月7日。
② 许文荣:《南方喧哗:马华文学的政治抵抗诗学》,新山:南方学院出版社,2004年,第91页。

其是宗教信仰之差异,意味着两族融合之艰难,这也成为此后两族关系书写中反复出现的议题。夏霖的另一篇小说《冲》(1947)展现了华人头家对一个马来水手的戒备。在头家眼里,马来水手"黑黑矮矮",像海盗流氓,水手那对凹陷的黑溜溜的闪着光的小眼睛,准是代表残暴和凶险。当水手出现在头家的咖啡摊并和同伴发生争执时,头家在心里暗暗佩服自己够眼光,一早就看出这个水手形迹可疑。后来印尼和荷兰发生战事,物价飞涨,水手提醒头家多囤积些糖,头家迟迟不愿下手,直到高位时按捺不住进了大批货,没想糖价又开始下跌。头家越想越气,埋怨"人穷鬼弄灯,这家伙害人不知深浅!"①,准备等那个水手来喝茶时骂他一顿。小说中多次提到马来水手的"怪眼睛",并将之与"残暴"联系在一起,而且头家多次称呼马来水手为"这家伙",总是冷冷地、警戒地盯着水手看,这些描写都显示华人把马来人视为危险的、可怕的"异己"。事实上,马来水手富有正义感,后来在支持印尼反抗荷兰殖民者的斗争中献出了生命。

商晚筠的《小舅与马来女人的事件》(1977)开首便点出华人对与马来人通婚的排斥:"也不晓得是谁个嘴皮子闲挂着无聊,硬是爱找话儿嚼,这般没遮没栏②的剔出了这么一句败人声誉的谣言——戆呆村爱上了马来女人,就要入番(注:皈依回教)戒食猪肉了呢!"③作者在文中刻意加注,暗示华人对此的抵触,于是小舅与马来寡妇的婚恋不仅是"败人声誉的谣言",更升级为家庭事件和社会事件。强悍的阿婆咒骂马来女人勾引自己的儿子,对马来女人的儿子拉曼见死不救,最后请"白帽哈兹"(回教徒)将其赶走,硬是拆散了小舅与马来寡妇的姻缘。镇上的华人也对两人的婚恋指指点点,认为马来女人触犯了华人的自尊。一起婚恋事件可看出华人传统观念中的保守与排外,也可看出对马来人的刻板印象。

在碧澄小说《未写出的信》(1981)中,马来青年山尼懒惰成性、贪图享受,连看守电梯的工作也无法忍受,最后接受马来寡妇包养。在碧澄的另一篇小说《哈罗,你好》(1988)中,马来青年卡马鲁不肯踏实做事,幻想靠歪门邪道一步登天,先是利用女主人的恻隐之心骗取其信任,然后卷走女主人的财物,最后又去抢劫银行。这两个马来青年身上,体现了华人对马来人的刻板印象:懒惰、不务正业、不思进取。

---

① 夏霖:《冲》,载方修编:《战后新马文学大系·小说一集》,北京:华艺出版社,1999年,第97页。原载《晨星》,1947年11月3—4日。

② 疑为原文印刷错误。

③ 商晚筠:《小舅与马来女人的事件》,载商晚筠:《跳蚤》,新山:南方学院马华文学馆,2003年,第173页。

在驼铃的《柴船头》（1989 年左右）中，阿昉叔的干儿子是个马来青年，他颇有心计，文中提到他之所以照料阿昉叔，是因为贪图阿昉叔的家财。这个马来青年为了掌控阿昉叔，对上门探视的华人异常冷漠，试图切断阿昉叔与邻居的亲密关系。驼铃小说《板桥上》（1991）中出现了卖茶的马来老人阿里。阿里与华人邻居相处和谐，但小说提到阿里长着一张马脸。马脸在中国人的眼里是不招人喜欢的，其中透露出华人看待马来人的微妙态度。

"拉子""吉宁仔""番仔"这一系列对他者的贬抑性称呼，以及对他者"低劣"血统、文化、人性、品质、习俗的铺展，透露与折射出的正是华族主体的传统思想烙印——一种带有"华夷之辨"的文化秩序，这类书写在某种程度上成为这种"异"知识的南洋再生产。当然，随着华人在马来西亚落地生根，对"他者"的称呼与评价也在不断调适。与"拉子""吉宁仔""番仔"并行的有"同胞""兄弟""友族"等称呼。特别是 20 世纪 90 年代后，马华文学较多使用"友族"一词，这反映出族群关系的变化和华人自身文化观念的变迁。

彭兆荣指出，"一个社会形象的形成需要两个前提条件：形象本身和他者的透视。二者共同构成形象文本。形象文本具有两个规则：一为客体的变动性。二为以我为中心的视野特性"。[①] 形象的生产可能随着社会变迁而产生变化，这符合形象文本的第一种规则——客体的变动性；同时，社会价值体系的变动会影响到"他者的透视"，而出现形象的变化，这符合形象文本的第二种规则——以我为中心的视野特性。如果说早期马华文学将南洋土著称作"番"是沿袭了"华夷之辨"的文化秩序，那么随着华人在马来西亚落地生根，特别是许多华人选择入籍成为马来西亚公民后，马华文学对他者的称谓以及附着其上的意义也增添了新内容。作为所居国的少数族群，马来西亚华人所携带的文化在遭遇当地异质性文化的碰撞后，也在不断修订。可以说，不同时期的跨族群书写折射出华人不同的文化/政治想象，第二、三、四节将具体分析殖民时代、独立前后、后"五一三"时期马华文学跨族群书写的演绎，探寻不同时期关于"异"知识的变奏。

## 第二节　殖民时代的跨族群书写
### （20 世纪 20—40 年代）

#### 一、南洋色彩与本土性建构

1919 年，新加坡《新国民日报》副刊《新国民杂志》的创刊，被视为马华

---

① 彭兆荣：《"红毛番"：一个增值的象形文本——近代西方形象在中国的变迁轨迹与互动关系》，《厦门大学学报》1998 年第 2 期。

新文学的起点。受"五四"新文学激发的马华新文学,深受"五四"新文学影响,倾向于中国题材的书写,表现出浓厚的侨民意识。至 20 世纪 20 年代中期,文坛开始吹起一股小南洋风,一些居于南洋的文人,强调写南洋题材,表现南洋社会现实,提倡"南洋色彩文艺"。在如何建设南洋文艺方面,早期文人提出了自己的见解。如张金燕就提出,"南洋有南洋的历史、风俗、人情、风景、作者不要如何穷搜远处,是俯拾即是的东西,譬如土人的情形,土人的恋爱、情歌、生活等等,中国人在这里的生活情形等等,各色人在这里的措施影响等等,都是绝好的文学题材"①。张金燕提出文学创作要扎根南洋本土,认为南洋有自己的历史与价值,无疑是富有远见的,他也敏锐地察觉到"土人""中国人""各色人"杂居生活的南洋特色,但"土人"一词多少流露出他对土著、异族的轻蔑之情。曾圣提就建设南洋文艺问题,建议从两方面入手:一是采访马来人的文化;二是描写华侨及其他人种的生活。② 于是,马华文学创作除了对南洋地方的蕉风椰雨、风俗民情进行捕捉之外,也开始对其他族群感兴趣,族群"他者"开始出现在马华文学作品中。

马华新文学开始萌芽的时候,马来半岛被英国人殖民已逾百年③。中下层华人和其他各民族的普通大众过着卑微、麻木、悲惨的生活。1930 年前后的世界经济大萧条加剧了普通大众生活的困苦,引起了马华作家的关注,作家创作由倾向中国题材的书写转向对南洋现实生活的反映。此时中国正经历北伐战争、宁汉分裂等重大历史事件,文学思潮则由五四时期的文学革命转为创造社、太阳社所倡导的革命文学。大批中国左翼知识分子受宁汉分裂等政治事件波及,南来新马避难,他们成为新马文坛生力军,促进了新兴文学④在新马的兴起。永刚 1927 年发表的《新兴的文艺》可视为马华新兴文学肇始时的指导理论:"在现代,新兴勃起的文艺作家,是充满着红血轮与反抗性的,在这治人者压迫治于人的时代,要激发民众,应该看清前者的残忍、无耻、淫荡和穷奢极欲的罪恶生活。"⑤"20 世纪 20 年代中期发展起来的马华左翼文学很快就与南洋文艺会合,形成了具有混血特征的文本

① 张金燕:《南洋与文艺》,转引自杨松年《新马早期作家研究(1927—1930)》,三联书店(香港)有限公司、新加坡文学书屋,1988 年,第 8 页。原载《新国民日报》,1927 年 3 月 25 日。

② 曾圣提:《南洋文艺》,转引自杨松年《新马早期作家研究(1927—1930)》,三联书店(香港)有限公司、新加坡文学书屋,1988 年,第 9 页。原载《南洋商报》,1929 年 1 月 1 日。

③ 新加坡于 1819 年开埠。

④ 新兴文学是当时中国的"革命文学"的别称,新兴文学运动是当时马华文艺界对于中国"革命文学运动"所发出的共鸣。参看方修:《新马华文新文学六十年》,新加坡:新加坡青年书局,2006 年,第 57 页。

⑤ 永刚:《新兴的文艺》,载谢诗坚《中国革命文学影响下的马华左翼文学:1926—1976》,槟城:韩江学院,2007 年,第 34 页。原载《新国民日报》副刊《新国民杂志》,1927 年 1 月 4 日。

倾向。这种倾向主要是运用与改造左翼文学的信条,并且具体的融合在南洋的语境之中,一方面为新兴阶级群体发言发声,一方面则批判殖民者与资产阶级的虚伪、剥削与专横。"①1930 年前后的跨族群书写,受到同时期新兴文学思潮的影响,除了捕捉异域风情,也表现出强烈的反殖反资倾向,阶级团结往往胜于民族隔阂。

1934 年,丘士珍发表《地方作家谈》,大力倡导"马来亚地方文艺",并列出 14 位地方作家,引发一场争论。论战双方都明确提出"马来亚文艺"这一概念,并且肯定马来亚文学有独立于中国文学的特性,这明显赓续并进一步认同了"南洋文艺"的本地观念。二战之后,华人社会面对身份认同的困惑,出现本地意识与侨民意识的角力,马华文艺界 1947 年提出"马华文艺独特性"问题,引发激烈争论。周容(即金枝芒、乳婴)1948 年发表《谈马华文艺》,强调马华文艺必须反映"此时此地"的现实,认为侨民作家身在新马却书写中国事物的态度不是现实主义的,犹如"手执报纸而眼望天外"。沙平(胡愈之)对此提出批评,他认为马华文学肩负书写中国和马来亚的双重任务,而且反映马来亚现实的文艺,不一定要以马来亚为题材,也不一定限定在马来亚这个地方,凡是反映殖民地半殖民地的剥削制度与奴役制度的文艺都是反映马来亚此时此地的现实的文艺。这次论争随着 1948 年马来亚宣布进入紧急状态而草草收场,但却让很多作家意识到在创作中应该加入更多的本地元素,而且强化了"马来亚"这一地方概念,不再笼统地称之为"南洋"。这些文学论争与理论探索使跨族群书写有了更多的"马来亚本位"意识。

跨族群书写是马华文学本土性建构的萌芽,可以窥察到华人开始具有南洋身份上的自觉。无论是展现异域风情,还是宣扬反殖反资,都是对同一土地上的其他族群展开想象性建构。自此以后,跨族群书写连绵不绝,不断演绎与开拓,见证了华人本土意识的深化。

## 二、展现异域风情

马华作家对南洋色彩的发掘首先表现在对异域风情的展现,其他族群不同于华人的外貌着装、风俗习惯很容易成为华人眼中的风景。冷笑的《热闹人间》(1927)描绘了南来青年冰心眼中的吉宁人(印度人)形象。对冰心而言,印度人"身黑而穿白衣"的审美趣味,如牛马般劳作、薪资微薄却常酗酒买醉的生活方式,打架斗殴、不团结奋战的民族性格都让他感到很新奇,

---

① 许文荣:《论马华文学的反话语书写策略》,《外国文学研究》2012 年第 4 期。

也让他有几分鄙夷。他认为这正是印度人衰弱的症结,并由此联想到自己国家自己民族的出路问题。从中我们可以看出,华人此时期的认知,还是持有以中国为中心的天下观,以中华文明俯视其他族群文化,而且,他们分析印度人的症结最终的落脚点是思考中国的出路和中华民族的未来。

秋红的《旅星杂话:吉宁人》(1933)也描写了华人初到新加坡见到印度人的惊异:"像黑炭般的吉宁人,那时自己觉得非常的奇异和惊骇,他那蓬乱的头发,散在肩头上,黝黑的肤肉,涂着油黏黏的液质,说话像鬼叫般的'咽啼打弹',还有,还有那五花十色的沙笼,和'袈裟'(就是他们身上围着的那块布,因为很像那些佛家们所着的'袈裟',这里也姑以'袈裟'名之。)简直和鬼一样的可怕!"①肤色和着装带来的视觉冲击使华人意识到彼此的差异,并因陌生、未知而产生精神恐慌,很自然地就把印度人和恐怖阴森的"鬼"联系在一起。作品采用第一人称"我"展开叙述,真实地写出了"我"对印度人态度的变化:随着居住日久,对印度人的害怕变为寻常,甚至会跟他们谈起天来,由此也更多了解印度人。"我"知道印度人是"印度的土人",大多是被雇佣来马来亚做劳工,多从事卫生和工地工作;他们具有忍苦耐劳的精神,对生活的要求很低,工薪低廉;很驯服,较少发生纠纷。最让"我"惊异的是印度人的体质特别:黝黑的肌肉具有抵抗疾病侵犯的能力,无论是在烈日下工作,还是在污浊的沟渠里涉行,或是夜间露宿,都不觉得有什么。为此"我"还询问过一个印度朋友,他给的解释是:"我们在孩童的时期每于冲凉以后,便用椰油把全身的肌肤加以摩擦,这样就可以使肌肉变为坚硬,而不怕一切寒暑风霜的侵袭。"②这篇作品尽管仍然使用了带歧视的词语,但把印度人称为"朋友",并且对印度人的刻苦耐劳、服从精神、抗病的特殊体质加以肯定,可以看出随着对印度人的了解增多,华人也在慢慢克服自身的文化偏见,能肯定其他族群及其文化的闪光点。当然,文中提到印度人的特殊体质时,笔锋很快转向假如把这种体质"给我国那些多愁善病的小姐公子们看看,也不知会作什么感想"。这种处理方式与前文提到的《热闹人间》如出一辙,在南洋看到的异域风情最终引发的是对中国问题的思考。

许杰的散文集《椰子与榴莲》(1930)介绍了不少南洋风土。在该书的自序部分,作者提到南洋是中国的"化外之地",但作为殖民地,南洋的无产阶级革命也是一件迫不及待的事。作者本打算写一本"南洋概观"之类的书,用社会学方法来对南洋的整个社会作一次具体的诊断,而后探寻它的唯一

---

① 秋红:《旅星杂话:吉宁人》,《南洋时报》副刊《狮声》1933 年 5 月 19 日。
② 秋红:《旅星杂话:吉宁人》,《南洋时报》副刊《狮声》1933 年 5 月 19 日。

出路,无奈知识储备不够,不得不采用类似记事、随笔、小说的文学体裁来抒写。① 从序言可以看出,作者把南洋视为"化外之地",写作旨在了解南洋社会的整体情况,推动南洋的无产阶级革命,这对我们理解作品中对印度人、马来人的描写颇有助益。散文集涉及其他族群的作品主要有《吉龄鬼出游》《榴莲》《下嫁异族》《两个青年》,本节探讨前三部书写异域风情的作品,《两个青年》围绕反殖主题展开,将放在第二节展开探讨。

《吉龄鬼出游》(1930)浓墨重彩地描写了印度人庆祝的大宝森节活动。大宝森节庆典是印度人进行忏悔和赎罪的宗教活动,是非常庄严的庆典,往往会采用游行的方式。作者把这一庆典奇观化,详细书写了游行的火把队和牛车队,不时加以点评,如认为火把队用类似于棉花的东西浸满油,然后通过手绞把油滴到火炬上的加油方式太笨,牛车装饰得非常漂亮,但滑稽的是那为神拉车的、满身饰了纹彩的"神牛"却在随地大小便。这些点评带有轻视和挪揄。看完后,"我"的感受是:"我对于帝国主义者的宗教的放纵与怀柔手段是崇拜,但同时,对于殖民民族和知识低微,以及原始的低级的享乐的行为,却表示痛恨。"②作者认为,帝国主义者放任殖民地民族的宗教信仰是一种怀柔手段,提供了精神鸦片;印度人沉浸在来世幸福幻想中,不可能自求解放。后文把大宝森节庆典与华人的观音佛祖出游和新式纪念日活动作比较,认为大宝森节庆典的确是太原始、太幼稚了,不晓得利用物质文明;当地华侨聪明得多,在迎神赛会上晓得利用汽车和电灯,这一点中国国内也赶不上。对"吉龄鬼出游"的详细描绘,反映出华人对印度人的了解不再停留在简单的身体发肤上,而是涉及宗教信仰和文化习俗,但在华人眼里,印度人还是与"原始""幼稚""笨""劣等"联系在一起。与此同时,作品认为南洋华人的观音佛祖出游和纪念日活动与大宝森节庆典一样,不过是殖民地民族的精神鸦片,热闹过后世界如常,并不能真正改变现实。

《下嫁异族》(1930)书写了两件中国女子嫁给马来男子的"奇闻"。在南洋,华人男多女少,加上传统观念影响,中国女子是不会嫁给马来男子的,因此是"奇闻"。第一件是华人女子阿媛与马来人理发匠阿六有情,两人经常私下幽会,被阿媛的父亲发现,父亲震怒,要活活打死阿媛。恰巧附近做饮食生意的马来人早就有意于阿媛,于是用高价钱说动阿媛的父亲。阿媛的父亲一方面像是报复女儿和理发匠,一方面贪财,于是促成了这桩买卖婚姻。第二件是一对华人夫妇本来在山巴过着平静生活,后来因为树胶价格

---

①　许杰:《椰子与榴莲》,石家庄:河北教育出版社,1995 年,第 1～2 页。

②　许杰:《椰子与榴莲》,石家庄:河北教育出版社,1995 年,第 54 页。

大跌，家庭经济拮据，丈夫只能外出做工，结果妻子跟一个有钱的马来人跑了。几年后夫妻偶然重逢，女人穿金戴银，俨然成了马来贵妇，男子衣衫褴褛、憔悴不堪。丈夫试图挽回妻子，妻子虽有不忍，但还是毅然离去。作者将这两件"奇闻"归结为南洋资本主义势力的横行，也就是说，金钱可以打破华人的婚姻观和传统文化理念，当然，把华人嫁给马来人称为"下嫁异族"还是可以看出作者对马来人的轻视。《榴莲》(1930)一文中，在写到马来人对榴莲的喜爱时，也把马来人称为"土人"，强调他们的迷信："几日以前，听说这里的市上竟然有发现一个重三十七斤的榴莲，据马来土人的迷信，说最大的榴莲是有神力，吃之当特别滋补而有力，于是这贩榴莲者，即以此居于奇货，后闻以重价，被一个马来人买去。"①从中也可以感受到华人对马来人的文化偏见。

　　许杰的这三篇散文，有点类似于采风，想把南洋的风土人情展现出来，但许杰作为推动革命文学发展的作家，他的兴趣所在并不是深入挖掘和分析异族文化，而是以此作为南洋社会的重要标本，用比较、阶级分析的方法去解剖南洋社会，在此基础上宣扬反帝反殖。他把南洋视为"化外之地"，这就决定了他书写印度人、马来人时，会有猎奇式的凝视，叙事视角难免居高临下。他要在南洋宣扬无产阶级革命，就要了解当地社会，所以他的作品会关注华人与其他族群的杂居互动，但最终的思考点是南洋社会存在的问题及解决路径，所以作品常夹叙夹议，边介绍边点评其他族群的奇风异俗，最终将话题引到反帝反殖上。话题的转换有时会略显生硬，有理念式图解生活之嫌。

　　林参天的《浓烟》完稿于 1935 年，1936 年正式出版。林参天 1927 年南来马来亚，至完稿已在教育界服务 9 年，对南洋社会有许多亲身观感，因此《浓烟》呈现了更多的地方色彩。

　　这种地方色彩首先表现在对新马人文景观与多民族杂居生活的书写。在小说开头出现的新加坡红灯码头人车纷杂，印度人、马来人、阿拉伯人、孟加里人、暹罗妇女、西洋人、中国人都挤在码头。刚从中国南来的尤女士想去印度人的冰水摊买冰水喝，被印度人的外表吓退："她看见那阎王殿鬼卒似的吉宁人，紫色的面，头上覆着一顶小白帽，漆黑的身体，长着粗黑的汗毛，眼睛一白一黑地转动，露着雪白的牙齿狞笑着。像这样不文雅的人，那里喝得他做的冰水呢？不喝冰水，口又渴；喝呢，又怕走前去。她想来想去，还是不敢前去。"②来南洋有些年头的毛振东却说印度人在南洋到处都是，

---

① 许杰：《椰子与榴莲》，石家庄：河北教育出版社，1995 年，第 40 页。
② 林参天：《浓烟》，新加坡：青年书局，2005 年，第 6 页。

他们是健康美丽的，没有什么可怕。尤女士喝完冰水感慨：这样黑丑的人竟会弄得一手好食品。尤女士代表的是初来新马的华人新客看到异族时的惊骇态度。从"阎王殿鬼卒""狞笑""不文雅""黑丑"等词可以看出华人对印度人的害怕、排斥、偏见。毛振东是华人老客，在当地浸淫多年，看待异族相对客观、友善，在他眼里，印度人是健康美丽的。小说对印度人内部的差异也做了详尽解释："印度民族本来很复杂，所以他们的身材也有显然的区别。体格高大，满口生胡是孟加里；头发剃得精光，中等肥胖的身材，额角搽了少许的白粉，是齐智人；身材矮小，朱古力色的皮肤，是吉宁人。吉宁，华人也有译作吉辂，英文写作 Kyline，或称 Tamil，在印度各民族移民中，它是占了极大的多数。他们多数是婆罗门教，阶级的观念极重，在马来亚吉宁人的职业上明显地表示着。吠舍阶级的吉宁人，大都在政府机关做书记职员的职务。首陀罗阶级的吉宁人，都是做贱役的工作，南洋人叫苦力；洗沟渠，倒垃圾，倒马桶，扫马路，建路修道，大都是这种人做。他们是人类史上最有功绩的生力军，能耐劳，能吃苦，虽然他们的生活是在水准之下的，但是他们终日是那样在烈日下工作着。"[①]这段文字不仅从体格、肤色、装扮等方面对印度人进行细分，而且对印度人的种姓制度以及不同等级所从事的不同职业都做了准确介绍，反映出华人对印度人的了解在加深，没有停留在肤色样貌等显见层面，也没有把印度人视作一个无差别的整体，而是发掘其内部差异，也肯定他们吃苦耐劳的可贵品质。

小说在书写马来人时，详细介绍了马来人吃饭、洗漱、晚祷等生活习惯，比较城市马来人与乡下马来人在着装上的区别，介绍马来人高脚亚答屋的建筑特点、回教徒禁食节的教仪、看椰叶脱下算年纪[②]的习俗等，相比同时期的其他作品，《浓烟》对马来人的风俗习惯了解得相当全面而深入。更难得的是，当初来此地的尤女士嫌弃马来人太脏，生活太不现代化时，当地华人解释这是因为马来人太穷，缺乏换洗的衣物，而且夸赞马来人互帮互助的精神是现代文明人所不及的。小说中新客华人和老客华人对待异族的态度构成双声部，前者明显带有承袭传统而来的对"番夷"蛮族的蔑视，后者因为在南洋生活日久逐渐摆脱了传统文化偏见，能相对客观理性地对待他者。

《浓烟》的地方色彩也表现在对南洋多语交汇的声音景观的呈现，作者大胆采用当时南洋多族裔交流使用的生活语言，包括英语、甘榜马来语、福

---

① 林参天：《浓烟》，新加坡：青年书局，2005 年，第 112～113 页。

② 椰叶脱下一张算一年，有个老妇人说自己才十八岁。因为她是看椰叶脱下算年纪。

建方言、粤语、客家方言、音译马来语掺杂英语、福建方言掺杂音译马来土语等①。比如，毛振东在红灯码头与车夫们的交涉就使用了多种语言：

> "吉角吗那够！"那拉行李的车夫，光着两眼，说着厦门土话，不满意这车资。
>
> "这点路，给你一角钱还太少吗？"
>
> "吗那够！"另一个车夫也开口了。
>
> "好啦，就再加你们五占吧。"青年再从衣袋里取出两只五分的小洋分给他们。
>
> 他们没再说什么，连忙跑去海畔那吉宁人底雪水摊，各喝了一杯雪水，拉开车子走了。
>
> "Towkay Mana Pergi?"两个吉宁工人，头上围着白布，全身赤裸裸，阳部只包着一条红布，黑漆似的身体，闪闪地发着油光，跑前来向两个青年问着，一手就去提行李。
>
> "耐的！"年长的，心里一急，说了一句不正确的马来话阻止他们。
>
> 吉宁工人呆立着，转了几转眼睛，向那正在跑来的同伴，做了一个手势，摇了摇头，翘着舌头说了几句吉宁话，其余的吉宁工人也缩回去了。
>
> 吉宁工人刚走开不久，几个福建的船夫又前来了。
>
> "先生，克笃洛？"一个船夫诚恳地问。
>
> "等一会儿。"年长的一面说，一面叫他的同事去码头檐下避那火似的太阳。②

这段文字里，车夫使用的是福建方言，印度人使用的是甘榜马来语，传神地写出了新加坡码头多语混杂、跨族裔交流的图景。

小说在谈到新马华文学校使用的教材时，提出自然科学要介绍南洋的气象和动植矿产；算术要适合南洋的应用；史地要编南洋的材料，要让学生了解什么叫马来联邦，海峡殖民地指什么地方，新加坡和槟榔屿的方向如何，马来民族如何发展，你现在居在哪里，它的物产和交通状况怎样等各种在地知识。显然，从教多年的林参天是非常富有远见的，强调教材的在地实用性。可惜，

---

① 可参看许通元《延烧的华教〈浓烟〉：林参天首部长篇的马华文学"经典论"》一文中的"各语言对照华语列表"，载中山大学"华文文学研究中的问题意识"学术会议论文集，2022 年 11 月 12—13 日，第 61~65 页。

② 林参天：《浓烟》，新加坡：青年书局，2005 年，第 2~3 页。

小说末尾比较突兀地转向书写中国济南惨案的爆发,当地华侨捐款捐物,与前述几位作家一样,最终将目光投向了中国。曾昭程在分析林参天复杂的身份摆渡时指出:"对林参天而言,他既认同北方的'祖国',却也意识到个人身为华侨的文化承担。从这个角度审视,强调文学书写的在地色彩或许隐指文人某种向中国传输域外风土的使命,而未必可被视为彻底献身南洋的实践。"①其实,《浓烟》写作出版之时,南洋还是一个暧昧的地理空间,并未形成现代民族国家,处身其中的华人主体身份暧昧混沌才是常态,他们是沟通中国和南洋的文化桥梁,向中国传输风土并不影响他们献身南洋。

曾华丁的《拉子》(1929)是此时期少有的书写北婆罗洲原住民的作品。标题和文中多次使用的"拉子"是带有蔑视色彩的称呼。作品在介绍这一族群时,称他们是"尚未十分开化的野蛮民族",然后介绍他们简陋的机智、愚不可及的行为、毫无根据的征兆崇拜。②从这些描述可看出中国人的文化偏见,将原住民视作头脑简单、愚昧迷信的野人。非常难得的是,作品发掘了拉子崇拜英雄、爱重美人的习俗。文中还用注释的方式特别介绍了拉子的英雄择偶会:"英雄择偶会,是拉族的庆祝战胜的一种联欢会。与会的是全拉族的男妇老幼,与夫出战的将士。在会场中,拉族的少女成行的排列着在等待元勋的拣选,元勋是手执仇首择所好者而娶之。被选的美人往往抱着英雄手里的仇首快然狂吻,表示伊的荣幸。"注释详尽地解释了拉子猎人头的习俗是一种英雄崇拜,也是为了获得美人的芳心,相比此后很多作品妖魔化原住民的猎人头习俗,反而显得非常客观。

曾华丁与其兄曾圣提一样,是大力倡导南洋文艺的编辑兼作家,未见有他去婆罗洲的记载,可以推测此文是作者根据在报馆的见闻以及其他有关婆罗洲的文献资料写成,类似于"摇椅上的人类学家"。但作为活动在西马和新加坡的作家,能将目光投向婆罗洲原住民,说明作者确实有意深耕南洋文艺。

真正有"田野"经验的是东马作家洪钟。洪钟1941年南来婆罗洲砂拉越,其早期诗作触及婆罗洲风土和文化差异的感知,如《南洋的梦》:

> 弥漫床围的热带气氛,
> 调匀呼吸的夜的诱惑,
> 南洋的梦紧张而疲倦。

① 曾昭程:《认同归宿与个人风格的双重追寻:战前作家林参天的马华书写》,载张锦忠、黄锦树、高嘉谦主编:《马华文学与文化读本》,台北:时报文化出版企业股份有限公司,2022年,第171页。

② 曾华丁:《拉子》,载方修编:《马华新文学大系(三)》,新加坡:星洲世界书局有限公司,1972年,第542页。原载《南洋的文艺》,1929年12月19—24日。

啊！夜的声调多么生硬呢？

我的嘴唇
已被大雅克人的烟草软化，
多抽口，多余的太息。

这已不是做梦的时候！

醒来，
为蚊子记笔血账吧！
啊！拍死几只了。①

这首诗写于 1942 年，其时诗人初到砂拉越生活。热带气候让诗人感觉不适，南洋的梦是紧张而疲倦的，幸亏有大（达）雅克人的烟草来软化紧张疲累，可惜烦人的蚊子又搅乱诗人稍稍平息的心绪。整首诗展现的是诗人面对婆罗洲异于中国的“物”与“人”所产生的焦躁心绪，隐含着中国与南洋的对比。

这种对比在诗人一个月后创作的《呼声》中表现得更加明显：

从祖国飘流到蛮荒地方，
回忆里没有平安；
江南花草已经污了颜色，
家乡的梦恋也没有欢欣。

此地原非乐土，
野人的鼓乐，
溪流的唱和，
谁有逸乐的心绪？
是被夺去土地的人群，
又来一次血汗的榨取。②

---

① 洪钟：《南洋的梦》，载田农编：《马来西亚砂拉越华文诗选（1935—1970）》，古晋：砂拉越华文作家协会，2007 年，第 3 页。

② 洪钟：《呼声》，载田农编：《马来西亚砂拉越华文诗选（1935—1970）》，古晋：砂拉越华文作家协会，2007 年，第 1 页。

诗人把南洋称为"蛮荒地方",把当地原住民称为"野人",认为陌生的异域"原非乐土"。诗人毫无心绪理会"野人的鼓乐"和"溪流的唱和",只因心中牵挂的祖国"没有平安",战乱使人们流离失所。《南洋的梦》和《呼声》皆表现了诗人初来异域时地方感与身体感的双向迷失,以及南来文人视野中"华"与"番"的文化辩证。① 但在中原与南洋,"华"与"番"的不断辩证中,也不断标示自身与中国的远离,以及"此时此地"对自我情感的介入。

### 三、宣扬反殖反资

除了展现异域风情,此时期的跨族群书写也打上了新兴文学的鲜明烙印——宣扬反殖反资,倡导阶级团结。曾华丁的《拉子》写达雅族汉子阿尖的抗英故事。阿尖不满殖民者的入侵,带领族人奋起反抗,失败被捕后沦为殖民者"以拉治拉"的帮凶,妻子也成为白人殖民者的奴婢。后来,当他目睹殖民者不仅盘剥拉族,还挑唆拉族自相残杀,造成血流成河,他的血性使他再也无法屈辱求生,于是他拿起利刃,疯狂劈杀殖民者,最后抱着妻子的头颅跃江自尽。作品借阿尖之口捅破英殖民者的诡诈,谴责他们"以拉杀拉"的暴行,同时批判殖民者以"开发"的美名来搜刮民脂民膏:"C埠啊C埠,这是那一年拉族与白种人斗争败绩后在无力抵抗中被迫而开辟的,在呼吸的买卖之下,血呀,脂膏呀,我知其由生活简陋的拉族,机智单纯的拉族,流入异族手中。"②小说鼓动拉子起来反抗:"拉子拉子! 请你抢动你那雪亮的利刀,踏平险恶的世途罢。——我是这样在颂祝着。"③作者对拉子身上的血性以及以死抗争的大无畏精神大加赞扬,实际是想激励华人的斗志,不要贪生怕死、逆来顺受。

罗依夫的诗歌《原始遗民》(1930)历数殖民者对婆罗洲原住民的种种罪行,试图唤起原住民的觉醒:

> 铁踵早已在你们身上纵横,
> 黑色的煤烟迷漫了你的空中,
> 你们失却了你们的权利,
> 他人的旗帜飘扬于你们的天空。

---

① 潘舜怡:《洪钟的现代诗艺》,载张锦忠、黄锦树、高嘉谦主编:《马华文学与文化读本》,台北:时报文化出版企业股份有限公司,2022年,第230页。

② 曾华丁:《拉子》,载方修编:《马华新文学大系(三)》,新加坡:星洲世界书局有限公司,1972年,第542页。原载《南洋的文艺》,1929年12月19—24日。

③ 曾华丁:《拉子》,载方修编:《马华新文学大系(三)》,新加坡:星洲世界书局有限公司,1972年,第537页。原载《南洋的文艺》,1929年12月19—24日。

……地球载上了你们的版图，
却把他人的颜色披蒙，
……你们有吗？参加政治的主权，
你们能吗？好好地作工，
幻梦，幻梦，一切是幻梦。
……你们的文化被他人冶熔，
你们的经济命脉握在他人手中，
你们的生存操在他人掌中。
……你们一切都听他人摆弄，
甚至你们的筋肉，命运。
……你们打杀了你们的同胞，
你们残害了你们的同伴，
……人们总以为你们是发疯，
吃饱饭后便又睡觉，
醒来时也只是嗡嗡嗡，
你们真是唱"后庭花"的寓公。
呵！你们的前面好像雾般迷蒙，
你们不见吗？东方的朝霞的殷红，……
难道你们也是耳聋？
听不见狂风暴雷的怒吼，
闻不到自由呼声？
你们不想推倒铁蹄？
挺起你们自己的心胸，
迈动你们的脚步，
握好你们的拳头，
追上时代的前锋①。

　　这首诗歌揭露了殖民者对原住民政治上的剥夺、军事上的杀戮、经济上的压榨、文化上的打压，为原住民的悲惨境遇鸣不平，又对原住民打杀自己同胞、残害自己同伴的愚昧麻木感到痛心疾首，把他们比作浑浑噩噩、"隔江犹唱后庭花"的寓公。文本最后运用反问和排比，以不可遏止的激情试图唤起原住民的觉醒，鼓励他们奋起反抗殖民者的铁蹄，夺回权益和自由。诗作

---

①　罗依夫：《原始遗民》，载方修编：《马华文学作品选 3：诗集（战前）》，吉隆坡：马来西亚华校董事联合会总会，1989 年，第 36～38 页。原载《椰林》副刊，1930 年 1 月 29 日。

流露出对原住民的热诚关切,以及迫不及待要唤起他们觉醒的心情。

海底山的《拉多公公》(1930)是马华文学中最早书写马来族生活、倡导华巫合作的小说,表达了反殖反资主题。拉多公公本是马来人传说中的神,在小说中成了南洋诸岛的拓荒主,他把南洋群岛建设成人间乐园,恰逢华人领袖三宝公带了许多华人来访,两人一见如故,结为兄弟。自此华人与马来人携手合作,共建家园:"三宝太监果然能干,他在这儿建设了不朽的事体,他将华人留居此间,与原有的天国宠儿合作携手,祸福与共,这块地方呵,就益发美丽可爱了。"后来拉多公公听说西方有极乐土地,若修成正果,还可长生不老,于是离乡西去,可惜修行百年,他仍然无法得偿所愿,于是萌生重返故乡的念头。

拉多公公重返故园,发现昔日自己开辟的岛屿已是一片乌烟瘴气,殖民者、资本家纷纷登场,带他参观工厂、洋房、土库等现代化建筑,试图粉饰太平、混淆视听。马来人、华人、印度人等普通子民都来找拉多公公陈述实情。马来人认为自己受尽欧美人的排挤、日本人的倾轧,由主人沦为奴婢,痛失当年的荣光:"谁料得当日烈烈皇皇的民族,今日竟悲泣于他人的墙角檐下,悲泣于流水潺潺的岸边,已经失去了民族的生命……余下多数的我们,吃苦、颠沛、悲愤绝伦。我们所能做的,替人家驶汽车、割树胶、送信,当杂差。"[①]印度人倾诉自己历经千辛万苦来到此地,本想能享受仙乡的快乐,结果只有受饥受寒做苦工。华人悲叹自己勤俭耐劳、开山辟地,对岛屿建设厥功至伟,成果却被有组织的殖民者抢去。三大民族的控诉与殖民者的自夸构成鲜明对照,戳穿了殖民者的谎言,也表明了三大民族休戚与共,都是被压迫被殖民者。最后拉多公公下定决心,要联合华人、印度人并肩作战赶走殖民者,再度"开天辟地"。

许杰的《两个青年》(1930)写"我"(华人)两次巧遇被马来警察抓捕的异族青年,作品重点刻画了被捕异族青年的外貌、神情以及"我"当时的心理活动。第一次是马来青年被捕。被捕时,马来青年的两只手被铁枷锁着,垂在沙笼里;黄氍氍的眼睛流露出悲哀、羞耻、畏惧、愤怒等各种心理,跟"我"眼神交会时似乎想向"我"诉说什么。"我"表面漠视,实则内心被触动,从此心里便留着一幅两支步枪押着一双黄氍氍的眼睛的映像,甚至渐渐地把两支步枪幻想成帝国主义的殖民政策的具象,而那双含怨含羞、亦惧亦愤的眼睛便是殖民地被掠夺被压迫民族的代言人。第二次是印度青年被捕。他的双手同样被铁枷锁着。当"我"跟他擦身而过时,他似乎要停下来跟"我"诉说

---

① 海底山:《拉多公公》,载方修编:《马华新文学大系(三)》,新加坡:星洲世界书局有限公司,1972年,第326页。原载《椰林》副刊,1930年6月6—10日。

什么。"我"好像立刻被他的被压迫民族的无声的呐喊击中,失去了一切知觉。待"我"清醒过来,他已被马来警察带走,但"我"从他那黑面颊中的眼白,那含情不语的表情,那沉淀在眼底的哀戚中感受到了他心中的悲哀和痛苦,把他视作殖民地弱小民族的代表者。紧接着,幻想中的"我"和印度人(吉龄青年)对话:

> 我,我好像听见你在说,你看,帝国主义者到了东方,便把东方民族的精血吸尽了。如今,你看,他将我们的同种,训练成了他们的爪牙,再又驱使他们来压迫我们了。
>
> 我回头看看,那两枝枪的影子,已经去得远了。于是我在心里这样想着口里便轻轻的念着,我好像在对那个可怜的吉龄人说话:
>
> "等着吧,同运命的朋友。只要我们的心还是红的还是赤的,总有回过头来的一天。且到那个时候我们来携手欢笑。"①

这段对话,实际上是作者借机来批评殖民者对东方民族的侵略,尤其是戳穿殖民者采用分化政策的险恶用心——利用马来人来对付同为被殖民者的马来人和印度人。"我"把印度人称为同命运的朋友,相信总有一天可以携手欢笑,实际是作者鼓励华人和印度人一起反帝反殖,争取自身的解放。

殖民时期的跨族群书写宣扬反殖反资,也会探索不同族群之间如何结成阶级兄弟、建立友伴关系。王探的小说《育南与但米》(1928)书写了华人小孩育南与印度小孩但米之间的友谊。但米的父亲只是白人医生家的普通雇员,薪资微薄,又喜欢酗酒消愁,喝醉了就呼天喊地,丑态百出,常被白人医生踢打。育南的父亲是巨商,与白人医生是至交,他百般阻止育南和但米交朋友。育南父亲认为但米属于一个臭的、愚笨的、卑贱的、弱小的、可耻的民族,跟他交往没有半点好处,但是,天真善良的育南脑海里没有贫富贵贱之分,他对但米一家的处境非常同情,不顾父亲的反对仍私下与但米交往。育南认为正因为但米的民族是弱小贫穷的,"所以应引为朋友,而援助他"②。显然,这篇小说通过育南父子之间的分歧,巧妙地传达出突破种族歧视、建立互帮互助关系的意识,也隐秘地批评了华人的自傲,传递公平对待每个族群的愿望。

乳婴(周容)的《八九百个》(1938)则是书写印度人、马来人对华人的兄

---

① 许杰:《椰子与榴莲》,石家庄:河北教育出版社,1995年,第18页。
② 王探:《育南与但米》,载方修编:《马华新文学大系(三)》,新加坡:星洲世界书局有限公司,1972年,第193页。原载《荔》第53期,1928年3月。

弟互助情谊。日本人在马来亚经营矿山,雇佣八九百个华工挖铁沙。华工过着牛马一样的生活,除了辛苦劳作,不许看报纸,不许关心时事。七七事变爆发后,工厂加薪增产,说是日本制造的机器销路广,需要更多的铁。后来工人得知铁沙是被日本人拿去制造武器屠杀中国同胞,工人们决定罢工停产,集体辞职。在这场罢工斗争中,九十个印工巫工坚定地站在华人这边,最后也跟华人一起在离开矿场时实施"焦土政策",除了能带走的东西,其他东西包括房子都用火烧掉,以免日本人招纳新人恢复生产。作品中提到"华人、印人、巫人,都是朋友"①,在华人与日本老板的斗争中,印人和巫人采取了一致行动,表现了兄弟互助情谊。这篇小说实践了周容的"马来亚本位"文艺思想,表现了"此时此地的现实,此时此地的人民生活和斗争"。

陈北萌的诗作《给赶牛的吉宁人》(1948)展现了印度人的辛劳与麻木,他们像牛一样卑微,像牛一样劳作,像牛一样听任主人的鞭打与奴役:

> 我在破门口迎来又送走你们和牛群的影子
> 我看得多么清楚:
> 牛底皮肤跟你们底皮肤一样的黑,
> 虽然你们头上多缠了一条又破又脏的头巾
> 但你们底赤足,
> 也不正和破裂的牛腿一样地发痛么?
> 每次,每次,
> 当我看见你们底鞭子响着咒语,
> 打落在那些贪吃路边一棵嫩草的老牛的身上
> 打落在那些顽皮而可怜的牛犊的身上,
> 那时候,我就不禁要为你们的身世叹息,
> 呵,被奴役的朋友,
> 你这执鞭的黑人呀,
> 难道你会忘记你们的遭遇,
> 忘记你和你的兄弟们,还天天尝受着牛主人的虐待么?
> 听说:

---

① 乳婴:《八九百个》,载方修编:《马华新文学大系(四)》,新加坡:星洲世界书局有限公司,2000 年,第 257 页。原载《星火》,1938 年 1 月 11—21 日。

你那个住在高楼上的头家，他是常常用这样的皮鞭来抽你们的胸膛……①

叙述者对印度人如牲畜般的遭遇非常怜悯，忍不住要为他们的身世叹息，期待能与他们交换心事，最后试图唤醒他们的反抗精神，不要再逆来顺受：

朋友，听不懂我的问话的异族人呵，
假如你可以在这黄昏里停下来和我交换心事，
那么，
我还要问问你：
你的主人叫你把这些牛的尖角扭弯，
是不是，
为了让它们终生不能反抗那无休止的
挤奶呢？②

许文荣认为这篇诗作的突出之处在于采用第一人称叙述，叙述对象是弱势族群他者——印度人，形成鲜明的自我—他者（我—你）的结构；且叙述自我并非一个旁观/不在场的叙述者，而是参与/干预了叙述对象的生活。③这首诗与罗依夫 30 年代创作的诗作《原始遗民》存在许多相同之处，比如都表达了对族群他者的同情，都试图唤醒族群他者的觉醒与反抗。但《原始遗民》通篇采用第二人称叙述，采用的是冷静的旁观者的视角，缺乏情感的温度，同情原住民是由于华人和他们一样都是被殖民者。在《给赶牛的吉宁人》中，叙述自我把叙述对象视为朋友，愿意和他们交换心事，具有情感上的联动。这种对族群他者情感上的变化折射出华人自身思想感情的变迁，反映出华人随着侨居日久，对所居地有了眷恋和认同。与此相类似，米军的《印度老人》(1947)、丁家瑞的《吉宁人和羊》(1947)以及君素的《赶牛车的印度人》(1948)，都表达了对印度人困苦生活的同情，以及希望他们能觉醒抗争，改变悲惨命运的召唤。

--------

① 陈北萌：《给赶牛的吉宁人》，载杨松年主编：《从选集看历史：新马新诗选析(1919—1965)》，新加坡：创意圈工作室，2003 年，第 257 页。原载《星洲日报》副刊《晨星》，1948 年 2 月 26 日。
② 陈北萌：《给赶牛的吉宁人》，载杨松年主编：《从选集看历史：新马新诗选析(1919—1965)》，新加坡：创意圈工作室，2003 年，第 258 页。原载《星洲日报》副刊《晨星》，1948 年 2 月 26 日。
③ 许文荣：《马华文学的弱势民族书写：一个文学史的视野》，《中国比较文学》2011 年第 1 期。

总体而言,殖民时期的跨族群书写虽有对族群他者的某种偏见,但由于同受殖民者压迫的境遇,加上受到中国左翼文学的影响,族群他者多被塑造成反殖英雄或阶级兄弟,他们与华人"同是天涯沦落人"。对他者的同情包含对华人自身命运的认知,而对他者反抗精神的召唤,实则是鼓舞和激励华人自己不要逆来顺受。正如许文荣所说:"在殖民统治的宰制下,华人(当时仍是华侨)、马来人、印度人都有着不能自主、被歧视被边缘化的共同命运。华裔作家笔下的弱势民族,经常被形塑为与华人有着共同命运的'他者'。实际上这个'他者'经常是内化为华人的自我形象,或者是与本身有着血肉相连、同仇敌忾的战斗伙伴。因此对这些弱势民族的书写经常被转化为对本身族群命运的观照,或者成为在左派反帝反殖思维下的延续。"[1]不仅如此,华人与其他族群同为被殖民者,在反帝反殖斗争中产生了初步的共同体意识。华人开始关注和思考当地其他族群的出路,但这种关注点又往往会转向关注中国问题,反映此时期华人主体身份的暧昧,关心中国与献身南洋并行不悖。

值得注意的是,此时期的跨族群书写虽然没有完全摆脱中国书写,但在这些书写中,可以观察到南洋书写的不断强化,华人已开始具有南洋身份上的自觉。这种身份上的自觉意识与在反殖斗争中产生的共同体意识逐步发展壮大,成为一股强大力量,之后致力于建立独立的马华文学,致力于族群合作以建立独立的马来亚。

## 第三节　独立前后的跨族群书写
### (20世纪50—60年代)

#### 一、颂歌与隐忧:西马的跨族群书写

1957年,马来亚独立。1963年,马来亚与同为英国殖民地的新加坡、沙巴、砂拉越合并组成马来西亚。马来(西)亚独立前后的20世纪五六十年代,西马文坛提倡爱国主义文学原则,主张作家摆脱侨民意识,改以马来亚为永久的故乡,通过文学来促进各兄弟民族之间的融合与亲善,创作中不乏宣扬民族融合之作,但整体上显得生硬、概念化,有些作品透露出对马来霸权的隐忧。

韦晕小说《乌鸦港上黄昏》(1952)写一个过番30多年的华人老渔夫伙金遭遇海难,被平时捉弄自己的马来渔夫沙立夫发现,沙立夫把伙金带回家

---

[1]　许文荣:《马华文学的弱势民族书写:一个文学史的视野》,《中国比较文学》2011年第1期。

悉心照料,待伙金身体恢复后又借给他舢板回到乌鸦港的家。伙金"第一次在番邦尝到了别种民族给自己这贱命一些温暖":

> "素沙啦,摩突!"
>
> 这老渔夫给谁灌了一口热羔呸,心,那末静贴下来,脑袋却清醒了许多,嘿,那是一个马来渔夫托高了自己的头灌了一杯热羔呸,这就是沙立夫,常常的气弄自己,把手去摸自己的癫痫,喊"摩突"的那个狭促鬼。
>
> ……
>
> "素沙,素沙,鲁路士其邑啦!"
>
> ……
>
> 什么时候,沙立夫挪了那士路马(马来人的包饭)来喂了他老几口,精神到慢慢回过来了。①

"摩突"(秃头)、"素沙"(困难)是马来语,"羔呸"是南洋对咖啡的称呼,"那士路马"是马来人的椰浆饭,马来渔夫沙立夫在交流时夹带着闽南语"鲁路士其邑啦"(你休息一下吧)。这些细节凸显了在马来亚这片土地上,华巫语言文化交杂的特点。小说篇末注明写作日期为"伊历1373年,春、暮"。伊斯兰教的"伊历"与华人的节令"春暮"并置,喻示过番华人已对马来亚产生归属感,并吸收、融入了当地文化。马来渔夫对华人伙金的救助,也流露出作者期盼华巫两族互助互爱的美好愿望。

方天小说《胶泪》(1955)书写华族少年新福的困苦生活。新福父亲早逝,母亲病重,生活的重压便落在他瘦弱的肩膀上。为了能参加第二天的毕业考试,新福比平时更早起身割胶。大黑树林里有蛇,有山猪,有蚊虻,处处潜伏着危险,使他最担心的却是"为着早一点割胶,而违犯黎明前不准割胶的命令,实在有很大危险","黎明前不准割胶的命令"来自英殖民地政府实施的紧急法令控制,小说以此暗示紧急状态时期笼罩华人心头的不安阴影。新福又饿又累,幸亏遇上儿时的玩伴,邻家的马来姑娘花蒂玛:

> "新福!这么早就来割胶?而且还点着灯?"
>
> 他捏熄了顶上的灯。
>
> "你今天也来割胶?"

① 韦晕:《乌鸦港上黄昏》,载许文荣、孙彦庄主编:《马华文学文本解读(上册)》,吉隆坡:马来亚大学中文系毕业生协会、马来亚大学中文系,2012年,第106页。

"家里的米快吃完啦,又要添新咖哩。今天要割点胶卖;可是爸爸昨晚又喝醉啦,妈妈新生了小弟弟不能来。"花蒂玛喊着说。

"嗯!"

……

"新福,你怎么啦?"

"没有什么,头忽然有点晕。"

"累了吧! 歇一会,啰,请你吃榴莲。"说着花蒂玛扔过一个榴莲来,落在他面前的草地上。

……

这时,太阳已经从地线的边沿,冉冉地升上来,阳光在胶树的小叶上闪跳,蓝色的天还缀着些浅星。①

马来女孩花蒂玛同样家境困窘,天没亮就来胶林劳作,反映在英殖民统治下,华人与马来人共同的悲惨命运。冉冉升起的太阳似乎喻示华族男孩新福和马来姑娘花蒂玛的友爱相处给这黑漆漆的胶林带来了光明。

除了书写华人与其他族群的命运与共、守望相助,还有不少作品号召各族群团结一致,寻求国家独立与民族解放。叶绿素的诗歌《日子》(1956),对华巫印三大"兄弟"民族团结一致,推倒"狭窄民族的墙"②,实现"默迪卡"(独立)充满希望。寒行的诗歌《三个人》(1957)期待三大民族能融合在一起,坚信马来亚独立后,"三大民族应该团结,/各个民族的文化,/应该互相尊重,/三大民族应该团结,/共同增进马来亚的繁荣!"③。

20世纪五六十年代,西马文坛创作中不乏这类宣扬民族融合之作,整体上显得积极乐观,振奋人心。可见,此时的马华作家对马来亚脱离殖民统治走向民族独立充满憧憬。他们呼吁各族之间精诚合作,共同开创一个新兴的国家。但就文学特质本身而言,这也"意味着得牺牲掉关于忧伤、心灵阴影、历史禁忌、秩序结构的反面或负面特质等等各方面的探索,因而失去深刻的向度"④。不过,也有少数华文作家透露出对马来霸权的隐忧。

马摩西的诗歌《马来亚颂》(1955)采用第二人称的写法,将马来亚充分人格化,赞美其自然风光、物产风土,追忆华人与马来人友好交往的历史,满

---

① 方天:《胶泪》,《蕉风》1955年第2期,第26页。
② 叶绿素:《日子》,《蕉风》1956年第12期,第2页。
③ 寒行:《三个人》,《蕉风》1957年第31期,第21页。
④ 贺淑芳:《〈蕉风〉创刊初期(1955—1960)的文学观递变》,博士论文,南洋理工大学,2017年,第193页。

怀对未来的美好憧憬：

> 啊，你这善良而朴实的马来亚，
> 你丽质天生，原可安静过日子，
> 多情善感的夜莺，为你常啼血，
> 你却逆来顺受期待如意的明天，
> 因为狮虎多落网，风暴必收停，
> 似乎你曾熟读忍尤含垢的篇章，
> 妄想狼和羊同居，猫和鼠嬉戏，
> ……
> 啊，你这善交而亲切的马来亚，
> 很远你就和我们的祖先打交道，
> 信使往还，造成历史上的美谈。
> 他率领坚甲利兵，是为你消灾，
> 使你充分领略生聚教训的滋味。
> 你大胆地把良港让他们去开辟，
> 他们赤手空拳，为你打定天下，
> ……
> 你做人的道理，是信义与仁爱，
> 你和礼义之邦，始终保持友谊，
> 你是否追忆过三保太监的功绩，
> 他奉献出一套治病除芰的良方，
> 你优渥外来的宾客，甚于子民，
> 信任他们没有鸠巢鹊占的野心，
> 斩荆除棘，使荒野变成了乐园。[①]

在对马来亚的热烈歌颂中，一句"信任他们没有鸠巢鹊占的野心"恰恰流露出华人对马来人是否认同自己的疑虑。

这种疑虑在辛生（方天）的短篇小说《一个大问题》（1956）中有更多的展现。小说通过华人主人公亚兴伯与两个马来友人的对话，表达当时华人申请公民权的诸多障碍。亚兴伯在马来亚住了近 20 年，妻儿产业皆在此地，可因日军入侵期间去星洲住了 5 年，不符合在马来亚连续住 10 年的规定，

---

① 马摩西：《马来亚颂》，《蕉风》1955 年第 2 期，第 10～11 页。

申请公民权被拒。亚兴伯提到另一熟识的华人在马来亚住了30多年,因为不会讲多少马来语,也没法登记公民权。马来友人对亚兴伯的抱怨不以为然:"话不是这样说,比方我们马来人吧,如果没办法,就当真没地方好去了;可是你们可就不同了,在这里那怕住个十年二十年吧,赚了钱回唐山还可以置一份产业过活啦!"①亚兴伯解释自己在唐山已无亲人,不过靠辛苦劳作勉强度日,根本没有资财回唐山置办产业,强调想在此落地生根的意愿;马来友人却在感叹华人头家多,华人占据了大部分财富。三人交流许久,也没个结论,夕阳西下,谈话在回教堂的祈祷声中结束。

若与当时文坛常见的歌颂国家、认同独立的正面书写相比,方天这篇小说包含更多的是对马来民族主义的质疑。在公民权问题上,亚兴伯费尽口舌的解释只换来马来友人无关痛痒的安慰,华人遭遇的不公正待遇并没有得到实质性解决。小说末尾的伊斯兰祈祷文"真主教我们公平与善,爱你的邻人如爱自己"宣扬公平友善,与国家体制将国民划分三六九等构成巨大反差,其讽刺之意不言而喻。然而,小说开头和结尾都写到了亚兴伯与马来友人互道"猛得格",中间的对话也气氛和谐,反映出华人尽管对公民权有诸多意难平,内心的忧虑与不安也依然伴随着爱国热情共同消融在文本中。

马仑的《槟榔花开》(1963)描绘了独立前夕华巫两族互帮互助、和谐共处的理想画面。小说以第一人称"我"展开叙事,从华人小孩"我"的视角观察甘榜居民的生活与劳作。"我"从小生活在甘榜,和马来人朝夕相处,结识了很多马来朋友,了解马来人的喜怒哀乐和为人品性。在"我"眼里,马来青年耶谷勤劳能干、正直善良;马来少女玛莉安活泼开朗、亲切随和;甘榜居民淳朴可爱、十分友善;华人和马来人共同劳作,关系融洽。在这个理想的乐园里,异族男女的恋情很自然萌发,耶谷喜欢上华人少女紫瑛,"我"的表哥贵清喜欢上了马来少女玛莉安。当然,小说也书写了内心阴暗的马来人希曼。他嫉妒耶谷的好人缘,记恨贵清抢了自己的意中人,于是在甘榜散布耶谷与华人相好的讯息,污蔑贵清与玛莉安有染触犯了伊斯兰教规。他在华巫合作争取国家独立前夕,宣扬狭隘的民族主义,挑拨华人与马来人的关系,故意找华人猪仔兴的茬,又几次三番煽动种族摩擦。所幸甘榜居民认清了他的真面目,把他赶出了甘榜。小说最后,希曼因为帮人走私被判入狱,他真心悔过,期待甘榜居民能原谅他。小说中的族群关系十分和谐,即便有希曼这样的人挑事,最终也能消除误解,华巫两族都能本着互相了解和亲善的精神,去建设不久就要独立的马来亚。

---

① 辛生:《一个大问题》,《蕉风》1956年第12期,第4页。

小说中的两对异族恋人意识到他们的感情在当时会面临许多阻力,甚至有可能破坏民族感情时,不约而同选择主动放弃。紫瑛提到,恋爱可以超乎现实,婚姻却以现实为基础;她与耶谷婚姻的基石在目前的年代还没有砌成,所以不能和耶谷去编织一个梦幻。"我"父亲规劝贵清:"在这个年代里,华、巫男女恋爱的事往往却伤了民族之间的感情。这是一个严重的问题。我认为,搞好民族间的友爱,加强了解和团结,比什么恋爱和通婚来得实际更有益。你不妨想想看,到底是不是上算?"①贵清听从了"我"父亲的建议,放下对玛莉安的感情,在现实世界里追求更高尚的理想。两对异族恋人选择直面现实,使男女私情让位于民族大义。这种书写方式显然迎合了主流意识形态对种族和谐的期许,也传达了华人对新生政权的认同,华人发自内心地希望能消弭分歧,与其他族群共同建设新家园。

马华文学中的跨族群婚恋往往具有超出爱情、婚姻本身的多重隐喻,成为族群权利关系的寓言。独立前后有不少书写华巫婚恋的作品,成为华巫族群关系之寓言。卿华的《甘榜之恋》(1956)讲述华人青年"我"与马来女孩花蒂玛的爱情悲剧。"我"不是自小在甘榜长大,也不是回教徒,"我"与花蒂玛的恋情不能获得周围人的理解,同时,花蒂玛的父亲出于利益考量,要把女儿嫁给能助其渡过经济难关的马来富商。花蒂玛怕其父亲对"我"不利,让"我"远走他乡,自己在婚礼前夕自杀殉情。卿华另一篇小说《乌水港》(1957)中的华人青年亚林尽管受到甘榜村民们的一致好评,但他与马来女孩罗娜的恋情还是因为两族文化的差异遭到罗娜父亲的反对,两人只好选择私奔逃离。琼山《麻河之水慢慢流》(1956)中的华人女孩阿娇,喜欢上了马来青年马汉,因为阿娇的母亲被马来浪人杀害,加上种族和宗教原因,两人的恋情遭到各自父亲的强烈反对,阿娇跳河自尽。山芭仔《太平湖之恋》(1956)中,华人男主角与马来姑娘美娜的恋情遭到美娜父亲的阻挠,美娜父亲怀疑华人青年只把马来亚当作淘金之地,迟早会丢下美娜回到中国去。小说把狭隘的民族主义比作"黑暗的儿子",一对有情人为了反抗"黑暗的儿子"放弃逃走,被迫分手。罗纪良《阿末与阿兰》(1956)中的男女主角青梅竹马、情投意合,后来阿兰怀上了阿末的孩子,两族小人借机挑拨,不仅导致两人的长久分离,也使华巫两族心生芥蒂,互不来往,多年后阿兰在与阿末携手逃亡中不幸被大水冲走,阿兰的死去终于换来两族的和解。梁园的系列短篇小说《太阳照在吡叻河上》《月亮在我们脚下》《新一代》《星光悄然》(皆发表于1968年)讲述马来女子亚尼斯冲破族群羁绊,与华族青年亚中私奔

---

① 　马仑:《槟榔花开》,载马仑:《马仑文集》,厦门:鹭江出版社,1995年,第191页。

到一处无人居住的芭地，过上了彼此尊重的理想生活，甚至期待她生下的"新一代"可以自己选择宗教、信仰和语言，可以长大后决定自己。亚尼斯临盆时请的产婆暴露了夫妻俩的行踪，夫妻俩很快遭到宗教局的搜捕，尽管最后有惊无险得以逃脱，但也可以预见两人的平静日子会被打破。

这类书写华巫之恋的小说，基本以悲剧告终，年轻情侣要么被迫分手，要么选择逃亡，要么以死殉情。这反映出华巫两族根深蒂固的种族观念带来的隔阂，透露出华人担心不被新政权认可的焦虑。即便如此，这类作品仍然对冲破族群藩篱，建立和谐共处的社会充满憧憬：至死不渝的爱情为弥合族群分歧提供了范例，个人的牺牲也可换来族群的和解，与爱情相伴随的是对共同建设新型国族的热望。正如《太平湖之恋》中美娜所说："我俩不该逃。我俩应该，如你所说的，拿出勇气和智慧，去面对他，去消灭他！只要不妥协，我相信，成功将属于我们！我们不可以让黑暗的儿子生存下去。他对马来亚没有益处，他只能危害马来亚。只有各民族的合作，马来亚才能富强，才能成为人间天堂。因此，我俩应召集兄弟们，一齐向黑暗的儿子挑战，将他打成肉酱！使我们的友谊，更加巩固，持久！"①

西马文坛在独立前后的跨族群书写，表现了华人对马来西亚走向独立的美好憧憬，真心歌颂新生的政权，期待与兄弟民族团结合作，携手建设新的国家。此时期的作品把其他族群引为朋友、同胞、兄弟，有意去除华人的种族优越感。这种变化折射出独立前后华人文化心态和身份认同的调整。但整体而言，这类作品有些概念化，文本中的人物对话有浓烈的政论色彩，似乎在充当国家意识形态的传声筒。究其原因，华人在政治身份上虽然转换成了马来亚公民，主观上认识到自己是新兴国家的国民，内心也真诚地希望在这片土地上能与其他族群共生共荣，但实际上与其他族群的情感联结尚不紧密，对其他族群的生活了解尚不深入，作品难免政治正确但缺乏生动性和真实性。

## 二、理解与磨合：东马的跨族群书写

东马包括砂拉越与沙巴，20世纪五六十年代的沙巴文学尚未成气候，本书主要就砂拉越华文文学展开探讨。根据田农的研究，20世纪50年代初，砂华文学水准不高，但已逐步建立基础，1956年之后，砂拉越人民开始政治觉醒，社会运动迅速展开，带动了文学创作。② 此时正值东马人民政治觉醒，开展反殖民、反大马运动的时代，一批土生土长的年轻人开始文学创

---

① 山芭仔：《太平湖之恋》，《蕉风》1956年第21期，第11页。
② 田农：《砂华文学史初稿》，砂拉越：砂拉越华族文化协会，1995年，第8页。

作,其作品流露出对砂拉越这块土地的热爱以及对友族同胞不幸命运的同情与关注。

东马作家吴岸创作于1957年的《老赖的快乐》书写华巫合作争取合理权益的故事。华人老赖给一家公司开货车,因一次轻微剐蹭让公司赔了十块钱,不仅被扣薪,头家还暗中安排一个马来青年巫让接替他。老赖痛恨头家的无情,也仇视"抢走"自己工作的巫让,一气之下,没等到头家开口,自己主动辞职,把不明真相的巫让也臭骂了一顿。后来,在一次工会活动上,老赖再次见到当上水手的巫让。原来,巫让得知老赖的遭遇后,也不愿意给狠心的头家做事,当时就离职了。老赖感觉到前所未有的快乐,因为马来青年也是自己的阶级弟兄,大家团结一心,共同反抗不合理的制度。老赖从辱骂巫让为"马来鬼""番鬼",到坦然接受其为"高弯"(朋友),传达出作者期盼华人与马来人亲如一家的理想。

东马作家砂耶的《给一位马来兄弟》(1958年)通过梦想与现实的对比书写殖民统治下马来民族的悲惨命运。现实中,马来少年承受生活的重压,在深夜沿街叫卖布律刚邦①,忍受着风雨的鞭打,甚至因过度疲倦睡在别人的骑楼下:

> 兄弟
> 我又看见你了
> 像每次一样
> 你喊
> 布律邦刚
> 布律邦刚
> 尖锐的声音
> 打破深夜的寂静
> 从这条街道传到那条小巷
> ……
> 一街又一街
> 一街又一街
> 在风雨底日子里
> 你倦伏着身体
> 躲到别人的骑楼下

---

①　布律刚邦是马来人用糯米制作的一种糕点,早期在砂拉越的拉让江一带,常有马来孩子在夜里背着圆篮沿街叫卖。

> 刺骨的风
> 无情地袭着你
> 过度的疲劳使你睡去①

　　在梦里,马来少年可以背着书包去上学,穿上了新衣服,吃上了鸡蛋糕,可以和同学捉迷藏,还可以和一道做生意的伙伴做朋友:

> 在这样的夜里
> 你常常有好梦
> 梦见白天
> 梦见太阳
> (你是多么憎厌夜的呵)
> 梦见你背了书包上学去
> (那学校多堂皇呵)
> 在操场上和同学一道捉迷藏
> 梦见妈妈替你添补了新衣服
> 爸爸的三轮车载满了鸡蛋糕
> 梦见阿末那小鬼成了你的好伙伴
> 不再和你吵嘴抢生意
> 梦见……②

　　然而,梦想只能给少年刹那的心理安慰,等到梦醒,少年依然"是一个生活线上挣扎的穷孩子"。美好的梦境与不堪的现实相对照,更凸显了现实的苦难。全诗采用"我—你"的结构展开,就好比朋友之间的对话,拉近了"我"和"你"的情感距离。友族少年"你"的不幸,使"我"自然而然为"你"的遭遇鸣不平,期待"你"能认识自己悲惨命运的根源并大胆地说出来,"我"作为一个华族少年甚至忍不住要替"你"向全世界发出控诉:

> 知道么? 兄弟
> 为什么生活对你这样残酷

---

　　① 砂耶:《给一位马来兄弟》,载田农编《马来西亚砂拉越华文诗选(1935—1970)》,古晋:砂拉越华文作家协会,2007年,第70~71页。
　　② 砂耶:《给一位马来兄弟》,载田农编《马来西亚砂拉越华文诗选(1935—1970)》,古晋:砂拉越华文作家协会,2007年,第71页。

> 谁呵？剥夺了你生的快活
>
> 知道什么？兄弟
>
> 为什么你受着歧视
>
> 谁呵！从不把你当作人看待
>
> 说吧！大胆地说吧
>
> 亲爱的兄弟
>
> 今天
>
> 我
>
> 一个平凡的华族青年
>
> 要用我嘶哑的喉咙
>
> 为我唱一支控诉的歌
>
> 向人类
>
> 向世界[①]

砂耶是在砂拉越本土出生成长的作家，对脚下的土地投注了深厚的感情，对共同生活的兄弟民族也充满了关爱。诗人以不可抑制的情感介入了整首诗歌，诗歌不仅以《给一位马来兄弟》为题，诗中也多处直呼马来人为"兄弟"，结尾处更是要替马来人发出控诉。与西马不同的是，马来人在砂拉越也是少数族群，跟当地其他原住民一样过着悲苦的生活。东马华人与马来人相处和睦，没有过多种族纠纷。砂耶写作此诗时砂拉越仍处于英殖民统治之下，当地原住民过着落后和困苦的生活。同时，20 世纪 50—60 年代是砂拉越爆发风起云涌的"反殖民""反大马"斗争的年代，许多华人投身民族解放运动，与当地原住民一道为砂拉越的独立而奋斗。时代风潮在文学世界留下了投影。歌唱民族情谊、控诉殖民者的残暴统治、强调民族合作争取独立自治成为不少作品共同的诉求，吴岸称之为"处于萌芽状态的乡土观念和爱国思想"。阿沙曼的《跳玲珑》(1958)、田宁的《长屋》(1958)、白金的《咱给兄弟民族来唱歌》(1960)、肖南的《农夫，森林和土地》(1961)、雨田的《我只有欢欣》(1962)等诗作莫不如此。在这类作品中，华人没有担心不被新生政权和主导族群承认的焦虑。

华人与东马原住民的通婚由来已久，原住民因经济贫困，文化程度普遍较低，一直处于相对弱势的地位。生于婆罗洲的李永平在 20 世纪五六十年代创作了几篇有关原住民的小说《婆罗洲之子》(1966)、《拉子妇》(1968)，以

---

① 砂耶：《给一位马来兄弟》，载田农编：《马来西亚砂拉越华文诗选(1935—1970)》，古晋：砂拉越华文作家协会，2007 年，第 73 页。

男欢女爱彰显了华人对弱势族群的歧视与剥夺。作为土生土长的作家,李永平对婆罗洲的原住民有了更多的了解。在他的笔下,拉子已进入华人家庭,因此小说中对原住民有了更具体的描写。这反映出华人在这片土地上的不断融入,以及随之而来的有关异族的知识场的变化。

《拉子妇》中,拉子妇进入强势的华人家庭,华人对她表现出一种强烈的排斥态度。刚从中国来到砂拉越的祖父根本还没见过拉子妇,只是听说三叔娶了一个土女,就赫然震怒,认为三叔玷污了李家门风,大骂三叔是畜生,并且打算把三叔逐出家门。六叔尽管还没有见过拉子婶,但却带着警告的口吻宣扬拉子婶是大耳拉子,大耳拉子要割人头,把一众小孩唬得面面相觑。待真正见到拉子婶,虽然"我"觉得这女人长得不难看,还时不时微笑,但"我"忽然想起六叔的话,便冒冒失失冲着她大喊"拉子婶"。不一会,六叔率领孩子们浩浩荡荡开进厅中,异口同声大叫"拉子婶"。当家族中人惊异于拉子婶婉拒了"我"的母亲差人为其受饿的婴孩泡奶,而径自在众目睽睽之下解开衣扣,以母奶喂之时,四婶开始冷嘲热讽。午膳时,又因不同的用餐文化,拉子妇的行为亦受到二婶的鄙夷:"吃呀就大口大口的扒着吃,塞饱了,抹抹嘴就走人,从没见过这样子当人家媳妇的,拉子妇摆什么架势……"两个族群间的文化冲突,在拉子妇为她的公公敬茶的那一幕中达到高潮:拉子妇在敬茶时没有依中国人的规矩下跪,爷爷把茶盘打翻,把茶水泼在她的脸上。三叔虽然当初不顾家人的反对执意娶拉子婶,但最后还是无法摆脱社会压力以及个人的喜新厌旧,抛弃了拉子婶而迎娶一个年轻的唐人妻子。虽然拉子妇善良、长得不难看、会说唐人话,但她的拉子身份预先为她烙上被歧视的标记。这篇小说表现了华人强烈的大中华观念,不愿接受一个外来者的闯入而冲击他们家庭的中华色彩,但在担心"文化原质失真"背后,是民族的自大与偏见。

李永平的《婆罗洲之子》中,主人公"大禄士"有一半华人血统,他与达雅族母亲由于华裔父亲突然返回唐山与原配团聚而遭遗弃。混血身份被当众揭穿后,大禄士备受长屋族人的鄙夷与排斥,他们将对华人的愤恨转移到无辜的弱者身上——流着华族血统的混血儿。大禄士自伤在两个族群之间是个彷徨的孤儿,是为两股人所鄙夷、所不接受的孤儿。小说中另一个达雅族女子姑纳与华人头家结婚生女,但华人丈夫娶她是为了利用她哄骗族人以牟取商业利益,在计谋败露后,母女俩被遣回长屋。重返长屋的姑纳和混血女儿遭到族人的欺凌、侮辱。华人与达雅人通婚的混血儿被华人抛弃,又不见容于达雅族人,成为华人与达雅人之间种族恩怨的牺牲品。

在这类作品中,华人凭借经济和文化优势睥睨弱势族群,身处不对等地位的原住民,最终只得回归文明城镇之外的原始雨林中,许文荣因此将拉子妇视为"三重不幸者"。李永平批评了华人对原住民的盘剥和刻板认知,甚至在《婆罗洲之子》中构建了一个不分达雅人、华人,大家一起和谐生活的乌托邦,试图以此来化解种族之间的恩怨情仇。李有成把这个乌托邦的未来愿景称为李永平的国族寓言。① 从中可以看出李永平对族群关系的构想。

### 三、差异缘由与后续影响

总体而言,20 世纪五六十年代西马的跨族群书写洋溢着爱国热情,华人对与兄弟民族团结合作建立新兴国家充满美好期待,在这种正面书写的底色下,也潜隐着华人对公民权、语言政策的不满,以及担心自身对国家的效忠不被主导族群承认的焦虑。跨族群婚恋是族群关系的晴雨表,西马作品中的跨族群婚恋往往以失败告终,较少表现家庭亲密关系中的族群文化冲突,往往泛泛而论族群文化和宗教信仰的隔阂,或者将批判矛头指向国家体制。

此时期东马的跨族群书写也歌唱民族情谊,强调团结合作争取民族独立,但在这类作品中,华人没有担心不被新生政权和主导族群承认的焦虑。东马跨族群婚恋书写中的异族已进入华人家庭,"混血儿"甚至成为作品主角。家庭空间中的文化冲突成为此类作品书写的重点,无论是《拉子妇》中华人家庭对拉子妇的集体贬斥,还是《婆罗洲之子》中混血儿大禄士在两个族群中的左右为难,都呈现了跨族群婚恋中的文化冲突与磨合。《拉子妇》中"我"对拉子婶悲惨死去的哀悼,对中国人"高贵"身份的嘲讽,《婆罗洲之子》中头家丈夫对达雅妻子的重新接纳,大禄士重获达雅人的尊重,都反映出作者对族群和解的期待与信心。在这类书写中,批判的矛头往往指向华人的种族优越感与对他者的文化偏见,表现出可贵的反省意识,这在同期西马的作品中很少见到。

西马东马两地跨族群书写的差异,一方面是由于两地的政治历史、族群结构、宗教信仰的差异,另一方面是由于东马的南来文人较少,写作人大多是本地成长,对这片土地已产生归属感,能真诚地去了解友族文化,关注友族处境。

英国殖民政府在西马采用"分而治之"的政策,马来人、华人和印度人从事不同的工作,彼此之间没有太深的交集。加上这三大族群的语言、文化、宗教信仰差异较大,使得三大族群在各自空间各自发展。虽然为了马来亚

---

① 李有成:《〈婆罗洲之子〉:少年李永平的国族寓言》,《南洋学报》第 68 卷,2014 年 12 月。

的独立,马华印联盟通过磋商达成"社会契约",但华人公民权是在承认马来人特权的基础上获得的,此后华人必然面对"马来西亚人的马来西亚"还是"马来人的马来西亚"的论争,也必将面临中心(马来人)与边缘(华人、印度人)的清楚区分和族群上下排位的难以调整,为族群矛盾埋下隐患。西马跨族群书写中的"政治"批判正是对华人这一困境的表现。与西马不同,东马的沙巴和砂拉越是真正的多族群混居,马来人在这里不是人数最多的族群,各族群之间互动频繁,可以在同一片土地上进行多元文化的交流。西马的马来人信仰伊斯兰教,东马的原住民大多信仰基督教及天主教,华人往往是多元泛化的宗教信仰。伊斯兰教不允许异教徒通婚的教义往往成为华人与马来人通婚的阻力,而宗教因素不会成为华人与东马原住民通婚的障碍,因此通婚在东马并不鲜见。东马作家对家庭空间族群文化摩擦的书写,正是基于这一现实。东马虽然曾被英国殖民,但历史上与马来半岛没有太多牵连,反倒是与文莱关联密切,即便是在 1963 年参组马来西亚后,由于地处南中国海的另一端,与首府吉隆坡相距甚远,马来政府霸权的渗透有限,政治因素自然也不是东马跨族群书写的重点。正因如此,东马的族群关系在多元文化交流的环境中能更自然地磨合,对他者文化的理解与包容更容易达成。

此时的西马文坛南来文人仍然占据重要位置,他们对马来亚的了解相对有限。而东马由于地处偏远,南来文人本就不多,且大多在 40 年代末已北返,土生土长的写作人成为砂华文学的主力军。他们浸润当地多年,对本地风物了然于胸,更能从个人生活体验出发开展本土书写。因此,东马作家的跨族群书写能摆脱西马作家常见的概念化弊端,更细致入微地展现族群互动,包括族群冲突。

20 世纪 50—60 年代是马来(西)亚新邦肇建之期,东西马跨族群书写的差异,已预示此后两地族群政治与文学书写之差异。1970 年代后,西马书写华巫关系的文本侧重批判国家体制,族群关系反而处于次要地位。即便是书写华巫之间的亲情与爱情关系,要么是表现出缺少交集的家庭关系,如驼铃小说《可可园的黄昏》(1980)中,汉叔的外孙是女儿与马来人结婚所生,汉叔与外孙很少见面,关系淡漠;要么将书写焦点指向批判国家体制,如王筠婷小说《火车火车嘟嘟嘟》(2013)中,"我"和华巫混血儿表哥幼时关系和谐,随着国家伊斯兰化的推进,"我"与表哥渐行渐远;还有贺淑芳小说 Aminah(2012)、《风吹过了黄梨叶与鸡蛋花》(2013)中的混血儿阿米娜被幽禁在她们抗拒的宗教身份里,无法脱教。

与此相反,东马的跨族群书写较多着墨于亲情的矛盾、磨合和亲密关系,如梁放《龙吐珠》(1985)书写了混血儿古达对华人父亲的怨恨与对伊班母亲的嫌弃和最终认可,庄魂的《梦过澹台》(1991)书写邓达顺对华人继父的误解与和解,杨锦扬的《纸月》(1994)书写"我"对伊班亲人的亲近,梁放《我曾听到你在风中哭泣》(2014)书写华伊混血男孩"我"与砂共女战士的爱情纠缠。比较西马东马的跨族群书写,能看出马来西亚政府推行的族群性政治如何伤害了族群关系,捆绑了创作者的想象。而在国家权力尚未充分渗透的地区,不同族群能在文化冲撞中自然地不断调试、修订彼此的文化偏见,更容易培养对他者的包容力。

赵稀方质疑安德森的"民族或民族主义是一种想象的共同体":"无论是认为亚非民族主义出自殖民者对欧洲或美洲的直接模仿,还是认为其出自殖民者自身的想象,都具有相同的性质,即忽略了亚非的本地人,以及他们反抗殖民统治的民族斗争。"①赵稀方认为,反殖反帝斗争在亚非国家形成共同体意识中发挥了至关重要的作用。从马来西亚建国前后的跨族群书写中,我们可以清晰地看到华人如何与其他族群携手并进,争取马来西亚的独立,在这个过程中,华人与其他族群产生了共同体的感觉。华人在独立前后思想情感的变迁很好地佐证了赵稀方的论点。

## 第四节　后"五一三"时期的跨族群书写
### （20 世纪 70—80 年代）

#### 一、隔膜的族群他者:西马的跨族群书写

马来西亚独立前后,华人对新生政权充满期待和信心。但 20 世纪 60年代之后,大马官方推出的一系列语言文化政策使华人逐渐滋生不满,直至1969 年爆发"五一三"事件。事件之后,政府在 1970 年实施全面扶持土著的新经济政策,1971 年召开国家文化大会,确立马来人文化和伊斯兰教的核心地位,80 年代推行一系列伊斯兰教化政策,马来人在政治、经济、文化、宗教等领域的地位日益强大,华人在各个领域的权益都大幅败退。华人倍感压抑,陷入悲愤又无可奈何的境地。1969—1989 年成为马来西亚华社"悲情的二十年",华人认为自身处于"不完整公民身份"(partial citizenship)的

---

① 赵稀方:《何种"想象",怎样"共同体"? ——重估本尼迪克特·安德森〈想象的共同体:民族主义的起源与散布〉》,《文艺研究》2022 年第 6 期。

从属地位①。国家政策的种族不公也激起华人对官方话语的抗拒,"由于整体实力与现实条件无法促成梁山英雄的反抗模式,同时为了继续与土著保持和谐共处的关系,华裔的不满唯有表现在内在的反话语的姿态上"。② 这种不满表现在跨族群书写中,就是把主导族群马来人塑造成隔膜的族群他者。

碧澄《未写出的信》(1981)塑造了一个堕落的马来青年山尼的形象。山尼与华人青年亚答竹、阿齐一起去吉隆坡闯世界。城市繁华让山尼迷失了自己。他不能吃苦,连看电梯的轻松工作也做不长久;又爱慕虚荣,拿到薪水就去购买名牌衣服鞋子,把自己打扮得十分光鲜;还贪图女色,喜欢偷看女人、嫖娼,最后被马来寡妇包养,彻底走向堕落。与之形成鲜明对比的是华人青年亚答竹。亚答竹要负担众多弟弟妹妹的生活,同时打着几份工补贴家用。他勤勤恳恳,脚踏实地,衣着朴素,洁身自好,没有被都市繁华迷了眼。

碧澄的另一篇小说《哈罗,你好》(1988)塑造了堕落的马来青年卡马鲁的形象。卡马鲁表面纯真,说话讨喜,很快如愿以偿当上了华人夫妇的生意帮手,但没干两天就卷走大批货物逃得无影无踪。当华人夫妇报警找到他后,他出奇地镇定,大方地打招呼,好像是会见朋友;坦白承认自己所做的事情,好像他所做的一切都是正当合法的,没有什么不可告人;警员讥讽他,他也丝毫不觉得有什么不妥,偶尔还会对着警员笑。卡马鲁被判入狱,出狱后他又若无其事来找华人夫妇,要求继续给他们当帮手,被拒后学人强收停车费,被打得满身伤痕,最后抢劫银行再度被捕。卡马鲁投机懒惰,不肯踏踏实实做事,幻想通过走捷径过上好日子,最终自食恶果。与他形成鲜明对比的是华人夫妇,夫妻俩勤劳善良,辛苦经营生意维持生计,即便卡马鲁罪有应得,也对他怀有恻隐之心。小说里有些细节透露出此时期华人缺乏安全感,遇事选择息事宁人的处境。如华人夫妇决定报警处理卡马鲁的事情时,有过类似经验的亲友异口同声反对,认为报警处理会很麻烦,要尽量避免,即便抓到人,也是私下协商为妙,否则后续麻烦不断,可能犯事的人出狱了,问题还不能彻底解决。结果不幸被言中,卡马鲁出狱后再度上门要求当助手,而且态度自若,丝毫不觉得有何不妥,反而把女主人吓得惊慌失措,生怕

---

① 许德发借用史宾勒在论述美国亚米希人时的术语来论述马来西亚华人身份。许氏认为,尽管亚米希族是基于自身的生活方式而自我选择离开主流社会,放弃公民权利,因而很少涉及公共领域和民间社会(civil society),但从语义而言,华人族群虽非自我选择,但同样没有享有一切平等的公民权利,也算是一种"不完整的公民"身份。参看许德发:《民间体制与集体记忆——国家权力边缘下的马华文化传承》,《马来西亚华人研究学刊》2006 年第 9 期。

② 许文荣:《论马华文学的反话语书写策略》,《外国文学研究》2012 年第 4 期。

遭到报复。从这些细节可以看出来,华人夫妇的遭遇不是孤例,许多亲友遭遇过类似事件,警察也不能保障受害人的权益和人身安全。华人在马来西亚终归是弱势群体,息事宁人以求自保是大多数华人的选择。

在驼铃小说《柴船头》(1989 年左右)中,马来青年哈山貌似善良,热心帮助孤苦无依的阿昉叔打理杂货店,在阿昉叔瘫痪后又照顾他的饮食起居,但实际上他并不真心善待阿昉叔,不过是贪图阿昉叔的家财,想以此改变自己的命运。小说交代阿昉叔不仅出资帮他娶亲,还承诺给他买一片园子。当叙述者"我"离家十年重回故乡柴船头,想找阿昉叔聊聊旧事时,却遭到哈山的阻拦,他对"我"极其冷淡,只顾着做手头的活,对"我"的有意搭讪置之不理。冷漠的程度比当年审问"我"的政治部警官更具敌意。后来阿昉叔去世,哈山按照回教徒的规矩将他草草下葬,左右邻居都不知道阿昉叔何时皈依了伊斯兰教。与工于心计、冷漠自私的哈山形成鲜明对比的是"我"的乡亲,他们与世无争,一辈子勤勤恳恳坦坦荡荡。驼铃另一小说《可可园的黄昏》中,汉叔的女儿嫁给了马来人,但汉叔与马来女婿关系淡漠,与混血外孙也很少见面,跨族通婚也没法打破族群之间的隔阂。

在这类文本中,堕落的马来青年成为反复书写的对象,取代了独立前后出现的理想马来青年形象。在情节架构上,往往采取华人与马来人相互对比的叙事策略,一方面书写马来人的好逸恶劳、爱慕虚荣、冷漠自私,另一方面凸显华人的脚踏实地、勤劳善良、朴实无华。在"自我"与"他者"的对比过程中,把马来人打造成隔膜的族群他者,华夷之辨的文化态度再度出现。这种书写策略与此时期马来执政精英对华人的打压密切相关,华人在政经文教领域全面败退,只能召唤民族文化资本来抵制国家意识形态的压制。

尽管华人对国家族群政策偏差心存不满,但他们也清醒地意识到,自己必须与这片土地上的其他族群和平共处,尤其是要处理好与主导族群马来人的关系。所以,除了反弹式书写"垮掉的马来青年",这一时期也有探究华人世道人心以及华巫复杂纠葛的作品。这类作品没有简单化处理华巫矛盾,而是非常"现实"地书写华巫之间的隔膜和误解。

商晚筠的《小舅与马来女人的事件》(1977)通过一个小女孩的眼睛,呈现小舅与马来女人花地玛对种族藩篱的跨越。在偏僻的橡胶园,华人与马来人、印度人共同劳作,由于远离各族群的文化中心,小舅和马来女人花地玛日久生情、自然相爱。消息传出后,阿婆震怒,认为儿子与马来女人相好,是丢人的丑事:"入番可不是闹着玩的,这给人骂忘八的,连祖宗都翻脸不认,一点儿好处都没。就恋呆笨蛋也算至亲骨肉,一旦入了番套上回教名阿里阿默什么的,哪儿还跟阿婆亲娘的,这热乎乎上口的亲娘亲爹都称别人去

罗,甚至连'林村'这笔画简单的名姓都用不着了。"①阿婆认定马来女人是
看上了小舅的胶园,所以缠着小舅不放,而小舅是中了马来女人的贡头,才
会看上她。文本用加注的方式解释"贡头"是一种马来巫术,暗示华人对马
来人的忌惮。于是阿婆一面派"我"暗地跟踪小舅,打听小舅与马来女人的
消息;一面找法师求护身符破解马来人的贡头,让小舅回心转意。待"我"见
到马来女人,发现她并不如阿婆所说的那么不堪,相反,马来女人有乌黑滑
亮的大发髻,亲切的笑靥,眼睛柔媚却不落俗,说话酥酥软软、不慌不忙,走
过时还留下新鲜诱人的茉莉幽香。"我"不由自主被她吸引:"这马来女人长
得煞是可人,娇娇俏巧,我眼底全没了那顽固的成见。小舅说得丁点儿没
错,她哪一点不对劲哪一点不好。凡事依着小舅,没一回充耳不闻没一声
不。回话轻轻的,没脾气的。尽管让人觉得马来婆娘无一处好,然而适才瞧
落眼里全没那话。仿佛,仿佛是教人中了贡头,全迷了她,信了她的外
表。"②小说通过孩童的眼光,发现了马来女人的美丽与和善,与阿婆阿娘口
中"马来人没一个好东西"构成对照。文中多次提到镇上华人对小舅恋情的
奚落与不屑,从中可看出华人与马来人的隔阂和对马来人的偏见。小说末
尾,阿婆设计把马来女人赶回遥远的、小舅也不知确切地点的娘家,但执拗
的小舅对马来女人念念不忘,他搬离镇上住到胶园,等待马来女人的归来。
至此,阿婆才意识到或许马来女人与小舅是真心相爱的。商晚筠通过一桩
跨族群婚恋悲剧展现了华巫之间的隔膜与误解,也反思了华人的保守与排
外,但小说中阿婆担心小舅与马来女人的事若被人知晓,说不定哪天就给马
来人的巴冷刀砍死,这一细节也暗示,华人的排外未尝不是华人长期受到马
来人打压而采取的自保。

　　丁云的《围乡》(1982)取材自 1969 年的"五一三"事件,非常现实地书写
了在风声鹤唳、人人自危的政治敏感时期,华人与马来人由和谐相处到互相
怀疑猜忌再到释怀的过程。小说一开始,林拓驾车载着昆仔、马来人沙末和
莫哈末驶出山林,一路上众人有说有笑,还一起帮助原住民猎杀山猪,完全
是一幅"守望相助""和谐共处"的画面。但吉隆坡爆发的种族骚乱很快影响
到山区,马来人要攻打华人的谣言满天飞,很多华人穿越森林逃到华人新
村,原本在锯木厂跟华人一起工作的几个马来人也在半夜悄悄溜走。大家
疑心生暗鬼,平时生活工作中的一点小摩擦此刻都被无限放大,生怕对方会

---

①　商晚筠:《小舅与马来女人的事件》,载商晚筠:《跳蚤》,新山:南方学院马华文学馆,2003
年,第 175 页。
②　商晚筠:《小舅与马来女人的事件》,载商晚筠:《跳蚤》,新山:南方学院马华文学馆,2003
年,第 210 页。

趁机报复,华巫之间的猜忌、警惕达到顶点。林拓在逃亡的路上舍不得家园选择回来,刚好遇上回来找林拓的沙末和莫哈末,几天来的猜疑和担忧烟消云散,华巫之间又恢复了和谐。小说对华人在特殊时期的心理矛盾和挣扎有深入细致的刻画,并通过人物对话探讨如何理性应对纷争、化解敌意,传达出华人期待与其他族群和睦共处的愿望。

## 二、同悲同喜的友族同胞:东马跨族群书写

1963 年,砂拉越、沙巴都变成马来西亚的一个州,当时东马反合并的呼声甚高,当局加强舆论控制,时有报纸被查封,砂华文学创作陷入低迷。60 年代中期到 70 年代中期,是砂华文学的低潮期,老作家纷纷停笔,有实力的新秀尚未冒出。[①] 直到 80 年代,跨族群书写才有明显突破,田思、梁放、英仪、融融、黄泽荣等作家都开始涉足这一领域。西马闹得沸沸扬扬的种族冲突事件并没有对东马产生多大影响,也没有进入东马作家的写作视野。

20 世纪 80 年代初,东马作家田思创作了一系列散文介绍原住民习俗与文化,描绘东马族群和谐相处的画面。《长屋里的魔术师》讲述华人杨亚武入赘长屋,与长屋居民和睦相处的故事。杨亚武早年跑马戏团,来长屋演出时喜欢上了达雅人的淳朴善良,娶了达雅女子为妻定居长屋。周围的达雅邻居大都和善,只与一个邻居发生矛盾,后来杨亚武不计前嫌医治好了这个邻居被野猪咬伤的孩子,两家和好。作品结尾,几个华人在杨亚武的魔术和达雅人的歌舞中度过了愉快的长屋之夜。《在园丁马登家里》介绍了一个技艺精湛、视钱财如粪土的民间艺术家马登。马登是加央族人,他多才多艺,擅长制作盾牌、沙贝琴还有各种装饰品,有人出高价请他去城市做雕刻,被他婉拒,因为他是自然之子,喜欢森林里无拘无束的生活。《宝刀的故事》通过介绍伊班朋友雅蒙一把祖传的宝刀,引出雅蒙家族的故事。宝刀的铸造者是雅蒙的祖父大德芒光,他才华出众,率领族人在拉让江定居创业,是家喻户晓的英雄人物。后来这把宝刀就传给雅蒙的父亲德芒光拔。德芒光拔在日治时期使用宝刀砍死入侵的日本兵,立下赫赫战功。德芒光拔有三个儿子,他按照伊班人习俗,通过梦境来选择继承人。雅蒙的梦境显示他是乐于助人又有敬老美德的年轻人,于是被父亲选为将来族人的领袖。雅蒙继承宝刀后,念念不忘为族人争取福利,改善族人贫穷落后的命运。这篇小说通过一把宝刀,追溯雅蒙家族上下三代的英雄史,而这些家族史又可以看出伊班人从迁徙定居、反抗日军入侵、参组大马后奋力改变落后命运的族群

---

① 田思:《砂华文学的本土特质》,吉隆坡:大将出版社,2014 年,第 15 页。

史。这一书写模式后来在 90 年代被杨锦扬、金圣等作家吸收传承。《走向长屋》中,华人青年通过聆听甘榜老人的介绍,了解了达雅族的善良和对残暴侵略者的拼死反抗,也发现了甘榜年轻人涌入城市的社会问题。《路亭》介绍了华人与异族朋友结识了解的第一个场所——路亭,华人亲身体验了达雅人的热心。《加帛镇之晨》描绘了巴刹早市华人与伊班人卖菜吃喝,各就其位,热闹非凡的人间烟火图。田思散文中的华人和原住民是朋友,可以进入原住民家庭参加宴会,听他们讲述祖辈历史,与西马小说中华人与马来人之间的隔膜形成鲜明对比。

梁放是东马文坛中致力书写族群关系的作家,他在 80 年代创作的《森林之火》《龙吐珠》《玛拉阿姐》都书写了华人与当地原住民的关系。《森林之火》采用第一人称叙事,书写"我"与伊班厨师温达的故事。"我"是留洋回来的大学生,在土地测量局担任工程师,温达是临时雇佣的厨师,他前来报到时露出满是汗斑与刺青的上身,差点把"我"吓坏了。后来"我"发现他做菜不讲卫生,用脏污的手指直接捞菜,把尝过的汤又倒回锅里;温达还喜欢用"我"的剃刀、肥皂、牙刷等私人物品,让受过现代教育的"我"非常恼火,但看到他的刺青,想想伊班族猎人头的历史,又心存顾忌。有一天深夜,"我"伏案用功时发现温达拿着巴冷刀走来,以为他想伤害"我",结果是他发现有一条毒蛇正要攻击"我",用巴冷刀把蛇头砍成几块。"我"对温达的救命之恩感激涕零,为自己的恶意揣测羞愧难当。

误会解除后,"我"反省自己的傲慢自负,开始用欣赏的心态去了解温达的性格和文化,发现温达会狩猎,会摘野菜,会辨认蘑菇,会做各种野味,具有雨林生存的技能和智慧,而且在日军入侵时期,不求回报地救过英国人。在那一刻,"我"才意识到温达的博大胸怀和人性之美,感觉自己何其渺小。此后,"我"和温达就成了朋友。小说末尾,"我"看到延伸进雨林的一条条公路,感慨"文明"入侵的不可逆转,但相信温达的人性之美可以抵抗"现代文明"入侵,让人类社会保留一份温情:"他代表的人性,不容碾碎,不容溶解。深信它的存在,人类的社会,毕竟还是可爱的。"[1]

《龙吐珠》延续了李永平《拉子妇》中的主题,反映华人男性消费原住民女性又将其抛弃的社会议题。小说从华伊混血儿的角度展开故事,讲述了华人父亲的无情——带着所有家当回唐山与原配妻子团聚,抛下伊班妻子和儿子。与《拉子妇》不同的是,《龙吐珠》中的混血儿子接受了大学教育,在城市拥有了体面的工作,而残酷之处在于,他承续了父亲的文化偏见和冷酷

---

[1]　梁放:《森林之火》,载梁放:《腊月斜阳——梁放小说自选集》:雪兰莪:有人出版社,2018年,第 81 页。

无情,看不起自己的伊班母亲和长屋亲人,长大成人后斩断了与长屋的联系,变相抛弃了自己的母亲。直到结婚生子,发现自己的孩子遗传了伊班祖母的相貌特征,才意识到伊班血脉的无法割断,于是良心发现返回长屋。此时母亲已离世,留下的遗物可看出她对父子俩的深情。母亲坟头上种的龙吐珠已开出一朵小花,鲜血般红艳的花瓣与白色的花心似乎是母亲掏心掏肺一辈子的情感见证,父亲箱子上被虫蛀了眼睛的雕龙则成了父亲的隐喻——一条瞎了眼的龙。混血儿对华人父亲和伊班母亲的感情历经几度转折,最终指向对母亲的愧疚和拥抱,似乎看到了对华人文化的反省和对伊班文化的认同,其中夹缠的血缘伦理、华伊强弱对立增加了小说的厚度。

《玛拉阿姐》通过叙事者"我"在处理一桩嫖客争风吃醋案时,发现受伤妓女疑似童年故人,从而引出原住民女孩玛拉阿姐的故事。华人龟公阿叶伯专门收养家贫的伊班女童,不及养大就卖作雏妓。玛拉阿姐就是其中之一。"我"年幼时看不懂其中的门道,只因年龄相近性情相投,自然就和玛拉阿姐成了朋友。玛拉阿姐小小年纪就在不同男人中迎来送往,后来被一个工地上的男人带走,从此没了音讯。长大后外婆告知"我"的身世,原来"我"的母亲也是如玛拉阿姐一样的女子,十五岁生下"我"就不幸去世了。与玛拉阿姐的再度重逢勾起了"我"的痛苦回忆,讽刺的是,阿叶伯的所作所为自始至终没人过问,当然也没有遭到惩罚,随着他的离世,有关他的故事淹没在人群中,没有人会记得,只是玛拉阿姐们还在人间苦苦挣扎。

梁放的三篇小说都直指社会问题。《森林之火》在族群消除误解成为友伴故事的背后,那一条条伸向雨林深处的公路以及修建的水电站已然喻示原住民面临的现代文明冲击。这一主题在90年代后的东马作家中有巨大回响。《龙吐珠》中拉子女性在跨族群婚姻中承受的不幸,其背后是原住民整体的弱势地位。《玛拉阿姐》更是把原住民女性备受欺压的境遇暴露得触目惊心。在小镇不断扩大地盘的现代化进程中,玛拉阿姐们只能沦落风尘。这些作品显示了梁放作为东马在地作家对原住民同胞的拳拳之心。有感情,才有关注,才有批判,这比简单歌颂族群友谊要深刻得多。

东马作家英仪根据自己去原住民聚居地任教的经历,创作了系列短篇小说,结集为小说集《璀璨的人生》。其中《爱的火焰》《永恒的爱》《璀璨的人生》三篇都是书写城镇华文教师被派往长屋任教,与当地原住民经由交往达至理解最后建立深厚情谊的故事。

《爱的火焰》中的秀雅老师到全是伊班人的学校任教,一开始她感觉孤独失落,害怕不适应被异族包围的环境,后来在交往中,她发现伊班人十分友善,伊班学生淳朴可爱,就想为这简陋的乡村燃起"爱的火焰"。她用心教学生，在学生发生打架斗殴时挺身而出，宁愿自己受伤也要保护好学生，赢得了伊班家长和学生的尊敬。秀雅看到伊班人生活清苦，就想方设法帮助他们，送医药箱、教导裁缝、创办成人教育班以扫除文盲、教导妇女们制造果酱保存蔬果。秀雅调离长屋时，乡民们特意举办送别仪式表达感激和不舍。小说重点书写了秀雅老师在与伊班人交往中的心理转变，中间插入秀雅的日记把这种转变袒露在读者面前，显得真实可信。

《永恒的爱》呈现了华人女孩"我"在伊班村落执教的心路历程。初次见到简陋的教员宿舍，尤其是发现没有门框、不能上锁的大门时，"我"欲哭无泪，夜夜梦到自己被伊班人砍头。后来屋长请"我"去他家里做客，他们的热情友善使"我"忘却了离家的烦恼，也消弭了两族隔膜。当"我"拿竹鞭惩罚调皮的学生遭到家长质问时，通情达理的乡民们从中周旋化解家长的怨气。"我"在教学之余，便与村民们一起生活，很快打成一片，耐心、爱心、信心以及语言的交流，使"我们"仿佛生活在一个大家庭中，没有种族之分。离开学校时"我"依依不舍，止不住流下眼泪。回到家中"我"感受到了亲情之可贵，但更意识到伊班人友情之可贵。

> 在这一霎那，我了解到亲情之间的爱，固然是恒切、珍贵，但能从异族之间的友情中获得一分永恒的友爱，那不是更难得和可贵吗？现在我却幸运的拥有了这份金钱所不能买到，人力所不能强夺的友爱。这种爱，是多元种族国家的灵魂；而任何人身为国家的一分子是必须继续播下这永生的灵魂之种子，在万众一心的培植下茁壮、茁壮地迈向辽阔的蓝天！①

小说采用第一人称叙事，便于展现"我"的所思所想。初来此地时的害怕，欣赏乡村静谧晨景时的喜悦，看到孩子们物质窘迫时的同情，孩子调皮捣蛋时的气恼，与乡民共同生活时的愉悦，离别时的不舍等等复杂的心理转折都一一呈现出来，反映出华人与原住民在交往交流中克服成见、走进彼此心里的过程。

《璀璨的人生》中的华人教师雪倩一听说要去偏远发展区的原住民学校工作，忍不住悲叹要去被"砍头"了，万般无奈下只能硬着头皮前往。在去往学校的山路上，加央族老人主动帮她拿行李，让她稍稍得到安慰。到达学校后，她发现村民们淳朴、憨厚，过着与世无争的生活，并不如她想象中的那么

---

① 英仪：《永恒的爱》，载英仪：《璀璨的人生》，新加坡：风云出版社，1985年，第65页。

可怕,稍稍心安,只是大家对校长的品行为人、工作态度颇有微词,增添了她新的忧虑。后来在与校长大卫的交往中,得知他是肯雅族人,毕业于师训学校,是自己的学长;大卫初来时也曾一腔热血,但学生的不合作和家长的刚愎自用消磨了他的工作热情,变得敷衍松懈。雪倩认真负责的工作态度,真诚热情的为人风格感染了周围的人,孩子们学业有长进,校长大卫变得积极上进,村民们热心友好,还有几个达雅族村民极力邀请雪倩去长屋参加达雅节盛会。离别时村民举办了盛大的欢送舞会,加央族和肯雅族的羽毛扇子舞美妙动人,毛律族学生的竹箫清脆悦耳,达雅克族和马来族学生的土风舞与歌唱节目扣人心弦,唯一的华族学生与伊班学生合唱了一首华语歌曲,他们的滑稽表情引得观众捧腹大笑。这是一幅各个族群和睦相处的风景图,让雪倩又喜悦又不舍。最后校长大卫也送了一串颇有寓意的珠链表明心意:"雪倩,这彩色缤纷的珠,象征你那璀璨的人生,不仅给你带来欢愉,也滋润了国土,更照亮了别人!"①

　　三篇小说的情节架构大体相似,都是写华人教师前往长屋任教,一开始因为不了解,加上听过许多有关原住民野蛮残忍的传闻,心里非常恐惧,担心不能适应长屋生活;中间经过与原住民的日常交往,发现了原住民的人性之美,即便偶有摩擦,也很快能化解,于是打破了刻板印象和狭隘的种族主义藩篱,共谱一曲各族群和睦相处的颂歌;最后华人教师与原住民依依惜别,意识到了异族情谊的可贵。这种族群交往交融书写模式打破了此前李永平在"拉子系列"中采用的强弱对立模式,淡化了族群之间的文化差异,通过共同的人性之美来搭建跨族群交流的桥梁。作品实际构建了一种多元文化和谐共处、多元族群共生共荣的理想世界,虽然有过于美化之嫌,但从中也能感受到东马华人对与原住民携手建设美好家园的期待和信心。

　　与此相似,东马作家融融的《脉脉斜晖》也书写了华人教师与马来学生(东马的马来人也是少数族群,与西马不同)结下深厚情谊,与当地村民相处融洽的故事。乡村与校园在脉脉斜晖中构成一幅美丽的图画。

　　东马作家黄泽荣小说《奴英的抉择》获得1987年砂拉越星座诗社文学奖,讲述兴建大坝严重影响当地原住民生态的故事。自从堤坝筑起后,天已不同从前,有时会莫名地痉挛抽动,人们从山中背回的猎物越来越少,左邻右舍变得阴沉怪异,连奴英身上的文身也开始麻痹疼痛。在奴英眼里,那堤坝和巨湖其实就是一头庞硕的妖魔,吞噬掉了原住民的平静生活,使生命受到羁绊。他想起小时候父亲给他文身时,自己一声不哭,大家都赞许他勇

---

① 英仪:《璀璨的人生》,新加坡:风云出版社,1985年,第91页。

敢,将来必能出人头地,于是他心里默默做出了抉择。小说没有明说奴英的抉择是什么,但通过一句"他知道,因为他的抉择,他将不能亲自为自己的孩子文身",①以及奴英妻子将米饭丢到湖里,就可以推测出,奴英选择了跳下巨湖与庞硕的妖魔决斗,以牺牲自己来保全族人,实践了小时候族人对他的赞许和期待。小说不仅反映生态问题,而且让我们思考:究竟何为落后,何为文明?原住民以宗教神话来诠释和应对自然现象,其实体现了原住民善待自然的生存智慧,反过来让罔顾自然的文明人暴露自己的愚昧无知。

整体来说,从80年代东马的跨族群书写可以看到华人对原住民文化与习俗的了解和欣赏,对原住民女性婚姻不幸和沦落风尘寄予深深同情,对族群之间经由交往达至理解充满信心和期待,对现代文明冲击雨林文明从而影响原住民生存充满忧虑。这些书写反映出华人把原住民视为同悲同喜的友族同胞,关心他们的现实困境和未来发展,对华人自身存在的诸多问题进行了深刻反省,与西马此时期强调华人的美好品质是完全不同的路向。

随着社会语境的变化和作家队伍的代际更替,90年代以来的跨族群书写呈现出新面貌。一是跨族群婚恋书写延续了"婚恋—族群政治"的隐喻传统,又在族群和谐共处的时代召唤下自觉追求文化互通,尤其强调华人对其他族群文化的再发现。二是历史溯源书写中,不仅重新发现和评估原住民历史,而且对华人拓荒史中的阴暗面有所暴露和反省,对华人的"寻根史"也不乏反思和揶揄。三是马华作家回应马来政要推行的"回儒对话"文化政策,大胆触碰此前的文学禁区,涉足华巫之间的宗教差异与碰撞,表现华人对国家日益伊斯兰化的不安和抵制,这是跨族群书写出现的新动向,也是尤为难得的开拓。不仅如此,新生代作家还带来了书写策略与技巧的更新,如仿拟、文本互涉、后设书写、诡异书写、魔幻书写等。下文将从"族际婚恋""历史溯源""回儒对话"三个方面展开详细论述。②

---

① 黄泽荣:《奴英的抉择》,载林武聪主编:《石在·星座常年文学奖作品选集(1987/1988)》,古晋:砂拉越星座诗社,1993年,第121页。

② 有些作品除了涉及婚恋,可能还会同时涉及历史或是宗教议题,本书会对这类作品从不同层面和角度展开分析。

# 第二章　族际婚恋中的跨族群书写

在族际婚恋中,两种文化以最近的距离对视、对话、冲突或者协商,是两种文化"亲密接触"地带。20 世纪 90 年代以来,跨族群婚恋书写表现出对"华极"思维的超越,没有因过分偏重对华族人物、观念和生活场景的书写而简化对其他族群的表现。主要体现在三方面:表现族群之间的互动,让接受现代文明熏陶的"他者"发声,代与代之间对他者文化的态度出现了对立的声部;凸显东马弱势族群妇女在买卖婚恋中的觉醒与反抗,一改过去逆来顺受的形象,发掘她们身上的主体性;华异混血儿不再对华族文化照单全收,表现出理性的审视意识,并开始肯定与吸收原住民的文化。

## 第一节　文明他者的"发声"

### 一、自然与文明结合的"他者"

马来西亚多元族群杂居,各族民众在日常交往中形成了稳定的互动交流纽带,随着经济发展和资本扩散,族际交往更加密切。各族群民众在长时间的"交往交流交融"过程中,不仅增进了理解,也感受到彼此的文化差异和族群边界。族际婚恋是两种文化的"亲密接触"地带,两种文化以最近的距离对话、冲突、协商或交融,成为展演跨族群文化交流与碰撞的场域,并以细腻的情感方式显影马来西亚特定时空中的族群权利关系,与族群关系的政治与历史表述互为补充。马华文学中的跨族群婚恋往往具有超出婚恋本身的多重隐喻。90 年代以来的跨族群婚恋书写承续了文学传统中"婚恋—族群政治"的书写模式,又自觉响应"同为一家人"的时代召唤,表达跨族群交融互通的祈愿,尤其强调华族对其他族群文化的肯定与吸收。

在东马,华人与原住民混居,通婚并不少见,由于华人经济地位和文化程度处于优势地位,往往是跨族群婚姻中的主导者。李永平在 20 世纪六七十年代创作的"拉子系列"小说,以族际婚恋彰显了华人对原住民的歧视与剥夺。《婆罗洲之子》《拉子妇》中的原住民妇女不过是华人"头家"短暂姻缘中的消遣对象,一旦华人返回唐山或是有了唐人女子为婚配对象,她们难逃被抛弃的命运,只能重返森林。80 年代梁放《龙吐珠》中的伊班妇女依然逃不过被华族丈夫消费、抛弃的命运。在这类跨族群婚恋中,华人凭借经济和文化优势掌控原住民的处境和出路,身处弱势地位的原住民,最终只得重返文明城镇之外的原始雨林中。因此,许文荣称拉子妇为"三重不幸者"①。高嘉谦更进一步论述拉子妇被抛弃的深层原因在于中国人对纯粹中国性和"种"的纯正性的追求:

> 一旦置入"野种与纯种""森林与城镇"的视野中,李永平已在书写一种纯粹中国性的追求。因为"纯粹中国性"的本质恐怕离不开"种"的血缘坚持,不论是宗族的"种"或民族的"种"。因而异族通婚,尤其与"森林"的"野种"的结合,就是对中国性的伦理体系最大的挑战。……拉子的"天生贱种"源于大中国情结的视野。尽管海外华人都已身处异域,但中国性的坚守,始终有着强烈的排他性。故而,拉子最终的出路只能遣返森林。②

1969 年爆发"五一三"事件,马来执政精英将冲突根源归结于族群之间的贫富差距,于是从 1971 年开始,马来西亚政府推行"新经济政策",全面帮扶土著的经济发展,同时通过一系列政策帮扶土著教育的发展。一是在教育普及方面向土著倾斜。通过新建和改制,马来语授课的中小学校遍布土著聚居的地区,适龄的土著子弟,即使居住在穷乡僻壤,也基本都可以接受中小学教育。二是为土著接受高等教育提供各种机会,如提供各种奖学金,给予马来人及原住民,只要他们愿意求学,就有机会获得政府的补助。最为关键的是大马政府还提供教育及升学的配额保障,规定以族群的人口比例作为国立大学收生的依据。马来人和东马原住民,进入学校只需要达到很低的要求,通常只需通过一门主要科目的考试,或两门副科的考试,或是通过高中的核定考试就可以。此外,政府亦提供许多机会给土著学生到国外深造,只要成绩优良,他们大都有机会获得公费出国念书。

在政府一系列组合拳的大力扶持下,土著教育迅速发展。据马来西亚新闻部公布的资料,1996 年西马 15 岁以上的成年人中,识字率最高的是马

---

① 借鉴斯皮瓦克的观点:"如果你是穷人、黑人和女性,你便在三方面有问题。"(佳亚特里·斯皮瓦克著,陈永国等主编:《从解构到全球化批判:斯皮瓦克读本》,北京:北京大学出版社,2007年,第 114 页),许文荣在《多元文化语境下的边缘意识:马华文学少数民族书写的主题建构》(《民族文学研究》,2012 年第 3 期)一文中指出,拉子妇身为少数族群、穷人、女人,是"三重不幸者"。

② 高嘉谦:《谁的南洋? 谁的中国?——试论〈拉子妇〉的女性与书写位置》,《中外文学》2000年第 29 卷第 4 期,第 149 页。

来人,为 92％,超过华人和西马成人平均识字率的 91％。① 在 20 岁左右接受高中以上教育的族别人口比例中,马来人的比例最高,从 1991 年的 10.3％增加到 2000 年的 17.3％,不仅高于同期全国平均比例(8.9％、16.0％),也高于同期华人的比例(9.0％、16.5％)和印度人的比例(7.6％、13.0％)。②

进入 21 世纪,配合培养更多土著企业家和专业人才的需要,政府再三表示要增加高等教育基金的拨款,以拨出更多教育贷款予土著学生,增加土著深造的机会。政府还特别强调为低收入土著学生提供教育贷款,让他们有机会奔赴国外著名大专学府深造。③

得益于教育的普及和发展,很多乡村马来人和原住民都纷纷走出"丛林"进入学校,接受现代文明教育。随着受教育程度的提高,土著的职业和收入出现很大变化:专业人士不断增加,"社会流动"渠道日渐宽畅,收入水平有较大提高。同时,接受现代文明洗礼的土著,其自信心极大提高,渴望平等、被尊重、自我实现。

在这一背景下,90 年代以来马华作品中的跨族群婚恋书写出现新的动向,华人"婚恋共同体"中的异族不再是过去那种来自蛮荒地带的深山长屋里没有知识、没有文化的土著,而是文明与自然结合的新形象。比如李忆莙《风华正茂花亭亭》(1995)中的玛妮、张贵兴《猴杯》(2000)中的亚妮妮、石问亭《梦萦巴里奥》(2003)中的瑞柳、陈绍安《禁忌——虚构补选文体与真实小说观念之差》(2001)中的鱼萨贝拉、黎紫书《烟花季节》(2013)中的阿卜杜奥玛。

李忆莙小说《风华正茂花亭亭》中的印裔女子玛妮具有北印度贵族血统,家境优越,父亲是律师,哥哥是牛津大学的学生。华人周承安第一次见到她的时候,就被她吸引住了,"她是一个高个子的女孩子,褐色的皮肤显示着她如果不是印度人便是欧亚混血儿,头发濡湿,束在脑后,绑了条红色的丝巾在额发上,穿着一件宽大的白 T 恤,一条白短裤,两条腿异常修长,是那种成熟女人的身材,平凡中却带着一股非常诱人的吸引力"。④ 交往增多后,"我"(周承安)发现玛妮喜欢读书,聪慧上进,尤其是她的性情别具魅力,"她有时候显得很豪爽,豪爽得近乎洋妞。有时候又很沉静,那种气质与气度,是我所形容不来的。总之,觉得这样一个女孩子,实在稀有,值得我为她回家去革命"。⑤ 尽管玛妮婚后只顾自己的学业与事业,与"我"渐生龃龉最

---

① 《马来成年人识字率最高》,《资料与研究》总第 27 期,1997 年 5 月。
② 廖小健:《马来西亚维持族群和谐的经济与教育因素》,《华侨华人历史研究》2009 年第 2 期。
③ 《〈第 3 经济展望纲领〉拟机制提高土著专业人士比例》,《南洋商报》,2001 年 4 月 3 日。
④ 李忆莙:《风华正茂花亭亭》,载李忆莙《李忆莙文集》,厦门:鹭江出版社,1995 年,第 32 页。
⑤ 李忆莙:《风华正茂花亭亭》,载李忆莙《李忆莙文集》,厦门:鹭江出版社,1995 年,第 34 页。

终离婚,但"我"依然无法忘却与她初相识的美好日子,"我风华正茂,她有如春花般亭亭玉立"。①

来自东马的张贵兴致力经营婆罗洲故事,其中不乏华族与东马原住民女性的婚恋故事。小说《猴杯》塑造了全新的土著女性亚妮妮的形象。亚妮妮是达雅克女子,她保留了达雅克人的族群特征,比如有拉长的耳垂,擅长捕获野兽,会说达雅克语,对待感情坦诚奔放;但她又是接受了现代文明熏陶的新女性,相比老一辈土著,她有知识有思想,懂英语会谋划。土著的野性自然与现代人的文明特征在她身上融为一体,就像她使用的"人兽一体"的混血英语一样,结合了"蜿蜒的蟒语,肢体化的猴语,甲骨风的鸟语,潺湿的胎语"。语言是人类思维的外化。亚妮妮使用的语言表征了她精神世界中文明与野性的融合,从而使她别具魅力——赤诚坦率而不乏谋略决断,美丽善良又勇敢英武,温顺天真而又泼辣彪悍。

显然,亚妮妮不同于 20 世纪六七十年代李永平笔下的土著,如《拉子妇》中的三婶,《婆罗洲之子》里大禄士的母亲和姑纳,这些女性逆来顺受,是"哑静"的受难者;也不同于 80 年代梁放《龙吐珠》中"我"的伊班母亲,卑微地深爱着抛弃自己的唐人丈夫。野性机智的亚妮妮凭个人魅力吸引了华人雉,使雉打心眼里爱上了她。小说末尾,雉发自肺腑地表白:"我会娶你的,亚妮妮。在我心目中,你已经是我妻子了。"②

东马作家石问亭的小说《梦萦巴里奥》中的瑞柳出身显赫,是加拉必族酋长的独女,瑞柳的打玛(父亲)是族长,又是几条河的天猛公,拉者时代、英殖民政府时期,他已贵为大酋长。二战时期由于抗日有功,打玛还被英国殖民地政府授予十字勋章。用主人公的话来讲,瑞柳家的钱这辈子都花不完,以致"我"与瑞柳相恋时,朋友都以为"我"是攀附她的家境。作品有不少笔墨描绘瑞柳传承的族群文化,比如裸睡的习惯,忘我地跳民族舞蹈"丽玲",第一次随"我"回家拜见父母时戴上世袭的装饰品"沙铃"。同时,作品也书写了瑞柳作为一个接受现代教育的女性,她身上具有的开放包容、与时俱进、尊重和接受"他者"文化的可贵品质。在交往过程中,瑞柳理解尊重"我"的华人文化,婚后努力学习华语以便跟"我"的家人交流。当"我"提出,戴个耳垂在现代城市生活很不方便,不如做个整容手术将耳垂缝合,瑞柳能理性思考,欣然接受"我"的建议。瑞柳身上充满土著少女的原始生命力,又具备现代知识女性的理性智慧,"我"把她视为出自自己身上的肋骨,就如文中的四个小标题所示,愿"生死契阔""与子相悦""执子之手""与子偕老"。

① 李忆莙:《风华正茂花亭亭》,载李忆莙《李忆莙文集》,厦门:鹭江出版社,1995 年,第 95 页。

② 张贵兴:《猴杯》,台北:联合文学出版社有限公司,2002 年,第 317 页。

陈绍安《禁忌——虚构补选文体与真实小说观念之差》中的鱼萨贝拉是一个乐于学习华族文化的马来女子。当别人问她为什么要来华小学习时,她回答道:"爸爸说马来西亚虽然是马来人祖国,经商发达者却都是华人,马来人全是农夫、劳工,华人全是老板、经理,要我进华文小学向华人子弟学习,长大要做老板、经理,不要永远做落后的马来人。"①"不要永远做落后的马来人"表现了鱼萨贝拉不甘人后,要求进步的品质,从中亦可管窥90年代以后马来人精神风貌的变化。后来鱼萨贝拉在学校中与华族同学李日日久生情,但鱼萨贝拉是信仰伊斯兰教的马来人,李日是没有严格宗教信仰的华人。他们的相爱触犯了伊斯兰教的禁忌。最后,鱼萨贝拉受到了伊斯兰宗教法庭的惩罚,但她仍然不后悔,认为自己和李日的感情没错,错的是整个环境。鱼萨贝拉是一个勇敢大胆,敢于为爱情而挑战文化、宗教、种族藩篱的女子。

黎紫书的《烟花季节》书写的也是华巫之间的男女情缘。乔是华人周笑津的英文名,安德鲁是马来人阿卜杜奥玛的英文名,两人在英国留学时相识。身处异国他乡,同为马来西亚人的乔和安德鲁初次见面就感觉特别亲切。在乔的眼里,安德鲁浑身透着一种东南亚人的色调,有热带人的体温、味道,留着于男生而言有点过长的头发,眉宇间流露出一种艺术家的自矜与傲慢,散发出一般马来青年都免不了的不羁和慵懒。乔喜欢这份亲切感。听安德鲁吹口琴,和安德鲁一起看烟花,手持一个月通票周游欧洲,乔与安德鲁就这样静水深流地爱着彼此,乔觉得此生再不会与任何其他男人如此亲密无间。直到两人周游欧洲时,乔在火车上与安德鲁用"国语"(马来语)交流,才赫然发现族群之间的隔阂。"不啻因为她在国外几年,马来语已经不灵光,以至她老是语室,总是无可避免地把许多英语单词填塞在句子的坑坑洞洞处。比这个更让她气馁的是,听着安德鲁那流利的、生活化的马来语,那么熟悉,许多被掩埋起来的记忆,他和她的身世,便像老鼠听到魔笛的声音,全都被唤起来了。""明明是同一个人,那语言她也完全能听懂,但口操马来语的安德鲁让她感到可惧的陌生。"②文中的"身世",就是指马来西亚的族群隔阂现状,尤其是华人与马来人在语言、宗教、文化等方面的巨大差异以及国家族群政策所造成的族群硬边界。他们不得不面对这四分五裂的世界。一对原本情投意合的情侣主动放弃这段情缘,返马后各自结婚生子,再无交往。可见,跨族群婚恋在很大程度上并非个人情感私事,能否成功取决于两族关系的总体水平。小说对政治、宗教之于个体情感的介入,有极为

① 陈绍安:《禁忌——虚构补选文体与真实小说观念之差》,载萧依钊主编:《花踪文汇6》,雪兰莪:星洲日报,2003年,第152页。
② 黎紫书:《烟花季节》,载黎紫书:《野菩萨》,北京:新星出版社,2013年,第222页。

深入的洞察。

学成回国的安德鲁变回那个叫阿卜杜奥玛的马来青年,他家世清白、出身良好、学业有成,娶了一个马来女歌星,生了一对儿女,成为地方巫统(马来西亚执政党)领袖、国会议员,亦成为被笑津(即乔)的父亲和丈夫耻笑的政客。笑津回国后,顺其自然地结婚生子,当起了全职主妇。然而,即便笑津和阿卜杜奥玛重回了"正常"的生活轨道,彼此再无交集,但彼此在内心深处仍然心意相通,不经意的细节中仍透露出尘封的情愫。对笑津而言,安德鲁才是那个让她有"骨肉相连"般体会的人,而她的华人丈夫太计算自己的付出,以致笑津与丈夫就像阴阳两仪,看似圆融却无法逾越。

这些小说中的族群他者往往家世背景良好,自身也非常优秀。他们既受到本族群文化的影响,又接受了现代文明的洗礼。华人与他们的真诚相爱,是建立在理解、尊重族群差异和他者文化的基础之上,而不再是《拉子妇》《婆罗洲之子》《龙吐珠》中华人男子与原住民女子的情欲消费式结合,从中我们可以看到转型期马来西亚族群关系的变动及其对跨族群婚恋的影响。

## 二、代际分歧与对立

进入 90 年代,年轻一代华人成长起来,他们绝大多数是在马来西亚独立后土生土长的华裔,有些甚至已是华人移民的第三代、第四代了。不同于父祖辈对纯粹中国性的执念,年轻一代华人长期浸淫本土文化,又适逢各种现代、后现代思潮登陆马来西亚,他们有更包容的文化观念和更开放的文化心态,对待族群他者已不只是人道主义同情,而是表现出对他者文化的理解与肯定,于是不同代际对待他者文化的态度出现了对立的声部。但即便是老一辈华人,随着在马来西亚的深耕,也逐渐意识到自身命运与脚下这片土地休戚相关。他们对待同一片土地上的族群他者的态度也在逐步调整,背负着传统因袭的重负在时代大潮中缓缓"前行"。

李忆莙《风华正茂花亭亭》展现了两代华人对印度人的不同态度。"我"在大学校园偶遇印度女子玛妮,一眼就被她的气质所吸引。在"我"眼里,玛妮个头高挑、有浅褐色的皮肤和修长的双腿,散发着一种成熟女人的魅力。"坐在树下看书时,低着头,两眼垂下,睫毛又长又弯,像两把扇子。"[①]这些语句完全颠覆了以往马华文学中对印度人外貌书写的族群偏见。在"我"看来,玛妮充满南国少女的青春活力,而且性格豪爽、嗜好读书、积极上进,实在稀有。"从她,我发现了,原来印度人的脸型轮廓是那么清晰,尤其是眼睛

---

① 李忆莙:《风华正茂花亭亭》,载李忆莙:《李忆莙文集》,厦门:鹭江出版社,1995 年,第 33 页。

和鼻子,简直就像希腊的塑像,一点也不像我们华人。"①当"我"把爱恋玛妮的消息告诉父亲时,父亲气得要命,跳起脚来咆哮,极力反对跟印度人做姻亲,但"我"努力用多元种族观念去说服父亲,让他认识到"印度人也是人"。当父亲强调他不能接受家庭中出现华异混血的杂种孩子,"我"马上纠正"不是杂种,是混血儿"。在"我"的多番努力下,父亲最终应允了"我"和玛妮的婚事,妈妈也真心期待玛妮的嫁入。父母态度的转变让"我"对他们刮目相看,"我"本以为,"那个时代的人的头脑,永远停顿在那个时代",没想到,他们竟然如此开明,能突破局限进入"我们"的时代里来。两代华人价值观的冲突使文本出现对立的声部,凸显了老一代华人种族观念转变的复杂之处,种族平等的新社会因素是促成这种转变的重要原因。

在《猴杯》中,主人公余鹏雄的母亲对丽妹(达雅族养女)身上的刺青颇为不屑:"这刺青……番人的玩意嘛……","以后别刺了……番鬼不卫生,这刺青会染病……"在母亲(老一代华人)眼里,土著的刺青是肮脏的、不健康的"玩意儿",因此,几次三番劝阻丽妹不要再刺了。然而在主人公眼里,刺青图案"或繁复绚烂","或简单朴拙",是具有神秘色彩的婆罗洲土著装饰艺术。将刺青称作艺术,可见主人公对土著文化的欣赏、赞叹。作为儿孙辈的余鹏雄之所以如此评价,是因为他深入雨林,亲身接触和体验了土著生活和土著文化。小说不仅栩栩如生地再现了雨林英雄巴都和他的祖父阿班班身上令人叹为观止的刺青艺术,而且详尽地描述了阿班班为了参透刺青艺术的奥妙精髓而独游雨林、观察自然万物,寻找创作灵感的努力。因此年轻一代华人发现了土著民族的智慧,看到了土著文化的精妙,不再像他们的父祖辈一样,以传统华夷之辨的文化秩序睥睨四方,无视族群他者文化的价值。

东马作家石问亭小说《梦萦巴里奥》以"我"和原住民女孩瑞柳的婚恋展现两代人对土著的不同态度。"我"的父母虽已在马来西亚生活多年,但他们内心依然残存着华族的文化优越感,轻视当地原住民。当"我"第一次带瑞柳回家见父母,妹妹大惊失色,高声叫喊哥哥的女朋友是"大耳拉"。父母也呵斥"我":怎么会喜欢一个"山番"?"山番"一词传达了父辈们对土著野蛮落后的刻板印象。但"我"作为受过现代教育的青年华裔,对"大耳拉"的瑞柳却大加赞赏:"瑞柳为了隆重上我们家与父母这一次会面,特换上五两重的沙铃(sarring)金坠子。那是她祖先世袭的财产,一代传一代的遗物,这两粒沙铃垂到她两边肩上闪闪发亮,加上族人传统珠饰帽子,非常漂亮。这

---

① 李忆莙:《风华正茂花亭亭》,载李忆莙:《李忆莙文集》,厦门:鹭江出版社,1995 年,第 33 页。

时,我方留意她的眉是纹的,就像诗词上的柳眉。"①在"我"看来,瑞柳除了一对"大耳垂"、手脚上的刺青之外,肤色与华人少女无异,何况华人在远古时期也是满脸刺青,不能以此来评判种族的优劣。"我"对瑞柳的欣赏,挑战了华族长期以来的排斥"非我族类"的族裔观念:

> 砂拉越境内,有二十七个土著族群,以我们的眼光,能接受的是马来、伊班和比达友。深山里的"大耳拉",我们只有听说,传闻中都是凶恶的种族,见到了都远远躲开。这是父亲一向来的印象,好像也存在于我们孩子辈……现在,我却有个"大耳拉"的女朋友而且还把她带到老厝与家人见面。其实,我们的国民地位,说开来比他们可低几等。②

在"我"的坚持之下,"我"与瑞柳终成眷属。亲友们听说"我"娶了个"大耳拉",纷纷赶来看新妇。瑞柳应付亲戚和她的说话,给客人倒茶水递糕点,但客人们却不食用她亲手递的茶水。原来,亲戚们忌讳她手上脚上的刺青,嫌不干净。亲戚们说是来看新妇,其实是来瞧深山里的"大耳拉"。仓促之间,"我们"甚至忘了给双亲敬茶,为此招来父母亲友们的不满和责怪。但"我"没将这些放心上,反而为了表达对瑞柳的尊重,半年后在加拉毕高原遵照瑞柳族人的传统举行了一场盛大的婚礼,"我"甚至在婚宴上取了一个加拉毕名字,从此变成瑞柳族人的一分子。巴里奥是瑞柳的家乡,通称为加拉毕高原,地处砂拉越,小说标题"梦萦巴里奥"喻示"我"对瑞柳及其家乡的魂牵梦萦。

"我"对瑞柳的尊重和欣赏,表明新一代华人自觉融入本土的身份定位,还有主动消除族群隔阂的强烈意愿。当然,"我"的父母作为老一代华人,已明显不同于《拉子妇》中满怀文化偏见的祖父,虽然他们对瑞柳的到来感到有点意外和惊恐,但"到底欢喜接见了她"。母亲见瑞柳学讲华语非常辛苦,说起话来荒腔走调,就主动学习英语与瑞柳交流,化解日常沟通中的困境。可见老一辈华人在马来西亚长时间生活之后,他们的族群观念也在曲折中作调试,以更好地融入当地社会。

从"五一三"事件后到80年代中期,马来西亚以族群意识为基础的政治分化,以及政府政策的种族化,使华人在政、经、文、教等领域遭受全面压抑,由此激起华人对主导话语的抗拒与反弹,原本指向"单元化"目标的各种政策最终导向相反的方向。这种反弹表现在跨族群书写中,就是塑造堕落的

---

① 石问亭:《梦萦巴里奥》,《星洲日报·文艺春秋》,2003年5月25日。
② 石问亭:《梦萦巴里奥》,《星洲日报·文艺春秋》,2003年5月25日。

马来人形象。1990年后,意识形态的淡化使种族关系开始缓和,华人开始
放下对主导族群的警戒和偏见,以平和的心态观察和接受他者的文化。进
入21世纪,华人以更开放的心态看待其他族群文化。陈绍安的《禁忌——
虚构补选文体与真实小说观念之差》中,华人李日与马来同学鱼萨贝拉真诚
相恋。他们的感情是在共同学习、长期相处中自然而然产生的:

> 小学六年级的开斋节,哥哥姐姐的陪同下,李日初次来到这间高脚
> 木板亚达屋,当时下身围沙笼,上身一袭古巴央马来传统女服的妇女,在
> 木梯旁以和蔼笑容迎接他们,也在彼时初尝马来糕饼,……中学开始更是
> 常到,多数拉着峇达鲁占和诺阿卡三日一齐,刨掉马来村庄的疑虑眼光。①

　　小学时候,李日和哥哥姐姐造访马来人的亚答屋,鱼萨贝拉的母亲身着
马来传统服饰,笑容可掬地热情接待他们,还拿出马来糕饼请他们品尝。到
中学时期,李日拉着马来同学频频出入鱼萨贝拉家中。这种族群之间的交
往显得和谐自然。然而一旦涉及跨族群婚恋就会掀起轩然大波。鱼萨贝拉
的母亲要求李日皈依伊斯兰教,迎娶鱼萨贝拉。李日的父亲“气得白发竖成
一根根牙签”,坚决反对。② 对父亲而言,儿子皈依伊斯兰教,意味着要放弃
自己的姓氏,这在华人看来就是断了香火,因此宁愿儿子去偷、去抢、去骗、
去死,也不能接受儿子皈依伊斯兰教。

　　黎紫书的《烟花季节》中,笑津的父亲是华文独立中学的荣休校长,一个
老派华人,不遗余力地教导儿孙辈要坚守华文,认为把华文学好就能有效抵
制其他种族或“异教”的同化。笑津的小姑妈嫁给马来人,遭到全家人的冷
遇。当小姑妈把烤肉串、酱料送给母亲,母亲总怀疑它不卫生,总不放心下
咽,最后原封不动地扔掉。后来小姑父患病,也没有人去医院探望,小姑父
猝逝,家族里的人也不奔走相告。由此可见父辈华人对异族的排斥。笑津
在海外留学时邂逅马来人安德鲁(阿卜杜奥玛),感觉非常亲近,被他身上的
艺术气质和马来青年常有的不羁所吸引,在之后的相知相恋中竟生出“骨肉
相连”的体会,而她与华人丈夫却话题稀少,彼此隔膜。笑津返马后在一次
旅行中看到窗外几个两颊绯红的马来少女笑颜清纯,不由得想起自己的女
儿。女儿是笑津婚后生活的唯一慰藉,也是让她再次产生“骨肉相连”感觉

---

① 陈绍安:《禁忌——虚构补选文体与真实小说观念之差》,载萧依钊主编:《花踪文汇6》,雪
兰莪:星洲日报,2003年,第149~150页。

② 陈绍安:《禁忌——虚构补选文体与真实小说观念之差》,载萧依钊主编:《花踪文汇6》,雪
兰莪:星洲日报,2003年,第153页。

的人。把偶然看到的马来少女与自己女儿联系在一起，可见笑津是从内心深处接受自己和马来人一样，同为马来西亚人。

以上这些作品，往往设置两代人的冲突结构：青年华人无视族群差异和宗教禁忌，大胆追求跨族群爱情、婚姻；老一代华人持有歧视他族的保守观念，不太赞同儿女的选择。冲突的结果大多是年轻一代华人坚持开放包容的族群观念，并以此冲击华人不合时宜的族群优越感，老一代华人或多或少地调整自己的族群偏见以融入本土。作品往往将两代人的冲突与更大层面上的整个华族文化心理，以及马来西亚族群关系结合起来思考，意在打造相互理解尊重的多元文化观。

### 三、"华—夷"秩序的变奏

90年代以来，华异婚恋共同体中的异族形象发生了巨大变化，出现这种变化的原因有二。一是因为异族本身的变化。就如上文所述，随着马来西亚政府对土著教育的大力扶持，很多乡村土著子弟走出"丛林"，接受现代文明熏陶，文化程度普遍提高，成长为自然与文明结合的新时代男女。二是因为华人的族群观念、文化心态发生了变化，摒弃了"一点四方"的传统思想，从而影响到对"他者的透视"而出现形象的变化。华人文化心态的变化受多方面因素影响。首先与马来西亚政经环境的改善直接相关。随着冷战结束，马来西亚的政治形势开始出现一些新气象：政治上，逐步淡化意识形态色彩，推动马来西亚与中国关系的正常化；经济上，以"国家发展政策"取代遭到非马来人广泛诟病的"新经济政策"，鼓励华巫合作、对外开放，不再怀疑到中国投资的华商对马来西亚的忠诚；文化教育上，强调多元文化的发展，对华文教育和文化采取较温和的态度，批准设立南方学院和新纪元学院等华文大学；民族关系上，提出建设马来西亚国族的概念，华人与马来人"同为一家人"。总体缓和的社会局面能有效化解族群矛盾，华人主动响应政府构建和谐种族关系的召唤，愿意突破种族藩篱，重新认识兄弟族群。其次，此时适逢各种现代、后现代思潮伴随全球化进入马来西亚。"90年代后，随着世界格局和意识形态的进一步变动，在全球化的推动下，多元文化主义、文化相对主义、人权理论、反种族歧视等理念大为流行并开始影响人们的生活，种族主义在政治结构上全面退场（至少表面上如此）。越来越多的跨文化交流使人们对跨种族接触也有了更大的接受度。"①整个社会思潮的改变及由此带来的国际化视野，使人们普遍对异族和异族文化有了更大的接受

---

① 邓园也：《想象中的后殖民面孔：香港"混血儿"身体景观》，《文艺研究》2012年第12期。

度,年轻一代尤其如此。此外,随着华人在马来西亚生活日久,他们对马来西亚产生的"地理虔诚"开始冲淡对祖籍国的"原生感情";即便是老一辈华人,长时间居留和现实利益也可以使他们由"落叶归根"转向"落地生根",从而调整自己的族群观念和文化心态,重新认识异族文化。

长期以来,华人以拥有五千年文明史而骄傲,一旦涉及异族文化,就会自觉或不自觉地将那里的人物、环境、风俗与华人世界加以对照,进而将对方纳入程式化的文明与野蛮的"高下"等级模式。这种模式导致的后果之一,就是将种族生理体质的差异合理化为文化高下的依据。马华文学中最常见的操作就是将原住民的大耳垂与野蛮、兽性相提并论;把印度人的黑皮肤与审美趣味的恶俗、品性的低劣联系起来,类似于西洋人以"黄祸"来贬斥中国人。但90年代以后,马华作家以一种多元文化的眼光重新"打量"异族,对异族的族群特征和族群文化重新评价,对华人根深蒂固的"华—夷"观念予以修订。

王德威指出:"华人移民或遗民初抵异地,每以华与夷、番、蛮、鬼等作为界定自身种族、文明优越性的方式。殊不知身在异地,'易'地而处,华人自身已经沦为(在地人眼中)他者、外人、异族,更不提年久日深,又成为与中原故土相对的他者与外人。谁是华、谁是夷,身份的标记其实游动不拘。"①张贵兴的《猴杯》《我思念的长眠中的南国公主》尤为明显地书写了"华—夷"秩序的翻转。《猴杯》中的男主角余鹏雄厌倦台湾而喜欢婆罗洲的热带雨林,决定违背祖父让他定居台湾的凤愿返回婆罗洲。台湾的现代"文明"让余鹏雄感觉憋屈和不自在,婆罗洲雨林的原始生命力反而能激发他的生活热情。回来之后,余鹏雄处处拿自己与本地人作比较,比如他喜欢出租车司机"红褐如果蝠"的肤色,嫌弃自己"枯黄如稻杆",迫切期待多晒晒赤道的太阳恢复婆罗洲人的肤色;他不满自己拘束在皮鞋中,"五趾一束,脚板苍白如苞"的脚,赞赏达雅人巴都自然生长的脚:"巴都脚底厚茧遍布仿佛雉堞,脚趾苓拉则像长在上头的十朵蘑菇菌……巴都的脚趾头无拘无束,浪荡如牝乳,沉稳如滚石。"②在殖民话语和早期马华文学中,黑、棕等深肤色,与"裸体跣足"的生活习性皆是野蛮人的特征。然而,余鹏雄对深肤色与天然之脚大加赞赏,看不上自己在都市生活中形成的枯黄皮肤与苍白脚板,暗含余鹏雄及作者对婆罗洲土著自然生活方式的肯定。正因如此,余鹏雄喜欢上了自然野性的达雅克女子亚妮妮,认为她别具魅力:"雄在菠萝蜜树上看见亚妮妮站在浮脚楼前,臀胯荫硕,脚趾头亭亭玉立如覃菇,拉长的耳垂像发育中还

---

① 王德威:《华夷风起:马来西亚与华语语系文学》,《世界华文文学论坛》2016年第1期。

② 张贵兴:《猴杯》,台北:联合文学出版社有限公司,2002年,第99页。

未施展猎杀机制的小猪笼草瓶子，仿佛她是身后那一大片被总督尿屎滋润出来的野地随意滋长出来的野树苗。[①]最后余鹏雄从心底里认定了亚妮妮为妻。对于达雅人身体的刺青，叙述者不再视之为蒙昧落后的象征而加以否定，而是把它视为土著族群的文化传统和智慧结晶，用赞许的语气来加以描绘："阿班班黄昏在河边裸身沐浴，向族人展示他爬满纹案的健美身材。胸部万兽奔走如山林，四肢花叶鸟虫如树丫，背部日月风火雷电如晴空，脚掌手掌两栖爬虫类，臀部两座骷髅冢，满脸精灵，连男器也爬满纹斑，皮皮的像一只褶颈蜴。"[②]就如阿班班所认为的那样，这些刺青图案富有神性和生命，融合了达雅人具有历史渊源的民俗信仰和世居雨林的生命体验。

《猴杯》对异族和异族文化的重新评价，是对殖民话语的解构，以文学创作呼应了沈庆旺对原住民文化的辩护："原始不是落后，而是更接近本质。"[③]及至《我思念的长眠中的南国公主》，张贵兴将婆罗洲雨林文明提到一个新的高度：来自台北的中年男人林元是精于算计的市侩，深入婆罗洲雨林只一个月，上半辈子的风雨烟霾似乎一扫而空，变得像二十岁小伙子一样元气满满峥嵘自信。就如林元自己所说，"回归蛮荒和简陋，无疑是个人精神领域的最大提升和净化"[④]。于是林元决定逃离台北，在雨林挥洒余生。苏其的父亲原本荒淫心狠，后来爱上一个达雅族少女，与她隐居到婆罗洲内陆过着简朴的夫妻生活。短短一个月，父亲容光焕发，闲时教达雅克女孩读诗，为她作画，父亲蒙尘的心灵得以净化。这真是殖民话语大翻转，原始、蛮荒的婆罗洲不再是处于下位、等待殖民者开发、讲述、认定的殖民地，而一跃成为治疗现代文明病症，净化人类精神的圣地；达雅克女孩也不再是野蛮落后的"拉子妇"，而是华人的心灵救赎者——"美丽的南国公主"。

对达雅人的猎人头习俗，作家也重新加以审视。在《猴杯》中，父亲领着一直不长头发的丽妹进入雨林，寻找猎过人头的达雅克男子，因为传说女人被猎过人头的达雅克男子以手抚头后可长出秀发。虽是传说，但隐隐传出猎人头者具有某种神秘力量。父亲辗转多天终于遇见一个二战时砍过日本人头颅的达雅克老头，于是叙述者称呼他为"达雅克老战士"。"老战士"告诉父亲："当年我砍下侵略者头颅，一来是为了保家，二来为了获得姑娘的爱慕。"[⑤]老战士的话，将猎人头行为拔高到保家卫国的地位，很自然地"去除"

---

① 张贵兴：《猴杯》，台北：联合文学出版社有限公司，2002年，第303页。
② 张贵兴：《猴杯》，台北：联合文学出版社有限公司，2002年，第108～109页。
③ 此句出自沈庆旺的《加威安都》，概括了诗人看待少数民族文化的意识。参看《哭乡的图腾》，诗巫：诗巫中华文艺社，1994年，第54页。
④ 张贵兴：《我思念的长眠中的南国公主》，台北：麦田出版，2002年，第59页。
⑤ 张贵兴：《猴杯》，台北：联合文学出版社有限公司，2002年，第38页。

了土著文化的"邪恶"色彩。与此类似,东马作家金圣小说《夜,啊长长的夜》和杨锦扬小说《晨兴圣歌》对猎人头习俗都进行了重新阐释,强调伊班人反抗侵略、保卫家园的英雄行为。与此形成参照的是沈庆旺《蜕变的山林》中对猎人头习俗民族志式的考察。该书中《历史名词——猎人头》一文提道:婆罗洲曾被称为"猎人头之乡",让人误以为伊班人是残暴、血腥、好战的民族。其实,伊班族善战,但不好战。原始社会猎人头的习俗表面上是为了求爱、求地位、求丰收,但对整个族群而言,意义仍在于求生存。猎人头除可抑制敌人的势力,拓展自己族群的耕地和生活范围,也减少自己族群所面对的威胁,这是原始生活中求存的一种方式,但现在已是历史名词。[①] 从以上作品对猎人头习俗的重新剖析和阐释,我们看到华人改变了对土著文化先入为主的鄙夷、魔化态度,开始承认、理解、尊重异族文化的"他性"。

　　90 年代以来马华文学的跨族群婚恋书写自觉呼应政府宣扬的文化宽容主义,通过族际婚恋演绎族群交流境遇,有意识地传达多元族群和谐共处的夙愿,反映在马来西亚走向发展与开放的转型期,马华文学通过书写族群互动来回应并参与这种历史变动。值得一提的是,作品中的华人与东马原住民的婚恋大都成功,与西马马来人的婚恋皆以悲剧收场。由此可推断华人在东马更容易融入其他族群,而在西马遭到的阻力更大,比如华人须改信伊斯兰教才能与马来人成婚,但作品对通婚阻力仅点到为止,没有开掘深层次原因。这种书写模式与独立前后书写华巫婚恋悲剧的作品如出一辙,由此也能看出文学创作仍然受制于主导族群的政治与宗教禁忌。

## 第二节　弱势他者的反抗

### 一、情感反叛

　　1990 年代以后,对东马弱势族群的书写对象更扩大了,不只是伊班人,还有其他土著族群[②],以及来自印度尼西亚、菲律宾的(非法)外劳等。这类文本表现了华人对其他弱势民族的辖制与压抑,以及由此引发的弱势他者

---

　　① 沈庆旺:《历史名词——猎人头》,载沈庆旺:《蜕变的山林》,吉隆坡:大将出版社,2007 年,第 133～134 页。

　　② 与西马以三大种族(马、华、印)为主的种族结构较不同,东马是多族混居的地区,当地原住民包括伊班人、卡达山、杜顺人、巴夭人、毛律人、比达雅、默拉瑙、本南、加拉毕、卡拉比、普南、肯雅等多个族群。

的反抗或报复,表现了华裔作家的自省精神。这类表述方式以潘雨桐的小说文本尤为突出。潘雨桐祖籍广东,1937 年出生于马来西亚森美兰文丁,是土生土长的大马华裔第一代。中学毕业后赴台湾中兴大学攻读农学,之后到美国奥克拉荷玛州立大学继续深造,获遗传育种学博士后返台教书,几年后返回大马从事农业工作。这样的迁徙经验让潘雨桐亲身体验了跨越不同历史时空对身份认同的冲击,目睹了背井离乡者生活的艰辛,有助于他思考大马华人的身份困境,加上他曾在东马的沙巴长期从事园丘管理工作,经常近距离接触当地的原住民,使他的后期创作注重表现东马原住民、(非法)外劳和华人之间的互动/冲突。他 90 年代以来创作的东马系列小说如《热带雨林》《逆旅风情》《东谷岁月》《河水鲨鱼》《野店》《山鬼》等,都书写了这一主题。这些小说关注婆罗洲雨林的生态问题,思考当地原住民、非法移民被剥夺的社会问题,实践了潘雨桐一直以来想要实现的写作梦想:"目前,由于公司业务的关系,潘雨桐常去东马来西亚的沙巴,东马还是很落后的地方,他看到了菲律宾、印度尼西亚非法移民抢劫、强奸、杀人等许多惨不忍睹的事实,也接触到下层工人的生活,以及异常夫妻的可悲现象。他说有机会将一一写出来。我们期待着他以小说圆熟的技巧,记录下他人道精神之下深沉的控诉。"①这些作品中的弱势族群不再如"拉子妇"一样逆来顺受,他们清醒地认识到自己的处境,并以自己的方式去抗争,弱势族群的觉醒与反击首先表现为"情感反叛"。

在潘雨桐的多篇作品中,原住民和非法移民女性靠出卖身体为生,西马华人男子视这些女性为商品,以契约方式"租借"或"购买"她们为妻。这一书写主题有一定的现实依据,就像黄锦树所说:

> 华人仗着经济上的优势,而成为弱势族群女人身体的消费者。少数民族原有的经济生产方式在殖民主义无可抵御的强迫现代化洗刷之后,在殖民经济体系的现代化效率之下已失去它原有的经济功能;加上被殖民经济潜移默化养成的现代化消费心态和观念——共同调整了她们在那种错乱情境中的"需要"——与及实践该种"需要"的方式。②

---

① 丘彦明:《跋》,参见潘雨桐:《因风飞过蔷薇》,台北:联合文学出版社有限公司,1988 年,第312 页。

② 黄锦树:《新/后移民:漂泊经验、族群关系与闺阁美感——论潘雨桐的小说》,载黄锦树:《马华文学与中国性》,台北:麦田出版,2012 年,第189 页。

这一问题的历史因由可从近代以来婆罗洲的发展历程中找到。在西方殖民势力入侵婆罗洲之前，当地原住民大多居住山野乡村，过着自给自足的小农生活。殖民者进入婆罗洲后，推行资本主义经济体系，对此当地原住民完全不适应。殖民者只好引进大批华人来进行开发工作，除了担任劳工，华人尤喜经商。特别是在1841—1941年布洛克统治砂拉越时期，大批华人涌入，开发建立了古晋、诗巫、马鲁帝等沿河市镇。他们甚至将贸易拓展到原住民的山林长屋。华人背井离乡下南洋就是为了谋生，一般都会非常勤勉。经过一段时间打拼之后，华人开始略有积蓄，接着购买土地，置办产业，经济实力逐步壮大。华人的到来，改变了婆罗洲的族群结构与经济结构，原住民从此要与华人共同生活，分享资源。由于原住民无法适应"赚取利润"的市场经济体系，他们在婆罗洲的现代转型过程中逐渐被边缘化，但现代都市文明又极大地刺激了他们的物质欲望，于是，没有专业技能的原住民只能靠出卖肉体满足自己的物欲。田思为《蜕变的山林》所作的序言传达了这方面的信息：

> 由于国家的发展，整个社会急遽转型，砂州原住民的传统文化受到现代文明一波又一波的冲击，原有的习俗与生活方式都处于分奔离析①的状态。常见的现象是，原住民的年轻一代由偏僻的乡村涌入城市，由于教育水平不高，从事一些低薪酬的劳工或杂役，甚至沦落入陪酒卖笑的行业。他们很快被城市的虚华所俘虏，崇尚及时享乐的物质主义。偶尔回到乡村，也把外界的生活方式带入长屋，流风所及向往城市的繁华成了一种外骛的心理，长屋的凝聚力日趋薄弱。②

潘雨桐早在小说《雪嘉玛渡头》（1987）中就触及了这一问题。女主角娜芙珊是东马杜顺族人，为了养活家人和前夫留下的幼子，选择跟不同的西马商人签契约，通过租借自己的肉体换回生计所需。小说展现了东马土著女人被侮辱被伤害的命运，表现了潘雨桐一贯的同情弱势群体的人道主义情怀。至90年代，潘雨桐在东马系列小说中继续书写这一主题。

《逆旅风情》中的露嘉西雅出身贫寒，她从菲律宾偷渡来东马就是为了摆脱贫穷。她身无长物，唯一的资本就是青春貌美。当她察觉到园丘经理陈宏觊觎自己的美色时，就主动投怀送抱，甘愿成为陈宏的情妇。陈宏为了

---

① 疑为原书印刷错误，应为"分崩离析"。
② 田思：《序：风采于犀鸟之乡》，载沈庆旺《蜕变的山林》，吉隆坡：大将出版社，2007年，第5～6页。

方便与她私会,安排她住到单门独户的宿舍,靠近自己的住处,她也无所谓。"月底结账"成了延续她身体使用权的交易。

> "月底了。"
> "我知道。"陈宏背着她,从裤袋里摸出个陈旧的钱包掏了一会:"我买东西从不忘记付账。"①

在这种买卖关系中,露嘉西雅就是陈宏置办的一件商品,他当然要维护自己的产权,所以他警告露嘉西雅少跟同乡莆迪南在一起。然而露嘉西雅并不听从,她一方面与同乡情人莆迪南幽会,一方面在垂涎她美色的工人面前卖弄风情,换取物质回报。园丘开始出现关于露嘉西雅作风不正的各种风言风语,但她不以为意,因为她清醒地认识到:"她要抓住每一个机会,既然可以渡过苏拉维西海,就得有勇气面对那样的流言,就算是真的,那又怎样?她只是对自己负责,她不亏欠任何人,她只是想过好一点的日子。"②女性的身体是市场上论斤购买的商品,身体可以兑换物质,露嘉西雅对此了然于胸,她把陈宏当作长期买主,从没想过跟他过一辈子,因此她批评另一个女人伊狄丝对身体的自我营销方式:"为什么又要去零售?为什么还要去零售?真蠢!真蠢!"③露嘉西雅对"买主"陈宏的背离,隐喻着一个弱势族群对所谓宰制者的嘲弄与反抗。

《热带雨林》的女主人公伊莉是伐木场工寮的厨娘,被伐木场老板叶刚包养。她是来自菲律宾的移民,她"那一口浓浊的菲律宾南方口音,那流露在眉宇间的野性与漂泊风情,都会使人回头多瞄一眼"④。伊莉因此成为众多华族男人追逐的对象。在西马华人叶刚看来,伊莉不过是花钱就可尽情独享的女人,可伊莉并不这样看,声称"我可不是只属于他的女人"。因此,她不避讳与伐木场工人调情,甚至趁叶刚不在主动勾引其儿子叶云涛,偷偷摸入叶云涛的房间与他翻云覆雨。事后,还流露出成功捕获猎物的欣喜自得与幸灾乐祸。

伊莉是一个洞穿男人欲望和自己处境的清醒女人,对叶云涛这样的"读书人",她无意去了解他的理想与抱负,她看透并满足他"房门虚掩"的动机与渴望,可是一转身又可以毫不留情地把叉子插向他的手背。当叶云涛一

---

① 潘雨桐:《逆旅风情》,《星洲日报·文艺春秋》,1991年9月7日。
② 潘雨桐:《逆旅风情》,《星洲日报·文艺春秋》,1991年9月7日。
③ 潘雨桐:《逆旅风情》,《星洲日报·文艺春秋》,1991年9月7日。
④ 潘雨桐:《热带雨林》,《星洲日报·文艺春秋》,1993年7月6日。

夜情缘之后还在思考如何面对伊莉的情感,心里一一盘算娶她的重重阻力,却从父亲嘴里得知伊莉是父亲包养的女人,仿如晴天霹雳,感觉自己是阴沟里翻了船,有一种深深的屈辱感。叶刚以金钱控制伊莉,伊莉以身体让其子叶云涛臣服,似乎是"以其人之道还治其人之身"。她在这种方式的报复中获得莫名的满足,正如许文荣所说:"潘雨桐让少数民族女子伊莉以'强奸者'的姿态出击,在愚弄一对华裔父子的描述中完成了弱势者对强势族群的'复仇'。"①不仅如此,小说中还写道伊莉对工人小魏欲拒还迎,但不高兴华人山狗的撩拨时,她会发怒拿起菜刀要砍断山狗的脚。男人不过是她赚取金钱的利用对象,她可以敷衍男人,也可以随时抽身而去,甚至拿刀反击。伊莉的种种行为,是对被金钱宰制的一种反抗。

《野店》中的苏丝玛是来自苏禄岛的非法移民,仅靠在街头兜售香烟难以维持生计,后来被西马华商林阿成看上,与林同居并生下一个儿子叫阿卡。林阿成把母子二人当成廉价劳工:不愿意花钱送阿卡读书,只想把他留在店里当帮手;母子俩起早贪黑劳作,还被嫌蠢笨,经常被林责骂。反之,林阿成让西马的妻儿坐享其成,把好吃好喝的带回西马,送西马的孩子上学。苏丝玛对自己和儿子遭受的待遇非常光火,当林骂他们母子蠢时,苏丝玛愤怒难平:

> 当然啦。……我们母子俩要不蠢,怎么会一天忙到晚?洗海参、晒墨鱼、晒江鱼子、捡小红葱、搬沙丁鱼罐头,一天也不过吃口辣椒江鱼子拌山茄——好吃好喝的呢?②

当阿卡听从父亲的建议放弃学业回到店里帮忙时,苏丝玛极为不满,把儿子臭骂一顿:"你真是蠢啊!不读书将来能做什么?人家西马——一个个都读中学,将来还要读大学。我们赚钱,他们享福。"③苏丝玛不再听信林阿成的花言巧语,对自己和孩子的地位有清醒的认知,她咒骂林是把东西搬去西马的"老鼠",是吃人的鲨鱼,咒骂林的西马老婆是啥也不干坐等享受的"肥猪"。苏丝玛还以对林阿成的不忠为报复方式,林一回西马,她就和自己的族人沙苏曼幽会:"那个沙苏曼,阿爸一走,他就不知从哪里闪了出

---

① 许文荣、庄薏洁:《多元文化语境下的边缘意识:马华文学少数民族书写的主题建构》,《民族文学研究》2012 年第 3 期。

② 潘雨桐:《野店》,新山,彩虹出版有限公司,1998 年,第 231 页。

③ 潘雨桐:《野店》,新山,彩虹出版有限公司,1998 年,第 237 页。

来……"①不仅如此，她还不停鼓动孩子和她一起回苏禄岛外公家，可见她不甘于受人宰控的命运，已经做好随时出走的准备。

南帆在评价文学、革命和性三者构成的奇怪三角关系时指出，"文学对于革命和性都流露出异乎寻常的兴趣"，"性不仅是一种秘而不宣的生理行为，性同时是革命，是政治，甚至寄托了民族或者国家的命运"②。因此郁达夫《沉沦》中主人公的性苦闷与民族或国家的命运紧密联系在一起，性成为反映民族或国家形象的晴雨表。具体到马华文学的跨族群书写文本中，女性的身体符号，同样可以成为揭橥族群权力关系的叙事焦点。前述文本中的陈宏、叶刚与林阿成凭借经济优势购买弱势族群女性的身体，试图规训她们为自己独享的私有物，当中不难发现性与族群政治的隐喻。东马弱势族群女性与西马华人男性对应女/男、低级/高级、东马/西马、被宰制/宰制等对立关系。东马参组马来西亚后，经济发展缓慢，民众普遍穷困，东马人认为东马的资源被西马掠夺走，却并没有平等分享国家发展的成果，就像《野店》中苏丝玛所说"我们（东马）赚钱，他们（西马）享福"。从中不难看出作品对国家施政不公的批评。但这些处于弱势地位的女性不再如之前的少数民族女子一样委曲求全、任人宰割，不再像《拉子妇》和《龙吐珠》中的伊班女性一样卑微地爱着华人男性，最后惨遭抛弃，相反，她们充分利用自己的身体资源获取经济回报，甚至以身体为武器进行反抗，如露嘉西雅出租身体给陈宏换钱，又和同乡旧情人萧迪南藕断丝连，伊莉被叶刚包养又勾引他的儿子叶云涛，苏丝玛背叛林阿成与族人沙苏曼私会。对她们而言，身体是唯一拥有的反抗武器，通过放纵情欲，背叛"买主"从而建构自身的主体性，反映了东马弱势族群主体意识的觉醒和对族群权利结构的反叛。由是观之，"潘雨桐的小说展现的是少数民族女性的身体如何与一套法则和权力较量的过程，一具具卑微贫困又充满诱惑性的身体，如何与极具杀伤力的性别、种族等级机制抗衡的故事"。在这些文本中，女性的身体成为演绎社会政治与文化较量的象征符号，弱势族群女性出售身体给西马华人男子，隐喻东马与西马之间不对等的权力结构。她们的情感反叛反映了东马对马来西亚国族认同的游移。

## 二、"反向凝视"

在潘雨桐的系列作品中，华人男性通过"凝视"弱势族群女性的身体，将

---

① 潘雨桐：《野店》，新山：彩虹出版有限公司，1998年，第243页。
② 南帆：《文学、革命与性》，《文艺争鸣》2000年第5期。

女性物化为色与肉的存在,略去她们的个体差异,简化为性感的尤物,满足华人男性的性爱原欲与权力欲望,就如林春美所分析:

> 对于桃乐珊、露嘉西雅和伊莉等菲律宾南部群岛来的女人而言,把纱笼高高结在胸口沐浴于山溪河口,轻系在柔胸,浸浴于河中,可能只是她们的乡野习俗,可是在高若民、陈宏和叶云涛的肉眼诠释下,她们斜斜睨睇的姿态,都被转换成性的符指。在这种视角的引导下,这些女性可以被去异存同、笼统为一个共同形象——尤物,色欲的化身。异国情调与异性肉体让他们轻易地界定了她们的"他性"(otherness),而作为与他们的主体相对的纯粹的色与肉的存在,她们的物性(objecthood)也就顺理成章的被确立了。①

桃乐珊、露嘉西雅和伊莉具有共同的身体特征:性感、野性、魅惑、极具异族风情,这使得她们很快成为某一个华人男性的猎物,同时还会引发一群华人男性的窥伺、欲望。在《逆旅风情》中,当露嘉西雅穿过工人宿舍找莆迪南的时候,那些工人用同一的眼光盯着她看,"如死鱼的眼般翻白,有的甚至还做些猥秽的动作"。颇具风情的伊莉成为伐木场中众多男人竞相撩拨的对象。这里面充斥着华人男性观看弱势族群女性身体的种族成见和性幻想。然而,不容忽视的另一面是,弱势族群女性接受现代文化浸染后,她们的主体意识被唤醒,从"被观看的身体"转换为"自我论述的身体",甚至成为"观看他人与解放自我的主体"②,提供了一种新的对抗性凝视,这种颠覆固有权力机制的新的凝视策略,可称之为"反向凝视"。

《山鬼》中,华人铁头厌倦了四处留情的漂泊生活,想效仿同伴卡迪找一个女人过安稳生活,后来看上了山林里一个偷渡而来的菲律宾女人。可这个女人并不如铁头所想的那样温顺:

> 这个死女人,还真够狠,说不准碰她就不准碰,火一样的性子,那样气咻咻的说话,积了千年的仇恨似的。就在床上,就在他想以一种肉体的取悦方式在树林的暗夜里疯狂而急转成一种莫名的对峙。他强硬的伸手过去,她却狠狠的抓了过来,而后就背向着他,对着间隔外挂着的

---

① 林春美:《男性注视下的女性幻象——从静水到野店说潘雨桐》,载林春美:《性别与本土:在地的马华文学论述》,吉隆坡:大将出版社,2009 年,第 96～97 页。

② 简文志:《她性,无以名状?——论潘雨桐小说的"女性文本"》,《中国现代文学季刊》2006 年第 9 期。

一盏煤油灯,气咻咻的吭了一句:"想要碰我,没镜子就到水湖边去照照。"①

其实,女人的眼睛就是一面镜子,照出了男人的肮脏、猥琐。尽管铁头揪着女人的头发往板壁上碰,打得女人无招架之力,但女人只要吵过架,就会一声不吭躺床上,不煮饭不做事,甚至拿起锅碗砸铁头,骂骂咧咧赶铁头走。女人已经具有主体意识,当铁头试图用暴力使她低头,或是用金钱掌控她时,她并不就范:

> "你以为你是谁?送我一条金项链就想绑住我?给我两餐就以为是恩典?我就得一天到晚伺候你这条狗?我得看你的脸色?回来不管怎么脏怎么臭就要,就要——"
> ……
> "你才不要脸。"女人两手扬着,忽而又踢了踢大门,"什么脏事都躲在这里做,敢不敢和我去教堂?敢不敢和我过苏禄海?还说要像卡迪呵,像他们家,也要养个像伊洛的女儿,乖巧呵——你是狗!"②

女人骂男人是"狗",嫌弃他"脏""臭""不要脸",就知道发泄肉欲,还给女人脸色看,嘴里说要像卡迪一样生个乖巧的女儿,却不敢跟她过苏禄海,不敢和她去教堂光明正大地结婚,这些带有贬低性的话语描绘出女人"反向凝视"下的男性形象,传达出女人对男人的有意压制,以便释放与发泄过去心理上的创伤与压抑。后来铁头的车陷在沼泽地,铁头也受伤住院了,女人去医院把金项链还给铁头后掉头就走,惯常的"被抛弃者"转身抛弃了一向高高在上的西马男人,颠覆了以往的看与被看、宰制与被宰制的权力关系,从而确立了自己的主体地位。以往被压抑与欺凌的女性角色,终于表现出敢于反抗的精神,成为"自我论述的身体",自己身体的主人,演绎了身体的族群政治。

《河水鲨鱼》中的艾玛是前来东马淘金的菲律宾少女。她充满野性的外貌引人注目:

> 艾玛端端的坐着,整了整衣衫,起皱的衣衫遮掩不住那一副高挑的

---

① 潘雨桐:《山鬼》,载潘雨桐:《河岸传说》,台北:麦田出版,2002年,第152页。
② 潘雨桐:《山鬼》,载潘雨桐:《河岸传说》,台北:麦田出版,2002年,第154页。

身材,刚洗过的脸在晨光中焕发着一股压不住的青春狂热,把棕色的肌肤烧成一炉红炭,上面盖了一层白灰,只要风一吹,火苗就会立即跳出来。她眨了眨眼睛,两手往头上一拨,湿水了的短发已干,柔柔的一篷展了开来——她像一匹在春风中奔驰后稍歇的小野马……①

"棕色的肌肤"、脸上焕发的"青春狂热"、"奔驰后稍歇的小野马"描绘出艾玛浑身洋溢的青春活力和狂放不羁的脾性。这样一个女孩自然引人注意。可艾玛不愿意留在工寮里当厨娘,忍受来来往往的男人窥伺,而宁愿回工地承受日晒雨淋,踏踏实实干活。艾玛每到一处工寮,就会找个阴凉的地方张挂吊床,以便在放工后,可以躺在吊床上重拾一些家乡的适意。若在工寮进出的人也想躺上一时半刻,她就会"唰的一声,把吊床收了起来",她不是那种随随便便让人占便宜的女人。若将吊床视为艾玛自我的象征,则她本人完全是自己情感与身体的主人。西马男人李九用他惯常对待弱势族群妇女的那套手段轻薄艾玛时,艾玛立马拿尖刀刺过去。面对这样一个泼辣的"山辣椒"女人,李九心有不甘但又不敢造次,"像她那样的女人,那样一个从芒西岛过来的女人,和巴拉巴克群岛中的任何一个岛上的女人有什么不一样?竟然端起那样高的架子,横着尖刀刺了过来,幸亏闪得快,否则——阿赖说的对,这个女人可不一样"②。而艾玛也一再警告李九,她可不是棉花糖似的柏拉娜,让人随意拿捏,一点脾性都没有。艾玛打心眼里鄙视李九之类的西马华人,认为他们不过是一群轻浮浪荡、玩弄女性的好色之徒。如果把女性身体与地域有机结合,那么性征服就可等同为地域征服。跟逃家、逃穷的露嘉西雅和伊莉不同,同样来自菲律宾的艾玛没有被西马华人征服,她心心念念的是同乡族人杜维拉;她只把东马当作淘金之地,家乡芒西岛才是她的眷恋之地,她的心愿是等攒够了钱,就和心上人杜维拉归乡。可见,家乡才是她的真正归宿。

在《逆旅风情》中,露嘉西雅眼里的陈宏是一个干干瘦瘦的男人,哼哼地说话老爱用眼角睨人,长着一张丑陋的长脸和满嘴黄板牙,兽性大发时,陈的长脸就拉成一条细线,"黄板牙像是挂在细线上一张一张利刀,而后成了一张一张的幡,在空旷的广场招风唤雨"③。虽然贪恋美色,可陈宏是个性无能者,面对充满青春活力的露嘉西雅,陈宏有心无力。"性无能"是对男人的"去势",喻示男人主体地位的丧失。这里露嘉西雅不再是个无能为力的

---

① 潘雨桐:《河水鲨鱼》,载潘雨桐:《河岸传说》,台北:麦田出版,2002年,第32页。

② 潘雨桐:《河水鲨鱼》,载潘雨桐:《河岸传说》,台北:麦田出版,2002年,第18页。

③ 潘雨桐:《逆旅风情》,《星洲日报·文艺春秋》,1991年9月7日。

观看对象,而是成了观看主体,她把陈宏比作极具侮辱性的"猪"。这种"女性凝视"可以颠覆既定的权力等级机制,用女性的凝视改变现实,以此挑战宰制者的权威。在《野店》中,林阿成被比喻成老鼠和食人鲨鱼,突出其狡猾、猥琐、凶残、自私自利的特性。在《山鬼》中,铁头只顾满足自己的肉欲,被女人骂作"狗"。潘雨桐通过弱势族群女性的"反向凝视",呈现出华人男性的种种不堪。他们贪财好色、自私自利,是欲望与罪恶的化身,与弱势族群女性构成鲜明对照。在此,弱势族群女性翻身成为"观看他人与解放自我的主体",展现与男性/族群霸权对抗的力量。

### 三、暴力对抗

弱势族群的反抗有时表现为直接的暴力对抗。80 年代始,大量来自印度尼西亚、菲律宾等邻国的非法移民涌入马来西亚,他们大多成为园丘工人,从事开发土地的工作,类似于英殖民时代引进的华工和印度人苦力。这些邻国的非法移民自古以来可以自由出入马来西亚,只是由于受到 17—19 世纪之间更迭的西方殖民势力此消彼长的影响,地域之间的边界才逐渐形成和固定。随着这些地区在 20 世纪相继独立成为现代民族国家,殖民时代地域瓜分形成的边界也被延续下来,并予以合理化、结构化。但许多小岛上居民的地域观念还停留在此前,就如《河水鲨鱼》中杜维拉所说:"我阿爸沿着这条河走了一天一夜——那时候山打根还很荒凉哩!谁要来就来,要去就去,哪里要登记什么客工,真是笑话!"[①]《野店》中的沙苏曼也不认为自己来沙巴是非法移民,而是苏禄国(包括现菲律宾苏禄群岛和马来西亚沙巴)的一等良民,苏丝玛反复提醒他这已是百年前的事,苏禄苏丹早已作古。这些非法移民与马来土著同属南岛语系,在语言、宗教和文化上都比较接近。马来西亚政府对他们的非法入境网开一面,还给定居下来者颁发蓝色的公民身份证[②],相比对华人公民权的审批要宽松得多。潘雨桐小说《一水天涯》(1987)中的"台湾新娘"嫁入大马十年,多次申请公民权未果,她忍不住爆发:

> 她已经把一切文件都呈上去了,而不断重复审查的却是老问题。为什么菲律宾人、印度尼西亚人非法进入沙巴州,却能轻易的成为公民?难道我们不是同住在马来西亚吗?为什么审查会有双重的标准?

---

① 潘雨桐:《河水鲨鱼》,载潘雨桐:《河岸传说》,台北:麦田出版,2002 年,第 22 页。

② 在马来西亚,很多华人居住多年也只能领到红色身份证,红色身份证是永久居民身份证,不能享有公民权利,没有选举权与被选举权;而蓝色身份证是公民身份证,具有选举权与被选举权。

为什么越南的华裔难民涌入丁加奴和吉兰丹我们能执法森严，把他们
赶出大海或是送去第三国？华人还被警告要以此为殷鉴。而印度尼西
亚非法移民则任其登陆，泛滥到为非作歹，打家劫舍而无动于衷？这是
不是我们的七千万人口政策的畸形方式？只允许同一肤色的种族才能
生存？

在华人看来，政府的做法明显对华人不公，因为大批非法移民入籍可以
增加马来土著的人口数量，降低华人所占的人口比例，在政治选举上对土著
有利。潘雨桐没有简单地把这一问题视作国内华巫族群问题的延续，而是
以此为出发点，思考东南亚人的共同处境：在流质区域和硬性国家之间的进
退失据。所谓"流质区域"指东南亚人的许多历史经常共享重叠，东南亚人
依然保留着前现代时期的观念，即"所有区域都是我们共同的家"，对土地和
空间有着超越时限和地域的原始依恋。"硬性国家"是指今天的东南亚人也
成了在族群普查、身份证、护照，以及国旗等现代政体底下生活的公民—属
民。[①] 而东南亚不过是后殖民民族国家，国家边界是殖民势力从这里退场
后留下的历史后果。具体到沙巴，文莱和苏禄国都曾统治这里，后来又被英
属北婆罗洲公司接管，经历二战时日本人的短暂占领和战后英国人恢复殖
民，最终于 1963 年参组马来西亚，成为马来西亚的一个州。作品中的华人
认为自己来马来西亚居住的时间比邻国非法移民要久，是从现代民族国家
的视角作出的结论；而从非法移民的角度，他们认为自己世代居住此地，自
由出入，他们才是真正的土地主人，他们对自己身份的认定停留在前现代，
认为华人才是伴随殖民开发前来此地的移民。如此混杂的过去很难用现代
民族国家的"管制"逻辑去简单划定处置。

除了政府的默许，华人老板对廉价劳工的迫切需要也是促成非法移民
大量涌入马来西亚并定居下来的重要原因。华人老板开发园丘、承包工地
都需要大批吃苦耐劳的工人，而印度尼西亚和菲律宾外劳往往能接受极为
低廉的工资，忍受繁重的劳动任务，成为华人老板的首选。当中的不少年轻
女性移民沦为华人老板（多为西马华人）的玩物。华人挟其经济优势购买弱
势族群男性的劳力，消费弱势族群女性的身体，久而久之，这种不平等关系
就会内化成弱势族群的创伤记忆，一旦时机成熟，就会引发弱势族群的对抗
或报复。弱势族群反过来却又成为一种潜在威胁。黄锦树分析了女性身体
的跨族群买卖上升为种族问题的内在逻辑：

---

① 法立诺著，邓婉晴译：《在流性区域与硬质国家之间》，《当代评论》2015 年第 1 期。

男人用金钱可以买到女人身体(的使用权),这之间如果涉及种族关系,在长期的历史时段中,就会渐渐的在"被买"的民族中对"买方"形成一种负面的公众记忆,带着严重的创伤,问题便已不仅仅是经济、身体的剥削/被剥削,而深化为一个民族整体的尊严——耻辱,而升高为种族问题。女性的身体因而在这样的剥削结构中,成为种族之间一个"部分代全体"的隐喻,是一方(如:华人)整体优势的整体作用的场域;却是另一方(如少数民族)整体耻辱的表征场域。①

于是,个别华人对待其他族群的孽行,往往会引发针对华人族群整体的报复。据黄锦树介绍,80 年代以后,印度尼西亚、菲律宾非法移民在相当长的一段时间里跃居为华文报上社会新闻版的主角,无非是打劫、强奸之类的重大刑案,受害者多为华人——异族刻板认知里的有钱族群。②

潘雨桐早在《绿森林》(1989)中就书写了弱势族群的暴力反扑。工地上的华人厨娘杨美心对置身一群异族男人中深感不安,她的预感变成了现实,最后被一帮非法移民轮奸后杀害。潘雨桐在《东谷岁月》(1991)中延续了这一主题。高若民在东马打拼多年终于开了一间杂货店,还把菲律宾女人桃乐珊"批发"下来藏身阁楼,供他独自享用。但没过多久,他开在小镇上的杂货店就遭到菲律宾海盗的两次洗劫。在这些海盗的认知中,华人都是有钱人,何况高是杂货店老板,更加是有钱人。事后,有传言说两次抢劫都是因为那些外来的菲律宾女人充当眼线,给她们的族人提供线索,因为两次抢劫都发生在收账时段,适逢店里钱财集中。在第二次洗劫中,那些菲律宾男人轮奸了高若民 17 岁的女儿。这篇小说触及了华人移民东南亚历史中的隐痛。华人初来东南亚,一开始也是当华工,做苦力,略有积蓄后才转向商业,一般是靠批发买进、零售卖出赚取利润的杂货店老板。他们在资本的原始积累阶段,难免会耍一些小手段,或者是放高利贷,天长日久在其他族群中形成一种盘剥他人的负面的公众记忆,就像劫匪们说的,这里本来是他们的土地,却被华人占为己有。因此,"杂货店老板"是东南亚一带华人剥削者/有钱人的最典型、最刻板的形象,抽离了华人移民东南亚历史过程中的艰辛。这一形象频繁出现在不同时期的马华文学中,如殖民时代的作品《拉子妇》中的"三叔",《婆罗洲之子》中大禄士的父亲和姑纳的华人丈夫;80 年代

---

① 黄锦树:《新/后移民:漂泊经验、族群关系与闺阁美感——论潘雨桐的小说》,黄锦树:《马华文学与中国性》,台北:麦田出版,2012 年,第 190～191 页。

② 黄锦树:《新/后移民:漂泊经验、族群关系与闺阁美感——论潘雨桐的小说》,黄锦树:《马华文学与中国性》,台北:麦田出版,2012 年,181～182 页。

的作品《龙吐珠》中古达的父亲，90 年代的作品《野店》中的林阿成等。

在东马的不同历史时段，某些华人确实凭借自己的经济实力，购买弱势族群女人的身体，于是问题不仅仅是经济的对抗，而是被上升为种族问题。女性身体在这种常见的买卖关系中被视为族群之间"耻辱—尊严"的表征，因而弱势族群男性对华人女性的偶发性的强奸，便构成民族尊严整体的象征上的替代性满足。在这一过程中，女性的身体同样地沦为"男性—政治"发言的场域，在民族"大义"——仇恨之下，失去了主体性；男性的性别暴力，也在种族性的"自言其说"中合理化为一种"义举"。[①] 正如高若民独占桃乐珊的身体之于高的女儿被桃乐珊的族人轮占身体，二者恰构成一种恶质的性的交换关系；前者以金钱，后者以暴力。[②] 弱势族群男性在这种暴力反扑中获得创伤记忆的短暂疗愈和民族尊严的替代性满足。华人男性貌似强大光鲜，实则随时有可能被打回原形。

这一主题在张贵兴的雨林小说中也有体现。在张贵兴的《猴杯》中，罗老师是"北婆罗洲文坛耆宿"，是当地"炙手可热的华语教师"，"嗜读中国古籍，深厚的国学根基和唐山背景使他在杏坛和艺文界呼风唤雨"。[③] 可是，就是这样一个被视为最值得敬仰的华文教师，却经常用首饰、服装、银钱引诱达雅克女子，甚至同时宿淫了一对不满十一岁的双胞胎姐妹。事情败露后，一群达雅克男子围在罗老师的房内对躺在地上的罗老师拳打脚踢，将他赶出了长屋。在罗老师仓促间遗留在长屋的包裹里，雉赫然发现"一张1957 年《星加坡虎报论坛》的泛黄英文剪报"，那上面刊载的是"《严禁性冒险家从事爱欲旅游》"。[④] 原来，罗老师是想效仿殖民者对原住民女子的引诱与玩弄，不料最后玩火自焚，被永远逐出长屋。

在张贵兴《我思念的长眠中的南国公主》中，主人公苏其的父亲苏还与父亲的朋友林元，都痴迷于与达雅克女子进行这样的"性杀伐旅"：

> 林元短暂地从事了许多年前流行白种人之间的"性探险"，独自深入内陆在几座长物中和年轻达雅克女孩谈情说爱，发生无数一夜之情，据说，只要付出一点钞票和首饰，美丽多情的达雅克女孩就会把外来男人视为一夜丈夫，让这些男人享尽风流和帝王欲望，尤其看了林元晚年

① 黄锦树：《新/后移民：漂泊经验、族群关系与闺阁美感——论潘雨桐的小说》，黄锦树：《马华文学与中国性》，台北：麦田出版，2012 年，第 190～191 页。

② 黄锦树：《新/后移民：漂泊经验、族群关系与闺阁美感——论潘雨桐的小说》，黄锦树：《马华文学与中国性》，台北：麦田出版，2012 年，第 189 页。

③ 张贵兴：《猴杯》，台北：联合文学出版有限公司，2002 年，第 152 页。

④ 张贵兴：《猴杯》，台北：联合文学出版有限公司，2002 年，第 243 页。

生活后,我更相信这种说法。我更相信林元和父亲不时深入内陆从事这种"性杀伐旅"(sex safaris),继续他们大学时代未尽的性冒险。①

华人淫虐其他族裔,也会引起其他族裔的报复。② 苏其的父亲后来爱上一个 14 岁弱智的达雅少女,与她发展出一段畸形的老少恋:"一个星期后父亲清晨来到长屋牵着少女走向婆罗洲内陆,从此失去踪影。……父亲一个星期前在林元协助下在雾霭水气笼罩下盖了一栋小木屋,储备一个月的食物,和少女在小木屋中过着夫妻生活……"③父亲后来被少女的达雅克未婚夫砍下头颅。苏其的母亲被企图猎取父亲人头的达雅克青年强行掳走,二人在瞭望台野合七天七夜,男子欲离去时她仍泪流满面苦苦哀求,但青年不为所动,一脚踹开母亲,无声无息地消失在雨林,而苏其的妹妹也在母亲与达雅克男子野合时摔下瞭望台丧命。苏母、苏父与达雅克男女的野合,形成"另类女性交换机制"④。文本对华人的丑陋与卑劣进行了透视,批判与谴责了后殖民性霸权,并暗示如果不克制、改变这些,来自他族的仇恨之火将伤及华人,甚至连累无辜。

潘雨桐曾留学中国(台湾)和美国,亲身体验了作为外来者身处异国他乡的身份尴尬,返马后又长期在东马沙巴担任园丘经理,与当地原住民共同生活。这种漂泊经历和多元族群杂居的生活体验有助于他反省自己的处境,使他的创作能突破自身族群局限,关注东马的弱势族群和新的外来移民问题。潘雨桐的东马系列小说多取材自亲身经历或是工作中的实地考察,切实地思考马来西亚的族群问题,有很强的现实针对性。他同情原住民在国家经济发展中的边缘地位,也非常了解印尼、菲律宾移民自由出入东马的地缘因素和历史逻辑。尤为难得的是,潘雨桐没有把邻国外劳涌入马来西亚甚至轻易获得公民权简单归结为华巫族群问题的延伸,而是仔细辨析了殖民时代的经济开发、土地瓜分,以及政治妥协给东南亚带来的历史后遗症,华人资本积累的原罪、非法移民的抢掠、原住民的积贫积弱都可以放在这一历史脉络中加以思考。没有对东马历史和现状的深度了解写不出这样的作品。当然,潘雨桐也批评了国家现行政策的偏差,反省了华人自身的某些劣根性,因而其作品具有厚重的历史感和尖锐的批判锋芒,而不是流于惯

---

① 张贵兴:《我思念的长眠中的南国公主》,台北:麦田出版,2002 年,第 59 页。

② 简文志:《张贵兴〈我思念的长眠中的南国公主〉》,载简文志、杨松年主编:《离心的辩证——世华小说评析》,台北:唐山出版社,2004 年,第 203 页。

③ 张贵兴:《我思念的长眠中的南国公主》,台北:麦田出版,2002 年,第 176 页。

④ 王德威:《序论:在群象与猴党的家乡——张贵兴的马华故事》,载张贵兴:《我思念的长眠中的南国公主》,台北:麦田出版,2002 年,第 33 页。

常的人道主义同情。张贵兴在东马砂拉越出生长大,因不满砂拉越参组马来西亚前往中国台湾留学,并最终成为中国台湾的永久居民。他对砂拉越的历史和族群关系相当熟稔,他的作品不乏对殖民遗祸的批判和对华人效仿殖民者淫虐原住民而招致反噬的反思。

## 第三节　混血儿的多元文化认同

### 一、混血儿产生的土壤

19 世纪中期以后,西方殖民者开发东南亚需要大批劳工,此时中国国内动荡不安,在内因外力作用之下,大批华人背井离乡下南洋讨生活。受传统观念束缚,加上清政府限制女性移民,下南洋的华人男性远多过女性,男女比例失调的自然后果是造成华人与当地土著通婚相当多。这种情况在多元种族混居的东马两州尤为突出,通常是华人男性与海达雅及陆达雅妇女间的结合。因此,马华文学中的"混血儿"较常出自东马作家笔下,本节也主要探讨东马文学中的混血儿书写,兼及与西马作家作品作比较。

华人与土著通婚也是为了更好地在当地生存和发展。比如在砂拉越,很多华人从事商业贸易。他们往往是买卖的中间人,收购土著的土产售卖给大商贩,再把批发买进的日常生活用品零售给土著。19 世纪的砂拉越是个经常为争夺土地或文化因素冲突而发生争斗或猎人头事件而出名的地方。[①] 占少数的华人不得不融合于占多数的土著中,因此早期的商贩必须与广大土著社会建立亲善关系。通婚是一种非常有效的融入方式。据《砂拉越宪报》,有一个观察家在 1885 年曾见到一个华人商贩,并作如下描述:"我惊奇地见到一个中国人,他住在山达(Santah)。乍看起来,他根本丝毫不像中国人,而是地道的土著。从外表看,他是达雅克人,因为他已经穿起他们的原始服装,并将长辫子塞进宽大的头巾中。他这么做无非要增加他在达雅克族中的声望以及商场的手腕。作为一个在乡村中既敏锐又聪明的人,他肯定能随心所欲操纵一切。而且他还开始要迎娶乡村中的第一美女为妻呢!"[②]

这种婚姻大多建立在经济利益的基础之上,随着华人站稳脚跟、无须借力婚姻纽带而变得有些脆弱。加上马来西亚从殖民时期至独立建国后,由

---

① 周丹尼著,许世韬译:《砂拉越华族—土著的关系:一个历史的探析》,载蔡增聪主编:《砂拉越华人研究译文集》,砂拉越:砂拉越华族文化协会,2003 年,第 129 页。

② 周丹尼著,许世韬译:《砂拉越华族—土著的关系:一个历史的探析》,载蔡增聪主编:《砂拉越华人研究译文集》,砂拉越:砂拉越华族文化协会,2003 年,第 130 页。

政策造成的社会不平等之结构体系导致严重的种族分层情况,尤其是建国后东马和西马的国家资源长期分配不均,导致东马发展缓慢,当地原住民的生活没能随着国家的快速发展而明显改善。据报道,至 2016 年,在沙巴乡村仍有 90% 的人无电可用。① 东马原住民经济地位低下,加上华人根深蒂固的种族优越感,他们遭受部分华人的歧视和盘剥也是事实。李永平、梁放的不少作品书写华人头家始而消费利用最终抛弃土著妇女就反映了这一现实。20 世纪 80 年代后,随着菲律宾、印尼等邻国的移民大量涌入东马,有些移民中的年轻女性沦为西马华人经理的猎艳目标,两者建基于买卖基础上的关系并不对等。华人用金钱操控移民女性的身体价值和生育价值,是剥削与被剥削的关系。潘雨桐 80 年代末的作品就开始关注这一现象,90 年代创作的东马系列小说更是做了详尽书写。

在这种情况之下,华异结合留下的混血儿身处两个民族的夹缝之中,身份非常尴尬。"杂种"在中国人的文化中是一个带有贬义的称呼,华异混血儿往往被归入杂种之列。对于中国人而言,混血儿是华人与其他族群的"混种","玷污"了中国人的种族洁癖,挑战了中国人的民族优越感。所以,持有传统文化观念的中国人对混血儿往往带着歧视。在很长一段时期,混血儿身份往往被污名化,被视为"怪胎""麻烦""孽种"。这从李永平五六十年代的"拉子系列"小说和梁放 80 年代的跨族群书写小说可以窥见一斑。

## 二、从"无名"/污名到正名

李永平《婆罗洲之子》的主人公"大禄士"是华人父亲与达雅族母亲生下的混血儿,华人父亲抛弃此地的妻儿返回唐山与原配团聚了。大禄士的混血身份被当众揭穿后,他备受长屋族人的排挤。达雅人在与华人的长期相处中屡屡上当吃亏,认为华人盘剥达雅人的钱财,玩弄达雅女人的情感,背信弃义,不堪为伍。他们将对华人的愤恨发泄在流着一半华族血统的混血儿身上。大禄士徘徊在两个族群之间,悲叹自己"是个彷徨的孤儿。是为两股人所鄙夷的孤儿、所不接受的孤儿呵!"。林开忠指出,砂拉越从布洛克家族王朝开始,就意图理出砂拉越混杂的群体,而建构了海达雅(Sea Dayaks)、陆达雅(Land Dayaks)、马来人、华人等族群范畴;并且颁布命令,要求所有的砂拉越人民不能同时拥有两种族群身份,这就造成许多混血的后裔,尤其是华人—达雅人通婚的后裔,无法在法律上同时保有双重的族群身份,而必须在华人或达雅人之中二择一。英国殖民政府及后来加入大马

---

① 刘嘉美:《风吹草动·沙巴行:仍未照亮的婆罗洲》,《星洲日报》2016 年 4 月 2 日。

的砂拉越联盟政府接手后,并没有改变这样的政策。这才是造成华异混血儿身份认同困惑的主要殖民/后殖民统治背景。[①] 小说中另一个达雅族女子姑纳嫁给华人头家并生下一个混血女儿,但华人丈夫娶她是为了利用她的身份获取达雅人的信任,从而掩饰他在商品买卖中使用的欺诈伎俩,阴谋败露后,没有利用价值的姑纳和女儿被遣返长屋。重返长屋后,姑纳和混血女儿又遭到达雅族人的鄙夷、欺凌,被嫌配合华人欺骗达雅人。华异混血儿被华人歧视抛弃,又被达雅族人鄙夷排挤,成为两族恩怨的无辜牺牲品。

高家谦指出,华人对混血儿的排斥,对"纯种"血缘的坚持,源于对纯正中国性的坚守。这样的思维理路早在近代中国遭遇西方文化冲击时就明显可见。毕竟在近代中国的中西文化遭遇的情境中,"制夷—悉夷—师夷"的应对方略所体现出的种族观念就一直是在中国性的坚持与不得不妥协中摇摆。故而,中国人下南洋落脚多元种族多元文化的"番邦",自然面临对中国性的坚持所带来的矛盾冲突。《拉子妇》中,拉子妹成功嫁入华人家庭,且还怀孕生子,但生下的混血儿却始终只能是"她的孩子"。[②] 小说中拉子妇跟三叔所生的孩子遗传了母亲的外貌特征,是"一式的大眼睛,扁鼻子,褐色皮肤"。这种明显的外族印记时时提醒着三叔孩子血缘的不纯,以致三叔看到他们就窝火,开口就骂:"蠢东西! 爬开去,看见了就发火。""半唐半拉,人家见了就吐口水,×妈的。"酒后甚至要摔死最小的孩子。父子之间本应是最亲密、最自然的骨肉亲情,但是,对血统的坚持使华人扭曲了这种最基本的情感,变得冷血无情。

梁放《龙吐珠》的主人公古达也是华异混血儿,从小就体验到自己和伊班母亲的卑微。吃饭时,父亲从不与他们母子俩同桌而食。父亲高高蹲在凳子上,用筷子夹菜扒饭,吃得滋溜滋溜响;"我"只能和伊班母亲缩在桌边的草席上,匍匐着舀着铁盘里的食物吃。"我"不止一次想要爬上饭桌,都被父亲嫌恶地赶下来。后来父亲几乎带走全部家财回了唐山,与他明媒正娶的妻儿团聚。古达和母亲只能重返长屋。在父亲眼里,母亲不过是娶来陪宿的女人,古达不过是上不了台面的私生子。父亲的冷漠与歧视使古达时时刻刻意识到身上的伊班人血统会给自己带来耻辱:

> 在学校里,我不可以稍微发脾气,不可以打架,怕的是给指责"拉子

---

[①] 林开忠:《"异族"的再现? 从李永平的〈婆罗洲之子〉与〈拉子妇〉谈起》,《星洲日报·文艺春秋》,2003 年 7 月 13 日。

[②] 高嘉谦:《谁的南洋? 谁的中国? ——试论〈拉子妇〉的女性与书写位置》,《中外文学》第 29 卷第 4 期(2000 年 9 月),第 149 页。

性情"、"拉仔种",就连阿爸也不承认我的血统,从不跟我说福建话,华语更不必说了。①

更可怕的是,深受伤害的混血儿自己也沾染上了这些种族偏见,不断地将"华夷之辨"的种族观点"内化"。古达不愿意与伊班人生活在一起,不愿意同学知道自己有一个伊班母亲。长大后远走他乡,切断了与长屋甚至母亲的联系。古达试图彻底清除自己身上的拉子印记,但是出世的孩子却遗传了祖母的外表特征,粉碎了他"内化为纯正华族"的强烈愿望。

有意思的是,这些被华人父亲歧视、抛弃的混血儿都没有正式的姓名。《婆罗洲之子》中的大禄士是达雅人的称呼,《龙吐珠》中的古达是伊班名字。《婆罗洲之子》中姑纳的混血女儿叫小香,《拉子妇》中三叔和拉子婶的混血孩子叫"龙仔""虾仔""狗仔",这些称呼不过是华人民间随口叫的小名。姓名在中国文化中具有特殊的意义。据钱杭考察,"姓"从中国的史前传说时代开始,就被视为一种与血缘有关的标志。此后,《左传·隐公八年》记载:"天子建德,因生以赐姓";许慎《说文解字》记载:"姓,人所生也,从女、生,生亦声";班固《白虎通德论》记载:"姓者,生也,人禀天气所以生者也。"这些记载都说明"姓"的本义是"生"。正因如此,"姓"成为一个血缘团体的符号,标明一种共同的、与"生"俱来的家族血缘联系。② "名"则是个体的代号,寄寓着父母长辈的殷切期待和美好愿望。"半唐半拉"的混血儿没有正式的华人姓名,喻示华人父亲既不承认他们为家族血脉,也没在他们身上寄予美好祝愿。"无名无姓"的他们不过是华人父亲情欲消费中的副产品,终究上不了台面。

20 世纪 90 年代后,世界格局的变动和多元文化思潮的兴起使人们对跨种族交往有了更包容的态度。混血儿作为跨种族婚恋的结晶多被视为融合不同种族优点的完美结合体。这一种族观念的转变体现在对混血儿的命名中。

《风华正茂花亭亭》中的周承安想要迎娶印度女孩玛妮,遭到家庭的阻挠。父亲反对婚事的一个很重要的理由就是不想家里出现杂种孩子。但周承安马上纠正父亲的偏见,强调跨族群婚姻的孩子不是杂种,而是混血儿。父母在周承安的劝说下最终接受了这桩婚事,对玛妮生下的混血女孩疼爱有加,并且早就替孙女想好了名字叫"周淑贤"。父亲解释了名字的寓意:"咱们中国人,女子最重要便是贤能淑善。"可见,周承安一家不仅从心底里

---

① 梁放:《龙吐珠》,载吴奕锜选编:《海外华文文学读本·短篇小说卷》,广州:暨南大学出版社,2009 年,第 81 页。

② 钱杭:《论中国古史上的"姓"与"氏"》,《学术月刊》1999 年第 10 期。

将混血孩子视为名正言顺的周家后代，而且在她身上寄寓了长辈的美好心愿。玛妮后来因为种种矛盾与承安渐行渐远终致离婚，而且不肯放弃女儿的抚养权，但在承安看来，玛妮极力争取的女儿毕竟是姓周，是"我们周家的人"。即使离婚后淑贤的抚养权给了母亲玛妮，承安一家还是割舍不下骨肉亲情，无微不至地关心照顾淑贤，始终将她视为周家的一分子。这与前述文本中的早期华人歧视、抛弃混血孩子的做法大相径庭。

庄魂《梦过澹台》中的主人公澹台舜原名叫作邓达顺，是华伊混血儿。邓达顺因记恨华族父亲在他年幼时的离弃，于是去掉父姓，改名为澹台舜，以示与父亲的决裂。澹台舜成年后，父亲多次过来探望示好，但他毫不领情，声称自己是个伊班人，没有什么华族父亲。父亲去世后留下一封信，揭开了澹台舜身世的真相：他一直记恨在心的父亲只是他的养父，在他两岁的时候才认识他的母亲，他的亲生父亲也是个华族，但到底是谁他母亲从未透露，只知道他母亲深爱着对方。信中也告诉了他名字的由来："姓"是随了养父，"名"是母亲取的，希望他得志显达、平安顺遂。尽管怨恨父亲生而不养，邓达顺放弃了"邓"姓，不承认自己是邓家血脉，想斩断与华族文化的关系，但他刻意改后的名字"澹台"也是中国的复姓，似乎命运给他开了一个玩笑，使他无论如何他都摆脱不了与华族文化的牵连。文中提到，"他告诉许多人他不是华人，是伊班人，偏偏他认识最多的是方块字。离开中学时他发誓不再喜欢华族文学，可一看到好书总会忍不住拿起来看，眼前的张（指张爱玲，引者加）和余（指余光中，引者加）就是在这样的情形下打市议会图书馆借来的"[①]。他身上流淌的华族血脉使他不知不觉会去亲近华族文化。

养父在信中流露出对儿子的愧疚和担忧。养父遗憾没能对母亲善始善终，没能抚育儿子长大成人，为儿子铺就大好前程；担忧自己离世后，儿子在漂泊无定的人世会变成什么样子：

> 我缠绵病榻时最放心不下的是你，我担心你在这飘渺无根的世界里不知会流变成什么东西。但最后终于也想通了，你敢爱敢恨；你秉承着你母亲倔傲坚强的精神；你体内涵流着半数伊班血，一定也承继着伊班族人坚韧的生命力；你一定会好好活着的。我实在没什么好担虑的。[②]

澹台舜终于化解了对养父的怨恨，不再刻意压制自己对华族文化的热

---

① 庄魂：《梦过澹台》，载萧依钊主编：《花踪文汇1》，雪兰莪：星洲日报，1993年，第72页。
② 庄魂：《梦过澹台》，载萧依钊主编：《花踪文汇1》，雪兰莪：星洲日报，1993年，第76~77页。

爱,开始用邓·澹台泰山的笔名写作投稿。笔名不仅冠上养父的姓氏,而且把养父比作泰山。"泰山"是华人的精神图腾,具有多重寓意,代表着崇高、勇敢,往往用来比喻重大、宝贵的事物或是具有重大影响力、值得敬仰的人物。这个笔名可看出澹台舜对养父的尊重、敬仰之情。

廖宏强短篇小说《被遗忘的武士》(原作1991年,2000年修订)塑造了一个华巫混血儿查东年的形象。查东年是马来亚大学医学院的学生。他热衷剑术,是学校剑道社的佼佼者。他富有正义感,路遇一伙身手矫健、手执长刀的歹徒欺凌女孩,硬是以树枝为武器击溃了他们,体现了真正的武士精神。他自道其祖父是这片土地上的抗日游击队队长,后来留在丛林断了音讯,祖母曾来丛林寻找祖父却不知所终,父亲成年后娶了马来人为妻,没等查东年长大也没了踪影。查东年认为武士最在意的是不能丢掉家族的脸,于是他借考察之机,前往雨林中的精神病院仁爱山庄寻找祖父,试图查明自己的家族历史。查东年的寻根之旅的唯一线索就是仁爱山庄一个疯癫的老妇人。这个老妇人说话前后颠倒,查东年未能实现愿望,但他没有放弃,后来又去了另一所精神病院寻找蛛丝马迹,可惜被一群身份不明的暴徒杀害。查东年在剑术中感受华族文化,在寻根之旅中试图确立自己的身份,虽然他没待成功就已离世,但他的主动探寻精神难能可贵,所以作品结尾称"查东年才是真正的武士","一位被遗忘的武士"。他的姓氏"查"也赋予了不断探寻之意。

混血儿的名字变迁见证了混血儿身份变化的历史轨迹。从无名无姓或是被污名化到被华人家庭承认,冠上代表家族血脉的姓,给予蕴含美好寓意的名,我们看到了马来西亚华人日趋包容开放的种族观念。

## 三、重审父辈文化

马华文学早期作品中的混血儿被自己的华人父亲打骂嫌弃,丝毫不敢反抗;有的甚至沾染了华人父亲的种族偏见,看不起自己的母系血脉,试图清除自己身上的异族印记,想要"内化为纯正华族"。他们身上表现出浓厚的"从父"意识。20世纪90年代以后,马华文学中的混血儿形象呈现出时代的新面目,他们不再对父亲视若神明,而是对父亲及其所代表的华族文化表现出清醒的审视意识。"父亲"形象是东南亚华文文学跨族群书写中频繁言说的对象,具有多重含义,王列耀指出:

> 东南亚华文文学中的"父亲",往往具有多重含意:既象征着,甚至是代表着华人祖辈及其子孙身上携带着和心灵中流淌着的中国血缘与

文化基因;同时,也蕴含着不同时期的作者对"父亲"所象征、所代表的思想内涵的种种看法、立场与心态。因此,从某种程度上看,华人文学中的"父亲"叙事,既是作者对"这一位父亲"具体、生动的描述和言说,更蕴含着作者对"这一位父亲"所代表的"父辈"文化的一种观察和态度。①

庄魂《梦过澹台》中的混血儿邓达顺对父亲满腔怨恨。因为年幼时目睹父亲的原配妻子打上门来,父亲束手无策,最终选择回归华人妻儿家庭,抛下了他和伊班母亲。之后邓达顺一天天期盼父亲再次出现,又一次次落空,终于明白父亲不会再回来。于是殷切期盼转为愤懑怨恨,他去掉了父亲的姓氏,改名为澹台舜。当母亲鼓励他好好学习华文,以免对不起父亲时,他非常不解:

> "爸爸? 我只知道我有个伊班母亲,不知道还有个华族爸爸。"顺仔也喊得响响的,"你知道吗? 我多希望能够将体内的血肉还一半给他,那样倒爽快干净。他是什么? 欺骗你,吞掉你的青春;生下我,毁灭我的童年。他是一头狼,你怎么会对他这么忠心? 你怎么会苦苦要我去承继他的文化? 狼的文化? 以后也好去害人骗人?"②

澹台舜把父亲比作残忍的狼,认为父亲的文化是害人骗人的狼的文化。失语的"野种"终于发出了自己的声音,敢于质疑父亲及其代表的华族文化。不仅如此,澹台舜还写了一篇名为《黑白鼠》的寓言故事参加学校组织创作大赛。故事中的白鼠趾高气扬、自命不凡,住在金碧辉煌的殿堂,享用吃不完的珍馐。黑鼠却由于毛色不同,只能寄身于阴暗的角落,偷食白鼠丢弃的残羹,还得惊慌逃避白鼠的驱赶劈打。同为鼠类,境遇却有云泥之别,黑鼠一边自卑自己寒碜的身世,一边满肚子不甘,不由愤然质问:"是什么划定黑白二鼠之间的距离?"澹台舜本意是借寓言来写家事,道出他和母亲所受的委屈,发泄他内心的怨怨与不平。没想到老师曲解了作品的原意,给文章套上各种高帽子,比如讽刺了社会不公、反映了难民问题等等。老师对作品的误读也反证了马来西亚族群问题的积弊之深。

澹台舜的作品因为评委老师的过度阐释获得了比赛的第一名,当他捧

---

① 王列耀等:《趋异与共生——东南亚华文文学新镜像》,北京:中国社会科学出版社,2011年,第63页。

② 庄魂:《梦过澹台》,载萧依钊主编:《花踪文汇1》,雪兰莪:星洲日报,1993年,第72~73页。

着奖牌去母亲做工的餐馆报喜时，母亲送外卖遇车祸身亡的噩耗给他当头一棒。让他意外的是，多年不见的父亲在母亲遗体火化之前出现，双眼红肿，神情悲痛，并要澹台舜跟他回去。澹台舜回复给父亲满脸恨意，以及如避鬼魅般的逃离。澹台舜不像以往小说中亟待父亲承认的混血儿一样，拼命地想靠近父亲却适得其反。小说的情节走向出现反转，澹台舜想拼命逃离华族父亲，父亲却四处寻找逃离的儿子，当他终于在码头找到儿子时，几次三番前去探望，希望修复父子关系。这时的父亲不再是高高在上的大家长，而是衰老不堪、渴望亲情的老人。

> 老人的身影嗦嗦地伫立码头，在蒙蒙然亮起来的天色中显得有点猥琐。澹台舜装着没看见，两臂硕实的肌肉贲张，用力的将船缆捆在铁墩上。
>
> ……
>
> "顺！"老人来到他身边，声音俯向他身际。"过几天过节，爸爸烧猪，回去吃一餐？"他照旧不抬头，……老人已走远，一层雾气包着他蹒跚的背影。①

"嗦嗦""蹒跚"写出了父亲的衰老无力，"两臂硕实""肌肉贲张"写出了儿子的青春活力，两者构成鲜明对比。"伫立"写出了父亲的默默等待，"俯向"写出了父亲放低身段亲近儿子的努力，父亲的热切靠近与儿子的冷淡回应也构成对比。如果说对父亲的述说代表着对父亲所代表的父辈文化的观察和态度，那么父亲的老化和矮化显然喻示着父辈文化权威的式微；儿子的冷静与成长喻示着新一代华人有自己理性的文化立场，不会盲从父辈文化，儿子充满力量的青春身段喻示年轻一代华人的文化选择会有更光明的前景。

杨锦扬《纸月》中的混血儿"我"同样对父辈文化有着理性的审视。此文曾获马来西亚第八届大专文学奖散文组首奖。这是一篇故事性非常强的散文，因此放在小说一起讨论。《纸月》的前半部分情节与李永平的《拉子妇》类似："我"的华人父亲年轻时娶了伊班女人并生下了"我"，但父亲有浓烈的种族优越感，对这场婚姻深以为憾，他看不起母亲，嫌恶有着一半伊班血脉的"我"，骂"我"是野种；父亲后来勾搭上了一个华人女子，与她双宿双飞，从此不再回家，彻底抛弃了"我"和母亲。与《拉子妇》不同的是故事的后续走向："我"得到外婆和舅舅的教导和关怀，在家庭温暖中长大成人，考上了吉

① 庄魂：《梦过澹台》，载萧依钊主编：《花踪文汇1》，雪兰莪：星洲日报，1993年，第70页。

隆坡的大学；远赴吉隆坡前夕，"我"到镇上探视父亲，此时他已疾病缠身，蜷缩在简陋腐朽的木屋里，言谈中父亲悲叹世事如烟，生活只剩"朦胧的倦和憾"，此时"我"已对父亲的伤害释怀，不久后父亲就去世了。

"我"作为华伊混血儿，身处父亲代表的华族文化和母亲代表的伊班文化之间，亲身体验了两个族群在文化习俗、价值理念及生活方式等方面的矛盾分歧，具有双重的文化视域，由此获得一个特殊的观察视角："我"以"他者"的视角审视华族文化，达到"双重视域"的融合，更能看清两种文化之间的差异。文章通过"我"的眼光，拿父亲和舅舅作比较，其实也是以华族文化与伊班文化作比较。文中提到，"我"小时候随父亲和舅舅打猎，父亲仔细查找中弹的野猪溅在地上的血迹，挥刀砍倒沿途的莽草，在枝叶中钻来钻去，一心想要捕获受伤的野猪，那一刻，父亲仿佛也是一头野兽。而舅舅却拉着"我"的手缓缓跟在后头，他捕获到一只瘦小的鼠鹿，就停下来在林中生火烤着吃，放弃继续追捕那头野猪。舅舅的理由是："我们已得一头鼠鹿，就不必再贪心了，一切来自大自然，一切也归于大自然，取了多余的东西就是浪费，上苍会照顾知足常乐的人。"①从父亲与舅舅追捕猎物的不同态度可以看出来，父亲非常贪婪、暴虐、急躁，而舅舅非常感恩珍惜大自然的馈赠，知足常乐、平和善良，作品借此对父亲所代表的华族文化进行反思，以及对伊班族文化进行肯定。

父亲骨子里以华人身份自傲，对自己与伊班女人结婚生子心有不甘，常借酒浇愁，感叹自己追求的东西就像镜中花、水中月一样可望而不可即。那时"我"还年幼，看不懂父亲的自伤身世，整天和伊班族小孩打成一片，惹得父亲生气，大骂"我们"是一群野种。大伯也看不起母亲，常常数落父亲的荒唐："你当初是怎么搞的，娶拉仔妹做老婆，八成是中了降，还生出了个野种。"②父亲的将就婚姻反映了早期华人落脚番邦的无奈妥协。当华人下南洋来到马来西亚这样一个多元种族的陌生国度，华人女性的不足，使华人男性不得不与当地土著通婚，但妥协的背后是心不甘情不愿，于是"得使他们唯一安全的身份认同和精神依靠，就是那辗转流传的中国，不论是情感包袱的文化中国，抑或国共分野的政治中国"③。所以父亲后来抛妻弃子，与一个华人女子好上了，其中恐怕也夹杂着没能娶华人女子为妻的补偿心理。

---

① 杨锦扬：《纸月》，《星洲日报·文艺春秋》，1994 年 3 月 5 日。
② 杨锦扬：《纸月》，《星洲日报·文艺春秋》，1994 年 3 月 5 日。
③ 高嘉谦：《谁的南洋？谁的中国？——试论〈拉子妇〉的女性与书写位置》，《中外文学》2000 年第 29 卷第 4 期。

而且父亲表现出"超乎寻常的本质主义(比中国人更坚持自己是中国人)"①,他时常在"我"面前强调华族是优秀的龙裔,可以飞黄腾达,获取荣华富贵。"我"问父亲伊班人是不是同样可以做到? 假使阿爸飞黄腾达了,阿妈是不是也一样可以过好日子? 这激怒了父亲,他一巴掌把"我"打翻在地。在父亲眼里,伊班人怎能与华人相提并论,伊班女人怎配跟他共享幸福?

大马华人在政治身份上已无法认同中国,在文化身份上却表现出对中国文化的执着。"中国传统由血缘定国籍的前现代身份认同也早已改为出生地主义:由出生地替代没有地域、时间限制的血缘。在这种情况下,当(海外)华人坚持把中文华语视为文化属性的标准,语言文字仿佛就象征了民族的血缘"。② 在此意义上,传承中国文化便等同于捍卫"龙族血脉"。因此,执着于华人血统和华人身份的父亲会拿着藤鞭逼"我"学习汉字书法,想用藤条留下的鞭痕来烙下"我"华人文化的敬仰。对华族文化血脉近乎偏执的坚守使父亲变得性情暴虐、不近人情,他不加掩饰地表示出对异族文化的贬斥,并让"我"在华族文化和伊班文化中做出选择:

> 有一次在炎炎的太阳天下父亲赤裸胳膊,手握毛笔写下斗大的"人"和"猴",父亲说:"人,走路和做事情都要挺起胸膛,正气凛然。"然后指着沼泽地里嬉戏胡闹的小孩:"猴,就像他们一样,无所事事,浑浑噩噩度日子。"父亲把藤鞭抽在我身上:"你要做人还是做猴,随你选择。"③

父亲对华族文化的病态肯定,让"我"心生恐惧,反而把"我"推离得更远,感觉父亲越来越陌生。相反,"我"在伊班母亲家得到的是家庭温情。母亲教"我"煮美味的竹筒饭,让一家人吃得开开心心,外婆用黄色卡纸剪出一轮月亮贴在墙上,祈求月亮保佑"我"平安,用最质朴的方式关爱家人。

不同于父亲用暴力手段把华族文化强加于"我","我"对"纸月亮"有一种自然的亲近,在"我"受伤迷惘时,"纸月亮"给"我"安慰守护,伴随"我"一路长大。小学时,"我"因为同学嘲讽外婆是拉子婆而打架,在受罚到天黑才返家的路上,天上的月亮就像外婆剪出的纸月亮,照明"我"的方向。上大

---

① 黄锦树:《流离的婆罗洲之子和他的母亲、父亲——论李永平的"文字修行"》,载黄锦树:《马华文学与中国性》,台北:麦田出版,2012 年,第 203 页。

② 黄锦树:《流离的婆罗洲之子和他的母亲、父亲——论李永平的"文字修行"》,载黄锦树:《马华文学与中国性》,台北:麦田出版,2012 年,第 205 页。

③ 杨锦扬:《纸月》,《星洲日报·文艺春秋》,1994 年 3 月 5 日。

学后,"我"参加下乡服务团,在前往机场的路上看到悬挂天上的明月,"我"又想起了外婆的纸月亮:"忽然天际的月亮就变成外婆当年剪出来的纸月,金碧辉煌,照亮我的归乡路,照亮曾经暗淡迷失的心……"①文章正文多次出现"纸月亮",每次出现都指引"我"走出迷茫和伤痛。在原住民文化中,"月亮"代表着母亲。而纸月亮就像母亲怀抱一样,成为"我"的精神家园。这实际是写出了本土文化对华人的心灵滋养。华人在马来西亚落地生根,与其他族群共同生活,势必要吸收当地文化,才能更好地融入当地。如果故步自封,排斥他者,只会惨遭失败。父亲晚年在穷困潦倒中孤独死去,就是一则发人深省的寓言。文章结尾,"我"考上了大学,在暑假下乡活动中前往吉隆坡附近的一个小渔村做服务,帮助当地村民。小渔村让"我"想起了自己的家乡,早年的成长经历让"我"感受到了服务人生的喜悦,找到了自己的生命价值。"我"的成长再次见证了混血儿境遇的转变。而在现实生活中,砂拉越有越来越多的华异混血儿欲申请成为原住民。林开忠在其文章中提到,"根据一位权威人士的说法,在砂劳越高等法庭有上千的案例等待判决,这些都是半唐半拉欲申请成为拉子或达雅人的案例。根据砂劳越相关法律规定,成为达雅人必须符合在生活方式上达雅化的规定,比如住在长屋,说达雅话等。根据一些人的说法,半唐半拉申请成为达雅个案增加的原因,在于晚近土著优惠政策的影响。这些还需要进行深入的分析。在沙巴有一种中间族群叫作 Sino-Kadazan,但砂劳越却没有相应的 Sino-Dayak 族群,这可能跟两地的政治历史有密切的关系"②。这样的转变历程,亦证明了"种族"观念与现实政治和经济利益的密切关系。

　　潘雨桐《野店》(1996)中的阿卡是西马华商林阿成在东马沙巴与菲律宾移民苏丝玛所生。林阿成嫌弃儿子蠢笨,不送他上学,只让他在沙巴的杂货店打下手或是上街卖香烟。阿卡和母亲累死累活,父亲却把好东西全部送回了西马,因为,父亲认为西马的妻儿才是自己真正的家人,还让阿卡叫西马妻子为"大妈"。一开始阿卡默认了父亲的区别对待,也没有反驳父亲说的"洗海参比读书好"的瞎话。后来母亲苏丝玛一再提醒他不要受林阿成的愚弄,不要忍受不公的待遇,他才有意识地去思考未来。阿卡去了菲律宾苏禄岛的外公家,外公指责林阿成没心肝,就是一只老鼠。爷孙俩的谈话让阿卡慢慢看清了父亲:

---

　　① 　杨锦扬:《纸月》,《星洲日报·文艺春秋》,1994 年 3 月 5 日。

　　② 　林开忠:《"异族"的再现? ——从李永平的〈婆罗洲之子〉与〈拉子妇〉谈起》,《星洲日报·文艺春秋》,2003 年 7 月 20 日。

"阿爸说我洗海参比读书好。"……

"海参呢？你吃过？比读书好？"

阿卡摇摇头。

"读书读进你脑里，海参吃进你肚子里，两样你都没有。"

阿卡迷茫的望着外公努力的吸烟。

"都运到西马去了？和老鼠有什么不一样？把东西搬了走。"[①]

外公让阿卡不要学父亲，要学沙苏曼。沙苏曼是妈妈的族人，长得瘦瘦削削，却颇有胆识。他瘦长脸上的眼睛细小而圆，却散发着精光。林阿成自私自利，而沙苏曼思考的是如何改变海角乡民的困苦生活。阿卡认可了外公的观点，说爸爸长得牛高马大，不像老鼠，倒像条大肥猪。阿卡嘲弄父亲，看不上他的刻薄算计，对沙苏曼倒有几分欣赏，认为外公住的小渔村也比父亲西马的家要好。从这里可以看出来阿卡对父亲及其所代表的华族文化有清醒的认识。

东马作家梁放的小说《我曾听到你在风中哭泣》通过第一人称"我"的叙述，完成一个特殊年代的砂拉越历史。值得注意的是，全书中的叙述者"我"是华伊混血儿，伊班族的知识青年瓦特也是混血儿。小说把跨族群写作与国家建构的关系纳入砂华文学的写作视野，反映砂拉越的建国斗争是各民族的共同理想而非单一民族——华人的斗争。整部小说既是族群互动史，也堪称是一部左翼建国抗争史，当中的混血儿已完全突破了族群边界，达到混血儿书写的新高度。

小说中"我"的父亲没有像此前作品中出现的华人父亲一样刻意强化混血儿子的华人文化认同，而是非常具有远见，在砂拉越反帝反殖、争取独立建国的年代，就预见到将来的国民一定是具有多元文化背景的。所以在"我"念了六年华校后，父亲没让"我"跟其他华裔孩子一样去上华文独立中学，而是让"我"转到省会的英文中学。父亲跟"我"解释说："已经读六年中文了，都该有个基础，日后可以自己再进修的，你说对吗？再说，在学校里寄宿，可以学习如何与各民族同学相处、交朋友，也学学他们的语言，那不是更好？"[②]父亲对华人教育和华人文化有另一种认知：

爸爸希望下一代的教育多元化，能够配合眼下与将来整个社会的结构与发展。听爸爸如是说，老师们大都表示赞同。爸爸还说，他虽然

① 潘雨桐：《野店》，新山：彩虹出版有限公司，1998年，第243页。

② 梁放：《我曾听到你在风中哭泣》，雪兰莪：獴出版社，2014年，第29页。

可以毫无故障地读懂二十四史、楚辞汉赋、唐诗宋词,却多么希望自己至少也能够读懂乔叟的史诗以及莎士比亚的全部戏剧与十四行诗原文:

那都是属于全人类的文化遗产。①

父亲的见解超越了民族和国家的局限,是站在全人类的角度思考族群身份与族群文化。无论在东马还是西马,现实社会中有如此族群胸怀的人并不多。可说是梁放有意采取了超越现实的模式,来建构一种理想愿景。父亲的话令"我"十分信服,预示着马来西亚华人文化认同的多元化是一种必然的趋势,这是华人从移民到公民的必由之路。

总体而言,"混血儿"在西马作品中较少出现,也通常不是作品中的主要人物,相关作品很少表现其在家庭亲密关系中的族群文化冲突。尤其是在书写华巫混血儿时,要么是表现出缺少交集的家庭关系,要么将书写焦点指向批判国家体制。前者如驼铃小说《可可园的黄昏》(1980),华人汉叔的女儿嫁给马来人,汉叔很少与马来女婿和混血外孙见面。后者如梁园小说《新的一代》(1968),华裔青年陈志忠和马来姑娘亚尼斯私奔后,为了避人耳目只能躲在荒无人烟的山芭生活,他们生下混血男孩后遭到宗教司追捕,而且孩子也没法注册,他们期待将来孩子能够自己选择宗教、信仰和语言,这实际是批评现行国家体制没有这种自由;颜健富小说《人人需要博士夏》中的华巫混血儿博士夏,被两个族群哄抢,马来人试图以他作为族群和谐的典范,为选举捞取政治资本,华人则强调他的华族血统,把他作为维护华族文化的标志。王筠婷小说《火车火车嘟嘟嘟》(2013)中,"我"和华巫混血儿表哥幼时关系和谐,随着国家伊斯兰化的推进,"我"与表哥渐行渐远,他遵循穆斯林的饮食穿着规范,也不再来"我"家拜访。还有贺淑芳小说 Aminah (2012)、《风吹过了黄梨叶与鸡蛋花》(2013)中的混血儿阿米娜被幽禁在她们抗拒的宗教身份里,无法改教。这一方面反映出西马华人与印度人、马来人的通婚不多,不同族群的联结很少进入家庭内部,另一方面也可看出国家权力体制对族群关系的伤害。

与此相反,"混血儿"较多出现在东马作品中,而且是许多作品里的主角,如《婆罗洲之子》中的大禄士、《龙吐珠》中的古达、《梦过澹台》中的邓达顺、《纸月》和《我曾听到你在风中哭泣》中的"我"。"混血儿"的屡屡出现,以及这类作品对家庭空间中族群文化冲突的细致表现,恰恰反映了当地的文

---

① 梁放:《我曾听到你在风中哭泣》,雪兰莪:獴出版社,2014年,第30页。

化交融程度较深。正如吴益婷所说:虽然这些作品夸张地展示了族群矛盾,但作品里的华伊关系是至亲和家人,是以爱为基础的关系;两个族群的冲突,不是来自国家权力的傲慢与暴力,而是一种文化优越感、族群刻板印象,还有无知所造成的伤害和痛苦,而且在众多故事发展的最后,作者都不约而同地安排了忏悔与宽恕,彼此接纳的结局,说明他们在现实的经验里感受到"和解"的可能。① 也就是说,这些作品呈现了跨族群的姻亲关系在自然磨合的过程中可能达成的理解与融合,这显然是建基于砂拉越族群关系相对和谐的土壤上。周丹尼在分析砂拉越华人与土著的关系时指出,"在砂拉越,对待华族商贩的暴力事件并不常见,这是因为华族已融于这个社会并成为其中的一份子,而不是只从当地人手中掠夺经济利益的不良份子"②。笔者2017年去砂拉越的诗巫参加"第三届婆罗洲华人国际学术研讨会"时,适逢婆罗洲文化节在诗巫举办,当地华人和原住民欢聚一堂,族群关系和谐友好。最令人震惊的是,在诗巫的夜市上,马来人的食档与华人的食档相比邻,这在强调清真食品的西马是难以想象的。在交流中,当地华人对经济落后的原住民有发自内心的关心和同情,并劝说笔者多选购原住民的手工艺品,说这是原住民难得的经济来源。

沙巴也是一个非常开放包容的社会,族群混居是常态,从来没有成为一个问题。南洋理工大学的学者法立诺(Farish A. Noor)根据他自己在沙巴长大的亲身经历,在研究中宣称沙巴是一个能让文化与人重叠交织,容纳不同生活与兴趣的地方:

> 在沙巴,要遇见原住民家庭里住着穆斯林和基督教徒,在同一屋檐下一起欢庆穆斯林和基督教的庆典,并非一件不寻常的事。相比起其他地区,沙巴社会似乎也更加分权:譬如卡达山—杜顺族并没有王室(Kingship)的概念;反之,他们与社区领袖(Orang Kaya Kaya)以及被称为"Huguan Siou"的最高领导象征,一起群而自治。

> 沙巴是这样一个包容与开放的社会,就连异族通婚也很平常。卡达山—杜顺族与毛律族,跟马来人、华人、阿拉伯人,亦或是苏禄人、武吉斯人、巴天人、汶莱人结婚,数百年来都是如此。我得补充我其实在1981年至1984年间,在沙巴长大,我仍然记得那时候的沙巴是多么开

---

① 吴益婷:《砂华文学里的族群关系》,《当代评论》2015年第1期。
② 周丹尼著,许世韬译:《砂拉越华族—土著的关系:一个历史的探析》,载蔡增聪主编:《砂拉越华人研究译文集》,砂拉越:砂拉越华族文化协会,2003年,第133页。

放、兼容并蓄的流动社会。[①]

潘雨桐 80 年代末开始创作的东马系列作品正是对这一现实的反映。潘雨桐在沙巴长期担任园丘经理,非常了解沙巴的社会历史与族群关系,他的这类作品会关注华人与沙巴的原住民和外来移民的婚恋,而且书写的跨族群家庭矛盾主要是华人与其他族群经济地位不对等引发的,而不是因为宗教或文化冲突。

---

① 法立诺著,邓婉晴译:《在流性区域与硬质国家之间》,《当代评论》2015 年第 1 期。

# 第三章　历史溯源中的跨族群书写

历史溯源书写,成为 20 世纪 90 年代以来马华文学的题材热点。异族在 90 年代的"历史溯源"书写中以两种方式出现,即在历史故事之"内"和在历史故事之"外"。在"内"即异族是故事中的人物,通过书写异族的历史,彰显了异族的根源和贡献;在"外"即异族游离于故事之外,在祖先拓荒史的溯源书写中,异族成为华人寻找自己历史之源的"引路人"和"保护神",其引导和保护华人后裔"深入雨林"寻找祖辈的历史,并在寻找之旅中,最终发现并反省祖辈"辉煌"垦荒事业掩盖着的历史"原罪"。无论是对异族历史的重勘,还是对华人拓荒史的重述,都内含对雨林文明的"再发现",折射出 90 年代华人文化心态的嬗变,暗含其对异族"地之子"的地位由 80 年代的"抵抗"走向承认。

## 第一节　去殖民化:重勘原住民历史

### 一、"失语"的原住民历史

马来西亚原住民历史往往被人视而不见,处于长期的"失语"状态。20世纪 90 年代后,一批土生土长的东马作家致力于发掘、书写原住民的历史记忆。他们采用平等对话的姿态为边缘族群发声,试图充分理解原住民的情感、意愿与诉求,确立边缘族群史的独特价值,以及构成国家"正史"之一环的合法地位。这当中渗透着对同为少数族群的华人自身历史与命运的思考。东马作家长期浸淫当地的生活体验使其对原住民历史习俗、自然风物有深度开掘,并把这些图景置入更大的婆罗洲社会人文网络中去。书写平实、自然,形构婆罗洲的在地知识。他们的书写形塑了一个独特的文学聚落,改变了马华文学的生态,创造了具有独特风貌的区域华文文学。

陈大为在《赤道回声》的《序:鼎力》中提到,"一个南中国海把战后马华文学分割成——西马、东马、旅台——三大板块,三足鼎立不必存在任何从属关系"①。学界目前对马华文学的研究偏重西马和旅台两大板块,对东马文学重视不够。事实上,东马作家对绿色雨林、风土掌故、历史劫难、多元种族题材的开拓自成一格,涌现了一大批有成就的作家,如洪钟、吴岸、魏萌、梁放、田思、砂耶、石问亭、沈庆旺、煜煜、蓝波、英仪、黑岩、杨艺雄、徐然、黄泽荣、融融、梦羔子、金圣、蔡羽、夏秋冬、杨锦扬、张依苹、李笙、邵眉、鞠药如等,可惜他们很少进入学界视野。就东马文坛而言,沙巴作家稀少,只有张草、邵眉、陈文龙等少数几位作家较为活跃;而砂拉越作家众多,文学活动也多,对原住民的书写成果也比较突出,因此,本章的论述主要涉及砂拉越作家作品。

砂拉越位于婆罗洲北部,其南部和印尼交界,北部与文莱及沙巴相连,大部分地区是热带雨林,有 20 多个民族聚居在此。现在砂拉越境内的原住民族群,其祖先有些是从印度尼西亚加里曼丹迁徙于此,然后世代自由生息于婆罗洲岛上,他们原本没有国界疆域的概念。近代西方列强的入侵开始瓜分这块土地,边界开始确立,荷兰侵占印度尼西亚,英国侵占砂拉越、沙巴和文莱;之后殖民势力的消长,决定着边界的重新划定。19 世纪 30 年代,砂拉越还是文莱苏丹的领土,由马来酋长马可达直接管理,马可达的残暴专制统治引发原住民叛变。为了平息混乱,文莱苏丹请求英国人的协助,英国人詹姆士·布洛克英勇善战,最终平定叛乱并以"让渡"的方式取得砂拉越的统治权,于 1841 年正式成为砂拉越的"拉者"(统治者)。自此以后,布洛克及其家族开始统治砂拉越,建立"白人拉惹王朝"。1941 年,日本占领砂拉越。二战结束后,布洛克重回砂拉越,但第三代拉者威纳斯·布洛克无力应对当时兴起的民族主义,迫于压力于 1946 年把砂拉越"让渡"给英国,砂拉越从此成为英国殖民地。1963 年砂拉越与新加坡、沙巴、马来亚组建马来西亚联邦。砂拉越历经布洛克王朝、日本人、英殖民政府、马来西亚政府的转手,原住民族群早已四分五裂。殖民者为了实现"分而治之"的目的,对原住民进行重新分类,把他们与印度尼西亚族裔的血脉分割开来,布洛克还把同属达雅克族的伊班族群改称为"海达雅克"族,把其他几支不同方言的必达友族群合成"陆达雅克"族,造成族群的分裂。不仅如此,布洛克经常利用各个族群之间的矛盾挑起战乱,或是打着消灭"海盗"的旗号,利用归顺的族群攻打不愿归顺的族群。本尼迪克特·安德森指出,人口统计与民族划分往往体现"权力的机制"。砂拉越原住民的遭遇印证了这一观点。殖民者对族群的划分,往往出于利用控制原住民的实际需要,而不是依据族群间实

---

① 陈大为:《序:鼎立》,载陈大为、钟怡雯、胡金伦主编:《赤道回声——马华文学读本Ⅱ》,台北:万卷楼图书股份有限公司,2004 年,第XVII 页。

质的内在差异。东马作家石问亭道出了布洛克百年统治给砂拉越带来的深远影响：

> 布洛克一个世纪的统治就是这样牢牢控制原住民族群命脉。布洛克不仅改变了原住民的风俗(禁止"猎人头")、信仰(基督教)，而且改变他们生存的土地(引进华人移民及耕作方法)。引进移民也改变了原住民的人口结构，造成富贫悬殊的经济社会。布洛克统治期间伊班族这支大族命运最为坎坷。他们除了当自己部落的战士，还当布洛克的士兵，攻打各地不愿归顺的本族及不同的族群。[①]

除此以外，西方作家/学者还通过知识生产掌控这块土地。西方人的书写往往带有白人(殖民者)的偏见，与原住民的实际形象有距离。从毛姆、华莱士、修罗爵士、第二代拉者王妃玛格烈·布洛克的相关书写中可以窥见一斑。毛姆短篇小说《边远的哨所》《尼尔·麦克亚当》中的婆罗洲土著都是未开化的野蛮人，他们好斗凶悍，为了复仇，可以做出极为残忍的事情，与小说中文明的英国绅士是截然不同的两类人。华莱士的《马来群岛自然考察记》是建立在大量的自然科学考察基础上的博物学著作，但即便是科学著作，也带有白人的种族偏见。作品中的达雅克人具有半野蛮民族的通病：性格冷淡、做事拖拉。他们的舞蹈和大多数蛮子表演类似，锣鼓敲得震天响，男人的服饰女性化，女人的舞姿僵硬可笑，看上去枯燥无味，缺乏美感。修罗爵士曾在布洛克手下任职，他撰写的《砂拉越：居民及物产》描绘了婆罗洲马来人的残暴，不仅欺压掠夺达雅人，还从事海盗行业。第二代拉者王妃玛格烈·布洛克的回忆录《我在砂拉越的生活》追忆了她在婆罗洲的生活，除了歌颂布洛克放弃英国的舒适生活，致力于造福砂拉越子民的伟大壮举，也描绘了不少婆罗洲土著形象。他们大多迷信落后，不讲卫生，寡言木讷，表情呆滞，平庸粗俗，与温和有礼的玛格烈仿佛是两个世界的人。这类书写不仅直接描述原住民野蛮落后的种种表现，而且抹去了原住民的个性，将之打造成一个面目模糊的整体，来暗示"他们"(原住民)是与"我们"(殖民者)完全不同的另一种社会类别。他们的沉默羞怯显现了殖民者的俯视目光和种族优越感。这样的文本反复出现，就会把真正的婆罗洲抽离掉，创造出符合白人或殖民者想象的婆罗洲现实。久而久之，这一知识的再生产就会变成"事实"的再生产。东马作家石问亭坦言自己就是从阅读西方著作去认识砂拉

---

① 石问亭：《存而不在》，载沈庆旺：《蜕变的山林》，吉隆坡：大将出版社，2007年，第196页。

越的[①]，也就是说，西方学者的知识生产不仅影响了西方人看待砂拉越的眼光，也形塑了砂拉越本地人对这片土地的认知。

砂拉越原住民往往只有口述史，没有文字记载的历史，他们口耳相传的部落史忠实地道出了族群的迁徙历史。东马本土学者蔡宗祥在广泛研究了伊班族的历史与文化之后，宣称"没有伊班族历史，便没有砂劳越史"。[②] 但西方学者的研究往往强调英国人布洛克家族在砂拉越传播"文明"，给当地原住民带来福祉的历史功绩，把英勇反抗的伊班人描绘为野蛮残忍的"猎人头者"或是"海盗"。英国学者米尔斯在《砂拉越的拉惹布洛克及其对文莱海盗的剿灭》一文中写道："论述海峡殖民地的历史如果缺乏詹姆斯·布洛克（James Brooke）在砂拉越的功绩，无疑显得不足。1839年，婆罗洲西北角是恶名昭彰的马来群岛海盗盘踞的所在。1850年，海盗的势力基本被击溃，到了1860年，兰农（Illanao）海盗也在文莱沿岸绝迹，船只可以自由停泊。这个伟大的成就是拉惹布洛克的功劳。"[③]文章把布洛克对伊班人的血腥镇压美化为剿灭海盗维护地方安宁的义举，把扩大版图的殖民行径美化为结束暴政解救受苦民众的善行。与此类似，华莱士在《马来群岛自然考察记》中也对布洛克歌功颂德，认为布洛克的统治结束了这片土地的纷争和恶行，让各族民众共享太平；布洛克循循善诱，引导土著改掉恶习与劣法，让他们向文明社会看齐。正因如此，布洛克深受土著的爱戴，土著们敬仰他的仁慈个性和菩萨心肠，视他为伟大睿智的好领袖、真诚可靠的好朋友。[④] 西方学者的知识生产形塑了对婆罗洲的认知，婆罗洲历史成了布洛克家族传播文明的拯救史，原住民自己的历史就这样被湮没或污名化，原住民形象也被西方学者肆意扭曲或妖魔化。这不难看出知识生产与殖民者权力运作的合谋。

砂拉越于1963年参组马来西亚，这并非民众的自由选择，而是英国殖民势力操纵的结果。其后，东西马之间一直存在隔阂，对许多西马人而言，东马是个很陌生很落后的地方，西马进入东马需要护照，仿佛是进入别的国家。即便到了今天，砂拉越也大多出现在马来西亚政府的旅游宣传手册中，是一片充满奇风异俗的神秘雨林，能满足观光者的猎奇心理，但并没有多少人真正深入长屋，去了解那些贫弱不堪的原住民。这种思维显然承续了殖

① 石问亭：《存而不在》，载沈庆旺：《蜕变的山林》，吉隆坡：大将出版社，2007年，第189页。

② 蔡宗祥：《伊班族历史与民族》，砂拉越：砂拉越华族文化协会，1992年，第7页。

③ 米尔斯著，廖文辉译：《砂拉越的拉惹布洛克及其对文莱海盗的剿灭》，《南洋资料译丛》2014年第3期。

④ 阿尔弗雷德·罗素·华莱士著，金恒镳、王益真译：《马来群岛自然考察记》（上），上海：上海文艺出版社，2013年，第109～110页。

民者对待婆罗洲的文本性态度。① 马来西亚学者陈志明研究婆罗洲原住民时指出,大众媒体时常在不经意间强化了少数民族的"原始"形象。比如砂拉越的本南人在反伐木运动中表现非常积极,引发大众媒体的广泛追逐。在世界各地的报纸、杂志和书籍中呈现出来的本南人都是身着缠腰布、手持吹管的形象。实际上,他们的日常生活穿着与城里人没有什么两样,只是在特殊场合才缠着腰布。但媒体的报道形塑了人们对本南人的认知,"陈教授曾经将一张身着普通服饰的本南人照片给一位从未见过本南人的亲戚看,他们说这不是本南人,因为他们没有缠腰布,不符合人们心目中本南人原始的形象"。② 这恰恰印证了萨义德的说法:"人、地方和经历总是可以通过书本而得到描述,以至于书本(或文本)甚至比它所描述的现实更具权威性,用途更大。"③在萨义德看来,西方学界的东方学家所开展的研究一直处于这种状态。他们太过于依赖文本,而不去关注现实东方的实际情况,即使真正接触了东方,他们也会用文本的术语去归纳概括东方,从而置现实东方于不顾。无论是西方学者、马来西亚政府还是大众媒体,对待婆罗洲原住民也是这种文本性态度,婆罗洲原住民就这样被禁锢在西方学者制造的特定文化时空中,走不出来。

马华文学不乏对东马原住民的书写。最早可追溯至 20 世纪二三十年代,曾华丁的《拉子》和罗依夫的《原始遗民》都是书写婆罗洲土著较出色的作品。两篇作品都控诉了殖民者对婆罗洲土著的掠夺、迫害,为原住民的悲惨遭遇鸣不平,其论调明显不同于西方学者,但即便如此,作品也同样流露出对原住民的歧视,比如"拉子""原始遗民"的称呼本就包含贬义,而且文本中也书写了原住民的迷信、麻木、残忍等。20 世纪六七十年代,李永平的《婆罗洲之子》《拉子妇》《围城的母亲》等系列小说展现了华人与原住民的冲突,批判了华人的族群优越感,建构各族群平等相处的乌托邦,但原住民在小说中是"喑哑"的角色,作品流露出对他们的人道主义同情,距离让他们自己"发声"还十分遥远。20 世纪 80 年代后,煜煜、梁放、吴岸、田思、英仪、融

---

① "文本性态度"是萨义德在《东方学》中提出的一个核心概念,指对人类所生活的纷纷攘攘、变化莫测、问题重重的世界按照书本——文本——所说的去加以理解;也就是说人们宁可求助于文本图式化的权威而不愿与现实进行直接接触,就像塞万提斯在《堂吉诃德》里面所讽刺的那种对现实的态度。具体可参看爱德华·W.萨义德著,王宇根译:《东方学》,北京:生活·读书·新知三联书店,1999 年,第 121 页。

② 袁同凯、陈石:《对马来西亚原住民的研究——写在陈志明教授即将荣休之际》,《西北民族研究》2012 年第 3 期。

③ 爱德华·W.萨义德著,王宇根译:《东方学》,北京:生活·读书·新知三联书店,1999 年,第 121 页。

融、沈庆旺、石问亭等人对原住民书写做了多方探索，但直到 2007 年石问亭给沈庆旺《蜕变的山林》作序时，仍然认为对于原住民的书写没有摆脱刻板印象，夹杂着类似于殖民者对异国情调的想象。

> 在我们的文学中，市镇、胡椒园、蕉风椰林是一条充满南洋风光的风景线。这条风景线之外，河流、森林、长屋、达雅克、蟒蛇，那里的土番过着与我们迥然有别的沸腾生活，特有的喧闹、繁乱、享乐、淫逸，所有这些成了我们写作上不必思考的神来之笔。可是，有多少人走上一条黄泥路，看一看里边老而残弱的族群？从李永平到沈庆旺，四十年来，固然，我们有所改变的是书写，没有改变的是存留在我们记忆里的原住民族群。①

英国学者沈安德（James St. Andre）也认为马华作家存在一种类似殖民者的幻想：看不到殖民地本身具有的文化，以此来证明正是他们把蛮荒落后的殖民地变得"文明化"了。② 这一论断虽不免夸张，但马华文学确实存在不少作品将移民新土描绘为蛮荒之地，从而凸显华人在马来西亚拓荒立业的历史贡献。可见，无论在殖民时代，还是马来西亚政府时代，无论是西方学者的知识生产，还是马华作家的文学书写，原住民历史因种种原因大多处于"失语"状态。

## 二、重勘原住民历史

东马旅台作家李永平、张贵兴书写的雨林传奇，一度引领大众的婆罗洲想象，东马原住民随着两位作家的走红进入大众视野，婆罗洲雨林传奇亦被视为独特的马华文学地标。但在田思等在地作家看来，这类雨林传奇扭曲了婆罗洲的真实面貌，迎合了外国读者的猎奇心理。20 世纪 90 年代后，一批"东马制造"的雨林题材作品开始出现，进入 21 世纪，在田思等人提出的"书写婆罗洲"口号的召唤下，更多东马作品涌现，隐然有一种争夺"雨林"书写话语权的意图。"失语"的原住民历史也在新一波雨林书写大潮中进入公众视野。在新的书写大潮中，除吴岸、田思、沈庆旺、石问亭、梁放等资深作家继续聚焦原住民历史与文化外，尤其值得关注的是一批"生于斯、长于斯、居于斯"的本土新生代作家进入雨林腹地，深入考察原住民的生活现状与风

---

① 石问亭：《存而不在》，载沈庆旺：《蜕变的山林》，吉隆坡：大将出版社，2007 年，第 189 页。
② 转引自许德发：《民间体制与集体记忆——国家权力边缘下的马华文化传承》，《马来西亚华人研究学刊》2006 年第 9 期，第 10 页。

俗文化,以平等和对话的姿态去发掘、铭刻原住民的历史记忆。东马本土作家注重实地考察,凭借作为婆罗洲子民的真实生活体验,以"融入"式书写呈现婆罗洲的多元文化,建构婆罗洲的在地知识。他们的书写迥异于张贵兴"高度美学化"的雨林传奇以及李永平的婆罗洲童年追忆,构成写实与魔幻,在地书写与原乡想象的辩证。

霍尔认为,弱势族群"建构历史的第一步就是取得发言的位置,取得历史的阐释权"。① 东马本土作家为了拯救原住民的历史记忆,首先就要对原住民被扭曲的历史加以重新阐释,以"涤清历史的污秽,强化战斗意志,抛开污名的束缚,揭开统治怪兽的面目"。②

李笙 1969 年出生于砂拉越美里,是 20 世纪 90 年代初崛起的诗人,曾多次获得砂拉越星座诗社和中华文艺社举办的诗歌奖。他的诗歌《历史》(1994)批评了对原住民历史的歪曲书写和谬误阐释,质疑刻意歪曲历史、粉饰太平的动机。

> 夜读历史,雨下在单薄的胸膛/静静走进时间残存的暗巷/躺在书页里的铅字、事件、人物、日期/纷纷列队站立编订的秩序/为一个重要的时代完成使命/复以彻底的狂热掩饰惊栗/一如武侠小说的布局/令人振奋绝不出轨/忠奸分明,善恶可辨/预设的结果不容猜测、反思/伟大的功绩,上帝的意愿/时人膜拜后人景仰等等/总赋予人们一种乡愁式的慰藉③

这是诗歌的第一节,诗人通过"夜读历史",发现历史不过是为统治者背书的工具。第二节接着写诗人"夜读现实",发现了"现实"与"历史"的出入。从第三节开始,诗人通过追踪遗漏的细节,穿过历史堆叠的缝隙,试图还原砂拉越历史的真相:砂拉越曾走在湿滑的十字路口,历经各方势力登场,布满弹孔的尸身见证了反殖民反大马斗争的惨烈和伤痛。然而,历史记载中只有歌舞升平,全然抹去了原住民曾经的苦难和抗争。诗人苦心孤诣要把那些死无对证的事实,那些对不公平的反抗从扭曲的权威历史书写中解放出来。

金圣原名张永众,1956 年生于砂拉越诗巫。金圣的《夜,啊长长的夜》

---

① 李有成:《唐老亚中的记忆政治》,载单德兴、何文敬主编:《文化属性与华裔美国文学》,台北:"中央研究院"欧美研究所,1994 年,第 121 页。

② 瓦历斯·诺干:《番刀出鞘》,台北:稻香出版社,1992 年,第 161 页。

③ 李笙:《历史》,《蕉风》1994 年第 460 期,第 14 页。

在故事情节上类似李永平《围城的母亲》。作品采用第一人称"我"展开叙述。村里传言伊班族因久旱不雨缺粮少吃要来华人村落洗劫,父亲收拾财物带上"我"逃离,"我"在逃跑过程中回忆起父亲半辈子的辛劳,深知父亲对家业的不舍,于是决定回家。通过叙述者"我"的追忆,回溯了父亲历经磨难打击的垦荒史。但小说没有落入追忆家族拓荒史的窠臼,而是将华人的磨难拓荒史与伊班族的英雄史、苦难史交织在一起。当父亲听闻伊班族要来洗劫华人村落的传言时,感慨"非我族类,人心难测",而"我"念念不忘的是勤奋好学的伊班族同学,以及他们祖辈的英雄史与苦难史。

> 在学校里念书是不乏依班同学,同是黄肤黑发,穿同样的白衣蓝裤的他们,与我坐在一起念人天日月白⋯⋯也抄写一横一画一勾一撇的汉字。"阿盖""英耐"之余,他们也不大喜夸口猎人头的历史。可以说随着白人拉子王朝的完结,猎人头族的封号也随风而去了。我倒是念念不忘他们在日治时期砍日本人头的勇迹。躲卧在预先挖好的土穴里,他们是见一个斩一个地砍到日军脚软不敢出现为止。谁是无名英雄? 乱葬岗上,哪族的枯骨最多?[①]

这段话没有大肆渲染伊班族的猎人头习俗,而是从湮没于历史长河的往事中打捞起伊班族英勇杀敌、抵抗日军入侵的英雄史。反映出作者纠正传闻中伊班族是残忍的猎人头民族的刻板认知,重构伊班族历史记忆的意识。小说还以同情的笔调书写了二战后伊班族遭受经济盘剥的命运。"联军上岸,他们拿出胶刀,不论大小,都替华人头家在大树头上纹树摇钱了。每天早上一两点顶着土油灯摸树头,收胶汁,渗胶醋,熏胶片⋯⋯,忙得团团转。可怜他们在班上打瞌睡给老师骂,钱呢都滚进了头家的口袋老师却不知道。"[②]其中既有对原住民被边缘化的同情,也有"我"作为一个华人的自省意识。

小说中,父亲一再诉说南来拓荒的辛酸血泪和情感创伤,包括母亲被鳄鱼吞食,哥哥染病夭折,伊班族人的排斥,人地两生的孤寂,思乡的煎熬等等。"我"的历史记忆与父亲的历史记忆形成参差对照。一方面"我"吸收了父亲口述的华人拓荒史,另一方面"我"又了解了伊班族反抗侵略的英雄史和他们在社会底层打拼挣扎的苦难史。心理学家阿德勒提出:"记忆绝不会出于偶然:个人从他接受到的多得无可数计的印象中,选出来的记忆的,只

---

① 金圣:《夜,啊长长的夜》,吉隆坡:大将出版社,2009 年,第 37 页。
② 金圣:《夜,啊长长的夜》,吉隆坡:大将出版社,2009 年,第 38 页。

有那些他觉得对他的处境有重要性之物。因此,他的记忆代表了他的'生活故事';他反复地用这个故事来警告自己或安慰自己,使自己集中心力于自己的目标,并按照过去的经验,准备用已经试验过的行为样式来应付未来。"①父亲的"生活故事"代表的是第一代华人"过番—落脚—拓荒—扎根"的移民史;"我"作为土生土长的新一代华人,除了了解父辈的历史记忆,还因为与伊班族同学的朝夕相处而了解他们的历史记忆,从而"修正"、补充父辈的历史记忆。父子两代人的历史记忆构成双声带,呈现了代与代之间对原住民历史与文化的不同态度,同时喻示华人与原住民的历史重叠交汇,共同谱写砂拉越的历史。"我"的"代言"书写是对原住民历史的重勘、显影,将湮没在历史皱褶处的真相公之于世。

金圣的另一篇小说《源》也回溯了华人和伊班人的历史记忆。叙述者"我"是华伊混血儿。"我"的祖父是下南洋的第一代华人,祖母是伊班人。"我"的历史记忆来自祖父的口述史。由于祖父与伊班人兰高的交情是多年狩猎、喝酒、聊天建立起来的,后来祖父又娶了兰高的女儿为妻,因此祖父作为"在场者",他耳闻目睹的伊班族历史就显得真实可信。据祖父介绍,伊班人是砂拉越地道的土族,伊班人为正义为族群利益而猎人头是被容许的,杀敌者被族人誉为伊班勇士;伊班人骁勇善战,打仗是家常便饭,历史上曾与海盗、布洛克、日本人等开战;伊班人是真正的森林之子,他们随手采摘花草做成药膏,利用吹筒就可以射中猎物;伊班人的雅月习俗,允许伊班女子利用天赋美貌俘获心仪男子,重在两情相悦,而不是随意淫乱。小说通过追忆祖父的口述史来呈现伊班族"真实"的历史足迹,既是历史溯源,也是正本清源,清除了原住民历史书写中常见的残暴修辞和性魅惑迷障,重构了伊班人英勇无畏、捍卫家园的抗争史,让"失语"的异族"发声"。小说结尾,祖父让父亲认有救命之恩的伊班老妇为干妈,相互往来频密,早就成了一家人。这个富有寓意的结尾暗示华人与原住民不分彼此,融为一体的美好图景。

金圣的小说《血之祭》通过原住民长者的叙说,道出了原住民反抗白人拉者和日本侵略者的斗争史,以及今日长屋衰落,年轻人外流严重的事实和不少伊班女子靠出卖肉体为生的困境。与此相类似,金圣的另两部小说《不一样的月光》和《尼亚的困鹰》也是通过原住民长者的叙说,一方面还原伊班人反抗白色拉者统治和日本人侵略的英雄史,另一方面也介绍了长屋年轻人在现代化进程中被边缘化,甚至走向堕落之路的现状。字里行间流露出对原住民命运的关切,既为他们的英雄史而赞叹,也为他们今日沦落底层而悲

---

① A.阿德勒著,黄光国译:《自卑与超越》,北京:作家出版社,1988年,第66页。

叹。三篇小说都采用长屋老者现身说法的叙事视角,增加了作品的真实性。

杨锦扬 1969 年出生于砂拉越古晋,曾获第四届全砂华文文艺创作奖新诗首奖,全国大专文学奖散文、小说首奖,有在古晋《诗华日报》工作的经历。杨锦扬对自己出生成长的砂拉越充满感情,他的不少作品都是以砂拉越为题材。他的《晨兴圣歌》(1999)曾获第五届花踪文学奖小说佳作奖。这篇小说再现了伊班族人的历史记忆。在小说末尾作者通过注释交代,文中涉及的一些砂拉越历史与伊班族民俗皆有所本,主要依据相关学术研究成果和作者的实地勘查写成,可见作者写作时具有明确为伊班族立传的"史识"意识。中国剧作家魏明伦在花踪文学奖评审中充分肯定该作"具有史诗的容量"①。

小说追溯了伊班族上下三代勇士的奋斗史。第一代勇士是"雄霸土地"。他是力拔山兮的悍将,让敌人闻风丧胆,他带领族人历经长途跋涉,终于觅见理想沃土,依靠武力攻占和烧杀掳掠占有了这块土地,战争的胜利带来洪水浩劫,还未来得及享受征服的战果,肥沃土地就被洪水淹没。"雄霸土地"认为这是上苍的惩罚,于是选择闭门修行。第二代勇士是隆阿萨。当时正逢詹姆士·布洛克入主砂拉越,大肆镇压不肯驯服的伊班人。隆阿萨为了保卫家园,与入侵的洋人展开殊死搏斗,无奈刀棍吹筒不敌洋人的火枪大炮,族人伤亡惨重,隆阿萨侥幸死里逃生。此后他鞭策族人耕种狩猎,竭尽所能囤积粮食,以应对不时之需;自己则频频使少女怀孕,以繁衍子嗣来补充族群血液。第三代勇士是布拉加。他是伊班母亲与外族人生下的混血儿。也许这种混血的身份使他天生具有开放包容的心态,乐于接受新事物、新思想。只身深入雨林布道的金马伦神父被伊班人视为异类、灾星,但布拉加喜欢接近他,他看到了神父身上的崇高精神,感受到了理想信念的力量。通过金马伦神父的引导,布拉加认识到历史是民族的灵魂,用文字书写的历史可以让族人与世界上其他的文明接触交流;也了解到世界上有一种叫科学的东西,会给人们的生活带来很多改变;意识到资源可以共享,外交合同可以代替打仗平息纷争。布拉加鼓励族人大胆吸收外来文明,跳出传统文化和习俗的小圈子,但遭到隆阿萨和其他族人的嘲弄和抵制,他们认为伊班人不需要依靠外来文明,应该遵从传统方式继续生活。布拉加最后以死捍卫自己的信念,他终于和自己敬仰的金马伦神父一样,克服了对死亡的恐惧。

小说中伊班族三代英雄的奋斗史实际是伊班人族群史的缩影。第一代勇士"雄霸土地"反映的是伊班人迁徙定居婆罗洲的历史。第二代勇士隆阿

---

① 邓丽萍:《马华小说奖决审记录》,载萧依钊主编:《花踪文汇 5》,雪兰莪:星洲日报,2001年,第 62 页。

萨反映的是伊班人在布洛克百年统治中的命运。第三代勇士布拉加反映的是原住民在现代文明进程中如何紧跟时代变迁主动更新自身文化的历史。此外,小说中金马伦神父的历史书写也记录了伊班族的命运:"伊班族刻苦耐劳,当他们被迫缴税,甚至被战船和炮弹威胁,所以才会反抗,这是世界上具有尊严的人类的共同特征……""1841 年 9 月 24 日詹姆士布洛克正式统治砂胜越后,屡次出动战船和枪炮攻击伊班部落,军队以烧长屋或毁古瓮惩罚凶蛮的土蕃……"①两者相互参照,呈现了真实、鲜活的伊班族历史,有效祛除了殖民者加诸其上的妖魔化历史书写。

梁放是东马为数不多的受到学术界重视的作家。他 1953 年出生于砂拉越,是留学英国的土木工程师,因生于斯长于斯又长期在婆罗洲工作,对故乡的风土人情、原住民的文化习俗都有深度了解。他很早就尝试跨族群书写,如 20 世纪 80 年代面世的《森林之火》《烟雨砂隆》《龙吐珠》《玛拉阿姐》等,引起很大反响。梁放的婆罗洲书写,往往采用平实、自然的书写视角,与婆罗洲旅台同乡张贵兴、李永平的写作明显不同,可以视为婆罗洲雨林书写的本土代表。梁放于 2016 年获得第 14 届马华文学奖,在此之前,东马作家只有吴岸获此殊荣。

梁放的小说《我曾听到你在风中哭泣》(2014)将婆罗洲不断被扭曲、淡化的历史身份与记忆一一呈现。小说以华伊混血儿"我"为主角,通过"我"参与砂拉越建国革命战争的经历复现了婆罗洲先后经历的脱殖与反马来西亚斗争,呈现了陷于历史洪流中的普通百姓(包括华人和土著)所承受的伤害和干扰。在这一历史进程中,生活朴素的伊班人虽然对建国和革命斗争的意义了解不深,可他们对官兵三天两头的戒严和搜捕本能地没有好感,所以当伊班老奶奶发现"我"处境危急时,忙不迭把"我"匿藏起来,避免被官方抓捕。在梁放笔下,建国革命斗争处身于跨民族空间中,其意义更值得重视,表示无论华人与伊班人,都是婆罗洲的子民,其命运早已捆绑在一起;在长期的族群混居生活中,伊班人善良、乐天、朴实的品性自然而然地表现出来,与西方学者笔下的形象判然有别。相较于梁放早期小说从族群融合的观点展开探讨,《我曾听到你在风中哭泣》紧扣历史与现实,把族群关系放在婆罗洲的历史发展脉络中加以思考,而且小说在现实主义风格中掺杂魔幻现实的笔法,在美学风格上做了新的探索,庄华兴在小说序言中称之为同时确立了砂拉越历史和砂华文学的主体地位。在这个意义上,梁放的婆罗洲书写走出了一条新路。

---

① 杨锦扬:《晨兴圣歌》,载萧依钊主编:《花踪文汇 5》,雪兰莪:星洲日报,2001 年,第 90 页。

东马本土作家对原住民历史记忆的拯救还体现在如实记录了原住民日渐没落的历史进程。随着现代化进程的推进,原住民生存空间日益狭窄,面临自然和文化生态环境恶化的双重危机。一方面,雨林的过度开发破坏了原住民世世代代生活的环境,造成他们生活的困顿,许多年轻人被迫涌入城镇寻找生计;另一方面,部落传统生活方式和价值理念受到冲击,原本单纯朴实的族人抵不住物质欲望的诱惑而走向堕落。在马来西亚的现代化进程中,东马原住民未能平等分享国家经济发展的红利,却要承受环境破坏的恶果。

杨锦扬小说《入侵》(2000)通过父子两代人的遭遇写出了原住民在现代化进程中被碾压的命运。鸡仔的父亲为跨国公司工作,脚板被锈迹斑斑的铁钉贯穿,跌倒时脸撞到锋利的电锯齿牙,因此染上破伤风,浑身腐烂,痛苦不堪地死去。父亲的离世给鸡仔带来无尽的伤痛,他在学校寄宿时,常常在梦中见到血淋淋的父亲,忍不住哭喊嘶吼,全身痉挛,同学们都说他是"中邪"了。白人孩子小布朗看到鸡仔做噩梦,对他拳打脚踢,好似对待一条山狗,鸡仔被踢得差点丧命。小布朗的父亲是在雨林做研究的外国专家,曾给学校捐款,深得学校老师的敬重,因此小布朗的恶行得到学校袒护。后来鸡仔联手同学,用铁锤把小布朗砸得半死,发现"高大的白人原来如此不堪一击"。事后他脱去校服,换上伊班战士的鹿皮披肩,像个得胜的英雄,昂首阔步离开校园返回长屋。翌日,警察赶到长屋抓捕鸡仔,因为老布朗要采取法律行动为儿子出头。小说标题为"入侵",可以理解为跨国企业滥伐雨林对原住民生存之所的入侵,也可以是白人为代表的西方文明对原住民文化的入侵。在这个过程中,国家机器与跨国企业合谋,一道剥夺欺压原住民。小布朗打人可以不被追究,鸡仔打人就要接受警察、法律的惩罚就足以证明这点。张锦忠认为:"在这个后殖民空间里,长屋、吹射毒针长竹筒、山鬼、祖灵、祭典、黑白电视、日光灯、吊扇、发电机并时共存,却也暗示了原始性与现代性的冲突:哪里才是原住民的家?"[①]原住民求助古老的雄鸡血祭替无辜惹祸的族人祈祷改运,却并不能有效对抗代表现代文明的法律的制裁;鸡仔的父亲是猎杀无数人头的英雄,却死于象征现代文明的电锯之下,无不暗示原住民在传统与文明的夹缝中苦苦挣扎的困境。与此类似,金圣小说《不一样的月光》、张依苹小说《哭泣的雨林》、雁程诗歌《水如此说》、李笙诗歌《黑河》、晨露诗歌《哀歌》都书写了现代文明的入侵给原住民带来的生态危机或文化信仰危机。

---

① 张锦忠:《父之名与父之死》,载张锦忠、黄锦树主编:《别再提起:马华当代小说选(1997—2003)》,台北:麦田出版,2004 年,240~241 页。

长屋不断衰落,年轻人不断流失,他们涌入城市寻找发展机会,但因没有学识技术,大多只能挣扎在底层,靠出卖力气为生。现代文明激起了他们对物质的欲望,原本淳朴本分的原住民在浮躁虚荣的世风中渐渐迷失了自己,有些人开始投机、铤而走险,甚至出卖肉体来满足不断膨胀的欲望。金圣小说《尼亚的困鹰》中的伊格是县公署的书记,为人豪爽、热情好客,工作认真踏实。他从小练就一身好枪法,打猎抓鱼都是好手,被誉为长屋里的鹰。但不断膨胀的物欲使他对现实越来越不满,总是抱怨事多钱少,政府亏待了他,一心想着发大财。后来迷上斗鸡赌博,欠债累累,铤而走险侵吞公款去弥补亏空,最后被捕入狱。伊格的沉沦反映了浮躁世风和物质诱惑对长屋的侵染。张依苹的小说《渐渐消失的长屋》以一个原住民女孩的遭遇展现了长屋的衰微。因为家庭贫困,原住民女孩丽莎十三岁就辍学去城市给一个华人家庭当帮佣。她完全不适应现代城市生活,主人一家除了指挥她干活,就没人搭理她,也听不懂她的话,她唯一的乐趣就是回想长屋的生活。后来丽莎被男主人诱奸,事情被女主人发现后丽莎遭到暴打驱逐。丽莎的遭遇并非个案,年龄相仿的茜娜在丽莎离开不久后也被送去城里当帮佣,褪色衰败的长屋决定了丽莎的悲剧是许多长屋女孩共同的宿命。

此外,鞠药如的《沙爹梦》书写长屋生态环境恶化、青壮年人口流失严重,只剩下孩子陪伴老人,长屋伊班人大多数是到西马的园丘或工厂从事底层工作。夏秋冬小说《刺青》《曼索的世界》书写长屋青年进入现代都市后的种种不适应。杨锦扬小说《五月和深蓝》、金圣小说《不一样的月光》书写原住民女性尝试进入文明社会寻找发展机遇,却身无长物无法立足,最后只能沦落风尘走向堕落。原住民缺乏文化资本,又不适应市场经济体制的运行机制,在现代化进程中很快被边缘化,他们在城市的打拼犹如困兽犹斗,难免失败。晨露的《哀歌》把原住民追求都市文明比作是飞蛾扑火,形象地写出了原住民在现代文明世界中的悲剧地位:"拉让江守不住年青的儿女/守不住那匆匆的跫音/远方的霓虹灯/眨着眨着/诱惑了火热的心/奔向那名与利的炼炉中/快艇来了又去/掏空了拉让江的青春/渡轮始终是一座桥/此岸是飞蛾/彼岸是灯火/。"[①]

前文提到,石问亭认为马华文学原住民书写的盲点在于异国情调和神秘诱惑的肆意渲染,而很少有人真正走进长屋,了解原住民的衰弱不堪。东马本土作家的创作逐渐改变了这一状况,他们从不同视角书写原住民在现代化进程中的迷失、彷徨、挣扎、突围,对长屋的没落、个体的伤痛、传统生活

---

① 晨露:《哀歌》,载晨露、万川、雁程:《拉让江·梦一般轻盈》,诗巫:诗巫中华文艺社,第1992年,第26～27页。

方式与现代文明的冲突、原有信仰理念的坍塌等等问题都加以思考。这类书写完全不同于西方学者的猎奇式殖民想象，也不同于张贵兴挥洒力比多的美学狂欢，而是以"处身性"的生活体验来述说原住民的历史沧桑，内蕴着对殖民遗祸和国家族群政策偏差的质疑与批判。

### 三、重述历史的内在诉求

萧阿勤认为，"即使是关于他人的故事，通常也不仅仅是关于他人的。诉说他人的故事，我们也经常在诉说自己，透露我们的焦虑与渴望、哀伤或欢愉。同样地，回顾过去，也不仅仅在记录过去，而是揭露现在的处境与未来的期盼"。[1] 东马原住民身处社会边缘，其历史与文化长期处于"失语"状态。华人在马来西亚的开发和建设中做出了重大贡献，但华人的历史功绩被主导族群有意无意抹杀，国家出台的各项政策也明显对华人不公，华人常常自嘲是"二等公民"。华人对原住民历史的重勘与铭刻，除了表达对兄弟族群的关切之外，也是借他人酒杯，浇自己心中块垒，在原住民身上，华人看到了自己的命运。事实上，华人在马来西亚的拓荒史也常被扭曲、遮蔽。这可以从 20 世纪 80 年代马来西亚政府对叶亚来的历史定性中窥见一斑。从英殖民时代开始，一般历史记载就承认华人甲必丹叶亚来是吉隆坡的开辟者，但马来西亚历史学会却突然推翻这一说法，宣称开辟者是马来人拉惹阿都拉，甚至以此作为小学历史考试的标准答案。马来西亚政府在独立后重新定位许多历史人物，如在殖民时代被列为反叛者的马来抗英分子，建国后追封为民族英雄，这是主导族群去殖民化历史建构的重要举措。对叶亚来开拓者身份的否定，构成去殖民化举措的一环，目的在于争夺族群对马来亚的历史贡献，进一步合法化马来人的主导地位。[2] 但大马官方这一举措，却抹杀了华人对马来西亚的历史贡献，仍然没有摆脱殖民思维的偏见，因此引发华人社会的强烈不满，华人社团举办了许多有关叶亚来贡献的座谈会。此后，华人社会有意推动华人人物与地方研究，来证实华人对马来西亚发展做出的贡献，形成对国家历史的反表述。2011 年，砂拉越华人学术研究会举办了"地方史研究与华人身份认同"的学术研讨会，田思在总结发言中强调了大会宗旨。

研讨会所揭橥的宗旨是：1.激发文教界人士对乡土研究的关注与

① 萧阿勤：《人与历史，叙事与现实主义绘画》，《文化研究》第 15 期（2012 年秋季）。

② 许德发：《民间体制与集体记忆——国家权力边缘下的马华文化传承》，《马来西亚华人研究学刊》2006 年第 9 期，第 10 页。

兴趣,肯定华裔对我国城乡开拓与发展的贡献;2.加强地方史研究者与
学术工作者的联系与交流,借以提升研究的水准;探讨大马地方史研究
的成就,贯彻文化保育的观念。

从田思的总结可以看出来,肯定华裔贡献和贯彻文化保育理念是大会
的两大目的,呼应了西马华社的华人研究与地方史研究,也间接反映出华人
深恐自身历史被淹没的焦虑。东马本土作家对原住民历史的挖掘重勘,祛
除了西方学者过去对砂拉越历史的扭曲或者污名化处理,算得上是霍布斯
鲍姆所说的"全新的传统"。此举的深层文化心理机制在于:通过还原原住
民历史来传达同为边缘者的华人对官方话语的抵制,透露出华人深恐自身
历史被结构性遗忘或改写的焦虑;试图以文学书写"拯救"历史记忆,确立边
缘族群史(包括原住民历史和华人史)构成国家"正史"之一环的合法性
地位。

值得关注的是,金圣的《夜,啊长长的夜》和《源》采取第一人称叙事视
角,以年轻一代华人"我"作为故事的叙述者。"我"既是故事中的人,也是故
事中的观察者,故事情节皆源于"我"的耳闻目睹。这种第一人称的叙事方
式,显示了叙事者就在现场的话语权威,加强了故事的真实性和可靠性。杨
锦扬的《晨兴圣歌》在作品末尾加上注释,补充交代作者写作时查阅的学术
资料和进行的实地调查,目的也是强调作品书写内容的真实可靠性。张依
苹《渐渐消失的长屋》和金圣《血之祭》《不一样的月光》《尼亚的困鹰》等小说则
通过原住民的现身说法来增强故事的真实性。无论采取哪种方式,都是为了
强调叙事内容的真实性和可靠性,从而确立边缘族群历史记忆的"合法性"。

同时,东马本土作家对原住民历史的"再发现"与全球化浪潮息息相关。
资本、文化的跨国流动已不可避免,在一定程度上会"干扰"原住民文化的传
承和自然演化。前面提到金圣、张依苹、雁程、李笙、晨露、杨锦扬等作家的
创作已经涉及跨国公司和现代文明的入侵给原住民带来的生态和信仰危
机。原住民文化的没落挑动了华人紧绷的文化传承之弦,让华人加紧思考
可能面临的文化挑战。建国后,马来人占据主导地位,马来执政精英推行一
系列政策试图同化华人,华人则通过"华社三宝"(华校、华文报刊、华人社
团)来抵制。大马官方的压制,加上华人政治资本和文化资本的欠缺,华人
文化一直无法深耕而流于表演性。20 世纪 90 年代之后,全球化思潮登陆
马来西亚,多元化已是大势所趋,马来西亚政府此时也放松了对华人的文化
钳制,马华文化真正进入跨国文化场域中。这时面临的新问题是:没有了此
前的文化悲情与忧患意识,马华文化如何凝聚族群力量走向深耕? 在全球

化与本土化,华人性与本土性中如何确立华人文化认同的坐标? 东马作家对原住民文化没落史的反思投射了华人对自身文化传承的忧虑。

东马多元种族杂居,族群关系相对和谐,随着市场经济体系的扩散,跨族群互动交流愈加频繁。通过长时间的"交往交流交融",各族群民众相互理解、共生共荣,形成了情感共同体和命运共同体。东马本土新生代作家大多是移民的第三代、第四代。他们打小就与其他族群共同生活,熟悉不同族群的风俗习惯、文化历史;而且他们大多在本土或海外接受过系统的高等教育,具有国际化视野。这样一个写作群体在思考他者文化时,往往表现出更大的包容性,能反省华人的文化、经济优越感,试图用"文化持有者"的内部眼光,把读者带出过往的刻板认知,还原鲜活的原住民经验世界。他们的关注点,没有止步于华人文化或族群交往,而是深入生态环保、全球化与本土性等全球性问题。

当然,东马本土作家对原住民历史的重述也是进驻中文文化市场的书写策略。马华作家已敏锐地意识到,随着中国经济的飞速发展,内地(大陆)、香港与台湾三地的出版业会整合资源做强做大,逐渐发展成"中文单一市场",马来西亚、婆罗洲、东南亚内容的生产输出就有了很好的平台。① 进驻中文文化市场的关键在于提供具有竞争力的内容。东马本土作家对原住民英雄史和苦难史的挖掘,对原住民文化没落史的铭刻都蕴含丰富的本土特质,是中国读者不熟悉的,具有市场潜力。马来西亚旅台学者陈大为说:"对婆罗洲以外的读者而言,砂华作家的原住民文化书写,不仅仅是描述这个地方和事物,而是透过文字来创造这块土地,这是一项深刻的人文地理学的建构,文字叙述当然不是百分之百客观和透明,它必然包含着作者的文化修养和视野。"② 东马本土作家的婆罗洲书写追求在地书写的真实性,有意与猎奇式书写相区隔,意在通过文字"发现"原住民,"创造"婆罗洲,提供雨林书写的新范式。这一群体目前尚未创作出可与旅台同乡李永平、张贵兴分庭抗礼的雨林书写巨著,但他们的书写显现了不同于西马作家和东马旅台作家的情感结构,呈现出独特的文学个性和文化面貌,假以时日,有望改变马华文学生态与雨林书写景观,为中文文化市场提供风格殊异的区域文学。目前东马文坛文化资本匮乏,与西马文坛联结不深,与中国的交流不多,许多作家作品没有机会进入学界视野,要想在中文阅读市场发出婆罗洲声音,面临艰难考验。本书的一个着力点就是发掘东马作家作品,期待有更多学界同仁关注这一领域。

---

① 田思:《砂华文学的本土特质》,吉隆坡:大将出版社,2014 年,第 40 页。

② 田思:《砂华文学的本土特质》,吉隆坡:大将出版社,2014 年,第 62 页。

## 第二节 去"神化":重述华人拓荒史

### 一、华人拓荒史的多层镜像

清末民初,伴随西方殖民者对东南亚的掠夺式开发而来的是大批华工被招募来到马来半岛和婆罗洲。他们被引入南洋的原始丛林,开启艰辛的百年南洋拓荒,从原始森林开辟出经济作物园区,开发矿场并建立市镇。一部马来西亚的发展史,同时也是华族的拓荒史与奋斗史。

为铭记先祖的开创之功,马华作家开始书写华族"南洋创业史",典型如方北方、郑良树等。方北方曾自述创作"马来亚三部曲"——《头家门下》(1980)、《树大根深》(1985)、《花飘果坠》(1994)——的"缘起":"想起自己在马来西亚前后已生活了五十多年;由青年步入老年,由侨民化为公民,对这里的乡土已产生了感情。也希望通过文艺的反映,本着马来西亚摆脱殖民地政府的统治,与国民献身建国的善意,把华族参与国土的开辟和发展的经过,加以浓缩,……从政治、经济、文化各方面的发展和演变,表现华人社会的结构以及精神面貌。"[①]类似书写还有郑良树的《青云传奇》(1987)、《石叻风云》(1987)、《柔佛的新曙光》(2000)。他们的书写中将华人先祖的拓荒史神圣化为筚路蓝缕的英雄史诗并形成"三代血泪史"的历史书写模式。

在这类"英雄史诗"中,华人拓荒过程中发生的自相恶斗、巧取豪夺等则被有意无意地淡化或忽略。毋庸置疑,华人能在东南亚落地生根并创业成功,个人艰辛自不待言。但正如福柯所说的"权力的流动性",当被剥削者一旦拥有了权力,在对待其他更弱势的民族时则"流动"、转化为剥削者。张贵兴曾在访谈中揭露了华人拓荒史中黑暗的一面:

> 在马来西亚的华人奋斗或生长的过程,有很多人去那边是被像卖猪仔一般地卖过去的!当然他们是被利用的,但是当他们取得权力之后,也采用相同的模式,运用狡猾的智慧剥削当地的土人,占领他们的土地。……许多写华人移民史的都没有写到这一点。大多数都写其中的血泪与辛苦,当然这部分也是有的,但是不为人知的一面也是存在的![②]

---

① 方北方:《方北方文艺小论》,吉隆坡:大马福联会暨雪福建会馆,1987年,第178页。
② 潘弘辉:《雨林之歌——专访张贵兴》,《自由时报·自由副刊》,2001年2月21日。

不难看出,在"南洋创业"过程中,部分华人在某种意义上充当了欧洲殖民者代理人的角色,从而成为殖民者实现"分而治之"的工具,进而使土著与殖民者的矛盾转化成土著与华人的冲突。

东马原住民(非马来人)没有本族文字也不通华文,无法从书写中一窥他们关于华人移民史的看法,但马来人的创作有不少对华人的书写。新加坡博物馆保存着 19 世纪马来诗人西米的长篇叙事诗《世界末日》,诗歌表达了马来族群被能言善辩:会做生意的华人和印度人欺骗,却因殖民政府司法不公而让他们脱罪的愤怒情绪。① 马来西亚学者庄华兴擅长用华、马双语进行创作、评论与翻译。他的论文《秦那人/华马关系:马来小说中的华裔镜像与叙事策略》梳理了 20 世纪 20 年代以来马来文学中的华人形象及其叙事策略:通过典型化策略,以象征、隐喻手法把华人塑造为不择手段、奸险狡诈的资本家,把华族塑造成见利忘义、趁火打劫的民族。从战前的阿·拉欣·卡翟的《阿旺布达的故事》、伯·沙戈的《柏伦本宫》,独立后哈桑·依布拉欣的《福鼠》、阿都拉·胡欣的《连环扣》莫不如此。② 《连环扣》(1967)描绘了华人锦发家族的阴险势利、冷酷无情、金钱至上,如锦发的父亲有抽烟赌博吸鸦片的恶习,为了钱可以把亲生孩子卖了,锦发自己则吞并曾经帮助过自己的马来人慕沙伯的土地和园子,并要将他们一家人赶走,面对慕沙伯儿子的求情和自己亲生儿子的指责也不为所动,他的人生目标就是要发财,然后衣锦还乡。这部小说曾入围当年语文馆与藏书阁(有官方背景)主办的长篇小说创作比赛的优胜作品,作品的获奖表明它暗合了国家意识形态,是马来人"国家—国族史架构中的马华移民史"。2011 年《连环扣》进入马来文中学教科书引发华人社会广泛的争议和抗议。批评焦点在于刻板化、负面化的华人形象充斥着马来人意识形态偏见,认为这种以偏概全的书写不过是马来族群对于马来西亚社会的主观诠释,不是真正的历史③。华人拓荒史中的黑暗面其实在东马华文文学中早就已经出现。李永平创作于 20 世纪五六十年代的婆罗洲系列小说《婆罗洲之子》《拉子妇》,梁放创作于 20 世纪 80 年代的《龙吐珠》《玛拉阿姐》等都不回避华人在东马的开发过程中对当地原住民的伤害,特别是华人头家对弱势的原住民妇女"拉子"们始乱终弃。

较之前辈,20 世纪 90 年代后登上马华文坛的东马本土作家对华人的血

---

① 薛莉清:《晚清民初南洋华人社群的文化建构:一种文化空间的发现》,北京:生活·读书·新知三联书店,2015 年,第 133～134 页。

② 关于马来文学中的华人形象,可参阅庄华兴:《秦那人/华马关系:马来小说中的华裔镜像与叙事策略》,载庄华兴:《伊的故事:马来新文学研究》,雪兰莪:有人出版社,2005 年,第 101～112 页。

③ 江伟俊:《〈连环扣〉不宜采为教科书》,《华研通讯》2011 年第 7 期。

泪开拓史则有更为理性的认知和更自觉的内省意识。金圣的小说《夜,啊长长的夜》开篇就交代因久旱不雨,伊班人面临饥馑灾荒,华人村子则人心惶惶,担心伊班族会来洗劫而收拾家当逃走。父亲把灾荒归因于伊班人的男女自由结合的"雅月"习俗,伊班少女因在"雅月"怀孕而自杀,从而引发天怒人怨。但叙述者在文本中暗示天灾其实是华人引发的"人祸":华人将原住民的荒地开垦为胶园,当胶价低落时,华人就放弃胶园另寻门路,胶园则变成了伊班人的稻田,这些经过华人改造过的土地因为地势高,河水引不上去,只能看天吃饭。此外,伊班人以打猎为生,华人带来了"文明",逼退了伊班人赖以为生的山猪,这些都影响了伊班人的生活。而父亲却津津乐道黄乃棠的开拓之功:"第一批从中国来的是在公元1901年吧,由黄乃棠率领。后来他封了港主,占着人和,引进了更多人来开荒。伊班人很排外,处处为难我们,想千方百计逼走我们。"①黄乃棠开辟的诗巫成为华人对国家建设做出贡献的证据,借此追溯华人在这片土地上的"根",进而成为寻找在马来精英单元化政策统治之下日益淡化的华族主体的"引灯"。而站在原住民角度看,父亲口中所谓"人和"也意味着华人凭借人多势众占用原住民的土地与资源。金圣的另一篇小说《源》则更为直接地直面庞大的华人移民势力与当地土著的冲突。祖父在与伊班人兰高争论"本土问题"时,总会因为兰高触及自身的移民身份和提起华人占用当地原住民资源的事实而最后不得不以默认收场。此外还有一些作品聚焦华人伤害原住民女性:张依苹小说《渐渐消失的长屋》写原住民女孩去给城市中的华人夫妇当帮佣被男主人诱奸,事情败露后遭女主人暴打驱逐;而杨锦扬的《纸月》则书写华人的文化自大和族群偏见对原住民妇女的伤害。这类书写已尝试展露拓荒史中华人的黑暗之心。

东马旅台作家张贵兴的《群象》《猴杯》《我思念的长眠中的南国公主》等雨林小说通过重述历史,显影华人"辉煌"拓荒史表象掩盖下的暴力与历史原罪,形塑华人移民史的"对抗记忆":既对抗马来人"国家—国族史架构中的马华移民史",也对抗方北方式的"上下三代血泪史"。张贵兴的书写,通过召唤华人移民史,糅合华人与原住民的爱恨情仇来想象/回望原乡,以魔幻美学营造雨林传奇。他的书写延续了东马华文文学的族群自省传统,呈现了"后移民"华人对父祖辈历史的重新审视。

华人拓荒史的书写,因创作主体所置身的不同族群、不同地域、不同世代,构成了叙述声音的"多重奏",而其所塑造的华人形象也构成华人拓荒史书写的艺术画廊中的多层镜像。然而,真正以"三代家史"来反省华人拓荒

---

① 金圣:《夜,啊长长的夜》,吉隆坡:大将出版社,2009年,第46页。

历程的作品,当属张贵兴的雨林三部曲——《群象》(1998)、《猴杯》(2000)和《我思念的长眠中的南国公主》(2001)。

## 二、华人拓荒史的"黑暗之心"

张贵兴的"雨林三部曲"借助"失踪—寻觅—发现"的故事模式,以回溯的方式引出家族的秘史,完成对华人祖辈艰难创业的历史回溯。《群象》首先顺叙书写砂拉越大罗镇施家的当下生活,以及施家第三代仕才的成长历程。然后写仕才在伊班人德中的引领和保护下沿着拉让江进入雨林找寻舅舅余家同,寻找之旅也是发现之旅。随着寻舅复仇行动的推进,通过余家同的回忆及他撰写的《猎象札记》,主人公揭开家族秘密。施、余两家在婆罗洲落地生根的过程,父母所遭受的日本人的暴行,母亲以身体偿还父亲赌债而生下血统不一的孩子,施家四兄弟参加扬子江部队的动因和先后惨死的真相一一曝光。《猴杯》中,余鹏雄在达雅克人巴都的引导下沿着拉让江寻找携子失踪的妹妹丽妹,伴随这一旅途展开的则是余家残暴发家史的曝光。张贵兴结合叙述者全知视角和祖父的回忆追溯了余家与猪笼草家族的世代恩怨。《我思念的长眠中的南国公主》主要是叙述苏家历史,苏其的妹妹离奇死亡,母亲刚产下的儿子被父亲带走后不知所终,从此父母形同陌路,父亲四处留情、淫乐无度,母亲阴郁冷漠、沉迷于迷宫花园,苏其选择去台湾求学以期摆脱家庭的压抑气氛。然而父亲的去世、母亲的惊惧使他再次回到婆罗洲,通过父亲好友林元的讲述,父亲苏还与白衣女子的恋情、白衣女子被政府军杀死后父亲精心设计的报仇计划等,母亲与达雅克男子的"野种"被父亲喂了鳄鱼,母亲烧园杀夫的复仇阴谋等皆浮出水面。

历史溯源中不乏对华人祖辈艰难创业的描写,如《群象》中就简笔勾勒父亲如何到南洋并安家:"父亲和亲家翁少年时代即是莫逆。十七八岁时被人在暗中袭击绑架到一艘千吨帆船底舱,和数百猪仔卖到南洋爪哇当华工。时值清朝末年。父亲在甘蔗园、咖啡园和矿场染上赌博,亲家翁则染上一生不曾戒除的鸦片瘾。猪仔契约期满,二人乘船至北婆罗洲当伐木工,成家。"①《猴杯》中关于曾祖的南洋移民、创业史路径也大致如此:被当成猪仔卖到南洋,早年在矿区做苦力,因犯错被反捆浸泡河水中让水蛭吸了三天血,九死一生后逃出矿区。但张贵兴的着力点不在礼赞祖辈拓荒的"辉煌",而在揭露辉煌表象下的"原罪",即对华族劳工的压榨和控制,以及对原住民的盘剥和压制。

---

① 张贵兴:《群象》,台北:麦田出版,2006 年,第 215 页。

1.通往奴役之路

华人社会并非一个"均质"的群体,其内部密布着来自地域、所处区域、文化水平、经济实力不同而生成的"异质",这些"异质"性因素导致华人社会的内部龟裂和逐渐分化。林开忠在分析 20 世纪 80 年代华人对华人先祖——槟榔屿之父叶亚来的推崇时,曾一针见血地指出这种"推崇"的历史虚妄性和现实权宜性:"从十九世纪或更早期的华人移民史的角度来看,当时的华人移民领袖其实就是公司的头头。有很多十九世纪的公司事实上只是英国殖民经济的附庸,它们利用不人道的手段把同乡拐到陌生地,并在当地开设赌场、贩卖洋酒以及鸦片,为的只是控制移民劳工的劳力输出。这些人被殖民主子视为华人社群的代表,并在政府的部门里拥有实权。但是在廿世纪的今天,当面临文化危机时,一些华裔精英分子又不得不搬出他们来做文化的挡箭牌。"①方北方式的移民拓荒史书写的创作意图和创作动机,某种意义上与华人对叶亚来的推崇如出一辙:为了现实需要和凸显崇高美学,在对历史的回溯书写中,刻意地回避了华人社群内部的分化事实和有意识地屏蔽了华人拓荒史的黑暗面。

而作为文学后辈的张贵兴则恰恰相反。这群在台湾留过学、浸淫过西方现代主义、后现代主义思潮,具有强烈的反叛意识和解构冲动的年轻一代(相对于方北方们),则向他们的父辈们高举起了"美学叛旗"。他们翻转前辈们对"拓荒血泪史"和"辉煌创业史"的往昔缅怀和礼赞的"制式书写",怀着"匡正"历史一面倒的偏颇的野心和努力,让新一代写作呈现出一种生猛、野性、粗粝甚至充斥着青春荷尔蒙气息的原始张狂感和暴力美学。这主要表现在张贵兴对余石秀之类"华裔财主"②的残暴发家史的勾勒与渲染上。

应该指出的是,新一代作家这种"弑父"式的书写姿态,一方面源自作为第二代、第三代华人,他们对祖辈拓荒南洋的艰辛历程的疏离感。老一辈所经历的历史已经成为过去且一去不返,最多成为已经耳熟能详的"听爷爷(奶奶、父亲、母亲)讲过去的事"式的"血泪家史痛述",无数遍的重复会在心灵上生出一层"茧",即痛苦的"隔代磨损减量"和"创可贴"。另一方面他们对于生于斯、长于斯、育于斯的南洋,对脚底下这片土地已经有了"在地化"的爱恨交织的眷恋,也就是段义孚所说的"在地感"已经形成。面对华人与

---

① 林开忠:《建构中的"华人文化":族群属性、国家与华教运动》,吉隆坡:华社研究中心,1999年,第 131 页。

② 黄锦树认为《猴杯》中的祖父是马华现实主义认知谱系中华裔财主的典型形象。参看黄锦树:《从个人的体验到黑暗之心——论张贵兴的雨林三部曲及大马华人的自我理解》,载陈大为、钟怡雯、胡金伦主编:《赤道回声——马华文学读本Ⅱ》,台北:万卷楼图书股份有限公司,2004 年,第487 页。

其他族群(特别是主导族群马来族、山地原住民)之间的冲突,面对马来族为主导的马来西亚当局颁布的不利于华裔生存发展的若干政策和在此基础上形成的政治秩序,华裔新生代们无论是出于生存策略的"妥协"还是出于发自内心的真实的理性自省,都使得他们不可能再复刻前辈的历史书写模式。此外,他们内心中由父辈所刻印的"中国印象"轰然倒塌——这种幻灭感在林幸谦、黄锦树、陈大为、钟怡雯等新生代的书写之中亦有体现。

幻灭促使他们将目光重新投回隔着"远洋"的南洋大地,并开始了"我是谁? 我从哪里来? 我要到哪里去?"式的主体找寻和追问。于是自我历史重审成为他们缓解思乡病、驱散认同迷茫和清理重整自我内心秩序的最好题材,而"去英雄""去崇高""去神圣"的新历史主义美学则成为他们信手拈来的开路劈刀。

这种创作意图体现在《猴杯》中就呈现为作者不遗余力又入木三分地刻画曾祖余石秀在原始积累期的发家"原罪"——谋求和维持殖民主义代理人身份及谋求个人利益乃至财富传承上的"不择手段";揭开潜藏在祖辈南洋拓荒创业英雄史诗叙述下的狡诈、残忍、贪婪的"暗面"——"不能说的秘密"。比如曾祖在矿区当苦力时煽动工友造反窃取黄金,事后偷偷将金块献给英人总督,从而顺利当上种植园代理园主;接管种植园后,曾祖大肆扩张产业、种植罂粟牟取暴利,并在日军占据时期,设套使邻居一家惨遭日军灭门,如愿夺得觊觎已久的邻家土地;为了保住金块,他不惜制造矿难假象活埋垦殖工人;为了让儿子顺利接管家族产业,他狠心拆散儿子与苦力女儿小花印的相恋,将小花印卖入妓院。祖父余翱汉完全继承了曾祖的冷酷无情。他为了守住余家金块,当可能怀有儿子血脉的女革命分子前来投靠时,他直接告密造成一尸两命;他性侵收养的孙女丽妹,导致丽妹精神失常出走雨林。某种意义上,余石秀、余翱汉父子延续了白人殖民者的罪恶,对同属贫苦阶层的劳工使用了"流动的权力",而其"必要性"则从余石秀对儿子的告诫中可见一斑:

> 番话也讲不好,怎么统治这块土地? ……你以为我这些产业怎么兴盛壮大的? 你以为我哪一点比白种人强? 有谁愿意和毒蛇猛兽为邻一辈子? 有谁愿意在这块炼狱熬一生? 有谁愿意为那点钱做牛做马做到老死? 有谁愿意生下来就做苦力? 我不想点办法拴住他们行吗?[①]

---

① 　张贵兴:《猴杯》,台北:联合文学出版社有限公司,2002 年,第 217～218 页。

曾祖为了满足自己的财富贪欲,在种植园内设赌馆、鸦片馆和妓院变相剥削控制劳工,借此让工人的血汗钱回流到自己手中。为了偿还因毒瘾欠下的累累负债,工人们甚至不惜卖儿卖女抵债。比如工人周复在种植园工作五年多,流连于赌馆、鸦片馆和娼馆,不断向曾祖借贷粮款,最后竟将两个女儿卖到妓院还债。周复曾偷走曾祖的鸦片,曾祖就如法炮制当年白人殖民者加在自己身上的酷刑,把周复绑住泡在巴南河里喂水蛭,至受尽折磨死去,迫使他十二岁的女儿小花印到种植园抵债。

在张贵兴笔下,一部分华裔种植园主显露在前辈作家笔下的九死一生、大刀阔斧、筚路蓝缕的"英雄史诗"中的明丽色调,因他们性格中的凶残狡诈、唯利是图、不择手段,以及底层华人的好色、好赌、缺乏自制力等黑色色调的调度而变得暗沉。文学叙事不等同于历史。那么作为文学创作的《猴杯》其历史可信度有多少?杨松年的文章可以作"互文式"解读。杨松年在《战前新马文学所反映的早期华工生活》一书中就提到早期华人移民劳工的生活:"山场之内,烟、酒、鸦片、赌博之属。应有尽有,稍为沾染,……工资自不足用,场主并准预借预支,迨三年合同期满,彼此清算,工资自属分文未有,尚须交出若干预支之款项于场主以赎身。而妙手空空,一筹莫展,计惟续订合同三年,暂纾目前也。一入此途,周流迁转,循环相续,虽不为私刑兽噬而死,然亦困顿老死,终无脱地狱出生天之日也。此循环相续之惨。"[①]中山大学刘玉遵等根据"猪仔华工"口述史写成的《"猪仔"华工访问录》,里面有一则《前日里烟园"猪仔"华工杨进余访问录》忠实记录上层华人对底层劳工的压榨:"在烟园中,在烟园主支持下,大工头等开设赌馆、鸦片烟馆来进一步榨取我们。"[②]《猴杯》中曾祖与祖父在种植园的种种行径,《群象》中父亲以母亲的身体去抵债赌,皆与此类记载相互印证。

2."流动的权力"

张贵兴小说中,不仅反映"上层华人"为满足自己的贪欲在南洋压榨底层华工,还反映他们对当地的原住民的剥夺。有论者指出,"无可否认,张贵兴的小说的确大量着手于砂拉越华人与土著之间的族群关系。在砂拉越的各个历史时期,曾经发生了各种各样的族群交往,其中既有平等互利的贸易、互相关怀、互相学习,亦有因为经济关系而引起血腥惨烈的侵略与屠

---

① 杨松年:《战前新马文学所反映的早期华工生活》,新加坡:新加坡全国职工总会奋斗报,1986 年,第 30、32 页。

② 刘玉遵、黄重言等主编:《"猪仔"华工访问录》,广州:中山大学东南亚历史研究所,1979 年,第 77 页。

杀"①。《猴杯》中,余家与达雅克人长达百年的冲突演绎了华人在莽林拓荒过程中所遵循的弱肉强食的丛林法则。

曾祖余石秀在婆罗洲的"发家史"是罪恶累累的。首先,他取得垦荒权是以牺牲劳工兄弟为前提、与殖民者相互勾结为手段的。其次,取得垦荒权并建立经济作物园区之后,他不想合法经营,而是继续买通殖民政府官员,种植罂粟这种戕害人身体健康的"罪恶之物"来谋取高额利润——虽然这些华人移民的母国中国曾饱受过鸦片战争之苦,然而他全然不顾。此外,他设立伐木场,过度垦殖雨林,滥杀动物,严重破坏雨林生态;还对原住民达雅克人的耕地进行强夺豪取,直接威胁着达雅克人的生存;同时以金钱开道,种植高利润的毒品作物给殖民政府带来不菲的税收,让殖民者意识到种植园对地方政府经济支撑的重要性,令达雅克人无处申诉和维权。白人殖民政府与曾祖之间形成了某种密不可破的"利益共同体",所以他们非但不禁止罂粟的泛滥式种植和种植园区的疯狂扩张,反而建议达雅克人将土地让渡给华人来"充分利用"。达雅克人作为原住民自然咽不下这口气,经多次交涉无果之后,他们便采取暴力对抗的方式简单粗暴地破坏华人的种植园区。白人殖民政府得知后,为了地方稳定,派遣武装力量站岗督查,并且拜访长屋婉言劝导以斡旋,他们的方式是温和的"维稳"。但曾祖作为种植园主则是暴力镇压——通过殖民政府购买枪火自行组织武装力量,对达雅克人展开血腥镇压。曾祖的铁血手段引来了达雅克人更加疯狂的"以暴抗暴",最后爆发了惊天动地的惨烈械斗——"咖啡园之役"。那场战斗令达雅克人死伤惨重,但殖民政府装聋作哑,置之不理。

"曾祖"这类在西马的方北方等人所书写的"华人南洋拓荒史"中的"经济英雄"在张贵兴笔下成了残酷勇猛、贪婪算计之徒,这种性格使他为了个人、家族的利益而不惜成为殖民者的得力帮凶。因此,当英国殖民者离开以后,余家的种植园依然繁荣。祖父余翔汉继承了曾祖"掠夺者"的习性。他谨遵曾祖遗训,将与自己同处于一片天空和共同生存于同一片土壤的达雅克人视作余家的敌人。为了防止有人偷盗余家的金块,他偷偷地将金块埋在丝绵树下,还养了残暴的犀牛"总督"日夜巡逻守卫,不让任何外人靠近。余家与达雅克人的宿怨益深,来自达雅克族人的怨愤和报复让祖父变得草木皆兵,他对周围的一切人事充满了戒备并反应过度,这种反应过度令他成为了"杀人狂魔":一个达雅克少女偷偷潜入余家园子只为偷玉米,疑心深重

① 张雅芳:《读张贵兴小说随感三:作为族群接触场域的婆罗洲雨林》,《星座·文艺副刊》,2009 年 6 月 14 日。

的"祖父"却以为是达雅克人派来打探犀牛"总督"行踪的探子,用猎枪射杀了这名达雅克少女。余家不仅剥夺达雅克人的财富,还用各种逼迫手段占有达雅克女人的身体。曾祖逼迫园区妓院内的土族少女卖淫,祖父如法炮制仿效他原来所不齿的父亲,经常玩弄马来族妓女和达雅克土著妓女,性侵领养的孙女丽妹(达雅人),甚至还想侵犯亚妮妮。婆罗洲达雅克人阿班班猎杀曾祖后曾说:"余石秀占我土地,扰我山林,杀戮奸淫我族,今日终于得其头颅观其脑纹,了我心愿……"①这番话实际上是对曾祖罪恶一生的总清算。

《我思念的长眠中的南国公主》同样用大量的笔墨描写了华人对达雅克女人的引诱。主人公苏其的父亲苏还和林元经常深入雨林,从事许多年前流行于白种人之间的"性杀伐旅",他们用金钱和首饰,引诱达雅克少女与他们一夜风流。在母亲的迷宫花园中,林元甚至还引进一群达雅克少女,用对付肉食动物的电击棒训练她们成为性感尤物。想要以她们为诱饵,吸引偏好未成年少女的部长,实践自己的复仇大计。

《群象》的主人公余家同是扬子江部队领导人,为了实践自己的"拉让江王国"政治蓝图,极力鼓励部下与原住民通婚来获取土著支持。伊班人德中看穿了他的政治把戏,指出部队队员娶伊班女人,怂恿伊班族人参战,不过是把土著当作抵挡政府武力的肉盾,土著不过是实现他们政治野心的垫脚石。余家同后来告诫外甥施仕才不要与土著女孩相好:"华土通婚只是一种手段……你是施家唯一的传人了,别让番人肮脏的肤色渗入你纯种的黄色皮肤……"②这番话透露了余家同真正的想法:异族的鲜血不过是构筑他革命王国的牺牲品。其阴险卑劣的用心昭然若揭。

### 三、华人拓荒史的"东马抗辩记忆"

"对抗记忆"是福柯在《语言、对抗记忆、实践》一书中提出的一个重要观念。福柯认为,"记忆"总是为传统的历史和知识所利用,这种历史和知识经由传递、铭刻、批准而获得"真理"的地位。而"对抗记忆"是对所谓历史本质记忆的拒斥,它通过一种替代式的述说模式来"重新记忆"和提供"有效历史",旨在反对"作为知识的历史",揭露历史的断裂性和知识的"片面性"。③

张贵兴的"雨林三部曲"通过回溯马来西亚华人的家族史来透视华人族

---

① 张贵兴:《猴杯》,台北:联合文学出版社有限公司,2002年,第299页。
② 张贵兴:《群象》,台北:麦田出版,2006年,第146页。
③ 有关福柯"对抗记忆"的论述,见 Language，Counter-Memory，Practice：Selected Essays and Interviews，Donald F. Bouchard ed. Ithaca：Cornell UP，1977，pp.154-160.

群的"南洋创业史"。通过对华人拓荒史中"不能说的秘密"的揭示,将华人祖辈拉下神坛,将批判的笔触直指向南洋华人创业中的阴暗面,书写/形塑华人移民史的"东马抗辩记忆"。从某种意义上看,张贵兴的历史书写呈现出"双重抗辩"企图,一方面是抗辩主导族马来人的"国家—国族史架构中的马华移民史",另一方面则抗辩方北方式的西马华人移民"上下三代血泪史"。这种"抗辩记忆",试图推倒马来西亚华人"拓荒血泪史"的丰碑,曝光"血泪"中夹杂的"黑暗之心"。从"英雄史诗"到"抗辩记忆"历史语境发生了怎样的变化?这一变化是怎样发生的?

首先是代际变化。与方北方不同,张贵兴于1956年出生于砂拉越的罗东镇,是土生土长的华人移民后代,属于第二代。其次是创作语境不同。方北方是第一代移民,有中国大陆生活求学的经历,且一直在马来西亚境内写作,马来西亚政府对华人生存空间的挤压,迫使包括方北方在内的华人创作成为一种"文学抵抗"。但张贵兴则于1976年赴台求学,并放弃了马来西亚国籍,成为王德威口中的"后夷民"/"后移民"①。马来西亚华人被马来政客视作"移民",怀疑他们的"效忠";然而出走中国台湾后又被视为"来自热带的行旅者",双重的排斥让他们的心理处于一种悬浮状态,无论是在中国台湾还是在马来西亚都处于"在而不属于"的漂泊无定感,这种漂泊无定感带来身份认同的焦虑,甚至带来身份认同的撕裂。这种无定感也使他们滋生"流动的身世"感,由此在国族想象上,也具备超越、抽离的能力,在审视马来西亚华人的历史时也具备多重视域。"身世"的"流动"一定程度上助力张贵兴从过去狭隘的族群对立思维和二元话语框架中跳脱出来,使得他能以相对客观、理性、冷静的目光来审视华人族群的"非均质性"和拓荒过程中复制西方殖民者路线和手段的"历史原罪",体现出一种难得的内省意识。"一个人离自己的文化家园越远,越容易对其做出判断;整个世界同样如此,要想对世界获得真正了解,从精神上对其加以疏远以及以宽容之心坦然接受一切是必要的条件。同样,一个人只有在疏远与亲近二者之间达到同样的均衡时,才能对自己以及异质文化做出合理的判断。"②张贵兴将他的"雨林书写"制作成为大马华人的"民族精神标本",很好地诠释了萨义德的这段话。

---

① 王德威认为,华人移民或遗民初抵异地,每以华—夷之辨界定自身种族、文明的优越性。殊不知身在异地,"易"地而处,华人自身已经沦为(在地人眼中的)他者、外人、异族,更不提年久日深,又成为与中原故土相对的他者与外人。谁是华、谁是夷,身份的标记其实游动不拘。是故,移民的再移民、多重身份认同是值得今日学者深思的课题。参看王德威:《华夷风起:马来西亚与华语系文学》,《世界华文文学论坛》2016年第1期。

② 爱德华·W.萨义德著,王宇根译:《东方学》,北京:生活·读书·新知三联书店,1999年,第331~332页。

但是,与黄锦树、钟怡雯、陈大为等人的南洋胶林书写不一样的,是张贵兴的"文化反叛"姿态较黄锦树等更加张扬与彻底。黄锦树文化反叛和"弑父"书写中,仍然留存着对华人父辈异域拓荒史的"历史体恤"和淡淡"温情",这种"历史体恤"体现在他更多地聚焦普通华人,对普通华人先辈所生存的"胶林恐怖"的极力渲染。此外,和张贵兴不同的是,黄锦树、陈大为、钟怡雯、林幸谦等虽然离开了马来西亚,但是黄锦树直到2009年才放弃马来西亚国籍,陈大为、钟怡雯、林幸谦则一直保留马来西亚国籍。这决定了他们在创作时心态是迥异的。后者对生活在马来西亚以马来族为主导的政治秩序下的华人整体生存处境仍然保留历史"体恤"——这种历史"体恤"在一定程度上会对华社整体生存空间和处境构成某种文化"保护"进而构成政治"庇护"。

当然,张贵兴的自省式、解构式的历史写作更与他出生并成长于东马有关。他的写作可以视作东马华文文学的独特性的重要表征。过去论者多将西马华文学等同于马华文学,却忽略了东马—西马华文文学之间的巨大差异性。差异性源于东马与西马在自身发展过程中,形成两个相对封闭的"场域",或可称为"文化生态系统"。

东马的砂拉越、沙巴都没有参与马来亚20世纪50年代的脱殖建国,只是于1963年与新加坡一道参组马来西亚,因而东马和西马之间的"联结"并不坚实,可视作独立运作的两个"平行世界"。合并为马来西亚联邦之后,由于地理上的分隔——婆罗洲地处偏远,远离国家政治经济中心,国家权力对东马的渗透和控制亦有限。东马是人口比例比较均衡的多元族群混居地区,土著大多信仰基督教及天主教,与华人的宗教信仰能各行其是,华人在东马能较好地融入当地的族群,因而种族关系相对而言较为和谐。西马则主要由马来人、华人、印度人三大种族构成,主导族群马来人信仰伊斯兰教,华人宗教信仰与伊斯兰教差异较大,所以在西马的融合情况并不如当局所希冀。正因为如此,东马华人的写作,其"文化抵抗"的色彩较之西马华文作家要淡很多。也正因为相对宽松的族群关系,让东马华文作家能更放心大胆地进行历史自我批判和自我反思,涌现出一批探入华人"黑暗之心"的拓荒史作品。

东马虽然也有不少书写华人艰辛开荒的作品,如黄顺柳的小说《垦殖者之歌》、黄俊贤的小说《卜通叔传》等,与方北方等人的英雄史诗相比,已经进行了"去英雄"的处理,语言也比较平实简易。更可贵的是,这些拓荒史书写一直不乏关怀原住民、反省华族自大心态的创作,如上文提到的李永平、田思、梁放、金圣、张依苹、杨锦扬等的作品。这些东马作家的书写与西马作家强调华人的在地贡献进而与官方论述展开抗辩的激烈姿态是不一样的。由此也不难看到,马来西亚政府的族群政策如何反向刺激、"捆绑"了马华作家的历史想象,激化了族群之间的矛盾并造成族群之间的长期隔膜。相反,在国家权力话语尚未充分渗透、政治控制力相对宽松的东马,各族群反而能更自然主动融合,体现在文学创作上,东马华文文学不再处于一种紧张的"对抗"状态,反而呈现出相对的"松弛感",作品也体现出难得的摆脱华族本位、反躬自省的包容力。

东马本土文学中的华人拓荒史写作,就其艺术表达的水准和思想深度而言,与旅台作家是不可同日而语的。婆罗洲是张贵兴成长之地,生于斯长于斯的生命体验和文学接受史,使得他的"雨林三部曲"延续了东马华文文学中对族群关系进行自我反思的传统,但当他坐在台湾的书桌前,遥想婆罗洲的热带雨林时,特别是他放弃了马来西亚国籍之后,面对这个在政治认同上从此与自己再无纠葛的国度,他反而能彻底放下政治包袱,开始认真思考马来西亚华人在异域的拓荒历史,下笔时显得汪洋恣肆,少受掣肘。因而他在反思历史上,远比出生于东马、西马的本土作家走得更远,他可以深入到"历史禁忌",像康拉德一样,去丛林深处探寻华人族群的"黑暗之心"。

"革命叙事"是张贵兴"雨林三部曲"的重要组成部分。砂盟在婆罗洲的革命行动,构成华人拓荒史的重要部分。张贵兴在处理这一题材时,往往将其情欲化、美学化,并不强调家国意识。砂盟也是东马本土学者和作家关注的对象。社会学者林煜堂的专著《江河浪淘沙:砂拉越大时代儿女情怀》记录了革命者在反殖与反大马计划中的英勇斗争和奉献精神,还原了大时代儿女的形象。文学作品则有黑岩小说《荒山月冷》,梁放小说《锌片顶上的月光》《一屏锦重重的牵牛花》《我曾听到你在风中哭泣》,凡民小说《流民》等。这些小说在审视砂盟革命历程和塑造砂盟战士形象时,呈现出来的是与旅台的张贵兴截然不同的形象和风貌。在故事的展开上,他们多以"在地者"的视角来追忆婆罗洲华人在革命年代的时代洪流中,如何为反对殖民主义和参加建国运动而走上革命道路。作品的重心往往落在这些砂盟战士如何历经重重磨难而殒命;或者经过九死一生的磨难在战争结束走出丛林之后,如何褪去"英雄"光环隐入尘烟过着平凡的窘迫生活。作品所描写的革命者形象也多呈现为追求时代理想、深爱着婆罗洲土地的热血青年形象。比如《荒山月冷》中的主人公"银湖"离别爱妻重返森林时自我剖白:"在我心灵的天平上,摆着两种爱,一种是对这土地深深的爱,一种对你真挚的爱,但在严酷的现实,只允许我选择一种,偏偏这种爱却是我生命不可缺乏,我只有把爱献给这土地和人民……"①将在地者的此类书写与张贵兴的作品两相对照,不难发现两者之间的巨大差异。

## 四、历史记忆的多重奏

马来西亚作家求学台湾时正赶上"魔幻主义"在台湾盛行,而南洋郁郁葱葱的莽林与"魔幻主义"的神秘诡异有一种天然的契合,所以无论是张贵兴还是黄锦树都不约而同地被这种带着浓郁反叛意味的美学风格所吸引。

张贵兴的"雨林三部曲",以"探秘者"——丛林访者的眼睛,引导读者进入充满异域色彩的神秘幽深的婆罗洲雨林,通过对环境氛围的渲染来营造一种魔幻现实主义氛围,然后将一个又一个诡异、神秘、残暴的有着"隐形串线"的历史故事的"珠子",巧妙洒落在深窅丛林之中,让读者自己去慢慢拾取。

在张贵兴的雨林小说中,华人拓荒史只是雨林中上演的传奇"故"事。其叙事风格除了是作者的美学追求外,本质上也是马华作家"输出南洋"的一种文化策略。他们想在台湾文坛取得一席之地,想在"时报奖"大赛中成功晋级,那么成功地"输出南洋",以"异域"特质取胜无疑是最讨巧也是具有竞争力的手段。"时报"大奖丰厚的奖金,以及占据台湾文化市场的文学野心,让他们从"魔幻加雨林"中看到了希望。黄锦树对此深有体会:"可悲的是,作为异乡客,我们的写作,在此间的文学消费市场上,宿命的若非被当成异国情调来消费,便是把技术看作是它们意义的唯一依据。这多少可以解释我的两位同乡前辈②的写作何以选择如此彻底的美学化,因为选择和自身存有的历史对话就等同自绝于此间的读者。即使是长篇累牍的注和解说也是无效的,解决不了它们内在必要的沉默。"③

港台文学在华文语言上的纯熟和题材上的成熟,让张贵兴们想在台湾的文化消费市场上取得"突围"变得异常艰难。所以,"炫异"与"炫技"——"写什么"和"怎么写"变得分外重要。他们在题材选择、故事构思和气氛渲染上,自觉不自觉地迎合和满足台湾读者对南洋丛林生活的"猎奇"心理。于是,你可以看到作者对南洋独有的植物——婆罗洲的猪笼草、大蜥蜴、红毛猩猩、野生犀牛进行穷形极相的"搜集"和浓墨重彩的渲染……如同一部"博物志"。同时深山中的原住民达雅克族的住所——长屋、猎人头的旧俗、

---

① 黑岩:《荒山月冷》,载黄国宝主编:《花雨》,诗巫:诗巫中华文艺社,1993 年,第 111 页。

② 指张贵兴和李永平。

③ 黄锦树:《初版后记:错位、错别、错体》,载黄锦树:《刻背》,台北:麦田出版,2014 年,第 427 页。

原住民的刺青等,也是他们着墨最多的地方,这使得小说文本呈现出某种"风土记"的样貌。因而,张贵兴的小说虽然立意在展现被"三代血泪史"式的传统叙述所遮蔽的"历史记忆",试图书写新的"历史真实",然而小说中进行刻意的甚至一度泛滥化的"魔幻"美学营造的"反历史记忆"书写,因后现代式的消费狂欢——满足读者的猎奇心理与窥伺欲望——在一定程度上遮蔽掉了"历史"和"政治",这显然削减了小说的历史深度——刺探历史的探针停留在了消费主义美学狂欢与"炫异""炫技"的话语狂欢的表层。

克罗齐说:一切历史都是当代史。从张贵兴的"雨林三部曲"可以看到,历史记忆是如何被"当代立场"和作家的主体意识所"编撰"的。如果说马来人在其历史书写中刻意淡化华人的"在地"奋斗史,以支撑其合法化扶持土著的"一元化"政策;那么作为"文学抵抗"的华人作家方北方的"拓荒血泪史"模式的历史书写,则是对马来人主导的官方历史话语的抗辩,隐含已经"落地生根"的华人族群对自身完整公民权利的诉求。而东马旅台作家张贵兴的"去神圣""反英雄""反崇高"的历史重述,则直面华人族群内部的阶层分化和华人奋斗史的"异化"。他如同丛林考古者,不遗余力地发掘并深刻反思华人拓荒史中的"历史原罪"。这种"历史原罪",隐含在作者小说中的"阶级对抗叙事"和"殖民复制叙事"中。而在美学追求上选择"魔幻化""南洋化",以获得跻身台湾的文化场域的资本,显现了"后移民"华人对父祖辈历史的重新评判与"美学利用"。出身不同时代的马华作家对华人拓荒史的讲述,其所投射出的认同(诸如政治、文化、历史等),反映出华人社群的历史记忆的代际差异性和个体复杂性,而其背后则是权力与政治的角力,具有"史料"未及的独特价值。张贵兴的书写,喻示在当今这样一个充满跨域流动和文明互鉴的时代,"落地生根""离散""反离散"已不能诠释海外华人情感结构的复杂性。伴随华裔"再移民"而来的"流动"的身份认同,地缘文化与政治,将成为马华文学研究乃至世界华文文学研究的重要课题。

沉寂十多年后,张贵兴在2018年推出长篇小说《野猪渡河》,这部小说书写日本占领婆罗洲时期发生在猪芭村的故事。小说中的华人与野猪,中日英荷各色人等,相互残杀猎食,形成命运共同体。这部小说显示出不同于以往雨林小说的叙事伦理,即无论人类还是牲畜,无论华人还是土著,无论殖民者还是被殖民者,无分轩轾,共同见证婆罗洲的百年孤独,其中蕴含张贵兴对历史的重新思考。此外,另一位东马旅台作家李永平在2008年推出的长篇巨著《大河尽头》也将目光投向婆罗洲,书写这块土地上华人与原住民共同经历的历史沧桑。小说没有致力打造雨林书写里常见的华人家族史、拓荒史,而是集中呈现异文化相遇的结构性问题,某种意义上接续了作者早年作品《拉子妇》《围城的母亲》《婆罗洲之子》所探讨的问题,与张贵兴的书写主题和风格表现出明显的差异。

"如何诠释过去"成为塑造、改变、确立自我认同时所必须面对的重要问题。对这个问题的回答,事实上就构成认同的一部分重要基础。[①] 20 世纪 90 年代以来,马华文学对原住民历史的挖掘和华人拓荒史的重述都是重审历史、建构自我形象及文化认同的表现,展现了历史讲述的多样性和复杂性及其背后权力与政治的交错与纠葛,见证了文学的历史记忆的多重敞开与遮蔽。

## 第三节 "拆解殖民后果"[②]:还原雨林文明史

### 一、雨林习俗志

砂拉越原住民族群都没有书面文字只有口语,因而也就没有文字记载的历史著述,只有代代口耳相传的部落口述史。人们所见的砂拉越历史,最早是由英国殖民者书写的带着白人中心主义色彩的史著。这些著述,或者渲染英国人布洛克家族海外拓殖、撒播西方文明的辉煌历史,而对原住民的历史与文化不着一笔;或者歪曲原住民——伊班族的历史,并丑化伊班族的民族英雄。最典型的表现是,把布洛克这个白人殖民者头头描述为"英雄得不得了",而对伊班人的措辞则是"野蛮的""未开化"的诸如此类,甚至直接称他们为"猎人头者""海盗"。比如 1958 年《砂拉越宪报》中就刊登"蒙乃"(P. Mooney)的一篇文章,宣称:"砂拉越是一处没有历史的地方,没有古迹史实,唯一能够推源溯流的,只有近代史迹以及寻获的史前残骸而已。"[③]文章直接否定了砂拉越的历史与文化传统。而事实上,砂拉越是有自己的文化传统的。创刊于 1870 年的英文杂志《砂拉越公报》至今仍在发行,所刊文章涉及砂拉越历史、经济、矿产,也包括人类学和考古学的原始材料,是研究砂拉越历史文化的珍贵文献。[④] 奇怪的是,西方学者带着优越感对砂拉越

---

① 萧阿勤:《集体记忆的检讨:解剖者、拯救者、与一种民主观点》,《思与言》第 35 卷第 1 期,1997 年 3 月,第 248 页。

② "拆解殖民后果"是朱崇科分析王润华诗歌的后殖民本土特点时提出的,本书借用此观点剖析马华小说对原住民文化的再发现。参阅朱崇科:《考古文学"南洋":新马华文文学与本土性》,上海:上海三联书店,2008 年,第 188~190 页。

③ 转引自林青青:《砂拉越伊班族的民俗、说唱艺术及其华族文化色彩》,砂拉越:砂拉越华族文化协会,2005 年,第 13~14 页。

④ 《砂拉越公报》的创刊和发展情况可参看刘子政:《砂拉越散记》,砂拉越:砂拉越华族文化协会,1997 年,第 90~91 页。

历史文化作殖民阐释时又有隐隐的莫可名状的不安感。正如艾勒克·博埃默指出的那样,这种不安感体现为:当他们试图以文字生动地再现自身无法参透的当地人晦涩模糊的形象时,常调用带有贬义色彩的意象,借此对一个完全陌生的国度作纪实描述,这种处理方式不过是用自己的语言覆盖那个国家。① 这种态度同样见之于马来西亚政府,在政府统一推动的观光事业中,砂拉越常被介绍为充满异域情调的神秘雨林。

在华人眼中,砂拉越也是一片文化荒原。大马华人书写父辈拓荒的英雄事迹时,着墨最多的是华族祖辈们在马来西亚这片异域如何筚路蓝缕、开辟天地的血泪史,这片他们即将扎根的新地,被描绘为野兽出没、环境恶劣、华人来之前没有文化的蛮荒之地,以凸显华人在马来西亚的历史贡献。

砂拉越的原住民因没有文字而处于"被书写"地位,其结果是自身的历史和文化时常被"注视者"——殖民者、马来西亚政府、早期华人作家所忽略、漠视甚至一度歪曲和妖魔化,沦为非我族类的"他者"。20 世纪 90 年代在裹挟着现代、后现代等各种以"主义"为后缀的西方思潮的"洗礼"下,东马作家开始重新打量自己的"邻居"——雨林原居民,把关注的目光投向他们的历史与文化,开始了书写少数民族的"发现之旅",并开始对原住民的习俗、文化、人种等进行了价值重估。其中小说创作有金圣的《夜,啊长长的夜》《源》《血之祭》,杨锦扬的《晨兴圣歌》及张贵兴的"雨林三部曲"等。

张贵兴虽已定居中国台湾,但 20 年的东马生活足以让婆罗洲的雨林成为他生命中的"故乡的原风景",成为他日后写作时一再开掘的"富矿区":"我到十二岁以前都住在浮脚楼,而我的很多同学都是达亚克人,年轻的时候露营都由他们带我去,他们对雨林很熟,而我则不敢随意贸然进入。我有一个最要好的朋友就是达亚克人,所以写来写去都还是跟自身有关,虽然情节并非真实的,就像《群象》里所见的,大历史的部分是真实的,但其中的故事则是我捏造的。"② 这也使得张贵兴在书写异族时获得"近水楼台"的优势,也使得他"拆解殖民后果"更驾轻就熟,在奔赴还原被各种意识形态所"复写"的原住民文化之路上所遭遇的"心理路障"相对较少。

"还原"之路的第一步是"纠偏",而"纠偏"的首要一点在"重审"。"重审"并不是一件容易事,历史"卷宗"(黄锦树小说的一个高频词)上的判词,有时候也并非如重审者所想象的那般简单粗暴,反之,它们常常建立在"审判者"所占有的翔实客观的事实和缜密的叙事逻辑基础之上,如果想"重审"

---

① 艾勒克·博埃默著,盛宁、韩敏中译:《殖民与后殖民文学》,沈阳:辽宁教育出版社,1998年,第 106～107 页。

② 潘弘辉:《雨林之歌——专访张贵兴》,《自由时报·自由副报》,2001 年 2 月 21 日。

并成功实现"纠偏",就需要对所谓"客观事实"进一步开掘,以拆解建构其上的环环相扣的判断逻辑,最典型如"猎人头"的习俗、文身文化、"野合式"婚配习俗。无论是西方殖民者还是华人族群,相对于原始丛林中的原住民,他们属于已经"开化"的文明圈中的属员——即便早期华人移民多出身底层,他们仍处在所谓"文明秩序"中的"高地"——近代西方机械工业文明、儒家诗书礼乐农耕驯养文明。即便不识字的早期华人移民,礼乐教化传统中的三纲五常、忠孝节义之类儒家教谕也是刻印在脑海里的。至于西方机械文明,萌芽于文艺复兴,兴盛于启蒙运动,为西方殖民者所熟知。所以无论是西方殖民者还是华人移民,在看待血腥的猎人头习俗、文身文化和"野合式"婚配时,他们写下"未脱蛮""未开化"的"判词"也并非完全出于主观臆断和无知化的莫可名状的好恶,而是建立在一整套"知识体系"和"文明秩序"之上的"合理""属实"结论,这无疑就增加了"拆解殖民后果""使囚禁的民族恢复本来的面貌"的难度。

要对已经被"他者"文明"整理评估"过并已经"知识化"过的原住民习俗进行重估,要先建构、调整自己的知识体系和文明秩序观,调整文明秩序观首先在启用思辨思维。猎人头这种血腥化的行为是何种环境下发生的?为什么会形成固定化的习俗?保持这种血腥化的习俗的必要性何在?这种血腥习俗究竟需要何种条件下才能更易?这就需要对伊班族进行一番民族志式的调查和"知识考古"。原始丛林气候恶劣,猛兽横行毒虫肆虐且不说,为生存而争食物和狩猎地盘的部落林立,所以为了族群的生存和发展,猎人头并将敌人的人头插在或挂在部落四周的树上或者路旁,成为消除敌手、拓展并守住族群势力范围的一种震慑手段。猎人头最初发生在部落之间的地盘之争,后来发展到与白色拉者、英殖民政府、日本侵略者之间的侵略与反侵略之战,再后来发生在与侵占伊班族的土地的华人种植园主之间的保护生存家园的对抗。长期丛林生存逼迫出来的生存本能,让伊班人成为骁勇善战、绝不驯服的族群。布洛克时代,被殖民者打着"讨伐海盗"的旗帜征讨不下五十次的伊班人,被殖民者视作血腥、残忍的好斗族群,他们的反抗史也被"他者"以"我方"之眼之手之脑,摄录、剪辑、编辑、整理、评估、论定,于是,一个令后来的雨林闯入者或者访问者们闻风丧胆、臭名昭著的"猎人头族"诞生了。

上文提到的金圣小说《夜,啊长长的夜》《源》及杨锦扬小说《晨兴圣歌》对猎人头习俗的由来和意义作了重新阐释,强调伊班族的猎人头并不是滥杀无辜,而是为了保家卫土、反抗外敌的入侵,只有为正义为保护族群而杀敌者才被誉为伊班勇士。金圣的另一部小说《血之祭》(2008)通过八十多岁的伊班老人伊隆的口述，不仅再现了伊班族在日治时期遭受的残酷虐待，以及由此引发的英勇反抗，还向我们澄清了常被外界误解的猎人头习俗："你们……常常讥笑我们老祖宗是砍人头的'猎头族'。唉，小兄弟，我们老祖宗怎么会不杀人呢？初是'白人拉子'一来，就引进了外人，把我们祖先的土地一块一块的瓜分。我们祖先不砍到他们跑路，那子孙后代要靠什么吃饭呢？那是我们的土地呀！是我们的呀！后来日本人也来……一同发展砂拉越。放他妈的臭屁！还不是一样？抢土地不也因为看上了石油？日本兵我们照砍照杀！"①

张贵兴在"雨林三部曲"中给自己设置、定位为一个探访者的角色。探访者的角色设定，表明作者抛弃了历史全能全知的"上帝视角"，避免跌入"先入为主"或"居高临下"的"历史先知"式叙述者的窠臼，以便对猎人头习俗的由来、文化意义进行梳理和重评，进而解构殖民话语的权威，达到"还原"的目的。

小说《群象》中，伊班人德中介绍长屋悬挂的骷髅头的由来："一八四一年英国人统治沙捞越，……我祖先为自由尊严而战，砍下不少英国人头颅！"②《猴杯》中，达雅克老人解释他在"二战"中猎人头的原因："当年我砍下侵略者的头颅，一来是为了保家，二来为了获得姑娘的爱慕。"③原本被定义为原住民野蛮、凶残的标志的"猎人头习俗"在张贵兴小说中还原了其历史本来面目和意义：原住民所猎的人头，是抢掠家园的侵略者的人头，而不是无辜者的人头；猎人头的原因不是出于嗜血本能、残暴性格、漠视人类生命价值、荼毒生灵的好勇斗狠的民族野蛮本性，而是出于保卫家园，捍卫民族尊严，是反抗侵略的正义行为。通过探访历史，张贵兴在小说之中进行了"正本清源"式的清理和论定，以"战士"一词对他们进行了重新"盖棺论定"——为奋勇杀敌的伊班人、达雅克人补颁"达雅克战士""伊班勇士"的迟来的历史勋章，而那悬挂在长屋中令人毛骨悚然、闻风丧胆的人头骷髅，也成为伊班人和达雅克人英雄抗争精神和历史赫赫战功的见证。至此，"猎人头"习俗被涂抹上去的"邪恶"色彩，一片一片地被作者剥落。据林青青的研究，即便到了21世纪的今天，伊班人对猎人头这一旧有习俗的诠释仍有他们自己的看法。他们可以非常悠然自得地谈论猎人头的种种故事，在他们眼里，猎人头和上大学一样，都要拼尽全力去争取，他们自始至终相信"人

---

① 金圣：《血之祭》，载金圣：《夜，啊长长的夜》，吉隆坡：大将出版社，2009年，第116页。
② 张贵兴：《群象》，台北：麦田出版，2006年，第88页。
③ 张贵兴：《猴杯》，台北：联合文学出版社有限公司，2002年，第38页。

头"就像大学文凭一样,象征一个人的成功和社会地位。①

接着是"野合"式婚配习俗。华人的婚配讲求严格的婚仪,西方人的教堂婚礼遵循严格的程序。生活在原始丛林的中的原住民,他们的生存条件极其恶劣,能保证常年温饱已是不易,婚姻礼仪之类隶属"上层建筑"的内容于他们是奢侈。此外,丛林虽然潜藏着各种危险,但丛林的莽荒、神秘又生机盎然,与他们未经现代文明所浸染的充满着原力精神的生命体是契合的。所以原住民崇尚自然,婚配也不以物质条件(因为不具备)为前提,而重两情相悦。比如,伊班女子,身体发育成熟便可以去物色心仪男子,她们没受过现代文明教育与规训,感情简单质朴,会经过不断的尝试最后选定婚姻对象。这样的习俗在外来者的眼中被视为"性开放"和"滥交",并被不怀好意的外来者所利用,引发前赴后继的所谓"性杀伐旅"。在金圣《夜,啊长长的夜》中,"我"的父亲就对伊班人的雅月颇有微词,认为这样的习俗使伊班人"好好的闺女给糟蹋,坏了肚皮,怀着羞愧去自杀呀!"②张贵兴《猴杯》中,罗老师讲述达雅克女子的婚恋习俗引来外界的好奇和不怀好意的探访,而罗老师随身携带的英文剪报文章《严禁性冒险家从事爱欲旅游》成了他们的猎艳指南——某男子与达雅克女子独处五个晚上后就表示有意娶她,而后如法炮制用首饰和金钱引诱了无数原住民女子。《我思念的长眠中的南国公主》中的苏还和林元沉迷于与达雅克女孩的恋爱中不能自拔。

据沈庆旺的考证,伊班族群自古流传约会恋爱习俗 Ngayap,其本意是要确保部落中的未婚男女在缔结婚约前彼此尽可能熟悉了解,以筑牢夯实婚后双方的感情基础。应该说,这种习俗相对封建社会中华人那种婚前不能相见的包办婚姻具有某种现代性,即便放在今天仍具有超前性。很多人因好奇而尝试 Ngayap 习俗,他们慕名而来却又因不了解或不认同这种风俗的意义失望而去,并将之斥为原住民的性放任或性滥交;有的则抱着性游戏的动机来访,完全背离了 Ngayap 的初衷。因而 Ngayap 也因被外界误解误传而被部族禁止了,这种在过去促成许多伊班良缘的习俗也成为某种神话。③ 金圣《血之祭》借伊班老人伊隆之口澄清了外界对这一习俗的误解:"不错伊班人有'雅月'风俗。那可是你情我愿、壮男向心仪的伊班少女求爱的一种方式,不是滥交哇! 只要女的喜欢,可以一齐睡,不过睡过了就得

---

① 林青青:《砂拉越伊班族的民俗、说唱艺术及其华族文化色彩》,砂拉越:砂拉越华族文化协会,2005 年,第 33 页。

② 金圣:《夜,啊长长的夜》,载金圣:《夜,啊长长的夜》,吉隆坡:大将出版社,2009 年,第 37 页。

③ 沈庆旺:《另类相亲——伊班族 Ngayap 的意义》,载沈庆旺:《蜕变的山林》,吉隆坡:大将出版社,2007 年,第 131～132 页。

成亲了。"①张贵兴在《猴杯》中一方面承认这种类似"走婚"的习俗带来的负面影响,另一方面则礼赞这一习俗对男女纯真感情的保护,比如他花大量的笔墨描绘达雅女孩亚妮妮对华人余鹏雄的纯真感情;在《群象》中也细腻地描写了伊班族德中的妹妹对华人施仕才发自内心的爱慕与追求。这些故事澄清了外界对原住民的婚恋习俗的歪曲。

再比如原住民的刺青或文身,在华人眼中身体发肤受之父母,所以把对皮肤进行"大动干戈"视作离经叛道,被认为是斗勇赌狠的黑帮或蒙昧未开化的原始部落的专属。在张贵兴的小说中,他开始重新审视这些原住民身上的文身,将它们视作土著族群世代累积的艺术传统和智慧结晶。《猴杯》中,作者将伊班族文身师阿班班称为"装饰艺术大师",叙事语气也充满敬仰和钦佩:"阿班班二十八岁强闻博记,脑中纹路潜伏着数千种婆罗洲原始民族传统装饰图案,……无时无刻不在搧风撩火保持创作高温。""祭师戴上阿班班设计的面具后即不由自主起舞念咒,战士视死如归如有神助。"②而阿班班的儿子阿都拉为了发扬文身艺术,只身前往雨林腹地体验生活,寻找创作灵感,终于悟得文身艺术的精髓,带来了土著装饰艺术的复兴。他雕刻的幽灵面具仿佛具有与自然感应的神力,"吓得鸡叫狗吠,小孩嚷哭,震惊整座长屋";他雕琢的母兽携子突围图被族人尊为保护神,作为战船装饰以求带来庇佑。张贵兴不仅描绘了文身艺术的神秘力量,还将其源头追溯至华夏文明。《猴杯》中的罗老师对此言之凿凿:"据说殷人曾把俘虏的敌人头颅蒸熟了吃,头颅蒸熟后会凝结,可以看到优美的脑纹,用最薄的快刀切成片时,脑纹更是斑斓多变。殷人把脑纹雕刻在骨器石器上,据说是一种对智慧的崇拜,有人以为这就是饕餮纹的滥觞……周武王东征时,山东省的殷人向海外逃难,有一部分就逃向南洋,不是有人在这里发现殷人铜器吗?我怀疑殷人在某种程度上影响了婆罗洲土著装饰艺术。"③张贵兴试图将婆罗洲土著的文身艺术与古老的华夏文明进行联系,将其视作华夏远古文明在异域的回响。难怪阿班班在猎杀华人余石秀后,日夜揣摩其头颅寻找创作灵感:"余石秀占我土地,扰我山林,杀戮奸淫我族,今日终于得其头颅观其脑纹,了我心愿。……汉人脑纹,扰乱我的视野,像一只掠食之鹰,盘旋我的装饰艺术天穹……像一片晚霞,染红我即将熄灭的创作灵光……"④婆罗洲的文身艺术与远古华夏文明以及现代华人的智慧,在此相交相汇,合为一体。就

---

①　金圣:《血之祭》,载金圣:《夜,啊长长的夜》,吉隆坡:大将出版社,2009 年,第 123 页。

②　张贵兴:《猴杯》,台北:联合文学出版社有限公司,2002 年,第 107～108 页。

③　张贵兴:《猴杯》,台北:联合文学出版社有限公司,2002 年,第 209 页。

④　张贵兴:《猴杯》,台北:联合文学出版社有限公司,2002 年,第 299 页。

如王德威所说,"在华夷交界的地方,文与纹、文明与野蛮原来是这样的相近"①。为文身艺术进行"历史溯源",将其纳入华族的"母体"文化体系并摆放上儒家文化"正统"的神龛,是张贵兴重新评估原住民文化时所提供的一种"方案"。

## 二、雨林人物志

重塑"土著"形象是解构殖民话语的另一条重要路径,成为重述"雨林故事"的另一个着力点。20世纪90年代以来的历史溯源小说中出现了一批具有鲜明个性的"婆罗洲之子"。他们中有英勇彪悍得让敌人闻风丧胆、誓死保卫族人和家园的勇士,如金圣《源》中的兰高、《血之祭》中的山多、杨锦扬《晨兴圣歌》中的"雄霸土地"和隆阿萨;有传承发扬族群艺术传统的睿智民间艺人,如《猴杯》中的文身大师阿班班和阿都拉;有乐于吸收外来文明又不失丛林野性的新一代土著,如《晨兴圣歌》中的布拉加、《群象》中的德中、《猴杯》中的巴都和亚妮妮;也有乐观应对生活困扰的普通伊班人,如《我曾听到你在风中哭泣》中"我"的外婆外公和哥哥。土著作为雨林孕育的自然之子,在对他们热烈礼赞的话语中,蕴含着作者对雨林文明的肯定。

重塑"土著"形象首先是对他们的人种——人类学特征或说生物性特征的重审和再评价。《猴杯》对巴都的评价是客观理性的。巴都的体格外形体现了长期生活在雨林中的土著所特有的生理特征:强壮彪悍、矮小灵活。这是因为要猎取猛兽,所以体格必须强壮彪悍,同时丛林藤蔓丛生,矮小身材有利于快速穿行。此外,巴都"眉粗牙大,鲁道夫之颧,繁致的咀嚼肌,妖娆的纹斑",②这与食肉习性密切相关;脚底满布厚茧,脚指头简洁饱满,这与长期丛林行走、追逐猎物的谋食习性相连。对于巴都的这些生理特征,作者叙述时并未表现出鄙夷的语气,而是尽可能地采取白描式的简笔勾勒,显得客观、节制、理性。

其次是性格行为特征。在小说中,巴都被塑造成一个勇敢、机智、狩猎本领高强的丛林勇士。他尤其擅长追踪猎物,在作者的笔下,巴都简直可以称得上"追踪之神":长屋中的猪逃到丛林中去了,只要没被野兽吃掉,他都能找得回。最神奇的是,即使猪被野兽吃了,他也知道是什么野兽,甚至可以捕获那只野兽。这些描写将巴都神勇的狩猎本领和身上的传奇色彩顷刻间凸显出来。在作者的笔下,巴都与雨林是合为一体的:深谙雨林生存之

---

① 王德威:《序论:在群象与猴党的家乡——张贵兴的马华故事》,载张贵兴:《我思念的长眠中的南国公主》,台北:麦田出版,2002年,第22页。

② 张贵兴:《猴杯》,台北:联合文学出版社有限公司,2002年,第107页。

道,浑身上下充满野性和生命力,沉默寡言又叛逆不羁,过着半放逐的生活。但即使如此,巴都也不是"封闭自守"的,而是向外界"无限敞开"的,他不拒绝与外界的频繁接触,并且还担任白人和华人的雨林向导。不仅如此,他甚至还学会了英语。所以,巴都既是"婆罗洲之子",又是连接丛林与外界的"文明之桥",预示着土著的"脱蛮"路向——走出雨林,吸收现代文明,以现代文明调整雨林文明,让自己生活在文明的"结合带"。《群象》中的伊班青年德中接受华语教育且说得一口流利的华语,并且还取了个华人名字"朱德中",他念完了高中就在镇上的木材厂工作。尽管如此,他身上仍然奔腾着伊班祖先勇敢无畏的血性,因此,他陪同施仕才深入雨林追踪寻找余家同,最终手刃仇人为族人报仇。

重塑"土著"形象的方法,除了形塑个性鲜明的土著个体主人公外,还有"土著"群像扫描。比如《群象》中的朱德中一家盛情款待华人施仕才,临别时赠送仕才进入雨林急需的番刀。《猴杯》中,亚妮妮的族人对作为人质的余鹏雄不仅竭尽所能设宴款待,在他被蝎子咬伤后还悉心照料,最后还放下与余家的几代恩怨接纳他为自己人。亚妮妮的族人对罗老师的求助施以援手;当罗老师玩弄达雅克女子甚至宿淫了亚妮妮年幼的双胞胎姐妹之事败露后,也只是将他暴揍一顿赶出雨林。《我曾听到你在风中哭泣》中的伊班邻居对"我"多有庇护,使"我"没被官兵抓走。可见,达雅克人并不如外界所传是凶残嗜血的"猎人头族",反而心地善良、热情友好、不拒斥外界的文明,这类书写修正了外界对原住民的刻板印象。

此外,在张贵兴的"雨林三部曲"中,还呈现一种"原住民女性拯救/度化华人男性"的情节模式,某种意义上这是中国传统小说中"底层女性救助落难公子"情节模式的"南洋版"。

《群象》中,大哥仕农因心爱的斗鸡被杀而投奔舅舅余家同并加入扬子江部队,却惧怕上战场。后来娶伊班女子为妻,婚后在伊班妻子的训练下,大哥成长为伊班勇士,最终在战争中捐躯。作者借叙述者之口对伊班人的族群文化进行了高度礼赞和肯定:"伊班祖先骁勇善战,猎人头,杀海盗,以血肉之躯对抗英国舰炮,这种英雄种不止流窜在伊班男人体内,也流窜在伊班女人体内。"[1]正是伊班女子的英雄种激发了华人男子的血性。《猴杯》中的余鹏雄生性软弱,在台北求学时无力应对误嫖女学生事件,选择逃避而重返家乡婆罗洲;回婆罗洲后又无力处理家族与原住民的恩怨,沦为达雅人的人质。后来认识了达雅克女孩亚妮妮,在亚妮妮的帮助下,他一次次化险为

---

① 张贵兴:《群象》,台北:麦田出版,2006 年,第 70 页。

夷，并最终化解了余家与达雅克人的世仇。最后，身心疲惫的余鹏雉在与亚妮妮的感情中获得新生。亚妮妮这个达雅克女子"又一次献身度化华人"①。《我思念的长眠中的南国公主》中，苏其的父亲放纵荒淫、猎艳无数。后来父亲爱上一位达雅族的弱智少女，就带着她隐居荒无人烟的婆罗洲内陆，跟她在与世隔绝的雨林中共同生活了一个多月。事后发现，好色放荡的父亲自始至终没有侵犯女孩。父亲的雨林图画显露了他的情感世界：当父亲沉沦肉欲时，画作中的达雅克女子面目模糊、肢体残缺不全；当父亲沉浸弱智少女的爱情时，画作中的达雅克女子面目清晰，五官躯体完整可见。达雅克弱智女孩用爱情洗净了父亲蒙尘的心灵，这一情节与小说开篇南国公主救赎心上人的传说相互映照，皆是"野蛮愚昧"的土著女人翻转为净化"文明人"精神的"美丽的南国公主"，从而"逆写"殖民话语。

在梁放小说《我曾听到你在风中哭泣》中，官兵为了抓捕革命分子，三天两头戒严，时不时派飞机巡查，给原住民的生活带来极大困扰，但"我"的伊班外婆外公和哥哥，却能苦中作乐，豁达地对待这一切。

> 长屋的晒棚边，直升机一飞开，外婆第一个发现给吹倒的木瓜树，嘴里在咒骂的同时，也发现了满天还在飘飞的枯叶，小狗夹着尾巴余悸未消一步一步东摆西摇似给灌醉了步伐不稳地从外边走回来，滑稽得让她禁不住大叫：哈海——浪—该！惹得大家也都大笑起来。外公企图用竹竿再把木瓜树支撑起来。外婆一边笑着，一边与几个妇女把那跌落一地的青木瓜捡起来，用纱笼的下摆兜着，准备削皮刨丝后用自制的米醋加点糖用几个小陶瓮腌了，与各户人家分享。我看着哥哥，把嘴角夸张地往下撇着：今天明天后天，我们又得吃这些东西咯，咦，酸。说着还大动作地伴作打个寒颤。哥哥看了，也夸张地仰天地呵呵呵大笑！他用小木条往一个小铁罐里挑了些粘胶，涂抹在一根细竹竿的末端，像进行一件什么了不起的任务：来，陪哥哥捕那只大蜻蜓去。②

官兵的直升机吹倒了木瓜树，木瓜还未成熟就散落一地。外婆没有怨天尤人，而是边笑边想着怎样把青木瓜加醋加糖做成零食与邻居分享；外公徒劳地想用竹竿再把木瓜树支撑住，结果自己被飞机吹得往屋里钻；哥哥趁飞机刮起了旋风去捕捉大蜻蜓；连小狗、鸡鸭也来凑热闹，刹那被狂风卷得

---

① 王德威：《在群象与猴党的家乡——张贵兴的马华故事》，载张贵兴：《我思念的长眠中的南国公主》，台北：麦田出版，2002 年，第 29 页。

② 梁放：《我曾听到你在风中哭泣》，雪兰莪：獏出版社，2014 年，第 184～185 页。

不见踪影。这个场景，把外婆的豁达乐天、外公的滑稽逗趣、哥哥的调皮可爱都表现出来了，反映了伊班人随遇而安，面对生活困扰能自我调适的乐天性格，也展现了这个族群的生活智慧。

### 三、雨林生活志

工具理性拆解了自然神性和泛神论。由此，原住民的文化形态与生活方式也被打上"落后""蛮荒"之类的标签。20世纪90年代后，马华作家在历史溯源中试图借助"雨林书写"，来恢复原住民所居住的原始丛林的"神性"。

首先，雨林生活在商业消费主义和高科技主宰的当代世界，还有无存在的价值？这是现代人首先想追问的，也是马华作家所深思的问题。在张贵兴的小说中，他用截取的几个原住民生活场景图片给予了回答。

> 河边戏水的小孩，洗菜的少女，捶衣的妇人，插鱼的青年，撒网的老人，看见巴都和脚夫后发出招呼问候，小孩甚至兴奋得手舞足蹈，在门犬嘶吼下演出一幕幕哑剧。顽童垂着割了包皮的小阳具和西瓜皮般的青嫩屁股，在岸上翻滚得像俎上活鱼。女孩裸身洗发，彼此追逐，乳房笑逐颜开。青年汉子的刺青仿佛暗夜飞蝠，手上的鱼叉柄雕凿斑驳。老人撒网前的专注像弱视雄狮斑马群中挑肥拣瘦。[1]

这是原住民生活中习见的场景：画面颇有"桃花源"式的与世隔绝，而内部却是黄发垂髫妇孺壮汉无所顾忌一起戏水的怡然自乐。画面自然率真却又充满生命活力，不似现代人的孤寂无聊，同时又充满原始丛林中人们带着几分原始童贞和毫无礼仪禁忌的自由气息。在作者的笔下，小孩的青嫩屁股，少女裸露的乳房，青年男子的刺青，不再是原始丛林"落后""野蛮"的表征，而是成为自由生命形态的象征，共同构成精神自足的圆满世界，把原住民的豪迈粗放、男女无禁忌的生存状态描绘得流光溢彩。

在《猴杯》中，作者同样浓墨重彩地描绘了一个具有视觉冲击力的场景：原住民妇女用人乳喂养猪仔。

> 寻找丽妹途中，雉看见过两个达雅克女人裸露上身侧卧长屋走廊上喂哺一群刚出腔的小猪仔，快乐贪婪的取代它们难产而死去的母亲。

---

[1]　张贵兴：《猴杯》，台北：联合文学出版社有限公司，2002年，第122页。

> 小猪仔被人乳滋养得眉清目秀,牙牙学习童语,模仿人类撒娇和找碴,将代理母亲的乳头啜食得像槟榔。雉甚至看见一个达雅克女人同时喂哺自己的婴儿和一只小猪崽。一路走来,拜访十数座长屋,这是雉第三次看见人类奶兽。①

这个画面被处理得魔幻十足:小猪仔被喂养得"眉清目秀",甚至会"牙牙学语",还会"撒娇和找碴",小猪仔甚至和人类婴儿一起被喂养,这种"人兽不分"与"人兽和谐",从人类学角度看,体现的是原住民的"野性的思维",以及基于"野性的思维"形成的文化生态与文化观念。列维-斯特劳斯认为,原始人的野性思维与现代人的科学思维,并不存在高下之分,他们的关系是"平行"发展的。原始人野性思维的烛照下,自然界的万物都具有神性,它们彼此联系,相互依存,相互应和;自然与人类社会也是一个有机整体。因此,人兽之间没有也不必要存在清晰的边界。"野性的思维"烛照下的"奶兽"场景将殖民话语加之的"先进"与"落后"、"野蛮"与"文明"的对立标签撕下来。

与此类似,梁放小说《我曾听到你在风中哭泣》也展现了一片人间乐土:

> 午后的长廊,居民大都席地,不是躺着休息,就是坐着话家常,让时光无声无息地滑走。从长屋前的晒棚上张望,可以看到周遭一片绿野。当太阳刚要升起还是夜幕低垂,雾霭把远景近物一概笼罩着,如梦似幻。近处的一条小河永远淙淙流淌,河水清澈见底,是流动的水晶。②

长屋、居民还有四周的景物融为一体,构成有机的生命系统。在"我"看来,平静而充满生机的景物与原住民乐天平和的性情相得益彰,这是比革命蓝图勾画的理想家园还要美好的地方。

无论是重构原住民的历史,还是重新发现雨林生活的意义,或者是重新评估原住民的人种价值,都体现了马华作家为边缘族群"发声",试图颠覆马来西亚主流意识形态话语、殖民话语和华人根深蒂固的"华—夷"秩序之努力。

知识形成话语,话语构筑权力。为"消音"的少数族群发声体现了马华作家的觉醒,"少数族裔"中的"少数"从来是一个相对概念,相对马来族,华人族群同样是"少数",所以,为更为"少数"的原住民发声,某种意义上暗含了为华人族群争取生存空间和族群权利的意图。马华作家的觉醒为"拆解

---

① 张贵兴:《猴杯》,台北:联合文学出版社有限公司,2002年,第199页。
② 梁放:《我曾听到你在风中哭泣》,雪兰莪:嫷出版社,2014年,第7页。

殖民结果"提供了知识性工具。他们不再狭隘偏执,而是以开放包容的心态去"打破文化之间的藩篱","向更具统一性的人类社会观和人类解放观靠拢"①。不过也应该看到,对雨林文明的"再发现"还与全球性返魅思潮有关——"全球南方"日益受到重视,消费市场的找寻、转移与扩张带来"承认的政治"。在这一背景之下,"承认文明"就成为一种必然选择。

---

①　张跣:《赛义德——后殖民理论研究》,上海:复旦大学出版社,2007 年,第 200 页。

# 第四章 "回儒对话"中的跨族群书写

"回儒对话"是 20 世纪 90 年代初马来政要为了加强华巫之间的文化融合提出的文化政策。政府不仅指示国家语文出版局翻译出版了《孟子》和《论语》,同时宣称伊斯兰教文明与儒家思想有许多可融合之处,并于 1995 年在马来亚大学举办"国际回儒文明对话"研讨会。这次会议确定了文明对话的一系列目标,其中包括确定当前回儒接触和相互作用中的"问题领域"和针对这些问题提出可行的解决方案。随后,马来亚大学建立了东亚研究系,并成立了文明对话研究中心。民间团体也纷纷举办回儒对话讲座。"文明对话"一时成为马来西亚的文化热潮。国家政策的松绑使马华文学得以触碰此前的文学禁区,一些新生代作家在世纪之交开始书写华巫之间的宗教差异与碰撞,进入 21 世纪,更多的作家加入书写行列,跨族群书写的题材由是有了新的开拓。

## 第一节 禁忌僭越者的"罪"与"罚"

### 一、文学禁忌的"脱敏"

"五一三"事件之后,马来人特权、官方语、伊斯兰教等问题一直被政府列为不容讨论和置疑的"敏感问题"。由于政治禁忌,作家对书写题材"自我审查"以求作品的"政治正确",导致宗教书写几乎无人涉笔,或是只敢采用非常隐晦的方式稍加提及。在驼铃的《可可园的黄昏》(1980)中,马来青年阿旺和华人少女阿华相爱,阿旺让姨母上门提亲,汉叔(阿华的父亲)只简单地答复了一句"这是不可能的"。小说没有细说汉叔拒绝的原因,但在地的读者一看便知,宗教是华巫通婚难以逾越的高墙。在家庭的阻挠下,两个年轻人只好选择私奔。几年后,阿旺勇敢地回来帮助老人,寻求老人的谅解,但老人一直不肯正式表示宽恕对方。小说中还写到老人和外孙罗希(阿旺与阿华的混血儿子)的隔阂。罗希懂事又勤劳,是个不可多得的少年。按照常理,老人应该心满意足,喜形于色。作为晚辈,也该是无所顾忌,谈笑自若。然而事实并非如此,祖孙俩的交往始终有些拘谨。老人心里明白,这并不为别的,只因这孙儿不是自己华人,接下来的几个细节透露了老人的秘密。一个是罗希用手抓饭吃,还有一个是当罗希问老人肉吃完没有时,老人掩饰说,那块猪肉是用来祭奠罗希外婆的,实际上它还好好地藏在菜橱里。这些细节暗示,外孙的信仰使祖孙俩在生活中相处也不能那么亲密无间。

相较于《可可园的黄昏》让宗教"不出场地存在"的做法,潘雨桐的《一水天涯》(1987)已显得明朗很多。小说由一个嫁到大马的台湾太太林美云的视角展开,描写了充斥在华人周围的伊斯兰宗教气息:打开电视画面,看到的是马来人在祈祷;清晨在教堂传来的祈祷声中醒来。然而对美云而言,尽管定居此地整整十年,她仍听不懂马来人祈祷什么,也看不懂电视画面中的爪夷文,甚至心生疑问,如果祈祷上苍保佑吾民,吾民是否不分种族、阶级都能公平承受上苍的福泽?这样的疑问来自美云亲身遭受的不公平对待,女儿都上小学了,自己却迟迟不能获得公民身份,她一再地申请,准备的材料有些甚至已经褪色,却还是被一再地驳回。美云终于把内心的不满与积怨用一长串的疑问发泄出来,这长达一页的疑问历数了华人在马来西亚不堪的"二等公民"境遇,其中就提到了政府对华人的同化政策。"一个国家,一个种族,一种语文,我们五百万的炎黄子孙将如何自处?"[①]美云的质疑传达了华人对政府推行的族群政策的不满,不过对国家独尊伊斯兰教的不满没有单独突显出来,而是与华人遭受的其他不公待遇并置在一起。

及至进入"小开放"的20世纪90年代,一些刊物在举办文学创作比赛时,所刊征稿启事仍要赫然印上"不得涉及政治、种族、宗教、教育等敏感问题"。[②] 在驼铃创作于20世纪90年代初的小说《板桥上》(1991)中,出现了一个卖茶的马来老人阿里。他对相处了整整半个世纪的华人邻居的被迫迁移(儿子当上议员,要卖掉祖屋搬到城里),是深为怜悯和惋惜的。尽管种族不同,宗教信仰不同,但并不妨碍阿里对华人邻居的理解和关心,就像他说的:"异教徒,异教徒又怎样? 他们不都是善良的人!"[③]作者借马来老人之口,以迂回的方式来批评政府以宗教信仰区隔族群的做法。整体而言,"五一三"事件之后至20世纪90年代前期,马华文学很少涉笔宗教议题,即便有,也多是以隐晦的方式来书写族群之间的宗教差异,或是含蓄地批评政府宗教政策的偏差。

---

① 潘雨桐:《一水天涯》,载黄锦树主编:《一水天涯:马华当代小说选》,台北:九歌出版社,1998年,第49页。

② 黄万华:《新马百年华文小说史》,济南:山东文艺出版社,1999年,第322页。

③ 驼铃:《板桥上》,载驼铃:《驼铃文集》,厦门:鹭江出版社,1995年,第159页。

1995 年,马来西亚政府推动的"回儒对话"①允许探讨回儒接触中的"问题领域",寻求华人文化与伊斯兰文化的相互理解,得到华人的热烈响应。几家大型的华文报纸,如西马的《星洲日报》《南洋商报》和东马的《诗华日报》,都大篇幅地加以报道。民间团体和组织也纷纷开展相关讨论与研究。马华文学也突破此前的文学禁区,开始大胆表现回儒接触中的"问题领域",包括书写禁忌僭越者的"罪"与"罚"、私人生活领域的碰撞与磨合、社会公共空间的规训与惩戒等,显示政策松绑给马华文学带来的新空间。此类作品主要出自西马本土作家和西马留台作家之手,东马作家未曾介入。这主要是因为东马原住民多信仰基督教及天主教,东马作家在日常生活中较少体验回儒差异与碰撞。

## 二、"不信道者"的质疑

黄锦树的《阿拉的旨意》(1998)是马华文坛正面书写华巫之间宗教碰撞的初试啼声之作。小说主人公"我"参与了 1957 年的左翼行动,革命失败后为了苟活不得不接受马来贵族朋友的"拯救"方案,被流放到只有土著居住的小岛接受改造。"我"从此皈依伊斯兰教,改名"文西·鸭都拉",永远放弃使用及传授中文(即使是自言自语),永远不再和以前的亲友联系,永远不能离开规定居住的小岛。"我"在荒岛上以另外一个人的名字存在,帮助当地土著开垦荒地,娶马来人为妻,繁衍后代,开办学校,教化岛上的孩子,甚至建造了岛上最大的回教堂。"我"对岛上的经济和教育做出了巨大的贡献,但"我"却始终被视为不信道的人,遭受排斥,要承受无所不在的监视。另外,"我"内心始终不能放下华人的文化与血脉之根,"我"想读中文报纸、中文佛经,或者任何一本中文书,"我"抑制不住挂念父母,想让孩子去家乡看望双亲,甚至"我"给自己的长子取名阿支(Aci),幺女取名阿那(Ana),以此来缓释内心对华族的念想。

小说原载《联合文学》,后收入其小说集《由岛至岛》,颇有意味的是,小说集目录中的标题是《不信道的人们》,小说内页中的标题是《阿拉的旨意》,二者构成对照和互涉。就小说内容来理解,不信道者是族群权益争夺战中

---

① 伊斯兰教是马来西亚的国教,儒家学说被认为是马来西亚华人的文化信仰,所以回儒对话实际上就是伊斯兰教文化群体(马来人)与儒家文化群体(华人)的对话。时任副首相安华出席"回儒对话"会议并发言,使会议具有了明显的官方合法性。会议确定了几大目标:一、促进世界主要文明之间特别是华人(儒家)文化和伊斯兰文化之间的相互理解;二、有利于更好地理解以往和当前回儒两大文明接触和相互作用的实质和程度;三、确定当前回儒接触和相互作用中的"问题领域";四、对解决这些当前问题提出可行的建议。具体参看华涛:《文明对话与启蒙心态》,《回族研究》2001年第 4 期。

的落败者,就如小说中的主角"我",革命失败后被迫流放荒岛,即便后来成了当地人的宗教导师,一直在麦加朝圣名单中却永远不能成行,被那些到过麦加朝圣的哈芝①戏称为"不信道的人";而所谓"阿拉的旨意"不过是对落败者的流放与排斥。

　　小说文本中,"我"的马来贵族朋友、执行他旨意的马来政府官员,以及岛上的居民代表着"阿拉的旨意","我"则是不信道者,他们对"我"的改造与"我"的质疑贯穿全文。这种"旨意"与"质疑"的较量从幼时就已开始,一直延续到岛上的幽禁岁月。"我"那位尊贵的朋友,自小跟"我"一起长大。有一回,有着"尊贵"血统的他突发豪语,问如果有一天他成了拉惹(统治者),"我"希望得到什么赏赐,"我"随口胡说要一座小岛。当"我"开玩笑地拿他的问题来反问他时,他立马严肃地加以驳斥"那不可能","这土地是我们的!"并警告"我"不许开这种玩笑。往后"我"和他从玩伴逐渐分道扬镳。他狂热地拥抱他的语言、民族,而"我"也是。一谈及国家大事,"我们"总是话不投机,脸红耳赤。他指着鼻子训斥"你们……哪一个不是外来者?竟敢争这争那,想做主人?是不是太过分";而"我"心里想的是,要是当年郑和有远见,华人也许不会面临今天这些困境。华人只不过一再地错过了时机。后来"我"因参与争取族群权益斗争而被政府逮捕,事后被赦免,条件是接受一项表面看不出残酷实际却非常残忍的实验——文化换血。"我"在流放孤岛后,表面上接受改造遵从"阿拉的旨意",依照契约内容完全清除过去作为华人生活过的痕迹,代换了马来人全盘的生活方式,甚至为免造成子女的困扰,考虑以马来人的身份死去。可华族文化之火并不能被完全熄灭。新婚之夜,"我"遵照马来习俗迎娶马来女子,却在无人时向想象中家乡的方向跪拜,以这种华人婚典姿势默告父母祖先。不能使用汉字,就求助于古老的象形文字,在捡拾而来的石头上印刻自己的生肖——猪的图像,又画上牛的图像象征谐音姓氏"刘",画上古币喻示名字"财",并嘱咐妻子在"我"死后将石头立于墓前。小说的布局使文本出现对立的声部:一种声调来自主导族群马来人,代表盛气凌人、来势汹汹、试图改造不信道者的"旨意";另外一种声调来自处于弱势地位的华人,传达的是迂回的、不屈服的、带有"对抗性"的"质疑",是许文荣所说的"反话语书写策略"②。两种声调形成相互抵牾的话语机制。如果说"阿拉的旨意"代表马来人的话语霸权,"我"的质疑就是对话语霸权的打破、消解,因此,所谓宗教碰撞不过是马来人与华人不对等的族群地位所引发的"宰制与反宰制"的表征而已。

---

①　马来语,指曾到过麦加朝圣归来的穆斯林。

②　相关论述可参阅许文荣:《论马华文学的反话语书写策略》,《外国文学研究》2012 年第 4 期。

尽管小说涉及的议题严肃而沉重,但小说的叙事风格却是"谑而且虐"[①]的,用谐谑、反讽、戏仿的技法来消解主导族群话语的权威,使之变得荒诞可笑、不可理喻。黄锦树自己曾说:"小说是一种弹性很大的文类,可以走向诗,也可以侵入论文;可以很轻,也可以十分沉重。它的特性是谐拟、模仿、似真的演出,且具有无可抵御的腐蚀性和侵略性。"[②]《阿拉的旨意》可算是此观点的合适注脚。

小说不仅以"阿拉的旨意"为题,而且正文多次提到"阿拉的旨意",极尽调侃之能事。岛上居民靠海吃饭,兼做海盗,把洗劫商船所获称作是"阿拉的旨意"。"我"之流放岛上对他们而言也是"阿拉的旨意"。"我"想到其他岛上看看,长者们商量好久才勉强答应,同时慎重强调不能让"我"离开小岛是"阿拉的旨意"。"我"担忧孩子太多,希望能获得避孕用品,却被当成笑话传播,有多少孩子也是"阿拉的旨意"。"我"最终决定违背契约,用汉字写下介绍自己一生经历的自白书,如果自白书不幸因天灾人祸而销毁,或因政治因素被封禁,那也是"阿拉的旨意"。这些带有夸张的戏谑达到了讽刺、反抗、解构主导话语的效果。所谓"阿拉的旨意"不是福泽所有族群,而是强者对弱者的掠夺、禁锢、规训、打压和改造。在这种宗教律令之下,华人被异化为他者,处于被排斥隔离的境地。

小说正文亦调侃了马来民族的宗教仪式和文化习俗。"我"流放岛上后,依照约定必须行割礼皈依伊斯兰教,可这么大年龄才行割礼首先引发了岛上居民的笑话,一时成了老少皆宜的笑料,有未出嫁的女孩甚至笑得在地上打滚。而在仪式进行当中,"我"竟联想到父亲阉猪的土法,还有父母自小灌输的华夷观念——"唐人就是唐人,番仔就是番仔,可以一起玩,一起念书,但唐人不可能变成番仔,番仔也不可能变成唐人"[③]。手术后伤口愈合比别人慢,马来医生解释说是因为吃过太多"污秽"的猪肉,阿拉要给予"我"比别人更多的考验。原本十分严肃的宗教仪式变成了一出笑料百出的热闹。"我"忍不住想用汉字书写一份记录自己经历和身世的自白书,被妻子发现异常后,搪塞妻子说是在写一篇《关于雨季的祈祷文》。当时正逢岛上遭遇旱灾,岛上居民祷告诵经祈求降雨,"我"则偷偷祭拜记忆中的海龙王,皆不奏效。神圣的祈雨仪式中混入"我"的私货,无论是自白书还是海龙王,

① 王德威:《坏孩子黄锦树——黄锦树的马华论述与叙述》,载黄锦树:《由岛至岛》,台北:麦田出版,2001年,第15页。
② 黄锦树:《代序:再生产的恐怖主义》,载黄锦树:《梦与猪与黎明》,台北:九歌出版社,1994年,第2页。
③ 黄锦树:《阿拉的旨意》,载黄锦树:《由岛至岛》,台北:麦田出版,2001年,第94页。

都是对祈雨仪式的揶揄嘲弄。"我"皈依伊斯兰教后,改名文西·鸭都拉。巧合的是,文西·鸭都拉并非虚构,在马来西亚历史上确有其人。历史上的文西·鸭都拉是阿拉伯-淡米尔混血后裔,被尊称为"现代马来文学之父"。他的作品对马来社会有深入观察,对马来统治者、封建主义及马来民族性提出了尖锐批评。有马来学者肯定他的现实主义实践,并将他对落后的马来文化的批判归功于他的混血因素;也有马来学者非常介意他的混血系统,对他为基督教会译经非常不齿,认为他对马来人的批评言过其实。① 一个被流放改造的华人竟被赐名为文西·鸭都拉,这本身就是绝妙的讽刺,而"我"遭受的种种不公正好印证了这位"现代马来文学之父"对马来社会的观察,他的混血身份也不无反讽地证实了马来西亚是一个移民构成的社会,马来人也是这片土地上的移民。

小说讽刺的对象不限于马来人禁忌,还有华人自己。华社最津津乐道的郑和下西洋的壮举,被嘲弄成导致华人今天处处受制于人的太监的"没种"行为。马华文坛现代主义诗人温任平的名作《流放是一种伤》(表达被流放的中国文化之子的创伤与悲情)被嘲弄为"流放"是一种汤:"我"在岛上发明一种加了大量酸梅果的鱼汤,自嘲似的将它命名为"流放",于是在岛上"流放"是一种汤。高嘉谦指出,《阿拉的旨意》整体的语言风格是有意将族群的结构性创伤埋葬在荒谬的情节与嘲谑的语调中;而对华人自身的嘲讽,在某种程度上深化了感时忧国遗绪中,一个挑战自我存在的文学实践,是一则投向他者,也反涉自我的寓言,其中蕴含着忧患的力道。② 不信道者化"伤"为"汤"的戏谑中,饱含着作者对华人先天被"排除在外"的地位的愤懑和深深的忧虑。

### 三、"反叛者"的嘲弄

以戏谑的笔法解构宗教霸权,将华人不堪的处境寓言化的作品,还有曾翎龙的《在逃诗人》(2004),黄锦树曾评价它是一则"暴虐的拟仿政治寓言"③。主人公蒙宇哲因为写作"煽动人民情绪、危及国家安全"的革命诗歌,在内安法令下被逮捕,无限期关押。他不甘大好年华被禁锢牢笼,与妻子陈如艺策划一起保外就医的苦肉计,伺机出逃。不承想在出逃医院时迎

---

① 关于文西·鸭都拉(Munsyi Abdullah,1796—1854)在马来文坛的地位和评价可参阅庄华兴:《伊的故事:马来新文学研究》,雪兰莪:有人出版社,2005年版,第1~10页。

② 高嘉谦:《历史与叙事:论黄锦树的寓言书写》,载马来西亚留台校友会联合总会主编:《马华文学与现代性》,台北:新锐文创,2012年,第80~81页。

③ 黄锦树:《推荐序·偷换的文本》,载曾翎龙《在逃诗人》,雪兰莪:有人出版社,2012年,第13页。

面碰上偷偷前来探望他的昔日好友——当今首相阿布,情急之下,蒙宇哲顺手绑架阿布,并以此要挟阿布和政府废除内安法令并释放所有被扣押者。最终,阿布被大批特警成功营救,蒙宇哲反被警长栽赃,以贩卖白粉罪处决。这场政治荒诞剧对马来西亚的政治、宗教、种族问题均加以大胆的嘲弄。对政府以内安法令不经审讯,就长期扣留社会异议分子的行为进行嘲弄。蒙宇哲临刑前的要求竟是一顿猪肉大餐,于是,严肃的刑场处决在一片华裔囚犯们享用猪肉的嘉年华气氛中收场,蒙宇哲还效仿谭嗣同留下一首颇有讽刺意味的绝命诗。小说以嬉戏之笔嘲弄政府借内安法令打压华人的无耻行径。

蒙宇哲反抗社会的悲喜剧深刻暴露了马华社会的结构性问题,其实是一则华族整体处境的寓言。蒙宇哲与阿布是自幼一块长大的好友,长大后却分道扬镳,命运也背道而驰,一个贵为首相,一个沦为阶下囚,恰如《阿拉的旨意》中被流放的华裔主人公与他尊贵的马来朋友。究其根源,不同的种族身份早已定下了他们此后的际遇,就像阿布作的结论:"这都是命,不同的命。"这种不同命运背后的深层次原因,是华人在整体实力悬殊下的政治宿命,谁也无法改变。与华族有着深厚渊源的阿布在当上首相后,内心其实乐于成为华族和马来族群间的桥梁,但当他看到国会议员手按古兰经宣扬将华人赶回中国的极端措辞竟然颇有市场,也不得不妥协:"当极端民族主义成为政治资本一再被拨弄,他只能佯装镇定其实如坐针毡的在他那最高的椅子上抬起双手,以打太极四两拨千斤的手法把问题暂且扫到一旁。"①

小说还以后设的技法,在讲述故事的过程中不断加入人们对蒙宇哲的评论,展现了与官方看法相悖的另一种声音。官方将蒙宇哲定性为威胁国家安全、贩卖白粉、死有余辜的不法之徒,后设文本交代,蒙宇哲从扣留营逃脱的事迹,在他死后几十年还将在革命党人口中流传,在该党的正史之上涂抹一层传奇色彩,尽管革命党将在不久的将来被撤销注册,但蒙宇哲仍活在民间的口述历史中。作为口述历史存在的还有他临刑前的绝命诗。显然,华人的口述历史是对官方历史的一种反表述,两种历史记忆之间的反差与分化,消解了官方论述的一元独尊。

有关榴莲的味觉记忆,华巫两族各有各的传说。马来人有"榴莲下,脱纱笼"的传说,意思是为了吃上它,不惜把身上的纱笼拿去典当。华人追溯至郑和下西洋,离家太久的船员因它"流连忘返"而不愿回国,遂得名"榴莲",这一传说成为此后下南洋的华侨猪仔家园离散、异地生根命运的隐喻。

---

① 曾翎龙:《在逃诗人》,雪兰莪:有人出版社,2012年,第56页。

蒙宇哲在逃跑中吃榴莲果腹,似乎将华族的移民处境拉回到原初的处境,他甚至设想假如妻子陈如艺看到这个画面,她会"写上一篇20万字的小说,其中包含伟大的种族主义、离散与植根、分化或同化。问题是这篇注定只能泛出暗香的小说设若让脑满肠肥的老饕嗅出个中真味,只怕如今坐着掰榴莲的会是陈如艺,换成蒙宇哲为这画面写一首诗"。① 小说以后设文字构思了一个想象的情境,假如陈如艺有感而发写上一篇影射种族主义和华人不公命运的小说,那么这篇小说要么永远不能见光,要么会成为统治者惩戒当事人的罪证。文本借着后设将想象与现实两种情况并置在一起,将华人被排斥的宿命揭示出来。

## 四、"吃教者"的自我分裂

在马来西亚,有些人皈依伊斯兰教的目的,主要是希望取得穆斯林的姓名,以此换取土著才能享有的权益与福利,但衍生而来的文化习俗冲突,往往暴露出他们不过是荒谬扭曲的"信道者",高嘉谦称之为"技术派穆斯林"②,本书称之为"吃教者"。据郑月里的调查研究,在20世纪60—70年代,马来西亚确实曾出现许多教育水平不高和收入较低的华人因为经济因素改信伊斯兰教。他们希望借此获得政府经济上的某些奖励,或者便于申请各种执照,更方便找个好工作。特别是1971年推行新经济政策和固打制后,西马马来人和东马原住民都得到政府的全面扶持,导致一些华人为了谋取或分享一些政府的利益,而皈依伊斯兰教,并希望与土著一样能享有某些特权。③ 但大马伊斯兰发展局(JAKIM)在1998年明文规定,异族皈依者改换的穆斯林姓名必须保留原有姓名的一部分以示区别,华人皈依伊斯兰教后并不能同等享受土著的权益,因此,华人因经济利益皈依者减少。可见,技术派华裔穆斯林"吃教"行为的产生,背后有着复杂的政治和经济因素,是现行国家族群政策"分而待之"造成的荒谬后果。

黄锦树《我的朋友鸭都拉》(2002)书写了一个"技术派穆斯林"鸭都拉(Abdullah)闹剧般的一生。"Abdullah"意思是"真主的奴隶"或"阿拉的仆人",但他的行径却与名字背道而驰,故常被朋友们明里暗里嘲笑。"我"的朋友鸭都拉染指公司下属中一个涉世未深的穆斯林少女,只得选择皈依伊斯兰教,迎娶女孩收场。但"我们"都怀疑这桩婚事的背后牵涉到属于土著

① 曾翎龙:《在逃诗人》,雪兰莪:有人出版社,2012年,第47页。
② 高嘉谦:《历史与叙事:论黄锦树的寓言书写》,载马来西亚"留台"校友会联合总会主编:《马华文学与现代性》,台北:新锐文创,2012年,第79页。
③ 郑月里:《华裔穆斯林在马来西亚》,台北:文史哲出版社,2012年,第144～145页。

而华人无缘染指的庞大利益,因为他和穆斯林妻子成婚时,恰是他的地产生意陷入危急之时,而新妻娘家是某州皇室的"瓜蔓亲",和诸多马来新兴资产阶级有血缘或地缘关系,因此顺利解决了他的事业"瓶颈"。此后,借力穆斯林妻子,他的事业做得风生水起,甚至进入了华人很难涉足的垄断行业,财富急剧增长。他不单是许多华校、会馆、神庙的赞助人,也是公益团体的理事,竟然闲到去写作了。鸭都拉尽管名义上成了穆斯林,但并不能放弃以前的口腹之欲。只要离了他的穆斯林妻子,就大肆偷吃肉骨茶和大包烧肉,大快朵颐更胜往昔,连穆斯林需要禁食的斋戒月都毫无顾忌,可以吃到猛拉肚子。他结伙北上泰国嫖妓,还几度贪恋印度女孩,美其名曰种族敦睦,最终染上严重的性病。打击接踵而至:他临盆的穆斯林妻子诉请离婚;然后是国家经济不景气,鸭都拉的事业连带遭受重创;还因为他和恐怖分子有过接触(他自己完全不知情),糊里糊涂成了美帝的追捕对象,四处逃亡,死后连尸身也无法入土为安。他可谓生前机关算尽死后却不知葬身何处。

虽然鸭都拉结局悲惨,但小说行文颇具"喜"感,以鸭都拉一生中的一连串笑话组成。小说运用笑谑和戏拟(parody)的技法,讥讽了"技术派华裔穆斯林"的短视投机,批评了造成这一荒诞剧的整个国家体制。戏拟是一种滑稽性的模仿,模仿的对象可以是某一作家或作品的独特风格、情节结构、思想主题、人物形象等,也可以是互文性视域下的文化与社会大文本。这种有意模仿往往是为了造成和前文本意趣相悖,具有戏谑性、讽刺性的否定效果。小说首先戏拟了马来西亚的族群融合政策。一班损友嘲笑鸭都拉皈依伊斯兰教,娶穆斯林为妻是别有所图,鸭都拉辩白,说他那样做不是投机,而是用心良苦,是为国家的未来谋出路而牺牲小我的一种实验,是为了实践他的"2002 宏愿"——娶四个不同种族的妻子,一个华人、一个马来人、一个印度人、一个"山番",以响应政府提出的种族和谐政策。他把嫖妓对象包括三大种族的行为美化为"族群融合"行动。他染指印度女人,还美其名曰维护下半身的基本人权,是为了族群间的"敦睦",也是实践他"2002 宏愿"的重要一步。这显然是戏拟和嘲弄时任首相马哈迪提出的"2020 宏愿"和副首相安华提出的"同是一家人"口号。马哈迪在 1991 年推出的 2020 年宏愿计划中提出"马来西亚国族"的概念,宣称要在 2020 年来临时,马来西亚人在"种族、地域上整合,和谐共处,公平合作"。副首相安华则宣称"不管是印度人、华人还是马来人,我们都是一家人"。鸭都拉的话语逻辑看似言之成理,实际不过是打着种族团结的幌子行满足自己私欲之实的丑恶行径。至于政治家的"宏愿"有几分能当真,他们与鸭都拉的矫饰有几分相似,在地华人自然心知肚明。小说还戏谑了政府的文化融合政策。当鸭都拉的事业因靠山倒台和国家经济危机而每况愈下时,"我"的庙宇行业却形势一片大好。"我"独具慧眼,发现开庙是一项暴利的买卖,而且景气越不好,庙宇生意越兴旺。由于之前"回儒对话"的良好政治氛围,"我"已成功开发两个系统(佛教和道教),甚至将业务拓展到了台湾,现正研发、扩展孔庙,以期和回教堂一样普遍,好跟回教堂"对话",名利双收。小说把政府大力推行的文化政策("回儒对话")戏谑为有利可图的生意,表现出对官方话语的疑虑和不信任。

小说戏谑的对象也包括"技术派穆斯林"。鸭都拉娶马来人为妻后,每年都固定前往麦加朝圣,所以理所当然是个哈芝了,他一句"机票其实很便宜,划得来的"就暴露出他假虔诚真投机的面目。鸭都拉为了表示他对宗教的虔诚,有一阵子衣着打扮都是穆斯林的装束,身披连身的阿拉伯长袍,头上缠着头巾。滑稽的是,长袍根本遮蔽不了他满是肥油的肚腩,而且,他之所以这样做,是因为有来自中东的外宾来访,他官场及宗教界的朋友希望他有所表现。损友们捧腹大笑之外只问了一句:"穿成那样——不会热吗?不会——痒吗?"轻描淡写的谐仿,使鸭都拉脑满肥肠的形象与伊斯兰教义的要求显得格格不入。为了附庸风雅,也为了表白宗教虔诚,嗜好猪肉的鸭都拉专门写了一篇文章《谈马来小吃》发表在某中文报副刊,朋友们嘲笑他一边大肆享用华人肉食,一边又撰文谈马来人的清真食品。这类描写,以漫画式的夸张笔法把人物身上自相矛盾的东西显露出来,制造出人意表的讽刺效果。既讽刺了"技术派穆斯林"的故作姿态,也在戏谑搞笑中消解了伊斯兰教权威。

此外,小说还戏拟了国家政治事件和马华文坛怪现状。当国家出现经济危机,政治和社会局势随之动荡,鸭都拉最为尊敬的"一人之下,万人之上"的领导人,也"一夜之间被打黑了一双眼睛",被控同性恋及贪污而被送入大牢。这是影射前副首相安华以同性恋罪被捕,以及由此引发的政治动乱。"一夜之间被打黑了一双眼睛"指安华挨了当时马国警察总长的拳头。小说以戏谑之笔把马来政要拉下神坛,写出了大马政坛尔虞我诈的乱象。鸭都拉财富急剧增长后,就想当作家为自己装点门面,像许多大老板一样"商而优则儒"。某大报请某位非常大牌的台湾作家来指导整个文坛,他也去参加并提问:"……像我的小说都是写我们华人,就有人批评我族群中心,问我为什么不去写马来人、印度人或卡达山人;另一个评论者更过分,问我为什么不去写外星人;像我喜欢写政治、经济、教育这些华社最关心的大问题,就有人批评我为什么不去写高速公路收费年年涨价、立百病毒、骨病热症、苦旱不雨这些和小市民生活更直接有关联的民生问题……"①鸭都拉的提问其实道出了马华文学的困境,矛头直指国家审查制度。长期的管制和压抑使马华作家在创作时往往自我审查、自我设限。台湾大师"可以去写猩猩"的无厘头回答,可说是对审查制度的绝妙讽刺。

如果说《阿拉的旨意》中的异教徒是一个流放者,《在逃诗人》中的异教徒是一个革命者,那么鸭都拉则是一个荒谬扭曲的技术派"信道者"。面对强大的国家宗教机器,弱势的华人个体无法正面抗争,于是以表面的皈依来换取穆斯林身份所带来的利益,而这种利益本身就是不公平的族群政策造成的。华人的整体实力无法重新制定规则,只能以投机取巧的方式来利用规则最终达到打破规则的目的。"只是这回的下场不是不通道的流放,却是将技术性的通道者还原成为本能的欲求而死。"②鸭都拉一生的笑话和他的悲剧下场,再次映照了大马华人的生存困境,消解、讽刺了各种族群亲善、文化融合政策所构想的美好蓝图,微妙地生产出与主导话语相背离的异质性的"话语—文本"。

一生笑话不断的鸭都拉连最后的葬礼也成了一个笑话。葬礼现场气氛诡异,棺木早已密合钉封,不符合一般葬礼上让亲友见最后一面的惯例。事后才知,那葬礼上的棺材里头并没有尸体,而是塞了许多他生前用过的旧物。棺木里的旧物杂乱不堪,除了旧衣服、旧物品,还有几本电话簿、生前常看的金庸武侠小说和《西游记》、寺庙赠送的佛经、词典,以及一台老旧电熨斗。这些乱七八糟、破败不堪的东西拼凑在一起,就好似死者生前杂乱失范的生活和身份一样,让人忍俊不禁,与庄严肃穆的葬礼完全不搭调。尤其是小说交代,塞这么多的杂物不过是为了让棺木"抬起来好似里面有只咸鱼咁重",好掩饰没有尸体的尴尬,而他真正的尸体早已被抢走,像"插秧"一样"种进"穆斯林的墓园,更是将这种戏谑推至极致。

## 五、"退教者"的禁锢

贺淑芳小说 *Aminah*(2012)、《风吹过了黄梨叶与鸡蛋花》(2013)、《带着钩子的恰恰》(2017)都涉及华裔穆斯林后裔的被迫改教议题。三篇小说中的后裔都没法继续使用他们的华人名字"美兰",只能使用穆斯林名字"阿米娜",并被幽禁在她们抗拒的宗教身份里,无法逃脱。前两篇小说中的阿米娜试图退教未果,被囚禁在穆斯林的"信仰之家"接受改造。最后一篇小

① 黄锦树:《我的朋友鸭都拉》,载黄锦树:《土与火》,台北:麦田出版,2005年,第65页。
② 高嘉谦:《历史与叙事:论黄锦树的寓言书写》,载马来西亚留台校友会联合总会主编:《马华文学与现代性》,台北:新锐文创,2012年,第81~82页。

说中的阿米娜已经无力脱教,她在分裂的身份中寻求友情和爱情,心怀希冀又害怕幻想破灭。这三篇小说可以视为彼此独立又相互关联的"改教"三部曲,本节主要探讨前两部作品,《带着钩子的恰恰》放在第三节涉及"情感世界的困境"这部分再行探讨。

*Aminah* 中,阿米娜的祖父是皈依伊斯兰教的华人,改名阿都拉洪,阿米娜一出生就注定只能是穆斯林。就像《禁忌——虚构补选文体与真实小说观念之差》中李日父亲说的那样,华人一旦皈依伊斯兰,子子孙孙都只能是穆斯林,所以改教不只是个人的事情,而是涉及家族后裔的大事。阿米娜不想做穆斯林,她想申请退教,改回华人名字"洪美兰",但伊斯兰教法庭宣判她仍然归属伊斯兰。

> 我的名字是洪美兰。对着枕头说,声音陷入皱褶中。人们会说,这话现在无效了,你不能再证明自己是洪美兰。不仅因为它白纸黑字地在法庭上朗读出来,而且,还因为你不能上诉——已经无处可去,一切已成定局,不能再改变。
>
> 阿米娜。[1]

档案记载阿米娜 1975 年出生,1993 年申请退教,1997 年伊斯兰教法庭判决她仍归属伊斯兰,当过餐厅女侍、酒廊女侍、理发女郎,曾和非穆斯林男人同居。"阿米娜"这个名字是忠心耿耿的意思,但从档案材料来看,阿米娜品行不端、与异教徒同居,试图叛教,显然与名字的含义背道而驰。她在信仰之家接受改造时,愤怒撕掉祈祷用的白袍,常常裸体梦游,咒骂老师;又常常边哭泣边控诉曾经交往的情人们,都舍弃了她的感情,而且他们的关系从来无法注册,怀上的孩子也只能流产。阿米娜野性难驯的毛病让老师们不知所措,甚至要把她送到疯人院,但又担心信仰之家会担上把人逼疯的坏名声,于是继续"拯救"她。

阿米娜出生长大的时间,适逢马来西亚大力推行伊斯兰化、加强伊斯兰教法庭权利的时期。阿米娜的行为自然被视为大逆不道、乖离教义之举,她被送进信仰之家接受改造,实际是主导族群借助国家机器的威力来树立伊斯兰宗教权威。小说中提到,与阿米娜一起接受改造的还有想脱教而不成功的原住民,举止浪荡的女性,性别错乱者,对可兰经的诠释出现错误者。这些从侧面反映出国家的伊斯兰化趋势给华人、原住民等群体带来的无形

---

[1] 贺淑芳:*Aminah*,载贺淑芳:《湖面如镜》,台北:宝瓶文化事业股份有限公司,2014 年,第 119 页。

压力。阿米娜申请脱教花了整整四年时间,结果还是失败,并且永远没有上诉机会。她被禁锢在信仰之家,接受严厉的回教训导:着装上要穿戴罩袍与头巾;语言上要放弃华语改用马来语;感情上要放弃异教徒改为取悦真主;从舍监到宗教导师都告诉她"一个人体内如果流有穆斯林的血,到死也是穆斯林",让她放弃脱教的妄念改为认同阿米娜的身份。如果不肯就范,这种禁锢就会无限期延长,绝望的阿米娜只能寄希望于"再出世一次"。

小说开头和结尾的情节有些类似,都是写阿米娜裸体梦游出走,舍监发现床铺空了之后四处寻找:清晨幽暗未明,阴寒冷气四处漶漫,使一向不信鬼神的舍监也不由得寒毛竖立;等到信仰之家回教堂广播的早祷声响起,庄严肃穆的祷告声音高亢,穿透苍穹,一下子就淹没了整个山谷的其他声音,舍监没有再听到任何其他声音。这个情节充满了寓意,根据伊斯兰教义,一个人不应当在洗澡、如厕,以及夫妻生活之外的其他时刻裸露身体,阿米娜脱掉伊斯兰教长袍裸体梦游,是她对抗宗教改造的极端形式。小说有一个非常耐人寻味的细节,就是当一向正经的宗教导师哈密撞见裸游的阿米娜,不由得被她的身体吸引,心里起了邪念,哈密最终战胜了欲望,把持住自己,但他不由得想起出国留学攻读宗教学以前,也曾和女友一夜放纵,如今只能读着可兰经,抵抗对往昔的悲伤与怀念。这个细节极具讽刺意味,宗教信仰走向极端何尝不是对人性的压抑,但即便是虔诚如哈密,也会在某一瞬间闪现人性的本色。而回教堂的早祷声响起,山谷里就再也听不到任何其他声音,暗含对马来西亚政府独尊伊斯兰教的不满,也写出了华人、印度人、原住民等弱势族群在马来族宗教和文化霸权下的"无声"困境。小说结尾跟开头稍有不同的地方在于,阿米娜的不肯驯服似乎有传染性,从北部来的三姐妹不肯遵从伊斯兰教义,在宿舍玩起驱邪治病的仪式,对舍监的斥责置若罔闻;阿米娜逃走了,这三姐妹和其他几个人也一同不见了。信仰之家的"拯救"行动宣告失败。

《风吹过了黄梨叶与鸡蛋花》中的阿米娜同样因申请退教失败而被送进信仰之家接受改造。在这里整天要读经、抄经文、看教条影片、忍受宗教老师无所不在的监视和训导。囚徒式的处境让阿米娜太过压抑,幻想逃离而出现精神分裂。小说中反复出现的两栖人就是这种精神分裂的外化。故事的主角分裂成两个人:一个是穆斯林阿米娜;另一个是"我",即华人张美兰。小说有六处同时使用马来文和汉字来展现人物的精神分裂。

一是"sementara(暂时)"。阿米娜已经在信仰之家待了四个月,新的庭令下来,要求她再待四个月。母亲暂时还没能把她弄出去。"我"感到疑惑的是,"暂时"到底有多长?每天待在信仰之家醒了睡,睡了醒,这种牢笼般的生活太没意思。阿米娜接受的训导是,这里的生活有意思,取悦真主就是人生的意义所在,如果自由不过是为了满足低等的欲望,那就应该放弃这种败德的自由。

二是"Nama(名字)"。这部分首先介绍了一个有关名字的游戏。游戏中的人先是互相对调名字,若是之后弄错了名字,则立刻淘汰出局。

> 有这样的游戏。念一个人的名字。跟别人对调了名字。不要留恋原来的名字。如果别人叫了你新的名字,你没回应,又或者别人叫了你原来的名字,你竟错误地回应了,立刻就得"死"。这游戏没有给人第二次机会,死了就是死了,立刻淘汰。[①]

这个游戏显然是对应华裔穆斯林的身份问题。一旦选择了伊斯兰,就得忘掉过去的名字,否则就是死路一条。宗教法庭的锤子敲定,阿米娜只能接受阿米娜这个名字。但阿米娜不是自愿皈依伊斯兰,只不过因为是华裔穆斯林的后代,她一生下来就没得选,只能是穆斯林。阿米娜从心里抗拒这个名字,但申请退教失败,只能寄希望于"再出世一次。"

三是"hari depan(以后)"。阿米娜只会写一些简单的马来文,这不是"我"习惯的文字,但大家都认为此后一生阿米娜都只能使用马来文,只能披着长袍面纱过一生。"我"认为漫长的一生应该不断地自由发展。

四是"muram(忧郁)"。哈芝节的前一天,大家都回去了,只剩阿米娜。舍监的眼睛无所不在地盯着她,阿米娜感觉太压抑,好似有一栋房间穿过了身体一样沉重。"我"在窒息的气氛中首先梦见栖。栖可以自由出入,而且能适应水中和陆地的生活。这种左右逢源的技能正是"我"和阿米娜缺乏的,我们始终无法在穆斯林和华人这两种身份间自由切换。

五是"bahagia(幸福)"。"我"收到了心上人"溪"的来信,他在信里问"我"过得可好,信封上写着"张美兰收"。来信让"我"感受到了爱和幸福,世界一扫阴霾,充满斑斓的光。

六是"lari(逃跑)"。"我"厌倦了信仰之家的孤独生活,决定逃跑。阿米娜认为逃跑不难,难的是要跑到哪里,如果自己不见了,就会惊动全国的警察和舆论媒体。"我"和阿米娜的思想相互打架,难以分辨。

> 很难分辨,这个故事到底是我写的,还是阿米娜写的。有时候我帮

---

① 贺淑芳:《风吹过了黄梨叶与鸡蛋花》,载贺淑芳:《湖面如镜》,台北:宝瓶文化事业股份有限公司,2014 年,第 142~143 页。

她编故事,有时候她想纠正我的说法。更多时候我们分不清这些句子
到底是哪个人的念头,就像栖的来源,栖的祖先来源何方已不可考。反
正最初应该是落到水上(因为海实在太大了),然后才慢慢移到陆地去。
祖先沿着海岸线,一直走一直走,一个沼泽、一个沼泽地搬迁。所有的
沼泽都善于吞噬脚印和名字……①

这段文字是华人漂洋过海落脚马来西亚的缩影,也是华人命运的一则
寓言。华人历经千辛万苦,来到马来西亚,又胼手胝足,开发此地,但他们的
贡献和名字却被有意抹去。

从这六处书写我们可以还原阿米娜的人生轨迹和她内心的矛盾纠结:
一个华裔穆斯林的后代,喜欢上了华人"溪",申请脱教恢复华人名字以便与
心上人相守;宗教法庭判处她仍是穆斯林,与异教徒的恋爱违背了伊斯兰教
义,把她送进信仰之家接受改造;不肯遵循严格的穆斯林教义被判延长改造
时间;无法挣脱的牢笼使其精神分裂,一方面想逃出信仰之家,一方面又不
知道逃往哪里;若是逃到荒无人烟之处,就会感觉孤独,若是害怕孤独就免
不了跟人有牵绊,有了邻居、朋友和爱情,就会再度回到这张烦恼的网中。
由此可以看出,马来西亚一边倒的宗教政策和宗教法庭就是强加在华裔穆
斯林头上的巨网,不仅自己没法重新选择名字和宗教,后代也会无法挣脱穆
斯林身份。小说最后写道:"不靠乌斯达兹,不靠舍监,不靠任何宣称对我有
爱心的人,我要在一个远远的地方像孩子那样重新出世。我要自己生下我
自己。"②这是一种对国家宗教制度的无声反抗,一方面可以看出来退教在
马来西亚的绝无可能,只有重新出生才能改变身份,另一方面也可以看出
"我"反抗绝望的勇气,宁愿重新出生,也不愿意接受强加身上的教义。

与阿米娜的故事相补充的还有玛丽亚和莎依玛的故事。玛丽亚是一个
白人女孩,被养父母和亲生父母争夺。养父母是回教徒,而亲生父母是天主
教徒。案件闹上法庭,两家都流泪诉说委屈,认为自己的爱和尊严被夺走
了,却从来没有人问玛丽亚自己的选择是什么。莎依玛怀孕了,不愿意嫁给
强奸她的警察,也被送进信仰之家接受改造。两个女孩与阿米娜一样,没法
选择自己的身份或情感,没法主宰自己的命运。但小说的深刻之处在于所
有的批评并不是针对伊斯兰本身,而是强调人应该有选择权,如果爱上什么

---

① 贺淑芳:《风吹过了黄梨叶与鸡蛋花》,载贺淑芳:《湖面如镜》,台北:宝瓶文化事业股份有
限公司,2014年,第149页。

② 贺淑芳:《风吹过了黄梨叶与鸡蛋花》,载贺淑芳:《湖面如镜》,台北:宝瓶文化事业股份有
限公司,2014年,第157页。

人,可以选择要跟他一样或是不一样,可以选择当张美兰或是阿米娜,借此说明国家公权力不应该沦为介入个人私领域的压迫机器。

小说采用第一人称和第三人称交互使用的叙事视角。第一人称"我"代表华人张美兰的视角,第三人称代表马来人阿米娜的视角。两者的交互使用可以很好地展示故事主角的身份撕裂和精神分裂。第一人称"我"可以点评阿米娜及小说中其他人物的故事,也可以袒露自己的内心世界,让读者更好地了解阿米娜的困境。小说中提到玛丽亚被不同宗教信仰的养父母与亲生父母争抢,身份破碎时,"我"就评论说阿米娜的身份比玛丽亚更加破碎,戏称只有阿拉的伟大才能使她完整。正是因为穆斯林的身份造成阿米娜的困境,却反过来说穆斯林信奉的阿拉才能使她完整,这显然是颠倒事实的反话,讽刺不言而喻。小说中也多次以内心独白的方式表现"我"对阿米娜的复杂态度,"这些年我真想拉马桶把阿米娜冲掉",又怀疑是否真能如此决绝。

> 我拉着阿米娜,我讨厌阿米娜,我曾经想生下不一样的孩子以稀释掉她……但是事情很难说,每次想到可以永远抛掉阿米娜,我又会彷徨起来,要决定这一切是如此困难。万一哪天我竟然想要回阿米娜呢?除非我可以跑到远远去,非洲大陆,南美洲草原,落基山脉的山脚下,那种像梦一样的地方,而且是去了不后悔也不会回来的地方。[①]

这一段内心独白写出了"我"对阿米娜这个身份的抗拒,又怀疑自己能否真正摆脱这个身份的纠缠,因为只有远离这片土地,并且永不后悔、永不回来才有可能实现。这些微妙的情感变化和心理转折,写出了华裔穆斯林女性在保守国度和宗教压力下的双重困境。

小说还采用诡异书写来呈现阿米娜分裂的精神世界。在具体的写作技巧上,采用梦境与现实的交错、超现实的幻境、富有神秘色彩的意象等营造文本的神秘诡异氛围。

主人公阿米娜在梦境和现实世界穿梭。小说多次写到她在梦中见到"栖"。一是小说开头写阿米娜进入梦幻世界。她的脑子里有流沙,一个像青蛙那样的人(名为"栖")逆着沙漏往上游,使阿米娜意识到了"栖"的存在,醒来时只模糊记得一双有蹼的脚。二是哈芝节前后,舍监的监视让阿米娜无从逃遁,心情抑郁,"我"沉入梦境,首先梦见了栖,看到栖的手指中间有皮,那皮很软,割的时候很痛,但无法彻底清除,割完后又疤痕累累地长回

---

① 贺淑芳:《风吹过了黄梨叶与鸡蛋花》,载贺淑芳:《湖面如镜》,台北:宝瓶文化事业股份有限公司,2014 年,第 156~157 页。

来。三是万分无聊的凌晨，"我"和阿米娜同时看到栖。栖看上去骨节嶙峋，干燥瘦扁，鳞片快要大过身体，像是刚从沙漠回来的青蛙，"我"和阿米娜很奇怪是谁把栖生成这个样子。四是阿米娜决定逃离信仰之家，"我"幻想栖又高又大，是"我们的守护使者"，有时栖也好像是一栋"我们共同栖身的房子"，像"我们要走的道路"，"我们的衣服"。梦中反复出现的"栖"没有明确所指，可以让读者从多个角度解读。"栖"可以理解为暂时栖息，片刻的精神安慰；也可以理解为能同时在水中和陆地生存的两栖人，这种自由转换的能力正是阿米娜求而不得的；"栖"的外形可以看出为了适应环境付出的代价，而这种代价也可能是阿米娜要走的道路；"栖"还可以理解为不安定、劳碌奔波、被迫等意。这些梦境幻想是非逻辑性的、非理性的，打破了日常生活的真实性，呈现了人物无意识领域的不安、焦虑、恐惧和孤独，能更真实地表现出阿米娜精神深处的身份撕裂和自我意识断裂。读者可以从中感受到阿米娜无家可归的精神痛苦，心灵深处的挣扎斗争和无声呐喊，启发我们反思和批判造成这一切的意识形态国家机器的威权。

小说把现实场景和人物的心理体验杂糅在一起，把现实世界的压抑无聊与感觉世界的扭曲变异相混，创造亦真亦幻的超现实，来表现人物的孤立无助、无处藏身。

> 那一整天，她一路走一路散开。头颅裂成四瓣，一片睡在枕头上，一片掉在洗脸盆里，一片忘在电视机前，一片给留在针车上面。
>
> 舌头留在杯子里。脚趾搭在门坎上。手肘撑在餐桌边。嘴巴放进铅笔盒，扁扁地盖上。眼睛搁在玻璃窗后。手指卡在门闩中间。膝盖卷曲，从篱笆跌下来。胸肋落入鲜花丛中。无法更远了。外边离手指还有百步之遥。遍地都是阿米娜。①

这一段描写信仰之家的其他人都回去过节了，只剩阿米娜一人留下，舍监的眼光随时随地盯着她看的场景。"盯视"往往携带着权力运作，"看"的一方具有权力的主体地位，被"看"的一方能感觉到观看者眼光带来的权力压力。舍监无所不在的眼光给阿米娜带来巨大的心理压力，她不再是完整的一个人，而是碎片化的：头颅裂成四片，舌头、脚趾、手肘、嘴巴、眼睛、手指、膝盖、胸肋也七零八落，散落一地。这些情节看上去匪夷所思，实际上把阿米娜无以名状的恐惧和在荒诞现实挤压下的精神分裂状态形象地展现出

---

① 贺淑芳：《风吹过了黄梨叶与鸡蛋花》，载贺淑芳：《湖面如镜》，台北：宝瓶文化事业股份有限公司，2014 年，第 146 页。

来。无处逃遁的阿米娜决定逃离信仰之家,要在一个远远的地方重新出世。这既是对制度化的社会暴力的反抗,也是想杀死现实的"我",从而去追寻内心"自我"的重生。

小说还使用了一系列阴郁的意象来营造阴森诡异的氛围。例如,灰色的云,下个不停的暮雨,瞎眼的马,渗透进窗户和地板的湿气,淹没桌子和死青蛙的雾气,祖父的坟墓,墙上滚着的铁丝卷,暗沉沉的窗帘,铁丝上滴水的毛巾,门边发黑的柱子,漫长的雨季,夜半树林发出的哗哗响声,伴随着猫头鹰、窗户、水桶、枝叶、风发出的声音。这些意象与阿米娜迷惘、抑郁、绝望的心理世界相互应和,写出了她的生存困境。

当然,扑朔迷离的梦境、超现实的幻境、阴森的系列意象等诡异书写技法的使用,不仅展露了人物幽微隐秘、压抑分裂的内心世界,也使文本具有亦真亦幻虚实相生的艺术张力,具有独特的审美价值。

## 第二节 私人生活领域的碰撞与磨合

### 一、饮食里的"风波"

自 20 世纪 80 年代开始,国阵政府采取一系列措施推动政府机构伊斯兰化,借以掌握伊斯兰教主导权和话语权,争取马来穆斯林的支持。到 2001 年,时任首相马哈迪宣布马来西亚已是伊斯兰教国,遭到反对党伊斯兰党的大加挞伐。此后,国阵与伊斯兰党围绕宗教问题展开激烈较量,有关马来西亚的政体到底是世俗制还是伊斯兰国制的争议从未停息,并一再成为朝野政党争论的核心议题。"谁是真正的伊斯兰"是朝野政党交锋点,导致宗教日趋政治化,也使国阵政府制定的许多政策越来越伊斯兰化。[①] 2015 年,时任首相纳吉宣布将实施"伊斯兰法指标"(Index Syariah)制度,以确保国家八个领域的政策都符合伊斯兰法,马来西亚成为全球首个实施这类指标的国家。有分析师指出纳吉的做法是为了让巫统显得比伊斯兰党更"伊斯兰化"。[②] 晚近宗教政治化的倾向与马来西亚种族政治问题相交缠,使得华人日常生活也卷入其中。

吴鑫霖的小说《鬼门关外》(2011)书写了宗教给华人生活带来的困扰。

---

① 关于国阵与伊斯兰党争夺伊斯兰的领导权,以及两党主张的差异可参看范若兰:《马来西亚伊斯兰教国理念、实践与政党政治》,《东南亚研究》2005 年第 2 期;廖朝骥:《"伊斯兰国"在马来西亚的扩张:基础及其应对》,《南洋问题研究》2017 年第 3 期。

② 《马国成为全球首个实施"伊斯兰法指标"国家》,《联合早报》2015 年 2 月 1 日,https://www.zaobao.com.sg/sea/politic/story20150201-441836。

小说主人公"他"大半年前因为一场车祸致半身不遂，瘫痪在床整整四个月。当医生都说他已无药可救，所有人都认定他必死无疑后，他又奇迹般地活了过来。出院后，他买了神台在家里烧香答谢神恩。自此，他对自己的生命有着犹若神明般的崇敬，觉得人生有了全新意义。然而好景不长，没多久他收到宗教局的来信，宗教局规定他不能在屋子里吃猪肉，不能在屋子里拜神，更不能在屋内做出任何猥亵真神的举止。没办法，他只好把雪柜里的猪肉扔掉，又将神台上的神像、拜神的用具，统统都收了下来。吃猪肉隐喻的是华人如何安顿自己的身，拜神指向的是华人如何安顿自己的心。不能遵照自己的习惯去生活，他好像丢了魂，甚至感叹还不如当初死掉算了。小说最后，写他在傍晚时分踱步到鬼门关桥上，想起二十几年前初来此地时听到的传言：这里从前是烟花柳巷，曾经有多少富家公子、大商巨贾到这里来寻花问柳。如今，人事两非，他站在这桥上，有种时光错落的感觉，脑海里瞬时闪过一句话："除了鬼，这里不适合人类居住。"

小说标题"鬼门关外"有多种意涵。一是他因车祸大难不死，好比从鬼门关外捡回一条命。二是宗教局的指令让他不知如何安顿自己的身心，好比活在鬼门关外。三是他生活的地名就叫鬼门关。四是鬼门关繁华落尽、物是人非，成了真正的鬼门关。作者以此为题，意在写出华人的精神困扰。

棋子的小说 *FAHAM*[①]（2015）书写"我"（华人）与阿马尔（马来人）的同性恋情。尽管"我"与阿马尔感情甚好，平时也非常留心不去触及彼此的敏感地带，但仍难免犯错误。小说提到"我"带阿马尔去一间咖啡厅约会，点了这里最著名的提拉米苏蛋糕给他品尝。结果阿马尔只吃了一小块，就脸色忽变，把口中的蛋糕吐了出来。原来这提拉米苏糕著名之处就是掺加了烈酒。阿马尔是穆斯林，不能饮酒。他叫来餐厅经理，提醒他们最好在菜单上注明部分食物含有酒精。阿马尔以这种温和的方式找到了他的尊严。"我"也反省自己平时跟马来同胞交流太少，忽视了另一个族群的价值理念。这篇小说写出了异文化间相处难免犯错，但彼此的谅解与尊重可以有效化解误会与分歧。

异文化之间除了彼此尊重，还可以在相互学习、相互欣赏中有意想不到的收获。阿马尔为了照顾"我"的口味，经常陪"我"吃素，一起光顾华人的餐饮店，甚至尝试学习华人的用餐礼仪，练习怎样用筷子吃饭。"我"也愿意依据阿马尔的习俗，亲身体验穆斯林的斋戒。在相互学习中，"我"与阿马尔喜欢的菜肴已不是传统的家乡菜，而是适合彼此身体的"创作"品味。所谓"创作"品味，就是吸收了不同族群饮食文化优点的新品味，这不仅是指饮食，也

---

① FAHAM 意为"理解、明白"。

是暗喻异文化的交融可以创造适合不同族群的新文化。

无花的诗歌《鬼拉皮①之死》(2017)和棋子的小说《干净的国度》(2017)刊载在同一期的《南洋文艺》,都是针对宗教极端社群抵制娘惹九层糕而写的。前者在诗歌末尾用"附记"交代了写作缘由:"Kuih lapis,九层糕,极具代表性的娘惹糕点,因其多层次的色泽,近期被邻国某小撮群体判定隐含同志元素。"②后者在小说开头引用新闻报道和相关评论交代创作原委:有新闻网报道说某宗教社群抵制娘惹九层糕,因为它们艳丽的色彩太彩虹。甚至有人声称"从今以后,我们要吃白色的食物,诸如白面包或白肉,以确保原始的纯度。我们不要有彩虹的隐喻"③。九层糕是颇受华人喜欢的食物,尤其是传统节日,家家户户都会准备些九层糕。九层糕之所以受到某些穆斯林攻击,是因为这种糕点有多层次的色泽,看起来像彩虹,而彩虹旗是代表同性恋的标志。在伊斯兰国家,同性恋是被严厉禁止的,甚至是违法的,马来西亚规定同性恋者要遭受处罚。一种平常的食物被上纲上线为触犯了宗教禁忌,这是马来西亚政府近些年不断强调宗教的不同生活习惯产生的恶果。《鬼拉皮之死》严厉批判了这种是非不分的行径:"如果头壳已浑浊不清/请只教会我辨别黑白/别掠夺我人生/一层一层精心堆叠的幻彩。"其子小说标题为"干净的国度",蕴含对宗教洁癖者的讽刺。正文以小明和小华就食品颜色的争论来展开。小明声称宁愿得病也不愿食品的白色有瑕。小华回击说"你很快就能如愿以偿"。"病"的隐喻带出的是作者对宗教极端势力的批判。"宗教形式在政治的操弄下,近年来已经变本加厉地侵入非穆斯林的日常生活,成为分裂多元种族社会的隐患。穆斯林社会也在媒体渲染下对本不存在争议的课题愈具戒心,事事小心、处处提防,对宗教争议过分紧张,严重影响两族之间的和谐和社会稳定。"④饮食里的"风波"反映了这一现实,也启发我们思考,在伊斯兰色彩日益浓厚的情况下,华人与马来人的族群关系如何进行调适。

## 二、情感世界的困境

从 20 世纪 90 年代至 21 世纪,巫统要员在不同场合释放族群和睦共处的政治信号,如马哈迪提出要建设一个团结的"马来西亚国族",安华力主不论哪个族群都应该亲如一家人,阿都拉明确宣称他是全体国民的首相,而非单

---

①　Kuih lapis 的音译,指九层糕。
②　无花:《鬼拉皮之死》,《南洋商报·南洋文艺》2017 年 9 月 19 日。
③　棋子:《干净的国度》,《南洋商报·南洋文艺》2017 年 9 月 19 日。
④　蒲琪:《当代马来西亚族群关系的发展与变化(1981—2018)》,硕士学位论文,暨南大学,2018 年,第 48～49 页。

一种族的首相,纳吉承诺保障各大族群的平等社会地位和发展权利。在这样的政治大气候下,政府实施较为宽松友好的族群政策,族群之间的关系总体趋向缓和。但这只是马来执政精英审时度势做出的功能性调整,不可能改变马来西亚族群地位的结构性失衡。族群之间的复杂关系也许在平常时间看不出来,但一旦触及某根火线,看似平静和谐的种族关系就会爆发轩然大波。

陈绍安的《禁忌——虚构补选文体与真实小说观念之差》(2001)写一场华巫之间的恋爱引发的种族纷争。华人李日与马来女孩鱼萨贝拉从上小学起就是同学,两人那会儿就日日斗嘴,无知岁月中积淀了醇厚的友情。小学毕业典礼时,鱼萨贝拉在李日的纪念册上用标准中文字写下"友谊万岁",李日用马来文回她的纪念册"黑得可爱"。上了中学,李日交了不少印度朋友、马来朋友。在马来西亚这个多元种族的国家,这是正常不过的事情。他与鱼萨贝拉的感情也与日俱增。虽然鱼萨贝拉是个虔诚的伊斯兰教徒,心里有先知穆罕默德,有真主阿拉;而李日家里信天主,不过自小学毕业后李日就没上过天主教堂,隔壁邻居拜观音菩萨或是拜关公,他也跟着拜,有时也去佛寺,会念喃呒阿弥陀佛经,但这并不影响他们的感情。两人常一起谈论宗教问题,鱼萨贝拉的"先知穆罕默德说"和李日的"至圣先师孔子曰"有时很对立,有时和谐。李日跟随哥哥姐姐一起拜访鱼萨贝拉的马来村庄,鱼萨贝拉的母亲温和有礼,拿出各种马来美食接待他们。此后,李日经常约着马来同学出入鱼萨贝拉家中。小说至此完全呈现的是一幅种族和睦相处图。事情的转折出现在李日与鱼萨贝拉偷尝禁果的事情被马来村民告发。随后,鱼萨贝拉被送上宗教法庭,两人的恋情登上了报纸。

李日事件见报后在学校引发对抗局势。华巫学生相互指责、诋毁、怒骂,眼看就要大打出手,适逢李日出现,两族闹事学生不约而同将矛头指向李日,对他拳打脚踢,发泄心头怒气:

> 那不是争风吃醋,不是恋爱情绪。是疯狂的种族和宗教意识情怀,不被允许亵渎的尊严和面子,神圣不可亵渎的中庸理论,互不侵犯的约定俗成均被李日捣毁了。校内师生都给憋疯了。①

随后,身为哈芝的历史、地理老师出于捍卫伊斯兰教的尊严,将一向品学兼优的李日赶出教室。种族情绪还在继续发酵、升温,全校华裔生都往李日身上吐痰,辱骂他是猪狗,竟敢染指马来妹,败坏华人的形象;全校巫裔生

---

① 陈绍安:《禁忌——虚构补选文体与真实小说观念之差》,载萧依钊主编:《花踪文汇6》,雪兰莪:星洲日报,2003年,第150页。

都在喊打喊杀,要把他五马分尸。眼看就要毕业了,李日却被开除学籍,不过,即使不开除也无法再待下去。

李日事件不仅引发了学校的族群对抗,还将战火延及家庭。李日家人遭到全住宅居民的指指点点与羞辱,还遭到报纸记者的围追堵截。家人把所有的愤怒发泄在李日身上,咒骂他去偷、去抢、去骗、去做男妓都好过去惹伊斯兰,甚至咒他去死。而鱼萨贝拉的妈妈也找上门来,要求李日皈依伊斯兰教,迎娶鱼萨贝拉平息纷争。李日的父亲见无端端跑来一个马来妇女要他的小儿子娶马来姑娘,觉得天塌下来还好过些。他严词拒绝,理由是进了伊斯兰教就要放弃自己的姓氏,这等同于背叛自己的民族、祖先,而且一旦成了穆斯林,子子孙孙都只能做穆斯林。李日父亲给出的理由道出了华人的心声。"姓"自古以来被华人视为一个血缘团体的符号,来标志一种共同的血缘联系,绝不容许随便更改。而皈依伊斯兰教就得"改名换姓",这在华人看来是"香火突然断了",让讲究传宗接代的华人难以接受。而且,皈依伊斯兰教后,生活方式也面临很大的改变,比如禁食猪肉,不能崇拜偶像,不能祭拜祖先,而这些正是华人生活的重要组成部分。因此,在马来西亚,华巫通婚比率极低,若一个华人喜欢上一个穆斯林,将面临来自家庭的巨大阻力。

李日事件引发的族群冲突撕开了族群和谐的面纱,暴露出华巫之间的结构性矛盾。马来西亚前首相马哈迪曾在《马来人的困境》中指出:"回顾过去的年代,我们必须承认一项惊人的事实:真正的种族和谐从来未出现过。……马来人和华人固然可以彼此邻居,他们也可以在日常生意甚至在社交上彼此会面。可是当他们分手以后,他们就回到各自种族和文化圈子里,而这种族和文化的圈子,是对方所不曾真正一窥堂奥的。而在他们各自的世界里,他们的价值观念,不但不同,更往往是相触相克的。"① 该书出版于"五一三"事件之后不久的1971年,显然是有现实针对性的。时序推进到新世纪,种族之间的交往早已往内里发展,就像李日与马来族同学、印度同学平时感情甚好,会邀着一帮同学多次出入鱼萨贝拉家中。然而一旦触及宗教,事情就变得复杂棘手。对马来人来说,伊斯兰教是把他们与其他族群区分开来的"族群的边界"和"认同的旗帜"。② 蔡源林也认为宗教对构筑马来民族"想象共同体"有重大作用,成为建构马来人族群边界的重要标志。③

---

① 马哈迪著,叶钟玲译:《马来人的困境》,新加坡:皇冠出版社公司,1971年,第3页。
② 廖小健:《战后马来西亚族群关系研究》,博士论文,暨南大学,2007年,第55页。
③ 蔡源林:《马来西亚社群主义的建构及伊斯兰律法的转型》,载李丰楙、林长宽等:《马来西亚与印尼的宗教与认同:伊斯兰、佛教与华人信仰》,台北:"中央研究院"人社中心亚太区域研究专题中心,2009年,第176~220页。

传统上,马来人放弃伊斯兰等同于叛国卖族。对华人而言,马来人借助国家机器的威力大肆推动国家体制的伊斯兰化,给华人造成很大的压力,华人作为弱势者只能采取守势来守护其族群的边界,华人文化、华人多元模糊的宗教信仰都是有力的反抗武器。这样才能理解《禁忌——虚构补选文体与真实小说观念之差》中平常和睦相处的同学为什么会因为一桩华巫之恋而翻脸,甚至大打出手。因为这桩恋情打破了约定俗成的族群边界。所谓宗教纠葛除了价值观念的差异等因素外,另一个原因就是华巫之间不对等的公民地位所形塑的族群边界。小说中与华巫恋爱平行展开的还有政党竞选,其中暴露出很多政治黑料,比如朝野双方争相假借华教课题、宗教问题操控华人和马来人选票。政党竞选与华巫恋爱相互补充,很好地呈现了恋爱与政治、宗教的复杂纠缠。

《禁忌——虚构补选文体与真实小说观念之差》中的华巫之恋引发了一场波及学校、家庭、社会的战火,我们也看到了族群、政治、宗教对私人情感领域的介入,而黎紫书的《烟花季节》(2013)显得平静克制许多,采取春梦了无痕的方式来回应这个处处禁忌的世界。

华人女孩乔(笑津)在异国留学时,认识了同是来自马来西亚的马来男孩安德鲁(阿卜杜奥玛),两人很快发展成情投意合的情侣。不过,等到学业终结必须返回马来西亚时,两人心照不宣地选择结束这段感情。两人回国之后,各自成婚生子,生命轨迹再无交集。彼此似乎都已将对方从记忆中彻底摒除,只是不经意的细节仍泄露出尘封的情愫。一次,阿卜杜奥玛在电视节目中表演剥橙子,那手法就是当年与笑津相恋时学来的,笑津看到后激动得心跳停顿,沉没在内心的记忆霎时翻涌上来,忍不住吞声饮泪。还有阿卜杜奥玛提议的耗资巨大的烟花晚会,未始不是一些伤心的隐喻,遥祭当年乔和安德鲁在异国海边一起看烟花的甜蜜记忆。一对相爱至深的恋人为何在没有遭遇任何外力干预之下,心照不宣地选择分手呢?小说的几个情节暗示了其中的玄机。

一是两人回国前的最后一次周游欧洲之旅,乔约定两人在火车上只能用"国语"(马来语)沟通,却懊丧地发现自己磕磕巴巴的国语总是词不达意,而安德鲁却是一口流利的、生活化的马来语。那熟悉的马来语,勾起乔许多被掩埋其中的记忆,他和她的身世,也全都被唤起来了。是什么样的记忆,什么样的身世让乔感觉到她与安德鲁之间的隔阂呢?小说后面补充交代了其中的原委:

(乔,引者加)曾有一天黎明时目睹安德鲁在静室中朝圣地跪拜,举起双手向阿拉祷告忏悔;她睡眼惺忪地看着他,他的心已在西天那样遥远的净地了,他与他的真主同在,即便在那一刻,她也未觉得彼岸迢迢,也依然以为他们之间有千丝万缕的剪不断的连接,不像后来他们在火车上以马来语对话,她竟才感到彼此间的隔阂,倒似那是某种咒语,说了梦便破,把他们带回了这四分五裂的世界。①

二是乔怀上安德鲁的孩子后,两人冷静地决定把孩子打掉。乔从医院回来恢复意识时,看见安德鲁跪坐在床边的地毯上,"两眼凝视着并拢起来举至胸前的双掌,像捧着一本隐形的书"。显然安德鲁是在向真主阿拉祷告、忏悔。乔看不见那一本书,却不觉得自己被拒绝了。她庆幸自己与安德鲁的结晶还未成为问题便已被解决了,当时心里有一种怪异的、充满罪恶感的轻松。因为她知道,自己与安德鲁的恋情,不过是古书上说的桃花林与良田美池,唯美而已,是在世界的背面,在对的时间遇到对的人,所做的现在进行式的梦,一旦面对现实,便会打回原形。

三是阿卜杜奥玛在电视节目中表演剥橙子,勾起了笑津甜蜜又悲哀的回忆。她想起安德鲁那本看不见的写于掌中的《古兰经》,还有她在欧洲之旅中读完以后,刻意遗留在旅馆房中的《关于爱和其他恶魔》。

四是笑津回国后结婚生女,与丈夫的关系看似美满无瑕,却像阴阳两仪,看似圆融却无法逾越。不知怎的,笑津很自然地由太极图案联想到国旗上倾轧的黄色星月。"蓝是深海,弯月如镰,看似电子游戏里张开了等着吞噬的巨口;星多刺,不妥协,锐利的十四芒。"②马来西亚国旗由14道红白相间的横条所组成,左上角为蓝底加上黄色的新月及十四芒星图案。14道红白相间的横条原代表马来西亚成立时全国的14个州,自新加坡在1965年独立后,又代表13个州及联邦直辖区。蓝色象征人民的团结,黄色象征皇室,红色象征勇敢,白色象征纯洁,新月象征马来西亚的国教伊斯兰教,十四芒星象征着马来西亚13个州与联邦政府团结一致。而在笑津看来,象征人民团结的蓝色像深不可测的大海;象征伊斯兰教的新月像镰刀,或是等着吞噬异物的巨口;象征13个州与联邦政府团结一致的十四芒星却是不妥协的、锐利的十四芒。其对现实的影射不言而喻。

以上四个情节描绘了笑津眼里的马来西亚现实:由来已久的族群分裂,华巫之间难以调和的信仰分歧,华人先天性的弱势地位。小说一再暗示,宗教是两人难以逾越的鸿沟。不过他们已不像《禁忌——虚构补选文体与真实

---

① 黎紫书:《烟花季节》,载黎紫书:《野菩萨》,北京:新星出版社,2013年,第235~236页。

② 黎紫书:《烟花季节》,载黎紫书:《野菩萨》,北京:新星出版社,2013年,第241页。

小说观念之差》中的李日和鱼萨贝拉可以不管不顾向整个社会宣战，而是以主动放弃来向社会环境妥协。可见，马来西亚宗教信仰与族群问题的捆绑对华巫通婚的影响之深，以致"自我检查""自我设限"成为一种自动的选择。小说看似平静的收场更能映照出马来西亚族群关系表面波澜不惊实则暗流汹涌的情况，就像两人分手时表面上云淡风轻，其实内心千回百转，情难自已。

除了乔与安德鲁的故事，小说还有三个文本与之构成互文，四者可以相互释义。一是笑津在旅途中阅读的小说《关于爱和其他魔鬼》。这是加西亚·马尔克斯的小说，主要写一段禁忌之爱：在教廷当权的年代，贵族少女西埃尔瓦·玛丽亚一日意外在市集惨遭狂犬病狗咬伤，父亲求助于庸医和巫师，结果加剧了女孩的病情。所有人都认为女孩疯了，被魔鬼控制了。主教出面干预，宣称女孩已被魔鬼附身，派任年轻神甫卡耶塔诺负责为少女驱魔。结果卡耶塔诺不可救药地爱上了女孩。他经历了炼狱般的情欲与教义较量的内心挣扎，甚至用钢鞭鞭打自己的躯体，也无法将女孩从心中拔除，于是向主教忏悔自己的感情，主教判罚他去护理麻风病病人。但他仍然没法忘情，再次去找女孩，最后被送到宗教裁判所，在广场审判大会上被判刑。女孩在修道院遭受了无尽的折磨，在绝望中死去。笑津当年读那本小说的时候，感觉故事蕴藏着说不清楚的什么东西，让她头皮发麻，手心很冷。

二是笑津小姑妈的故事。小姑妈嫁了个当小贩的马来人，一家大小因之对小姑妈非常冷淡。小姑妈送给母亲的食物，母亲总嫌不干净而扔掉。后来姑父患病猝逝，大家也不奔走相告，之前也未听闻有谁去医院探望过他，大家甚至说不清楚小姑丈到底得了什么病。姑父去世后，小姑妈每天到各兄弟姐妹家枯坐蹭饭，大家最后都闭门谢绝，后被儿女送进疗养院。小姑妈的遭遇反映了因婚姻皈依伊斯兰教的华裔穆斯林的处境。据郑月里的研究，皈依伊斯兰教在华人看来是背弃族群背弃祖先的行为，因此，华人一旦皈依伊斯兰教，就会引起父母、兄弟姐妹、朋友、亲戚的反对。有些皈依者与亲人从此互不往来。同时，这些皈依者也不被马来穆斯林完全接受，少数马来穆斯林对华人皈依的目的存疑，且视之为次等公民。可以说，这些皈依者"里外不是人"，内心严重受创。[①] 笑津每每感觉寂寞无聊，对着电视发呆的时候，小姑妈的形象便会随之浮现。笑津隐隐感到说不出的悲凉，手心便发冷了。

三是《桃花源记》。小说中有多处引用该作中的文段。一次是笑津偶然发现女儿的课本就是自己中学用过的，并找到了当年自己学习时用荧光笔

---

① 郑月里：《华人穆斯林在马来西亚》，台北：文史哲出版社，2012年，第258～259页。

做出标志的段落。还有一次是笑津在得知阿卜杜奥马将在海边举行盛大的烟花晚会,独自一人前去观赏。在坐车途中,不知怎的,想起《桃花源记》,想起文字上已经褪色的荧光标记。到达目的地后,笑津从车站的人流中挤出来,沉浮在不同肤色、不同特征的族群与人脸里,想起《桃花源记》里失色的荧光,想起"遂迷,不复得路"。再有一次是描绘乔与安德鲁在校园相爱时,乔感觉好像置身桃花林与良田美池,不知今之何世。

如果说《关于爱和其他恶魔》是书本世界的爱情挑战宗教的悲剧,小姑妈的故事就是现实版的活教材。所有这些,对笑津构成一种心理暗示,让她感觉个人情感在强大的宗教、社会之网的束缚下,是无法逃出生天的。所以笑津当年读那本小说的时候,感觉头皮发麻,手心很冷,正是预感到她和安德鲁的感情正无可避免地走向完结。而她想起小姑妈的时候,也是感觉悲凉、手心发冷,也许她觉得选择妥协、放弃是不得不为之的明智之举。而《桃花源记》喻示所谓族群和谐只是想象中的乌托邦,就像当年她和安德鲁的相恋不过是在异国他乡所做的美梦,一旦回到马来西亚的现实世界,只能是"遂迷,不复得路"。多个文本构成对话和互涉,扩大了小说书写的广度与深度,对宗教、族群问题之于个人情感的影响有更立体的呈现。

棋子的小说 *FAHAM*(2015)和《我的秘密花莲》(2017)是情节前后连贯的两个作品,都是书写华人青年"我"与马来人阿马尔的同性恋与异族/异教恋。*FAHAM* 开头第一句就写道:"幸好我们不能合法结婚,要不然我要改教了。"这句话给这段感情早已写下结局。阿马尔是马来人,虽父母双亡,但传宗接代的家庭观念在他的族群里已是根深蒂固,即便已无须向父母交代,阿马尔还是会很在意亲戚及族群的眼光。不仅如此,伊斯兰教是严禁同性恋的,"我"担心这段感情若被发现,会不会被他的族群乱石砸死。小说在介绍"我"与阿马尔相处中,对政治课题常常各执己见,然而宗教的话题却不曾伤害彼此的感情。尽管信仰不同,却能各行其是:

> 每到傍晚 7 时许,我会在楼下的佛台前,点燃卧香,诵经四加行,忏悔伏地行大礼拜;阿马尔会在楼上,净洁身心,摊开毛毯,朝着麦加的方向祷告,先俯首站后近半跪参拜上苍。阿马尔拜他的先知,我拜我的三十五佛,着实没有冲突。[1]

"我们"甚至常常分享心得。"我"用佛法教导阿马尔,他听得津津有味,

---

[1] 棋子:*FAHAM*,《南洋商报·南洋文艺》2015 年 12 月 15 日。

仿佛佛法能解开他心中的困惑。"我"也尝试去了解穆斯林斋戒的意义,陪他一起禁食封斋。法国巴黎爆发的穆斯林恐怖袭击案让他非常忧虑与惶恐,担心整个世界会不会因为"伊斯兰国"的残暴而误解了穆斯林,"我"用马来语安慰他"我明白"。

小说的情节架构耐人寻味,同性恋是伊斯兰教的禁忌,但故事中两人的禁忌之恋体现的是相互尊重与理解,就如小说的标题"FAHAM"(意为"理解、明白")和结尾"我温柔以待"所示。可见,宗教并不可怕,因为真正的宗教都是以"爱"为基石,即便有分歧,也可以化解消弭;可怕的是人利用宗教来剥夺他人爱人的权利。尽管没有明说,小说字里行间隐隐透露出对炒作宗教议题的批判。

《我的秘密花莲》继续演绎"我"与阿马尔的感情。两人决定以一次旅行了却这段情缘,于是逃离马来西亚去了台湾花莲。摆脱禁忌和束缚的旅途格外自在轻松,连阿尔法的祷告也显得格外迷人:

> 只见阿马尔戴着"kopiah"(网译塔基亚,短而圆的白帽)进行祷告。等他结束祷告,称赞他戴着塔基亚的样子很迷人。这可不是恭维的话,忏悔过后的人自有他清净的一面。
>
> 他顺手脱下塔基亚,套在我头上,双手调整一番,微微笑说又圆又亮的头,戴起来相貌堂堂,像极了虔诚的穆斯林。①

在花莲,阿马尔结束祷告后的面容分外清净,而"我"戴上塔基亚的样子也毫无违和感,像极了虔诚的穆斯林。在没有背负种族和宗教重负的"秘密花莲",生活才能呈现本身的美好一面,同性恋和异族恋在此都不会成为两人的困扰。

旅行结束后,阿马尔回归"正常"的生活轨道,遵照习俗迎娶马来妻子。他的大喜之日选在除夕。除夕是华人家族大团圆的节日,也是辞旧迎新的日子。在这个特殊的时间节点,阿马尔有了马来新妻,而"我"在享受与家人团圆的欢愉中冲淡了失去阿马尔的忧愁。这种特意的安排,似乎在暗示两人都已告别过去,回归彼此的族群与信仰。

贺淑芳的小说《带着钩子的恰恰》(2014)讲述的是华巫混血儿的情感困境。小说采用第一人称的视角,以"我"的心理活动为线索展开故事。小说的开头和结尾展现的是同一个场景的不同阶段,开头是"我"和朋友们参加

---

① 棋子:《我的秘密花莲》,《南洋商报·南洋文艺》2017 年 7 月 18 日。

"名字游戏"和舞会,结尾是游戏和舞会接近尾声。在两个场景之间,充斥着"我"大量的心理活动和回忆。整个小说故事只有这两个场景加上"我"的心理活动,故事没有开头、发展、高潮,更没有明确的结尾。小说开头的"名字游戏"触发"我"对自己名字和身份的思考。

> 有个游戏是这样玩的,我们都暂时换上别人的名字。每个人都必须忘记自己原来的名字。如果别人叫了你新的名字,你没回应,又或者别人叫了你原来的名字,你竟错误地答了,立刻就得"死"。这游戏没有给人第二次机会,死了就是死了,立刻淘汰。①

游戏让"我"思考,"我"的名字究竟是"美兰"还是意味着"诚实、忠诚"的马来人名字"阿米娜",这个疑问引发的心理活动透露了"我"的相关信息,大致勾勒出"我"的形象。

一是"我"的家庭。"我"的祖母和父亲是华人,"我"的外婆和母亲是马来人,"我"是华巫混血儿。华人朋友叫"我""美兰",这样能拉近"我们"彼此的距离,"我"喜欢住在华人祖母家,清净自在,没人打扰。而在马来母亲眼里,"我"当然是"阿米娜",母亲总是责怪"我"跟华人走得太近,衣着也不够得体。"至于我外婆家,她那些规矩、她赞许的穿着与遮盖自己的方式,光是这点就几乎使我窒息,像一只胸骨断掉的鸟。我实在不明白我父母是怎么爱上对方的。"②

二是"我"与笔友的感情。"我"的笔名是"空碗",在跟一个华人笔友的通信中互生爱慕。"我们"的话题逐步深入开始涉及彼此的家庭。"我"每封信都会透露一点,但不敢和盘托出,怕他知晓后就不再回信。当然"我"也有自己的私心或是念想,期待在心里可以慢慢渗透,让他接受"像我这样的人"。虽然明知"要使一个异于我的人了解我,就像试图让一整个跟我对立的世界接受我一样",但仍希望"我们"能够互相理解;又或者发现自己不被理解和接受,那就坦然接受孤独的命运。在结局到来之前,"我"仍然寻求爱,贪婪地、焦灼地渴望着爱情。

三是"我"等待与笔友的会面。他写信告诉"我"农历初二来祖母家拜访。"我"得知消息既惊喜期待,又紧张忐忑。"我"期待见到他,但担心他看到"我"就会结束一切,因为"我"的皮肤、眉毛和眼睛全都长得像马来母亲,他会一眼看出"我"的混血身份,可这并不是"我"选择的,"冥冥中的力量已

---

① 贺淑芳:《带着钩子的恰恰》,《南洋商报·南洋文艺》2014 年 2 月 18 日。
② 贺淑芳:《带着钩子的恰恰》,《南洋商报·南洋文艺》2014 年 2 月 25 日。

经预先准备了我"。

这些信息可以看出作为华巫混血儿,"我"在这个世界是无所适从的,对爱情没有足够的信心。"我到底是什么人?"一直是困惑不解的难题,胸襟前的姓名牌签,簿子上的名字,祖母唤过的乳名,同学给过的绰号,自己取的笔名,这些名字把"我"分裂成好几个人。"我"注定是这个社会的异类,不同于大多数人,常觉得周围布满不知哪来的针,不小心就会被刺痛。

> 我的故事就只是我的故事。也不是每个人都像我这样的。有很多人都不像我。你知道,在这个国家,如果一切跟着大队走,就不会有什么问题了。如果我像真主教导与约束的那个样子,也就不会成为新闻。①

母亲一再警告"我",如果"我"不能坚守穆斯林的身份,以后会很麻烦很辛苦。事实证明,"我"对华人笔友的爱恋就已经让"我"患得患失,困扰不已。小说的结尾是开放性结局:"我"期待笔友的到来,又感到很快会被拒绝,就像远遁到森林之外,却又在那里巴望老虎从森林出来。

小说与贺淑芳的另外两部小说 Aminah 和《风吹过了黄梨叶与鸡蛋花》构成文本互涉。母亲警告美兰不要跟华人走得太近,关系不能太亲密,否则以后会过得很辛苦。其实只要看看 Aminah 和《风吹过了黄梨叶与鸡蛋花》中阿米娜的悲惨下场,就知道母亲不是危言耸听。这两部小说中的阿米娜就是因为喜欢上了华人男孩,想要申请脱教才被禁锢在信仰之家接受改造。《带着钩子的恰恰》中的阿米娜如果被笔友拒绝,她将陷入孤独之境,即便被笔友接受,结局又能如何,他们的关系不能登记结婚,除非笔友改信伊斯兰,否则,最终只会是另两部小说中阿米娜的翻版。Aminah 和《风吹过了黄梨叶与鸡蛋花》为小说的开放式结局提供了答案。此外,三篇小说在故事题材、小说场景、人物形象等方面都存在联系,构成互文关系。比如都涉及华裔穆斯林后裔的身份问题,小说主角都叫美兰/阿米娜,《带着钩子的恰恰》中有关于名字的游戏也出现在《风吹过了黄梨叶与鸡蛋花》中。三篇构成互文的小说能加强作品的声势,共同介入马来西亚的现实社会,质疑不合理的宗教政策。

小说还与西西的小说《像我这样的一个女子》构成文本互涉。在作品开头的题记中,引用了香港作家西西的小说《像我这样的一个女子》和该作中

---

① 贺淑芳:《带着钩子的恰恰》,《南洋商报·南洋文艺》2014 年 2 月 25 日。

的一句话"我的命运和她的命运相同"。小说的正文部分也多次使用"像我这样的人",显然是化用"像我这样的一个女子"。《像我这样的一个女子》的女主角是遗容化妆师,在她等待男友参观自己工作场所的过程中,插入大段的内心独白,交代她与男友的相恋,和害怕男友知道自己真实身份后会因为恐惧而离开。《带着钩子的恰恰》的情节架构明显仿拟了《像我这样的一个女子》。两篇小说的女主角都因为身份遭受社会偏见的伤害,期待爱情又害怕空欢喜一场,只不过前者是因为华裔穆斯林身份,后者是因为职业身份。两个文本构成对话,对宗教、社会偏见如何影响"少数群体"的个人情感有深度呈现。如此就拓宽了作品的视野,除了回应马来西亚的社会议题,"更开阔地说,是响应了人与世界如何共存的问题"①。

### 三、华裔皈依者的身份尴尬

贺淑芳的《别再提起》(2002)思考的是华裔穆斯林的身份问题。"我"的大舅父去世,家人按照华人习俗安排后事,请来道士为他超度。此时,宗教局代表伙同警察和卫生官员找上门来,宣称死者是穆斯林,必须按照穆斯林的规矩操办后事,华人家属无权举办葬礼,尸体必须从棺材中搬走,交给死者的第二个妻子——马来人。外婆舅妈和众多亲属不肯相让,双方爆发抢尸冲突。在争抢过程中,尸体开始大便,于是抢尸大战演变成抢大便大战,粪便溅到了每一个抢夺者身上,整个殓房弥漫着粪便的气味。宗教局坚称,伊斯兰教徒的粪便只能葬在伊斯兰教教徒的坟场里,舅母非常愤恨,认为这堆粪便是由两个信奉道教的女人煮的一日三餐变成的。最后,双方各做让步,尸体被抬走,粪便留给家属埋在原来的坟墓里。抢尸风波映照的是华裔穆斯林的尴尬处境,尸体的族群归属凸显的是国家公权力与天理伦常的矛盾。污秽的粪便构成对肆意侵入个体伦常领域的宗教与族群政策的嘲弄。李有成对此有深入剖析:

> 尸体不能说话。面对这种既荒谬而又无奈的窘境,尸体竟只能倒退到佛洛伊德式的肛门期,以最本能、最直接、最原始的方式表达自身的愤慨与抗议。从这个角度看,贺淑芳的粪便修辞岂仅是为了制造戏谑效果而已,这种笔法相当有效地突出某些华人日常生活中所置身的荒诞情境,以及国家机器如何以法律之名蛮横而暴虐地介入个人的生

---

① 刘艺婉:《介入贺淑芳的介入书写》,http://www.pfirereview.com/20141009/,2019 年 2 月 15 日查询。

死大事。①

　　小说以"我"二十年后的回忆展开叙事,并多处以括弧的方式加入后设文字,以此补充、点评"我"记忆中的事件。后设叙事是"边写边评"的书写模式,一般采用讽刺和自我反省等手法,提醒读者注意书写的虚构性,从而避免读者完全沉浸在文本建构的世界中而无法理解作者的真正意图。而这篇小说中的后设文字却并非完全如此。一方面,文中的后设文字强调故事的真实性,一再强调"我"在事发现场,亲眼见证了这场闹剧。之所以在二十年后才将真相公之于众,是因为当年"我"还是个孩子,没有人会相信一个孩子的话,而现在"我"已成人,就可以把当年亲眼所见的事实说出来。"我"保证白纸黑字下的文字皆是亲眼所见,绝无虚言。尤其是在介绍尸体大便这一怪诞情况时,还引用了当年验尸医生接受采访时的科学分析来佐证其真实性。另一方面,又通过其他亲历者的回忆和旧报纸文章来否定"我"回忆的故事。比如当年超度亡灵的道士否认曾插手丧家和宗教局的争端;舅妈不再提及舅父的名字,也不再坚持他不是穆斯林,舅父去世十年后,当记者拿着报纸上刊登的抢尸照片采访舅妈时,她矢口否认照片上的人是自己;旧报纸文章对抢尸事件的解释莫衷一是,并找来各种专家辩论,一时成为社会焦点议题,但报社很快接到警告,于是,一星期内相关报道迅速萎缩并被另一事件取代而淡出公众视野;小时候"我"想从母亲那里证实舅舅坟墓里是否埋着大便,母亲避而不谈,反而警告"我"不要乱说话等。后设文字补充交代的内容与"我"记忆中的故事杂糅在一起,真假难辨。文本借后设叙事与戏谑技法来表现族群矛盾的错综复杂,以及事件真相的难见天日,就像葬礼现场的见证者事后对此讳莫如深,而报纸上的报道永远不可能刊登最真实最醒龊的粪便四溅的照片一样,真相最终会被掩盖。

　　现实中,确有一些华人为了经济利益加入伊斯兰教。就像小说中叙述者的父亲所批评的那样:"谁叫华人这样贪小便宜,要申请廉价屋呀、德士利申呀,统统以为姓敏阿都拉就好办事。"其实背后更深层次的原因恐怕在于国家的整体制度设计,包括土著优先的政策保障,经济领域的分配不公,独厚特定族群的宗教与文化政策等。这就不是个别华人贪小便宜的问题,而是有关华人整体公平正义的问题。

　　华人皈依伊斯兰教往往被视为背叛祖先和民族,会遭到家庭的强烈反对,他们的亲友会因此而疏远、排斥他;同时,马来穆斯林也会怀疑他们入教

---

　　①　李有成:《贺淑芳的议题小说》,《南洋商报·南洋文艺》2014 年 2 月 11 日。

动机不纯而对他们心存疑虑。这种里外不是人的处境会使有些改教者有意隐瞒事实,回到家里仍然保持华人的生活习惯,家里人完全不知改教的实情。等到他们去世才会暴露真相,家人要求按照华人习俗举行葬礼,宗教局的人员则会宣告死者的穆斯林身份,要求带走尸体并按照穆斯林的规矩举行葬礼,由此引发"抢尸风波"。最后一般是"一尸两葬",一方以伊斯兰教习俗安葬死者,一方举办华人的丧葬仪式。根据《新明日报》的报道记载,1980年到1989年这十年间,此类抢尸事件已超过七宗,最后结局都是"一尸两葬"。20世纪90年代后,相关媒体亦常刊载此类消息,如1991年轰动一时的李绍基案。[①] 据蔡源林的研究,李绍基家属争尸案位列近二十年(1983—1999)华文报纸伊斯兰十大新闻之一,在1991年至1994年这四年间,累计相关文章达50篇,可见华社非常关注这一话题。[②] 华文报纸有关"争尸案"的报道往往强调改教者的悲惨下场从而警告华人不要轻易皈依伊斯兰,这从相关报道的标题可以窥一斑而见全豹,如《华籍回教徒死不安宁 先依华人风俗出殡受阻 复按回教习俗开棺移葬》(《新明日报》,1986年2月13日)、《偷皈依回教死不安宁 抢尸案屡见不鲜》(《新明日报》,1991年5月8日)、《电台华裔职员皈依回教 死后掀起一场领尸风波》(《南洋商报》,1991年5月4日)等。华人文化最讲究"入土为安",报纸对"抢尸风波"的报道,凸显了华裔穆斯林死后不得安宁的悲惨结局,无形中形塑了华人对改教问题的价值判断,让华人不敢轻易皈依伊斯兰教,从而有效地守护华人社群的族群边界。

《别再提起》"处理的是马华文学史上极少被书写的华裔穆斯林问题,而且一个非常有力量的角度切入——死亡、葬礼、尸体的所有权"[③]。小说以戏谑的语言、狂欢的笔法暴露了大马双标的司法制度(即世俗法和伊斯兰律法)对华裔穆斯林的华人家属权益的侵害。小说中的大舅母不是穆斯林,按照规定,穆斯林的财产只能由穆斯林继承,以致大舅母无法继承大舅父的遗产,最后连所住的房子也要交出去,只好搬到儿子家住下。尸体的族群归属映射的是华人在马来西亚的弱势地位,华人只能无奈接受现行司法制度的裁决,哪怕这项制度明显有失公允。有意思的是,小说传达的价值判断与新闻报道如出一辙,皆强调改教者的悲惨下场,从而警戒华人不要轻易改

---

① 郑月里:《马华穆斯林相关研究述评》,《政大民族学报》第27期(2008年12月),第123页。

② 蔡源林:《大马华社的伊斯兰论述之分析(1983—1990):一个后殖民文化认同政治之个案》,载李丰楙、林长宽等合著:《马来西亚与印尼的宗教与认同:伊斯兰、佛教与华人信仰》,台北:"中央研究院"人社中心亚太区域研究专题中心,2009年,第317页。

③ 黄锦树:《尸首的族群归属》,载张锦忠、黄锦树主编:《别再提起:马华当代小说选(1997—2003)》,台北:麦田出版,2004年,第294页。

教。蔡源林在评述"争尸案"的新闻报道时指出:"虽然后殖民学者主张以'杂种'认同来颠覆'纯粹性'认同所导致的二元对立,但像马来西亚这样的社群主义社会中,'杂种'者不但无能建构出'第三空间',事实上是根本'没有空间',……许多大马穆斯林徘徊于马来人与华人两大社群之间,无法获得接受与包容,也都指出了此一残酷的现实与后殖民主义所渴望的理想有着极大的落差。"[①]《别再提起》中的华裔穆斯林正是处于这样的困境。不仅如此,小说中舅母坚称舅父不是回教徒,"他讲过要换名字,我陪他去了注册局三次。第一次去时是六年前。最后一次去是上个星期,注册局要他去向回教局申请"[②]。舅父生前已经想要脱离伊斯兰教改回自己的华人名字,先后申请了三次,时间跨度有六年,然而并未如愿,身份证上仍是穆斯林名字。可见,华人不仅皈依伊斯兰教面临巨大压力,一旦加入再想放弃就比登天还难。不难看出作品对国家宗教政策的质疑,以及对掩藏在宗教面纱下的不对称的族群权利结构的警醒。

有关"抢尸风波"的新闻报道从 20 世纪 80 年代开始就已进入公众视野,为何到 21 世纪才成为小说题材。这就要联系马来西亚的政治气候变化来分析。一方面宗教、种族课题一直是政府明令禁止讨论的议题,虽然时任首相马哈迪在 1991 年就提出"2020 宏愿",着手打造一个团结的"马来西亚国族",有意淡化意识形态色彩,弥合不同族群的分歧,但 1987 年的茅草行动[③]使华人心有余悸。华人在处理宗教书写时还是心存顾虑,不敢大胆下笔。但随着开放的深入,尤其是 1995 年"回儒文明对话"后,探讨回儒接触的"问题领域"具有了官方的合法性,马华作家开始有信心和勇气触碰一些

① 蔡源林:《大马华社的伊斯兰论述之分析(1983—1990):一个后殖民文化认同政治之个案》,载李丰楙、林长宽等:《马来西亚与印尼的宗教与认同:伊斯兰、佛教与华人信仰》,台北:"中央研究院"人社中心亚太区域研究专题中心,2009 年版,第 311 页。

② 贺淑芳:《别再提起》,载张锦忠、黄锦树主编:《别再提起:马华当代小说选(1997—2003)》,台北:麦田出版,2004 年,第 288 页。

③ 1987 年 9 月,马六甲、雪兰莪、吉隆坡与槟城等地的教育当局派出大批不谙华文人员担任华文小学领导职务,引起华社强烈不满,认为此举将使华文小学"变质"。于是,华团立即在各大城市展开抗议行动,并发动华小罢课,要求政府收回成命。10 月 14 日,马来西亚内阁决定成立五人委员会,以协调解决此事,华小的罢课行动也因此暂缓实施。但此事引发马来人的强烈反弹,巫统青年团(巫青)举行大集会,谴责马华领导人与董教总和反对党之间定下的协议。此时巫华两族关系已经趋于紧张,恰在这一特殊时刻,吉隆坡发生了一个马来士兵乱枪射毙了 1 名马来人和 2 名华人的事件,引起了两族之间的骚动。1987 年 10 月 27 日开始,马哈迪政府以种族关系紧张为由,援引内部安全法令,展开大逮捕和查封报章的"茅草行动",扣留许多被认为危害国家安全的人士。这一事件常与 1969 年发生的"五一三"事件相提并论。事情虽然最终平息,但华人社会再次受到大惊吓,心神久久不能平定。可参见周南京主编:《华侨华人百科全书·历史卷》,北京:中国华侨出版社,2002 年,第 289 页。林水檺、何启良、何国忠、赖观福合编:《马来西亚华人史新编(第一册)》,吉隆坡:马来西亚中华大会堂总会,1998 年,第 190 页。

此前的禁忌题材。另一方面,1995—1999 年间,马来西亚伊斯兰党实力迅速壮大,该党致力于建立伊斯兰化政权,认为自己在选举中获得广大马来选民的支持是因为马来人支持其执政理念,于是加速推动伊斯兰化政策。而巫统为了争取马来选民,也开始用伊斯兰做文章,在 2001 年 9 月 29 日,巫统领袖兼国家首相马哈迪竟宣布马来西亚已经是"回教国"了①。这一政治情势引起华社的忧虑,生怕在两大政党竞相谈论建立"回教国"的政治格局中,华社被更加边缘化。这一忧虑既表现在华文报纸的伊斯兰教新闻报道中,也体现在马华文学的宗教书写中,两者都把伊斯兰教塑造成一个强大的"他者",借此达到凝聚华人共识,捍卫族群边界不被侵蚀的目的。当然,这一现象也再次印证马华文学受制于国内政治形势、自主空间非常狭小的现实。

## 第三节 社会公共领域的规训与惩戒

### 一、学校:"湖面"并不"如镜"

宗教问题不仅介入个人生活领域,还会将触须伸至社会公共领域。贺淑芳小说《湖面如镜》(2012)书写的是大学校园处处禁忌,教师人人自危唯恐触礁的荒诞现实。不同于《别再提起》的喧嚣嬉闹,《湖面如镜》的叙述风格"冷静得近乎压抑","这样的修辞压抑也不妨视为充满禁忌与压抑的马来西亚荒凉/荒唐现实的一面明镜"②。

小说开端就书写了大学校园的畸形生态。叙述者是一个华裔女教师,在大学已任职四年,每天都谨小慎微,生怕一不小心就会触犯禁忌。打从她第一天来这里,就听到院长、同事出奇慎重的警告:"别惹什么问题,不要去踩你踩不起的火线,要警醒,学生是非常敏感的,我们也非常地敏感。"眼见身边的同事有把握不好分寸而被投诉、被解聘的,她更加焦虑紧张。她近乎神经质地反复自我警醒:"一天又过去了,今天又说了什么? 是否不够小心,是否说了什么使人误解,是否这些话违背了真正的心意?"③有一次,她随口

① 蔡源林:《大马华社的伊斯兰论述之分析(1983—1990):一个后殖民文化认同政治之个案》,载李丰楙、林长宽等合著:《马来西亚与印尼的宗教与认同:伊斯兰、佛教与华人信仰》,台北:"中央研究院"人社中心亚太区域研究专题中心,2009 年,第 306 页。

② 张锦忠:《期待麋鹿而出现大海怪》,载张锦忠、黄锦树、黄俊麟主编:《故事总要开始:马华当代小说选(2004—2012)》,台北:宝瓶文化事业股份有限公司,2013 年,第 134 页。

③ 贺淑芳:《湖面如镜》,载张锦忠、黄锦树、黄俊麟主编:《故事总要开始:马华当代小说选(2004—2012)》,台北:宝瓶文化事业股份有限公司,2013 年,第 114 页。

问了一个马来同事以前在哪儿任教,对方回答她在玛拉学院大学。她不禁又问对方:在那里教书时有教过华裔学生没有?对方颇为小心地考虑一会,才回答:"没有,那里该百分百都是马来学生。"玛拉学院是专门培养马来精英的学校,不对非土著开放,为此招致华社的批评,引发族群之间很多的争议。她为这明知的答案震惊,同时也觉得这样的明知故问有失妥当。小说接下来有一长段话描述了她内心的忐忑不安:

> 对方会否感到困扰呢?她会认为这是个怀有敌意或故意找麻烦的问题吗?不知道这人心里是怎么想的,当她回答时仿佛只是平静地说一件事。从那双眼睛里什么也看不出来。得体的语调谨慎的表情,安定如一池春水。①

在这样一个充满雷区与禁忌的社会,人们一个个变成像"装在套子里的人"。他们的眼睛好像被什么东西囚禁起来,什么也不会流露。过往的经验告诉她,绝对不能逾越,否则过后无论怎么修补都没用,别人会跟你划清界限。她开始对自己感到厌烦,对划线这件事也感到厌烦。

接下来的两个教学"事故"将这种畸形生态的描绘推向极致。一是叙述者尽管谨小慎微还是踩到火线被院长约谈。有学生投诉她"颂扬同性恋",因为她在课堂上"叫一个穆斯林学生朗诵同性恋的诗"。事情起因于她在英文文学课堂上,容许一个来自戏剧系的马来学生朗诵了卡明斯(e.e.cummings)的名作《春天就如可能之手》,而她在讲解托马斯·曼的小说《魂断威尼斯》时,这个学生宣称自己最适合扮演小说中的美少年,她没有阻止这个学生的"放肆"。卡明斯是一个同性恋作家;《魂断威尼斯》中的美少年是男主角阿申巴赫爱恋、追逐的对象。这个学生把自拍的录影传到网上,又在网站上朗诵了这首诗,还搞了同性恋出柜的告白,引发很多穆斯林在网上留言威胁说要杀死他。她感到疲倦、羞辱与愤怒,不能理解英语文学中的名家名作竟然也跟宗教禁忌扯上关系。院长一方面承认文学不能与政治混为一谈,一方面又认为这是非常严重的问题,还不知道审查委员会怎么处理。接下来的日子她每天都神思恍惚,忧心焦虑。二是叙述者的女同事因言行不当遭到解聘。据说,这个年轻女老师"在课堂上谈到了伊兰兰对女性仪容的要求,她说那是一种试图与世俗区别以成其神圣的做法,实际上却是对身体的制约",以及诸如此类的话题。这些言论触怒了一些穆斯林学生,他们去

---

① 贺淑芳:《湖面如镜》,载张锦忠、黄锦树、黄俊麟主编:《故事总要开始:马华当代小说选(2004—2012)》,台北:宝瓶文化事业股份有限公司,2013年,第122页。

办公室找她理论,然后发现她"态度不当地对待《可兰经》"。后文交代,所谓态度不当,就是这个女老师在弯腰从桌子左下角的抽屉取东西时,身体越过了《可兰经》。于是学生写信向院方投诉,各种责备与抨击纷纷指向这位女老师。适逢这个年轻女老师聘约到期,院方便不再给她续聘。院方在解除合约时,只说合约到期了,因为课程改革,系所发展要改变方向,故此不再需要她,根本没有提及学生投诉的事情。院方的做法非常聪明,使她连成为一个受害者的资格都没有,让人无懈可击。

两个教学"事故"与开篇校园畸形生态的描述映现了马来西亚的泛宗教化给非穆斯林带来的困扰。整篇小说没有出现一个具体的人名,全部用她或他来指代。这样的模糊处理,似乎是为了暗示,生活在这种环境中的每一个人,而不仅是某个具体的人,都没法摆脱这样的困局。在这样的困局中,无论是马来人,还是华人,都不会成为赢家。小说结尾她开车送被解聘的女教师回家,在返程中,一不留神,差点翻车撞进湖里。那辆"悬"在湖边,进退两难的车辆似乎就是华人在马来西亚生存处境的隐喻。

小说中还有几处细节描写也暗示了华人的这种生存困境。一是女老师小时候观察母亲杀鱼,就问为什么鱼的眼睛不会闭上,母亲回复正因为鱼的眼睛总是睁得大大的,所以吃了才会变聪明,女老师回复母亲,"结果还不是任人鱼肉"。这段文字暗示:无论是鱼还是华人,眼睛睁得再大,脑子再聪明,结果也不过是任人宰割。二是女老师小时候观看舅舅憋气潜在水底修补渔网,别人都惊叹舅舅本事了得,她却不解为什么不把渔网拉上来修补。表哥解释说,因为网又大又重,而且已经在湖底用绳子钉子固定位置,若把渔网拉上来,只会扯出更多破洞,所以这网动不得。被固定在湖底的网何尝又不是束缚华人命运之网的隐喻,华人拼尽全力也只能修补漏洞,没法将之连根拔起。三是女老师的车悬在湖边,周围已是黑暗一片,此时她想到开天辟地、撕开混沌的英雄,想象英雄们的非凡勇气和他们看见第一道光时的惊讶,然后思考自己是应该打开车灯让别人知道自己的存在,还是继续隐匿在黑暗中更安全。女老师对开天辟地英雄的想象,流露出对能改变马来西亚现实的英雄的隐秘渴望;而她内心纠结哪种做法更安全,叩问的是华人面对不公应该亮明自己的态度还是继续采取鸵鸟政策。这些细节与小说情节相互补充,呈现出一个处处禁忌、华人动辄得咎的世界。小说通过书写校园政治延续了贺淑芳在《别再提起》中引爆的社会议题。

## 二、咖啡店:从交融到疏离

菊凡的散文《话说"咖啡店"》(2016)通过今昔对比的方式写出了咖啡店

的变迁。小说开篇回忆 20 世纪 70 年代前咖啡店的景象,这是 1969 年"五一三"事件发生之前,也就是国家尚未推行一系列经济、教育、文化政策压制华人之前的情景。那时的咖啡店是供人喝杯热腾腾的咖啡或是和朋友分享心事的地方,也是给工作了一天的苦力坐下闲聊的地方,还是唯一能够感觉闲情逸致或解决一些私人问题的地方。"那时不只华人光顾,连马来同胞印度同胞,警察局官员也常在这间咖啡店喝咖啡聊天,大家嘻嘻哈哈的,毫无忌惮,什么都可作为话题。"①那时不同族群的人在咖啡店进进出出,几乎都互相认识的,所以大家会很自然地互相微笑点头,随意互相搭讪。咖啡店成为不同族群自由交往、相互影响的社会空间。

后来,经过几场的政治斗争,政客们玩弄宗教课题捞取政治资本,无端端强调宗教的不同生活习惯——同一族群的男女必须分开距离,不同族群因吃食不同,待人接物风俗不同,不允许混淆——人为在不同族群之间制造隔膜,之后马来同胞便不再踏足华人咖啡店。少了一种民族的光顾,咖啡店就少了一股交融的气氛。由于缺乏族群互动的空间,各族群和谐共处的平静生活被打破,彼此之间不再相互信任,甚至转为互相猜忌与仇视,互相挖苦和挑衅,民族和谐安乐的日子从此不再。

温祥英的《故事才开始》(2018)也提到 20 世纪 70 年代国家推行的单元文化政策侵蚀了原本和谐的族群关系。当时,许多学生到学校来向马来教师或办公室人员宣示哪些物品是 halal(符合伊斯兰教法的),哪些是违反教义的。自此,族群关系悄悄发生了改变:"他们走后,打字员告诉我,她正用的化妆品是 haram 的,因里面有胎盘的成分。不久,时常在监督运动活动后,闷热得满身汗,会到咖啡店喝上一两杯啤酒的同事,忽然说有要事缠身,不能奉陪。而在开斋节提供啤酒的同事,再不有酒了,也不解释。慢慢的,我们之间变得生疏了。"②

无独有偶,李有成在一则访谈中也提到,在东姑阿都拉曼执政时代,整个国家种族关系还很和谐,但"五一三"之后,一切都变了。所以他说,他非常怀念渔村时期族群和谐融洽的关系。"距他家 200 公尺左右是马来小学,另一边再过去 300 公尺就是回教堂了。回教堂前是个墓场,因此村里有马来人逝世出殡,经常会抬着棺木经过他家门口,以便抬到墓园举行葬礼。斋节时会送来马来糕点,华人新年时则会回送甜粿。"③那时,族群关系很单

---

① 菊凡:《话说咖啡店》,《南洋商报·南洋文艺》2016 年 2 月 23 日。

② 温祥英:《故事才开始》,《星洲日报·文艺春秋》2018 年 7 月 15 日

③ 辛金顺:《学术与创作的淑世关怀——访李有成老师》,《南洋商报·南洋文艺》2014 年 6 月 17 日。

纯,没什么利害关系,可后来发生的种族事件,以及随后推出的一系列政策,使这种淳朴一去不复返。从这些作品的前后对比,我们可以看到国家权力如何形塑族群之间的边界,国家的单元文化和宗教政策如何伤害族群关系,也可以看出华人对族群和谐的缅怀与期待。

### 三、在路上:"同路"抑或"分道"

王筠婷的《火车火车嘟嘟嘟》(2013)以成年人的角度回顾童年往事的方式讲述故事。小说中的"我"带女儿坐火车回家,女儿稚嫩的提问勾起了"我"的童年回忆。"我"和表哥幼年时情感极好。表哥叫张德,是小舅舅和邻村马来村村长女儿的孩子。小时候,妈妈做针线活,小舅妈也制作马来衣,相处融洽。那时表哥不过是一个跟在妈妈身边的瘦瘦的小孩,印象中,那时小舅母还没有戴头巾,表哥的眼睛遗传父亲的单眼皮,也像妈妈一样有着黝黑但美丽的皮肤,两母子从村尾走进华人的住宅,只是像两个皮肤稍微晒黑的华人。表哥语言天分极佳,跟妈妈说标准的马来语,跟村子里的人说得上一两句福建话,跟她和他的姑母说中文,自小是个非常讨喜的小孩。

那时的火车路是他们童年嬉戏玩耍的场所。他们的玩伴不断增加,有马来女孩依玛、印度孩子木都和佳雅、马来孩子拉吉星、华人孩子阿诚和婷婷。当年大家就这么凑合着玩在一块儿,就好像偶尔他们将火车身上的字大声念出来一样,没有人懂这是什么意思,那时候大家不需要知道,这个能透露出父亲是什么籍贯或种族姓氏的全名。至于肤色么?大家在太阳光下都玩那么久了,大概晒得一样黑了。大家看起来,其实都没多大差别。

孩子们渐渐长大,日渐疏远,只有表哥还是"我"的忠实玩伴,一次带"我"走废弃的火车路探险,结果遭遇马来少年对"我"的袭胸侵犯,表哥带"我"迅速逃脱。往后,表哥跟着他的母亲,在稍后的日子过来了一趟。那时,小舅母已经系上头巾,表哥也改了名字,"德"字被隐去,姓氏也不在了。妈妈还是称呼他阿德,虽然小舅妈一再纠正。"我"则没什么影响,还是叫他表哥。只是,大家看彼此的眼神似乎不一样了。尤其是小舅母对"我"先有意见的,认为"我"衣着太暴露,并说"没有将羞体遮闭,理应被摸的"。

表哥后来离乡了。他被保送到城市某学校宿舍,被调教成一个真正忘了华人姓氏的马来人,或者他们所诠释的马来人。他戴了宋谷,也不曾到"我们"家来。妈妈轻声说,因为家里煮猪肉。"表哥像是走到了火车道的另一面:左边,家乡;右边,城市。这里,她;那里,他。这里和那里,虽说只隔了一条轨道,却已经是她看不见的地方。打开的基因双螺旋,复制了自己的基因,却无法粘回来。"①

火车路既是童年快乐和各族群和谐相处的场所,也是后来分道扬镳的见证者。国家日益伊斯兰化的大气候,使那个明明基因跟自己有点相同的表哥,却走在与"我"截然不同的轨道上。"我"不由想念最单纯和谐的从前,轨道没有分歧的那个从前。小说在"火车火车嘟嘟嘟,请问你又去哪里?"的迷茫中结束,这实际上是马来西亚华人对种族关系和族群命运将走向何方的叩问。

牛油小生的散文《仿佛歌唱》(2018)和《格列普斯基》(2019)将族群的矛盾与对话细化到一个极小的空间——出租车里。《仿佛歌唱》中,"我"是在新加坡工作的马来西亚华人,时常往返两地,马来的士司机询问"我"是哪里人时,引发"我"对自己身份的思考。"我"出生那年恰逢马哈迪借华教运动问题大肆逮捕华教界与反对阵营人士,加上"五一三"事件一次次被政客操弄更加深了族群隔阂,"华人很容易就自我受害者化,慢慢有了奇怪的道德优越感,也渐渐远离其他族裔"②。"我"在中学时代也曾抱持这种受害者心态,在作文课上写了一篇愤怒的文章,痛斥政府种族主义政策造成华人人才外流,结果老师判"我"不及格,劝"我"在统一考试时绝对别写这些。当时的"我"十分悲愤,认为这是华人的自我审查与自我迫害。多年以后,当"我"也随大流到新加坡工作换取更优渥收入的时候,"我"才惊觉,华人对政府不承认统考文凭的批判,以及将之上升为攸关民族文化之类的论调,并不是故事的全部,华人人才外流也未必全是政府种族主义政策造成的,对优厚待遇的追逐很多时候才是问题的关键,只不过大家对此避而不谈。作品反省了华人的自我隔绝和自我受害者化。

在《格列普斯基》中,Grab③司机是个马来人,"我"的用户名是"piggy"(小猪),"我"一上车,马来司机就非常困惑地指着手机屏幕上"我"的用户名问"我"怎么回事。"我"以为"我"冒犯他了,毕竟"猪"是马来人非常忌讳的。马来司机回复说不是觉得被冒犯,而是认为这个外号不雅。"我"只好吃力地用有限的马来语解释:以前"我"很胖,所有的人叫"我"猪,"我"就叫自己小猪了;这种自嘲的策略很快让"我"在朋友间取得优势,他们再无法用这个外号伤害"我"了。这样微小的尴尬,是华族与其他族群相处中常见的状态。

---

① 王筠婷:《火车火车嘟嘟嘟》,载萧依钊主编:《花踪文汇12》,雪兰莪:星洲日报,2014年,第178页。

② 牛油小生:《仿佛歌唱》,《星洲日报·文艺春秋》2018年9月28日。

③ Grab是打车租车服务平台,在新加坡和马来西亚等国家都有业务。标题"格列普斯基"是"Grab司机"的音译。

但随着华人与其他族群相互了解的加深,这种微小的尴尬很容易化解。接下来"我"与马来司机的交谈,让"我"了解到他生活的不易和他的努力打拼。"在每个人都拼了命努力生活,为家庭牺牲的当下,为什么却总有人爱批评,说某一族群天生懒散呢?"①结尾处的疑问反省了华人对其他族群的刻板印象。华人与其他族群的"分道"或是因为国家伊斯兰化程度的加深,或是因为华人的自我受害者化,也可能是因为华人对其他族群的误解。

小黑的散文《岛上来了 Grab Car 和 Uber》(2017)也书写了车厢内的族群关系。文中提到,自从槟榔屿岛上来了 Grab Car 和 Uber,"我"就常叫车遇上马来司机,有机会跟他们聊天。有一个马来司机是马来武术师父,周末都会出门做司机。在交谈中"我"了解到他一天驾驶 300 公里,早上 8 点出门,除了回家用餐和祈祷,一直工作到晚上 11 点,他的辛勤兼职每月可以多赚三四千令吉。另一个马来司机是护士,工作日放工后就开 Grab,他的伊斯兰党身份并不影响彼此友好交流。还有一个青年马来司机讲起了"我"公寓附近建筑的历史,也介绍了他自己的住处,"我"知道"那是一条马来渔夫与华人杂处的地方。旁边还有一座星云法师曾经莅访的香山寺。"我"在星云法师的笔记中读过。对面还矗立一座马来教师回教堂,虽然对望,却相安无事②。香山寺与回教堂的相安无事,喻示华人和马来人也可以和谐相处。车厢内的交流,增进了族群之间的了解,让"我"感受到了马来人积极的工作态度,使"我"对住处的有关人文知识增进不少,对宗教与种族如何和谐相处也有了更深的认识。

小黑的另一篇散文《东尼说中文》(2017)以亚洲航空的老板东尼谈学习中文的重要性为由头,思考如何摆脱狭隘的民族主义立场。东尼出席集会时谈到,如果他能掌握中文,亚航进军中国就事半功倍,因为说中文能拉近与中国人的距离。"我"由此联想到"最近乘坐 Grab Car 或 Uber,常常与司机谈话。马来司机都会因为"我"懂得以流利的马来语与他们交谈而高兴。一直要探问"我"是从事什么行业的老人家③。可见,无论是中文还是马来文,无论是什么宗教信仰,都应该以开放包容的态度去对待。华人与其他族群是"同路"还是"分道",取决于彼此能否克服狭隘的族群立场。

---

① 牛油小生:《格列普斯基》,《星洲日报·文艺春秋》2019 年 2 月 15 日。
② 小黑:《岛上来了 Grab Car 和 Uber》,《南洋商报·商余》2017 年 6 月 14 日。
③ 小黑:《东尼说中文》,《南洋商报·商余》2017 年 7 月 12 日。

# 结　语

20 世纪 90 年代至今是马来西亚由"后五一三架构"转向发展与开放的社会转型期。"当首相马哈迪医生在 1991 年宣布要在 2020 年走向先进国的宏愿后,国家的焦点立刻集中在经济领域。从 1990 年到 1997 年,经济的复苏稳定了政治的不安情绪,当 2020 年宏愿提出以后,国内出现了小开放的局面。在同声一气'成为先进国'的口号中,文化问题变成是第二线的问题。在 90 年代,我们已经听不到刺激性的'国家文化'四个字了。也许马哈迪无心插柳,但发展经济所出现的'解去政治化',的确成功地消解族群之间的对峙。"[①]进入 21 世纪,随着全球化进程的推进,族群、文化、语言的边界也日益模糊,多元文化之间的沟通与互动更为频繁。同时,马来西亚政治发展最显著的特征是出现了民主转型。在民主转型的环境下,朝野政党斗争异常激烈,国阵政府为争取非马来人支持,对族群政策做出适当调整,在坚持保证马来人利益的同时,也注意倾听和顺应华人与印度人的诉求。进入 21 世纪后,马来西亚华人开始"政治觉醒",意识到离开政治权力,个人、族群在经济上再努力,都可能成为没有政治保障托底的徒劳。这种觉醒使他们积极参与政治,已经孕育出一种具有强烈公民意识的新华人;他们要求政府廉洁透明、公平合理,他们的诉求也直接透过国、州选举求变,从以往大力支持国阵内的华基政党,转到支持在野的民主行动党和公正党来改朝换代。

历史转折的"此刻"在马华文学的跨族群书写中留下投影:一是华人对他者和他者文化更加理解和包容;二是对自身的文化偏见和历史原罪表现出可贵的反省意识;三是对此前文学禁区的探入。具体而言,在跨族群婚恋书写中,"喑哑"的异族开始"发声";代与代之间对异族文化的态度出现了对立的声部;弱势族群开始觉醒与抗争;一度"污名化"的混血儿也出现了身份的逆转,他们被逐渐理解和接纳。在历史溯源书写中,东马本土作家凭借在地知识重勘伊班族作为"地之子"的历史;东马旅台作家在祖先拓荒史的"重述"中,以他者为镜,表现祖辈"辉煌"拓荒事业中"血泪"与"压榨"同在的复杂面向;两者共同实现了对雨林文明的"再发现",对"雨林"的现代价值进行

---

① 何国忠:《马来西亚华巫领袖与华人文化》,载李元瑾编:《新马印华人:文化与国家》,新加坡:亚洲研究学会,2006 年,第 164 页。

体认和重估,并对其未来可能的趋势和走向进行思考和探索。在"回儒对话"的文化融合政策下,书写回儒接触中的"问题领域"具有了官方的合法性。马华文学在 2000 年前后开始书写华人与马来人之间的宗教差异,以及宗教接触的"碰撞",包括表现禁忌僭越者的"罪"与"罚",私人生活领域的碰撞与磨合,社会公共领域的规训与惩戒等,这一领域的探索与尝试,无疑开拓和丰富了跨族群书写的领域。

除了社会语境的变化,20 世纪 90 年代以来东马本土作家的涌现和新生代作家的崛起有效地改变了马华文学的生态与景观。得益于"生于斯、长于斯"而具备的"在地知识",东马本土作家善用丰富多彩的本土资源来表达对乡土的真实感受,以"场所精神"来表现雨林风光和原住民生活图景。他们的美学拓疆有意与张贵兴等东马旅台作家的传奇式书写加以区隔,隐然有一种争夺"雨林"发言权的意图。新生代作家包括 90 年代进入文坛的六字辈①、七字辈,以及 21 世纪冒现的八字辈、九字辈。他们成长于相对安稳的社会,没有太多因袭的历史重负;大多接受过高等教育,具有国际化视野,对他者文化有更大的包容性。他们的跨族群书写,往往能反省华人族群存在的文化偏见与经济优越感,能用一种平等沟通、交流的方式去看待他者和他者文化。

马华新生代的异军突起,使马华文学出现"现代"转向,带来了书写策略与技巧的更新。列维-斯特劳斯的人类学、海登·怀特的新历史主义、福柯的知识考古学、德里达的解构主义等受到马华新生代作家的追捧,更新了他们的知识结构体系,并且为他们提供审察马华族群生存处境和族群关系及探索族群未来的全新视野。体现在文学创作上,主要表现为以下特点:一是开启"民族志式"书写,尽量用一种"文化持有者"的内部眼光,还原原住民历史与文化;二是坚持"寓言式"书写,通过少数族群的书写来言说政治,并试图对族群关系进行重新设计;三是尝试"魔幻式"书写,既是为了规避政治风险,也是为了通过"魔幻加雨林"达到"输出南洋"的目的,以占据华文世界的文化市场。

马来西亚华人虽然知道族群问题沉疴在身,难以在短期内彻底消除。但他们绝大部分在马来西亚土生土长,不管是在理性还是感性层面上,都已认同马来西亚是他们唯一的"家"。对这个"家"的感情,一代比一代更深切。因此,相对于早期华人或者上一代华人,他们更容易搁置或者超越族群纷争

---

① "字辈断代法"是马华文坛特有的一种按照作家出生年代进行代际划分的方法,1960—1969 年出生的作家称为"六字辈",1970—1979 年出生的作家称为"七字辈",1980—1989 年出生的作家称为"八字辈",以此类推。

和华人文化认同的"我执",转而以更宏阔的全球性视野关注生态环保、全球化与本土化等全人类面临的问题。如杨锦扬、鞠药如、李笙对环保问题的关注就反映了这一趋势。受时代大潮的裹挟,新生代作家,特别是八字辈、九字辈作家,其创作开始出现族裔身份的有意模糊和族群忧患意识的淡化。

随着"人类命运共同体"和"一带一路"在全球范围内越来越多的国家间取得共识,跨族群书写非但不会消失,反而会更加繁荣——外延上向更多的族群延伸,内涵上向更深层次的自觉思考"深掘""深描"。就当前的写作而言,马华文学的跨族群书写主要集中在本国的族群关系书写。随着"东盟一体化"进程的加速,整个东南亚的少数族群及族群关系必将成为"全球南方"研究关注的一个重要课题,同样也将进入马华文学的关注视野。马华文学作品中出现的印尼、菲律宾移民已是苗头,如小黑的《东尼说中文》开始涉及"一带一路"对马来西亚族群观念的影响。

另外,随着数字经济时代的来临,建设"数字马来西亚"将成为马来西亚追赶时代和世界发展步伐的重要任务。人工智能、数字技术等将改变马来西亚的族群关系,以及族群生活方式,这些改变也将反映到马华文学里,从而改变跨族群书写的题材、主题以及美学风貌。牛油小生的《格列普斯基》和小黑的《岛上来了 Grab Car 和 Uber》就谈到 Grab Car 和 Uber 出现在马来西亚后,改变了马来人的工作态度,增加了华人与他们交流的机会,宗教与种族如何和谐相处也有了改变。这种改变只是开始,后续影响还有待观察。

总之,随着"人类命运共同体"时代和数字时代的到来,跨族群书写或将迎来新一轮繁荣,这将挑战马华作家的视野、眼光和创新能力,也将考验马华作家的接纳和应变能力。

# 参考文献

## 一、作家作品(集)

1.碧澄:《碧澄文集》,厦门:鹭江出版社,1995 年。

2.曾沛:《曾沛文集》,厦门:鹭江出版社,1995 年。

3.陈大为、钟怡雯:《赤道形声——马华文学读本Ⅰ》,台北:万卷楼图书有限公司,2000 年。

4.陈政欣:《陈政欣文集》,厦门:鹭江出版社,1995 年。

5.方修:《马华新文学大系》(三),新加坡:星洲世界书局有限公司,1970 年。

6.方修:《马华新文学大系》(四),新加坡:星洲世界书局有限公司,1971 年。

7.方修:《马华新文学大系》(五),新加坡:星洲世界书局有限公司,1971 年。

8.方修:《马华新文学大系》(六),新加坡:星洲世界书局有限公司,1971 年。

9.方修:《马华新文学大系》(七),新加坡:星洲世界书局有限公司,1971 年。

10.方修:《战后新马文学大系:小说一集》,北京:华艺出版社,1999 年。

11.贺淑芳:《湖面如镜》,台北:宝瓶文化事业股份有限公司,2014 年。

12.黑岩:《荒山月冷》,诗巫:诗巫中华文艺社,1994 年。

13.黑岩:《星子落在西加里曼丹》,诗巫:诗巫中华文艺社,2003 年。

14.黄锦树主编:《一水天涯:马华当代小说选》,台北:九歌出版社,1998 年。

15.黄锦树:《焚烧》,台北:麦田出版,2007 年。

16.黄锦树:《刻背》,台北:麦田出版,2014 年。

17.黄锦树:《梦与猪与黎明》,台北:九歌出版社,1994 年。

18.黄锦树:《南洋人民共和国备忘录》,台北:联经出版事业股份有限公司,2013 年。

19.黄锦树:《死在南方》,济南:山东文艺出版社,2007 年。

20.黄锦树:《土与火》,台北:麦田出版,2005 年。

21.黄锦树:《乌暗暝》,台北:九歌出版社,1997 年。

22.黄锦树:《由岛至岛》,台北:麦田出版,2001 年。

23.黄锦树:《犹见扶余》,台北:麦田出版,2014 年。

24.黄锦树:《雨》,成都:四川人民出版社,2017 年。

25.金圣:《夜,啊长长的夜》,吉隆坡:大将出版社,2009 年。

26.蓝波:《寻找不达大》,吉隆坡:大将出版社,2008 年。

27.蓝波:《砂拉越雨林食谱》,吉隆坡:大将出版社,2009 年。

28.蓝波主编:《磐石》,诗巫:诗巫中华文艺社,1996 年。

29.李忆莙:《李忆莙文集》,厦门:鹭江出版社,1995 年。

30.李永平:《李永平自选集(1968—2002)》,台北:麦田出版,2003 年。

31.李永平:《大河尽头》,上海:上海人民出版社,2012 年。

32.黎紫书:《天国之门》,台北:麦田出版,1999 年。

33.黎紫书:《山瘟》,台北:麦田出版,2001 年。

34.黎紫书:《花海无涯》,雪兰莪:有人出版社,2004 年。

35.黎紫书:《出走的乐园》,广州:花城出版社,2005 年。

36.黎紫书:《野菩萨》,北京:新星出版社,2013 年。

37.梁放:《烟雨砂隆》,吉隆坡:南风出版社,1985 年。

38.梁放:《玛拉阿妲》,古晋:砂拉越华文作家协会,1989 年。

39.梁放:《我曾听到你在风中哭泣》,雪兰莪:獏出版社,2014 年。

40.梁放:《腊月斜阳——梁放小说自选集》,雪兰莪:有人出版社,2018 年。

41.梁园:《山林无战事》,雪兰莪:陈志英张元玲教育基金会,2021 年。

42.廖宏强:《被遗忘的武士》,吉隆坡:大将出版社,2006 年。

43.林参天:《浓烟》,新加坡:青年书局,2005 年。

44.林春美、陈湘琳:《与岛漂流:马华当代散文选(2000—2012)》,雪兰莪:有人出版社,2013 年。

45.林离:《水印》,砂拉越:砂拉越华族文化协会,1996 年。

46.林武聪主编:《石在・星座常年文学奖作品选集(1987/1988)》,古晋:砂拉越星座诗社,1993 年。

47.马仑:《马仑文集》,厦门:鹭江出版社,1995 年。

48.潘雨桐:《河岸传说》,台北:麦田出版,2002 年。

49.潘雨桐:《静水大雪》,台北:麦田出版,1996 年。

50.潘雨桐:《野店》,新山:彩虹出版有限公司,1998 年。

51.潘雨桐:《因风飞过蔷薇》,台北:联合文学出版社有限公司,1988 年。

52.沈庆旺:《哭乡的图腾》,诗巫:诗巫中华文艺社,1994 年。

53.沈庆旺:《蜕变的山林》,吉隆坡:大将出版社,2007 年。

54.田农:《马来西亚砂拉越战后华文小说选(1946—1970)》,古晋:砂拉越华文作家协会,2009 年。

55.田农:《马来西亚砂拉越华文诗选(1935—1970)》,古晋:砂拉越华文作家协会,2007 年。

56.驼铃:《驼铃文集》,厦门:鹭江出版社,1995 年。

57.王德威、黄锦树编:《原乡人:族群的故事》,台北:麦田出版,2004 年。

58.吴岸:《达邦树礼赞》,古晋:砂拉越华文作家协会,1991 年。

59.萧依钊主编:《花踪文汇 1》,雪兰莪:星洲日报,1993 年。

60.萧依钊主编:《花踪文汇 2》,雪兰莪:星洲日报,1995 年。

61.萧依钊主编:《花踪文汇 3》,雪兰莪:星洲日报,1997 年。

62.萧依钊主编:《花踪文汇 4》,雪兰莪:星洲日报,1999 年。

63.萧依钊主编:《花踪文汇 5》,雪兰莪:星洲日报,2001 年。

64.萧依钊主编:《花踪文汇 6》,雪兰莪:星洲日报,2003 年。

65.萧依钊主编:《花踪文汇 7》,雪兰莪:星洲日报,2005 年。

66.萧依钊主编:《花踪文汇 8》,雪兰莪:星洲日报,2007 年。

67.萧依钊主编:《花踪文汇 9》,雪兰莪:星洲日报,2009 年。

68.萧依钊主编:《花踪文汇 10》,雪兰莪:星洲日报,2011 年。

69.萧依钊主编:《花踪文汇 11》,雪兰莪:星洲日报,2013 年。

70.萧依钊主编:《花踪文汇 12》,雪兰莪:星洲日报,2014 年。

71.郑德发编:《花踪文汇 13》,雪兰莪:星洲日报,2017 年。

72.郑德发编:《花踪文汇 14》,雪兰莪:星洲日报,2019 年。

73.苗秀编:《新马华文文学大系》第五集,新加坡:教育出版社,1972 年。

74.英仪:《璀璨的人生》,新加坡:风云出版社,1985 年。

75.许文荣、孙彦庄:《马华文学文本解读》,吉隆坡:马来亚大学中文系毕业生协会、马来亚大学中文系,2012 年。

76.杨艺雄:《猎钓婆罗洲》,吉隆坡:大将出版社,2003 年。

77.云里风:《云里风文集》,厦门:鹭江出版社,1995 年。

78.云里风、戴小华总编:《马华文学大系》,新山:彩虹出版有限公司,2001 年。

79.张贵兴:《伏虎》,台北:麦田出版,1980 年。

80.张贵兴:《柯珊的儿女》,台北:远流出版事业股份有限公司,1988 年。

81.张贵兴:《赛莲之歌》,台北:远流出版事业股份有限公司,1992 年。

82.张贵兴:《薛理阳大夫》,台北:麦田出版,1994 年。

83 张贵兴:《猴杯》,台北:联合文学出版社有限公司,2002 年。

84.张贵兴:《群象》,台北:麦田出版,2006 年。

85.张贵兴:《顽皮家族》,台北:联合文学出版社有限公司,1996 年。

86.张贵兴:《我思念的长眠中的南国公主》,台北:麦田出版,2002 年。

87.张贵兴:《沙龙祖母》,台北:联经出版事业股份有限公司,2013 年。

88.张贵兴:《野猪渡河》,台北:联经出版事业股份有限公司,2018 年。

89.张锦忠、黄锦树主编:《别再提起:马华当代小说选(1997—2003)》,台北:麦田出版,2004 年。

90.张锦忠、黄锦树、高嘉谦主编:《马华文学与文化读本》,台北:时报文化出版企业股份有限公司,2022 年。

91.张锦忠、黄锦树、黄俊麟主编:《故事总要开始:马华当代小说选(2004—2012)》,台北:宝瓶文化事业股份有限公司,2013 年。

92.张锦忠、黄锦树、庄华兴编:《回到马来亚:华马小说七十年》,吉隆坡:大将出版社,2008 年。

93 张依苹:《哭泣的雨林》,雪兰莪:有人出版社,2008 年。

94.曾翎龙:《在逃诗人》,雪兰莪:有人出版社,2012 年。

95.钟怡雯:《马华当代散文选(1990—1995)》,台北:文史哲出版社,1996 年。

96.钟怡雯、陈大为:《马华散文史读本(1957—2007)》(3 卷),台北:万卷楼图书股份有限公司,2007 年。

## 二、马华文学、文化、历史论著

1.安焕然:《本土与中国:学术论文集》,新山:南方学院出版社,2003 年。

2.蔡源林:《伊斯兰、现代性与后殖民》,台北:台湾大学出版中心,2011 年。

3.蔡增聪:《砂拉越华人研究译文集》,砂拉越:砂拉越华族文化协会,2003 年。

4.蔡增聪:《砂拉越华文书刊目录汇编》,砂拉越:砂拉越华族文化协会,2002 年。

5.蔡增聪、林礼长编:《深耕 25:砂华文协活动剪报选辑 1990—2015》,砂拉越:砂拉越华族文化协会,2016 年。

6.蔡宗祥:《伊班族历史与民族》,砂拉越:砂拉越华族文化协会,1992 年。

7.蔡宗祥:《砂华写作人风貌(1917—2016)》,蔡宗祥个人出版,联华印务有限公司承印,2016 年。

8.曹云华:《变异与保持:东南亚华人的文化适应》,北京:中国华侨出版社,2001 年。

9.陈琮渊:《文学历史与经济》,砂拉越:砂拉越华族文化协会,2010 年。

10.陈琮渊、吴诰赐:《传承与创新:砂拉越华人社会论述》,砂拉越:砂拉越华族文化协会,2011 年。

11.陈大为:《思考的圆周率:马华文学的板块与空间书写》,吉隆坡:大将出版社,2006 年。

12.陈大为:《风格的炼成:亚洲华文文学论集》,台北:万卷楼图书股份有限公司,2009 年。

13.陈大为:《最年轻的麒麟——马华文学在台湾(1963—2012)》,台南:台湾文学馆,2012 年。

14.陈贤茂:《海外华文文学史》,厦门:鹭江出版社,1999 年。

15.陈衍德:《对抗、适应与融合——东南亚的民族主义与族际关系》,长沙:岳麓书社,2004 年。

16.程栋:《图腾——奇异的原始文化》,上海:上海辞书出版社,2003 年。

17.戴小华、叶啸编:《当代马华作家百人传》,吉隆坡:大将出版社,2006 年。

18.方修:《战后马华文学史初稿》,吉隆坡:马来西亚华校董事联合会总会,1987 年。

19.何国忠编:《社会变迁与文化诠释》,吉隆坡:华社研究中心,2002 年。

20.何国忠编:《承袭与抉择:马来西亚华人历史与人物·文化篇》,吉隆坡:华社研究中心,2003 年。

21.何国忠:《马来西亚华人:身份认同、文化与族群政治》,吉隆坡:华社研究中心,2002 年。

22.何国忠:《全球化话语下的中国及马来西亚》,吉隆坡:华社研究中心,2002 年。

23.何国忠编:《百年回眸:马华文化与教育》,吉隆坡:华社研究中心,2005 年。

24.何国忠编:《百年回眸:马华社会与政治》,吉隆坡:华社研究中心,2005 年。

25.黄妃:《反殖时期的砂华文学(1956—1962)》,砂拉越:砂拉越华族文化协会,2002 年。

26.黄锦树:《谎言或真理的技艺——当代中文小说论集》,台北:麦田出版,2003 年。

27.黄锦树:《马华文学:内在中国、语言与文学史》,吉隆坡:华社资料研究中心,1996 年。

28.黄锦树:《马华文学与中国性》,台北:麦田出版,2012 年。

29.黄锦树、张锦忠编:《重写台湾文学史》,台北:麦田出版,2006 年。

30.黄锦树:《文与魂与体:论现代中国性》,台北:麦田出版,2006 年。

31.黄其亮:《冷战时期的婆罗洲文化局与中文〈海豚〉杂志(1961—

1977)》,砂拉越:砂拉越华族文化协会,2019 年。

32.黄万华:《新马百年华文小说史》,济南:山东文艺出版社,1999 年。

33.黄万华:《在旅行中拒绝旅行:华人新生代和新华侨华人作家的比较研究》,北京:中国社会科学出版社,2008 年。

34.金进:《马华文学》,上海:复旦大学出版社,2013 年。

35.柯嘉逊著,杨培根译:《"513"事件真假虚实:大马人当前所面对的挑战》,雪兰莪:马来西亚人民之声,2014 年。

36.李丰楙、林长宽等:《马来西亚与印尼的宗教与认同:伊斯兰、佛教与华人信仰》,台北:"中央研究院"人社中心亚太区域研究专题中心,2009 年。

37.李威明:《砂拉越留台同学会对砂华社会发展的影响(1964—2010)》,砂拉越:砂拉越华族文化协会,2016 年。

38.廖建裕:《东南亚与华人族群研究》,新加坡:新加坡青年书局,2008 年。

39.林春美:《〈蕉风〉与非左翼的马华文学》,台北:时报文化出版企业股份有限公司,2021 年。

40.林春美:《性别与本土:在地的马华文学论述》,吉隆坡:大将出版社,2009 年。

41.林开忠:《建构中的"华人文化":族群属性、国家与华教运动》,吉隆坡:华社研究中心,1999 年。

42.林青青:《砂拉越伊班族的民俗、说唱艺术及其华族文化色彩》,砂拉越:砂拉越华族文化协会,2005 年。

43.林水檺、何启良、何国忠、赖观福等编:《马来西亚华人史新编》(3册),吉隆坡:马来西亚中华大会堂总会,1998 年。

44.刘登翰:《双重经验的跨域书写》,上海:上海三联书店,2007 年。

45.刘小新:《华文文学与文化政治》,镇江:江苏大学出版社,2011 年。

46.刘育龙:《在权威与偏见之间》,吉隆坡:大马福联会暨雪福建会馆,2003 年。

47.刘子政:《砂劳越百年记略》(刘子政文史系列二),砂拉越:砂拉越华族文化协会,1996 年。

48.刘子政:《婆罗洲史话》,砂拉越:砂拉越华族文化协会,1997 年。

49.刘子政:《砂拉越散记》,新加坡:青年书局,2005 年。

50.刘子政:《砂拉越史话》,新加坡:青年书局,2005 年。

51.马仑编:《新马华文作者风采 1875—2000》,新山:彩虹出版有限公司,2000 年。

52.潘碧华:《马华文学的时代记忆》,吉隆坡:马来亚大学中文系,2009 年。

53.潘碧华编:《马华文学的现代阐释》,吉隆坡:马来西亚华文作家协会,2009 年。

54.饶芃子,杨匡汉主编:《海外华文文学教程》,广州:暨南大学出版社,2009 年。

55.饶芃子:《比较文学与海外华文文学》,上海:复旦大学出版社,2011 年。

56.饶芃子:《世界华文文学的新视野》,北京:中国社会科学出版社,2005 年。

57.饶芃子:《中国文学在东南亚》,广州:暨南大学出版社,1999 年。

58.饶尚东、田英成:《砂劳越华族研究论文集》,砂拉越:砂拉越华族文化协会,1992 年。

59.桑木等编:《书写婆罗洲》,诗巫:诗巫中华文艺社,2003 年。

60.苏菲:《战后二十年新马华文小说研究》,广州:暨南大学出版社,1991 年。

61.田农:《砂华文化史初稿》,砂拉越:砂拉越华族文化协会,1995 年。

62.田思:《马华文学中的环保意识》(1989—1999),吉隆坡:大将出版社,2006 年。

63.田思:《沙贝的回响》,吉隆坡:大将出版社,2003 年。

64.田思:《砂华文学的本土特质》,吉隆坡:大将出版社,2014 年。

65.田英成:《砂拉越华人社会史研究》,砂拉越:砂拉越华族文化协会,2011 年。

66.王赓武:《东南亚与华人》,北京:中国友谊出版公司,1987 年。

67.王列耀:《隔海之望——东南亚华人文学中的"望"与"乡"》,北京:中国社会科学出版社,2005 年。

68.王列耀等:《趋异与共生——东南亚华文文学新镜像》,北京:中国社会科学出版社,2011 年。

69.王列耀:《宗教情结与华人文学》,北京:文化艺术出版社,2005 年。

70.王列耀、温明明等:《20 世纪 90 年代马来西亚华文报纸副刊与"新生代文学"》,北京:中国社会科学出版社,2013 年。

71.王润华:《华文后殖民文学:中国、东南亚的个案研究》,上海:学林出版社,2001 年。

72.魏月萍、苏颖欣编:《重返马来亚:政治与历史思想》,吉隆坡:策略资讯研究中心,2017 年。

73.伍燕翎主编:《未完的阐释:马华文学评论集》,吉隆坡:马来西亚华文作家协会,2010 年。

74.谢川成编:《马华文学大系·评论1965—1996》,新山:彩虹出版有限公司、马来西亚华文作家协会,2004年。

75.谢诗坚:《中国革命文学影响下的马华左翼文学:1926—1976》,槟城:韩江学院,2007年。

76.谢征达:《本土的现实主义:诗人吴岸的文学理念》,台北:秀威经典,2018年。

77.谢征达、潘碧华、梁慧敏:《首届方修文学奖获奖作品集——文学评论卷》,新加坡:八方文化创作室,2015年。

78.辛金顺:《秘响交音——华语语系文学论集》,台北:新锐文创,2012年。

79.熊婷惠、张斯翔、叶福炎编:《异代新声:马华文学与文化研究集稿》,高雄:中山大学人文研究中心,2019年。

80.许文荣:《极目南方——马华文化与马华文学话语》,新山:南方学院、马来亚大学中文系毕业生协会,2001年。

81.许文荣:《南方喧哗:马华文学的政治抵抗诗学》,新山:南方学院出版社,2004年。

82.许文荣、孙彦庄主编:《马华文学十四讲》,吉隆坡:马来亚大学中文系毕业生协会,2019年。

83.杨匡汉、庄伟杰:《海外华文文学知识谱系诗学考辨》,北京:中国社会科学出版社,2012年。

84.杨娑琍编:《地方史研究与华人身份认同(学术研讨会论文集)》,砂拉越:砂拉越华族文化协会,2014年。

85.杨松年:《新马早期作家研究(1927—1930)》,香港:三联书店(香港)有限公司、新加坡文学书屋,1988年。

86.杨松年、简文志编:《离心的辩证——世华小说评析》,台北:唐山出版社,2004年。

87.杨曜远:《婆罗洲对外条约史(1526—1963)》,砂拉越:砂拉越华族文化协会,2011年。

88.曾荣盛编:《吴岸诗作评论集》,吉隆坡:马来西亚翻译与创作协会,1991年。

89.张锦忠:《马来西亚华语语系文学》,雪兰莪:有人出版社,2011年。

90.张锦忠:《南洋论述——马华文学与文化属性》,台北:麦田出版,2003年。

91.张永修、张光达、林春美主编:《辣味马华文学——90年代马华文学争论性课题文选》,雪兰莪:雪兰莪中华大会堂、马来西亚留台校友会联合总会,2002年。

92.甄供编:《说不尽的吴岸》,吉隆坡:董教总教育中心,1999年。

93.郑良树:《马来西亚华文教育发展简史》,北京:外语教学与研究出版社,2007年。

94.郑月里:《华人穆斯林在马来西亚》,台北:文史哲出版社,2012年。

95.钟怡雯:《灵魂的经纬度——马华散文的雨林和心灵图景》,吉隆坡:大将出版社,2006年。

96.钟怡雯:《无尽的追寻——当代散文的诠释与批评》,台北:联合文学出版社有限公司,2004年。

97.钟怡雯:《亚洲华文散文的中国图像》,台北:万卷楼图书股份有限公司,2004年。

98.钟怡雯、陈大为编:《马华文学批评大系》,桃园:元智大学中国语文学系,2019年。

99.钟怡雯、陈大为编:《犀鸟卷宗:砂拉越华文文学研究论集》,桃园:元智大学中国语文学系,2016年。

100.周翠娟:《砂华文学团体简介》,诗巫:诗巫中华文艺社,1996年。

101.周伟民、唐玲玲合著:《奥斯曼·阿旺和吴岸比较研究:大马诗歌创作本土化的个案艺术经验》,吉隆坡:马来西亚翻译与创作协会,1999年。

102.朱崇科:《本土性的纠葛——边缘放逐·"南洋"虚构·本土迷思》,台北:唐山出版社,2004年。

103.朱崇科:《考古文学"南洋":新马华文文学与本土性》,上海:上海三联书店,2008年。

104.朱崇科:《华语比较文学:问题意识及批评实践》,上海:上海三联书店,2012年。

105.朱立立:《身份认同与华文文学研究》,上海:上海三联书店,2008年。

106.庄国土:《华侨华人与中国的关系》,广州:广东高等教育出版社,2001年。

107.庄华兴:《国家文学:宰制与回应》,吉隆坡:大将出版社,2006年。

108.庄华兴:《伊的故事:马来新文学研究》,雪兰莪:有人出版社,2005年。

## 三、其他相关论著

1.艾勒克·博埃默著,盛宁、韩敏中译:《殖民与后殖民文学》,沈阳:辽宁教育出版社,1998年。

2.爱德华·莫迪默、罗伯特·法恩主编,刘泓、黄海慧译:《人民·民族·

国家——族性与民族主义的含义》,北京:中央民族大学出版社,2009年。

3.安东尼·史密斯著,叶江译:《民族主义》,上海:上海人民出版社,2006年。

4.本尼迪克特·安德森著,吴叡人译:《想像的共同体——民族主义的起源与散布》,上海:上海人民出版社,2011年。

5.陈国伟:《想像台湾:当代小说中的族群书写》,台北:五南图书出版股份有限公司,2007年。

6.范若兰、李婉珺、廖朝骥:《马来西亚史纲》,广州:世界图书出版广东有限公司,2018年。

7.关凯:《族群政治》,北京:中央民族大学出版社,2007年。

8.汉娜·阿伦特著,林骧华译:《极权主义的起源》,北京:生活·读书·新知三联书店,2007年。

9.赫伯特·马尔库塞著,任立编译:《工业社会和新左派》,北京:商务印书馆,1982年。

10.蒋立松主编:《文化人类学概论》,重庆:西南师范大学出版社,2008年。

11.克利福德·吉尔兹著,王海龙、张家瑄译:《地方性知识——阐释人类学论文集》,北京:中央编译出版社,2000年。

12.拉曼·塞尔登、彼得·威得森著,刘象愚译:《当代文学理论导读》,北京:北京大学出版社,2006年。

13.李欧梵:《墨痕深处:文学·历史·记忆论集》,香港:牛津大学出版社,2008年。

14.列维·布留尔:《原始思维》,北京:商务印书馆,1986年。

15.刘禾,宋伟杰等译:《跨语际实践:文学、民族文化与被译介的现代性》(中国,1900—1937),北京:生活·读书·新知三联书店,2008年。

16.鲁晓鹏:《从史实性到虚构性:中国叙事诗学》,北京:北京大学出版社,2013年。

17.马丁·麦格著,祖力亚提·司马义译:《族群社会学》,北京:华夏出版社,2007年。

18.孟华:《比较文学形象学》,北京:北京大学出版社,2001年。

19.皮埃尔·布尔迪厄著,刘晖译:《艺术的法则——文学场的生成和结构》,北京:中央编译出版社,2011年。

20.蒲若茜:《族裔经验与文化想象》,北京:中国社会科学出版社,2006年。

21.史书美:《反离散:华语语系研究论》,台北:联经出版事业股份有限公司,2017年。

22.史书美:《视觉与认同——跨太平洋话语语系表述·呈现》,台北:联经出版事业股份有限公司,2013年。

23.史书美:《现代的诱惑:书写半殖民地中国的现代主义(1917—1937)》,南京:江苏人民出版社,2007年。

24.孙向晨:《面对他者——莱维纳斯哲学思想研究》,上海:上海三联书店,2008年。

25.陶家俊:《思想认同的焦虑——旅行后殖民理论的对话与超越精神》,北京:中国社会科学出版社,2008年。

26.王斑:《全球化阴影下的历史与记忆》,南京:南京大学出版社,2006年。

27.王德威:《当代小说二十家》,北京:生活·读书·新知三联书店,2006年。

28.王德威:《华夷风起:华语语系文学三论》,高雄:中山大学出版社,2015年。

29.王德威:《跨世纪风华——当代小说20家》,台北:麦田出版,2002年。

30.王德威:《如何现代,怎样文学?》,台北:麦田出版,2008年。

31.王德威:《想像中国的方法:历史·小说·叙事》,北京:生活·读书·新知三联书店,1998年。

32.王德威:《小说中国:晚清到当代的中文小说》,台北:麦田出版,1993年。

33.王剑峰:《多维视野中的族群冲突》,北京:民族出版社,2005年。

34.王明珂:《华夏边缘:历史记忆与族群认同》,杭州:浙江人民出版社,2013年。

35.威尔·金里卡著,邓红凤译:《少数的权利:民族主义、多元文化主义和公民》,上海:上海译文出版社,2005年。

36.温明明:《离境与跨界:在台马华文学研究(1963—2013)》,北京:中国社会科学出版社,2016年。

37.杨大春:《语言、身体、他者》,北京:生活·读书·新知三联书店,2007年。

38.杨大春主编:《列维纳斯的世纪或他者的命运》,北京:中国人民大学出版,2008年。

39.叶舒宪、彭兆荣、纳日碧力戈:《人类学关键词》,桂林:广西师范大学出版社,2004年。

40.詹明信著,张旭东等译:《晚期资本主义的文化逻辑》,北京:生活·读书·新知三联书店,2013年。

41.詹姆斯·克利福德、乔治·E.马库斯编,高丙中、吴晓黎、李霞等译:

《写文化:民族志的诗学与政治学》,北京:商务印书馆,2006年。

42.张国培:《20世纪泰国华文文学史》,汕头:汕头大学出版社,2007年。

43.张跣:《赛义德——后殖民理论研究》,上海:复旦大学出版社,2007年。

44.周蕾:《写在家国以外》,香港:牛津大学出版社,1995年。

45.周蕾著,孙绍谊译:《原初的激情——视觉、性欲、民族志与中国当代电影》,台北:远流出版社,2001年。

46.周宁、周云龙:《他乡是一面负向的镜子——跨文化形象学的访谈》,北京:北京大学出版社,2013年。

47.祝远德:《他者的呼唤——康拉德小说他者建构研究》,北京:人民出版社,2007年。

## 四、期刊/报纸/研讨会论文

1.曹惠民:《在颠覆中归返——观察旅台马华作家的一种角度》,《华文文学》2011年第1期。

2.陈大为、钟怡雯:《发展与困境:90年代的马华文学》,《南方学院学报》2005年第1期。

3.陈大为:《从马华"旅台"文学到"在台"马华文学》,《华文文学》2012年第6期。

4.陈大为:《婆罗洲图腾——砂华散文"场所精神"之建构》,《华文文学》2008年第2期。

5.陈光孚:《"魔幻现实主义"评介》,《文艺研究》1980年第5期。

6.范若兰、廖朝骥:《追求公正:马来西亚华人政治走向》,《世界知识》2018年第12期。

7.高嘉谦:《谁的南洋?谁的中国?——试论〈拉子妇〉的女性与书写位置》,《中外文学》2000年第29卷第4期。

8.高嘉谦:《马华小说与台湾文学》,《文艺争鸣》2012年第6期。

9.何国忠:《马华文学:政治和文化语境下的变奏》,《马来西亚华人研究学刊》2000年第3期。

10.黄锦树:《东南亚华人少数民族的华文文学——政治的马来西亚个案:论大马华人本地意识的限度》,《香港文学》2003年总第221期。

11.黄锦树:《魂在:论中国性的近代起源,其单位、结构及(非)存在论特征》,《中外文学》2000年第2期。

12.黄锦树:《反思"南洋论述":华马文学、复系统与人类学视域》,《中外文学》,2000年第4期。

13.黄锦树:《从个人的体验到黑暗之心——论张贵兴的雨林三部曲》,《中外文学》,2001 年第 4 期。

14.黄锦树:《漫游者,象征契约与卑贱物——论李永平的"海东春秋"》,《中外文学》,2002 年第 10 期。

15.黄锦树:《无国籍华文文学:在台马华文学的史前史,或台湾文学史上的非台湾文学——一个文学史的比较纲领》,《文化研究》,2006 年第 2 期。

16.黄锦树:《华人与他人:论东马留台作家李永平与张贵兴小说里的族群关系》,载黄贤强主编:《族群、历史与文化:跨域研究东南亚和东亚》,新加坡:新加坡国立大学中文系、八方文化创作室,2011 年。

17.黄锦树:《制作马华文学——一个简短的回顾》,《星洲日报·文艺春秋》,2011 年 2 月 27 日。

18.黄锦树:《在民族国家夹缝里的马华文学》,《书香两岸》2012 年第 3 期。

19.黄万华:《"出走"与"走出":百年海外华文文学的历史进程》,《中山大学学报》2019 年第 1 期。

20.黄万华:《跨文化意识中的"异"视野和"异"形态》,《天津师范大学学报》2007 年第 6 期。

21.黄万华:《马华文学 80 年的历史轮廓》,载黄万华、戴小华主编:《全球语境·多元对话·马华文学:第二届马华文学国际学术会议论文集》,济南:山东文艺出版社,2004 年版。

22.黄万华:《原乡的追寻——从一种形象看 20 世纪华文文学史》,《人文杂志》2000 年第 4 期。

23.辉明、汤婉香:《马来西亚第 14 届国会选举评析》,《南亚东南亚研究》2019 年第 2 期。

24.金进:《从出走台湾到回归雨林的婆罗洲之子——马华旅台作家张贵兴小说精神流变的分析》,《华文文学》2009 年第 6 期。

25.金进:《台湾与马华现代文学关系之考辨——以〈蕉风〉为线索》,《中国比较文学》2010 年第 2 期。

26.金进:《台风蕉雨中的迷思与远矚——试论马华作家商晚筠小说中的台湾文学影响》,《世界华文文学论坛》2010 年第 1 期。

27.金进:《本土意识与中国因素制约下的文化拟态——对马华文坛"断奶说"的文学历史考察》,《世界华文文学研究》2010 年第 6 辑。

28.金进:《生命体验与学院知识的协奏曲——马华旅台作家钟怡雯的散文世界》,《华文文学》2011 年第 5 期。

29.金进:《左派文人视野中的英国殖民历史:再现与批判——汉素音与

其作品〈餐风饮露〉》，《东南亚研究》2018 年第 1 期。

30.李翠芳：《民族志诗学与新时期少数民族文学书写》，《广西民族研究》2012 年第 4 期。

31.李德恩：《魔幻现实主义的技巧和特征》，《外国文学》1989 年第 1 期。

32.李菲：《民族文学与民族志——文学人类学批评视域下的少数民族文学》，《民族文学研究》2009 年第 3 期。

33.李薇、袁勇麟：《盘旋的魅影——论马华散文中的鬼魅意象》，《华文文学》2004 年第 5 期。

34.李辛、凌海：《马来西亚民主化和政治转型的进程与特色》，《比较政治学研究》2017 年第 1 辑。

35.林春城、刘世钟、高允实、高明：《"民族志"视野与"作为方法的东亚"——林春城、刘世钟教授访谈》，《杭州师范大学学报》2012 年第 6 期。

36.林建国：《为什么马华文学？》，《中外文学》，1993 年第 10 期。

37.林建国：《等待大系》，《南洋商报·南洋文艺》，1997 年 4 月 18 日。

38.林建国：《有关婆罗洲的两种说法》，《中外文学》1998 年第 6 期。

39.林建国：《方修论》，《中外文学》2000 年第 4 期。

40.林开忠：《"异族"的再现？从李永平的〈婆罗洲之子〉与〈拉子妇〉谈起》，《星洲日报·文艺春秋》，2003 年 7 月 13 日、20 日。

41.刘珩：《民族志·小说·社会诗学——哈佛大学人类学教授迈克尔·赫兹菲尔德访谈录》，《文艺研究》2008 年第 2 期。

42.刘小新：《"黄锦树现象"与当代马华文学思潮的嬗变》，《华侨大学学报》2000 年第 4 期。

43.刘小新：《世代更替与范式转换——近十年马华文学发展考察》，《镇江师专学报》2001 年第 1 期。

44.刘小新：《黄锦树的意义与局限》，《人文杂志》2002 年第 13 期。

45.刘小新：《从方修到林建国：马华文学史的几种读法》，《华文文学》2002 年第 1 期。

46.刘小新：《当代马华文学思潮与"承认的政治"》，《华侨大学学报》2007 年第 4 期。

47.刘勇：《大选后马来西亚政治新变化》，《国际研究参考》2019 年第 1 期。

48.马峰：《从华文女作家作品看马、新、印尼的族群问题》，《民族文学研究》2019 年第 1 期。

49.马淑贞：《叙事话语中的族群关系》，《世界华文文学论坛》2005 年第 3 期。

50.饶芃子:《海外华文文学学科建设与方法论问题》,《文艺理论研究》1998 年第 1 期。

51.饶芃子:《海外华文文学研究的新视点:海外华文文学的比较文学意义》,《华文文学》2006 年第 5 期。

52.饶芃子:《海外华文文学与比较文学》,《暨南学报》2000 年第 1 期。

53.饶芃子:《拓展海外华文文学的诗学研究》,《文学评论》2003 年第 1 期。

54.史书美:《关系的比较学》,《中山人文学报》2015 年第 39 期。

55.余禺:《生长在北婆罗洲的诗歌植物:读马来西亚华裔诗人吴岸的诗》,《世界华文文学论坛》2007 年第 3 期。

56.辛金顺:《地景的再现:论吴岸诗中砂拉越的地志书写》,《绍兴文理学院学报》2013 年第 1 期。

57.王德威:《坏孩子黄锦树:黄锦树的马华文学论述与叙述》,《中山人文学报》2001 年第 12 期。

58.王德威:《原乡想像,浪子文学——李永平论》,《江苏社会科学》2004 年第 4 期。

59.王列耀:《东南亚华文文学:华族身份意识的转型》,《文学评论》2003 年第 5 期。

60.王列耀:《马来西亚华文文学的文化个性》,《暨南学报》2001 年第 4 期。

61.王列耀:《东南亚华文文学的"异族叙事"——以菲律宾、马来西亚、印度尼西亚和泰国为例》,《文学评论》2007 年第 6 期。

62.王列耀、龙扬志:《身份的焦虑:论 90 年代马华文学论争》,《暨南学报》2012 年第 1 期。

63.王列耀、赵牧:《"原乡"与"神州"——马来西亚华裔汉语写作中的所望之"乡"》,《文艺争鸣》2005 年第 5 期。

64.王列耀、赵牧:《从故乡情结到原乡神话——马来西亚华文文学的中国想象》,《广东社会科学》2006 年第 4 期。

65.肖向明:《含魅的现代虚构与想像——鬼文化与中国当代文学的艺术呈现》,《当代文坛》2007 年第 4 期。

66.徐新建:《从文学到人类学——关于民族志和写文化的答问》,《北方民族大学学报》2009 年第 1 期。

67.徐新建:《跨族群对话:中国比较文学的双重路径》,《中国比较文学》2011 年第 4 期。

68.许汝祉:《一种世界性、实际性的文学思潮——20 世纪对人性异化的描写》,《当代外国文学》1994 年第 4 期。

69.许文荣:《马华文学的弱势民族书写:一个文学史的视野》,《中国比较文学》2011 年第 1 期。

70.许文荣:《混合的肉身在文学史中的游走——论马华文学混血及其他》,《中国比较文学》2009 年第 3 期。

71.许文荣、庄薏洁:《多元文化语境下的边缘意识:马华文学少数民族书写的主题建构》,《民族文学研究》2012 年第 3 期。

72.许文荣:《论马华文学的反话语书写策略》,《外国文学研究》2012 年第 4 期。

73.杨经建:《存在的"危机"与"边缘"的存在——再论 20 世纪中国存在主义文学"边缘性"》,《人文杂志》2009 年第 2 期。

74.杨匡汉:《海外华文文学中的跨界叙说》,《文艺研究》2009 年第 2 期。

75.杨匡汉:《灵根自植——我观海外世界华文文学研究》,《世界华文文学论坛》2008 年第 4 期。

76.叶淑媛:《民族志小说:新时期小说研究的新视域》,《文艺争鸣》2013 年第 4 期。

77.张成文等著:《性别政治——华裔美国文学创作中的性别隐喻》,《青年文学家》2009 年第 20 期。

78.张德明:《多元文化杂交时代的民族文化记忆问题》,《外国文学评论》2001 年第 3 期。

79.庄国土:《文明冲突,抑或社会矛盾?——略论二战以后东南亚华族与当地族群的关系》,《厦门大学学报》2003 年第 3 期。

80.庄华兴:《他者? 抑或"己他"?——商晚筠的异族人物小说初探》,载许文荣主编:《回首八十载·走向新世纪:九九马华国际学术研讨会论文集》,新山:南方学院,2001 年版。

81.张锦忠:《再论述:一个马华文学论述在台湾的系谱(或抒情)叙事》,新竹:台湾交通大学"去国·汉化·华文祭:2005 年华文文化研究会议",2005 年 1 月 8—9 日。

82.张锦忠:《马来西亚与新加坡华语语系文学场域》,《文景》2012 年第 3 期。

83.钟怡雯:《从追寻到伪装:马华散文的中国画像》,《中外文学》2002 年第 2 期。

84.钟怡雯:《游历南洋:马华散文史的起点》,《世界华文文学论坛》2018 年第 2 期。

# 五、学位论文

1.陈芳莉:《在台马华文学的原乡再现——以黄锦树、钟怡雯、陈大为为例》,硕士论文,台湾成功大学,2008年。

2.陈韦赂:《书写雨林——潘雨桐小说中的南洋图象》,博士论文,新加坡国立大学,2010年。

3.贺淑芳:《〈蕉风〉创刊初期(1955—1960)的文学观递变》,博士论文,南洋理工大学,2017年。

4.洪王俞萍:《文化身份的追寻及其形构——骆以军与黄锦树小说之比较研究》,硕士论文,台湾成功大学,2005年。

5.黄裕斌:《砂华文学的在地文化实践》,硕士论文,马来西亚博特拉大学,2012年。

6.李丹:《菲律宾华文文学中的异族想象》,硕士论文,暨南大学,2007年。

7.李宣春:《李永平婆罗洲书写研究》,硕士论文,台湾中央大学,2013年。

8.李怡萩:《论张贵兴的雨林书写》,硕士论文,台北教育大学,2009年。

9.李玉喜:《杏影主编南洋商报副刊研究(1954—1967)》,博士论文,南京大学,2015年。

10.廖小健:《战后马来西亚族群关系研究》,博士论文,暨南大学,2007年。

11.马峰:《马来西亚、新加坡、印尼华文女作家小说比较研究》,博士论文,马来西亚拉曼大学,2015年。

12.马淑贞:《马华小说的异族想象变迁》,硕士论文,暨南大学,2006年。

13.彭程:《马华新生代文学的主体性建构:以李天葆、黄锦树、黎紫书为例》,博士论文,暨南大学,2012年。

14.蒲琪:《当代马来西亚族群关系的发展与变化(1981—2018)》,硕士论文,暨南大学,2018年。

15.蒲若茜:《族裔经验与文化想像——华裔美国小说典型母题研究》,博士论文,暨南大学,2005年。

16.谭芳:《八十年代以来泰华文学中的异族叙事》,硕士论文,暨南大学,2006年。

17.温明明:《在两个纬度之间——在台马华文学研究》,博士论文,暨南大学,2014年。

18.向忆秋:《想象美国:旅美华人文学的美国形象》,博士论文,山东大学,2009年。

19.萧秀雁:《阅读马华:黄锦树的小说研究》,硕士论文,台湾暨南国际大学,2009年。

20.谢佩瑶:《马华离散文学研究——以温瑞安、李永平、林幸谦及黄锦树为研究对象》,硕士论文,马来西亚拉曼大学,2011年。

21.颜敏:《七十年代末以来印华文学中的异族叙事》,硕士论文,暨南大学,2004年。

22.易淑琼:《〈星洲日报〉文艺副刊(1988—2009)与马华文学思潮审美转向》,博士论文,暨南大学,2014年。

23.詹闵旭:《跨界地方认同政治:李永平小说(1968—1998)与台湾乡土文学脉络》,硕士论文,台湾清华大学,2008年。

24.张馨函:《马华旅台作家的原乡书写研究(1976—2010)》,硕士论文,台北大学,2012年。

25.张玉珊:《马来西亚国家文学的论述及其问题研究》,硕士论文,台湾元智大学,2013年。

26.郑志锋:《砂拉越华人政治演变研究》,硕士论文,福建师范大学,2003年。

27.朱敏:《花踪文学奖与马华新世代作家群》,硕士论文,暨南大学,2010年。

28.庄蕙洁:《论马华文学的少数民族书写》,硕士论文,马来西亚拉曼大学,2011年。